Volker Dützer, geboren 1964, lebt und arbeitet im Wester-
wald. Die Bandbreite seiner Romane reicht vom lupenreinen
Kriminalroman über Science-Thriller bis zur Horror-
Kurzgeschichte.

DIE FLUT

EIN KÜSTENKRIMI

Erstausgabe April 2024

Die Flut

ISBN 978-3-98998-031-0
E-Book-ISBN 978-3-98778-951-9
Hörbuch-ISBN: 978-3-98778-950-2

Covergestaltung: Verena Kern
Umschlaggestaltung: ARTC.ore Desig
Unter Verwendung von Abbildungen von
shutterstock.com: © maphke, © Roman Sigaev, © Evannovostro,
© At World's Edge, © Mongkolchon Akesin, © tr3gi
Lektorat: Birgit Förster
Satz: dp DIGITAL PUBLISHERS GmbH
Druck und Bindung: Books on Demand GmbH, Norderstedt

This is the story of Dr. Heckyll and Mr. Jive

They are a person who feels good to be alive

(Men at work, Dr. Heckyll & Mr. Jive)

1

Southampton, 3. September

Es begann im hellen Licht des Tages, nicht in dunkler Nacht. Jemand pochte lautstark gegen die Tür des Ateliers im obersten Stock des alten Fabrikgebäudes nördlich der Itchen Toll Bridge im Süden von Southampton. Als niemand öffnete, änderte er seine Strategie, klingelte Sturm und rief einen Namen.

„Emily! Mach auf, ich hab meinen Schlüssel vergessen. Bist du taub oder stoned?"

Das Klopfen und schrille Klingeln vermischte sich mit Emilys Pulsschlag, der in ihren Schläfen dröhnte wie ein Schmiedehammer. Sie hob die Lider einen Spalt und wartete darauf, dass die Lähmung des Schlafs von ihr wich. Grelles Tageslicht stach schmerzhaft in ihre Augen, Umrisse und Konturen setzten sich allmählich zu einem Bild zusammen.

„Hey, mach endlich auf. Ich weiß, dass du da bist. Ich kann das Licht sehen."

Träge kramte Emily in ihrem Gedächtnis, bis sich zu der Stimme ein passendes Gesicht einstellte. Millie war zurück. Ihre Ankunft war fett im Kalender markiert, aber sie hatte es völlig vergessen. In letzter Zeit vergaß sie eine Menge Dinge. Beunruhigend viele, um genau zu sein.

Sie streckte und rekelte sich, dehnte die verspannten Muskeln und setzte sich auf. Ein ausgewachsener Kater rumorte in ihrem Kopf. Er rührte allerdings nicht von einem Übermaß an Alkohol her, sondern von den Lösungsmitteln in den Pinseln, Farbtöpfen und Tuben, die offen herumstanden oder lagen.

Emilys galoppierender Herzschlag legte noch einen Zahn zu, als ihr klar wurde, dass es wieder passiert war, das dritte Mal innerhalb von fünf Tagen. Sie erwachte nicht am selben Ort, an dem sie eingeschlafen war, und sie hatte nicht die geringste Erinnerung daran, wie sie hierhergekommen war oder was sie in der Zwischenzeit getan hatte. Es wurde höchste Zeit, dass sie etwas gegen die mysteriösen Blackouts unternahm, doch sie fürchtete sich davor, einen Arzt oder – schlimmer noch – einen Psychiater aufzusuchen. Die Vorstellung, ihr Innerstes vor einem Fremden auszubreiten, jagte ihr einen kalten Schauer über den Rücken. Nicht einmal Millie hatte sie von den Blackouts erzählt, und ihre Freundin und Mitbewohnerin war einer der wenigen Menschen, denen sie blind vertraute. Sie wusste genau, was Millie ihr raten würde. Sie würde den Kopf schief legen, die Stirn runzeln und sagen: „Ich schätze, wir müssen etwas unternehmen, Miss Gray.“

Sie rieb sich den schmerzenden Nacken und blickte sich um. Mit jedem Detail, das in ihr erwachendes Bewusstsein drang, wuchs ihre Unruhe. Es kam vor, dass sie auf dem zerschlissenen Ohrensofa in der Werkstatt einnickte, wenn sie bis in die Morgendämmerung gearbeitet hatte. Gewöhnlich schlief sie jedoch auf der Empore, die eine wackelige Stahltreppe mit dem darunterliegenden Atelier verband. Vielleicht hatte sie es gestern Abend todmüde in ihr Bett geschafft, aufgewacht war sie jedenfalls an einem anderen Ort, so viel stand fest.

Sie schlang die Arme um die Knie, zog die Beine an und ließ Millie klopfen, klingeln und schimpfen. Emily stellte sich vor, sie wäre eine Kugel; ein kleiner, blau schimmernder Ball, der von innen heraus leuchtete. Manchmal funktionierte der Trick, und sie vermochte sich zu entspannen, doch diesmal versagte er.

Vor drei Tagen war sie in der großen Kiste aufgewacht, in der sie Zeichenpapier, Entwürfe, Malutensilien und Millies Bildhauerwerkzeuge aufbewahrten. Das Ereignis war gespenstisch genug gewesen, doch dies hier war schlimmer. Sie war nackt bis auf das mit Acrylfarben bekleckste Oberhemd, das ihr zwei Nummern zu groß war. Sie trug es, wenn sie arbeitete. Auf Hemd und Unterarmen leuchteten bunte, eingetrocknete Farbflecke. Ihre Handflächen schmerzten bei jeder Bewegung, weil sie mit Schnittwunden übersät waren. Emily sah sich mit wachsender Verzweiflung um und durchdrang endlich den Schleier, der ihr Bewusstsein umgab. Was sie sah, ängstigte sie mehr als die Albträume, die sie seit Wochen quälten. Niemand, der bei klarem Verstand war, kauerte sich zur Nachtruhe inmitten eines Kreises aus roter Farbe auf den Fußboden.

Millie hämmerte gegen die Tür.

„Öffne endlich, oder ich ruf die Polizei oder die Feuerwehr oder gleich alle zusammen. Ich mach mir echt Sorgen."

Emily kam schwankend auf die Füße und ignorierte Millies Drohung. Alles, was sie wahrnahm, war der unregelmäßig gezogene, etwa zwei Meter durchmessende Ring aus blutroter Farbe; und er war nicht die einzige alarmierende Entdeckung, die sie machte. Um den Kreis herum tanzten zwölf mit weißer Kreide auf die Dielen gemalte Strichmännchen. Auf den ersten Blick schienen sie das ungeübte Werk eines Kindes zu sein. Doch bei genauerer Betrachtung erzeugten sie auf raffinierte Weise die Illusion, jedes Männchen hielte eine der versilberten Glasscherben, die mit Modellierton aufrecht auf den Boden geklebt waren.

Ihr Blick fiel auf den großen, drehbaren Spiegel, mit dem sie das Tageslicht einfing, um mit der einfallenden Helligkeit zu experimentieren. Er war in tausend Scherben zerbrochen. Emily starrte auf ihre blutverschmierten Hände. Sie konnte sich nicht daran erinnern, den Spiegel zerschlagen zu haben. Was sie zunächst für eine lästige, aber vorübergehende Form des Schlafwandelns gehalten hatte, weitete sich zu einem ernsten Problem aus.

Das Klopfen hatte aufgehört. Sie hörte, wie Millie die Eingangstür aufschloss. Offenbar hatte sie ihren Wohnungsschlüssel doch noch gefunden. Sie war oft zerstreut und sprunghaft, das Chaos folgte ihr wie ein treuer Hund.

Emily entdeckte immer mehr Spuren der Verwüstung. Ihre Aquarelle, Kohlezeichnungen und experimentellen Bilder in leuchtenden Acrylfarben, für die sich zu ihrer Freude Kaufinteressenten gemeldet hatten, lagen zerfetzt auf den mit Farbpfützen verschmierten Dielen. Eine Skulptur, die Millies ganzer Stolz war –

eine eigenwillige Interpretation des verloren gegangenen Fauns von Michelangelo, war von der Arbeitsplattform gestoßen worden und streckte Emily erbost die Stummel seiner Arme entgegen. Die großformatigen Entwürfe für das gemeinsame Studienprojekt, an dem sie seit Wochen arbeiteten, hingen nicht mehr an der breiten Rückwand des Ateliers. Fetzen des Kartons lagen zerknüllt und zerrissen auf dem Boden. Die Werkstatt sah aus, als hätte sich ein tollwütiger Kunsthasser darin ausgetobt. Und schließlich der Kreis aus roter Farbe! Mit den Strichmännchen und den Spiegelscherben musste er auf jeden Besucher wie das Werk eines religiösen Fanatikers oder Satanisten wirken. Millie durfte diese Zerstörungsorgie nicht zu Gesicht bekommen, doch das war nicht mehr zu vermeiden. In diesem Augenblick betrat sie das Atelier. Sie zog einen widerspenstigen Rollkoffer hinter sich her und plapperte drauflos.

„Du kannst dir nicht vorstellen, welches Chaos da draußen herrscht. Die Fluglotsen streiken, und du findest in der City kein freies Taxi. Ich bin den halben Weg zum Hafen gelaufen." Ohne aufzusehen, warf sie eine dünne Ledertasche auf das Sofa. „Ich habe neue Entwürfe mitgebracht, wir müssen das anders angehen ... Hoffentlich sind sie nicht nass geworden, es regnet in Strömen ... Oh, Mann. Ich brauche eine Dusche und eine Kanne Kaffee, dann machen wir uns an die Ar...“

Millie schnalzte ärgerlich mit der Zunge. Der Rollkoffer holperte über einen abgebrochenen Arm des Fauns und kippte um.

„Was zum Teufel ...?“ Sie sah auf und blickte sich um. Ihre Pupillen weiteten sich vor Schreck. „Grundgütiger!“, entfuhr es ihr.

„Ich ... ich kann das erklären ... Ich kann ...“

Emily hatte das Gefühl, auf die Größe einer Ameise zu schrumpfen, und begann zu weinen. „Nein, ich kann es nicht ... ich weiß nicht, was passiert ist. Ich ...“

Millie war kreidebleich geworden.

„Na ja, ich weiß ja, dass bei dir ’ne Schraube locker ist“, sagte sie. „Du besitzt ein Riesentalent und schuftest härter als Michelangelo, als er die Decke der Sixtina bemalte, aber das ist ...“

„Es tut mir leid. Ich mach’s wieder gut. Ich habe die Entwürfe im Kopf, ich kann sie rekonstruieren.“ Sie bückte sich und sammelte hastig die Marmorbruchstücke ein. „Vielleicht können wir den Faun reparieren.“

Millie glotzte sie mit offenem Mund an und klappte ihn dann mit einem lauten Schnappen zu. „Vergiss den Faun. Das da ist ... verdammt Furcht einflößend, aber fantastisch.“

Erst jetzt wurde Emily klar, dass ihre Freundin das Chaos kaum beachtete. Sie starrte auf einen Punkt über Emilys linker Schulter. Mit wild schlagendem Herzen drehte sie sich um. Das Unheimlichste hatte sie noch gar nicht bemerkt.

2

Thomas McCallum konzentrierte sich darauf, das Gleichgewicht auf dem an vier Federn aufgehängten Trainingsgerät nicht zu verlieren. Er belastete sein linkes Bein und ignorierte den stechenden Schmerz in der Hüfte. Dass ihm bei der lächerlich leichten Übung der Schweiß ausbrach, ärgerte ihn und spornte ihn zugleich an, die doppelte Länge der vorgegebenen Zeit durchzuhalten. Das brachte ihm umgehend die Kritik des Physiotherapeuten ein.

„Die Ärzte haben Sie nicht in eine Rehaklinik geschickt, um Weltrekorde aufzustellen, Mr McCallum."

„Ich will hier raus, und zwar so schnell wie möglich", stieß Tom zwischen den Zähnen hervor.

„Das wird Ihnen nicht gelingen, wenn Sie Ihren Körper fortwährend überfordern."

Tom brachte die schwingende Plattform, auf der er stand, zum Stillstand. Er wusste, dass der Therapeut recht hatte, wollte es jedoch nicht wahrhaben. Immerhin hatte er unverschämtes Glück gehabt, dass die Chirurgen die Granatsplitter entfernen und das Hüftgelenk hatten erhalten können. Schlimmstenfalls würde er ein leichtes Hinken zurückbehalten, aber wenigstens lebte er noch. Was bedeutete es da schon, ein paar Wochen in einer Rehaklinik in Brighton festzusitzen?

Natasha Gradenko hatte weniger Glück gehabt. Sie hatte die Razzia im *Red Door* nicht überlebt.

„Machen Sie für heute Schluss. Sie haben Besuch", sagte der Therapeut.

Tom warf sich sein Handtuch über die Schulter. Auf eine Gehhilfe gestützt, humpelte er aus dem Trainingsraum. Er hasste das verdammte Ding und schwor sich, einen Rekord im Krückenweitwurf aufzustellen, wenn er es nicht mehr brauchte.

Die Lobby der privaten Klinik im Süden von Brighton glich eher der eines Hotels als einer orthopädischen Rehabilitationseinrichtung. Der britische Staat, für den Tom sein Leben aufs Spiel gesetzt hatte, ließ sich die Wiederherstellung seiner Dienstfähigkeit etwas kosten. Ob sein Arbeitgeber, die Metropolitan Police – kurz *Met* genannt –, sich so spendabel gezeigt hätte, wenn man dort gewusst hätte, dass er schon lange den Entschluss gefasst hatte, seinen Job hinzuwerfen und auszusteigen?

„Gut siehst du aus. Nicht schlecht für einen Halbtoten."

Detective Chief Superintendent Matt Frazer warf die Illustrierte, in der er geblättert hatte, auf einen Tisch und stemmte sich aus dem weichen Ledersessel hoch.

Tom lächelte gequält. „Aus dir wird nie ein guter Komiker, Matt." Er schüttelte ihm die Hand und umarmte ihn freundschaftlich. „Es freut mich, dass du gekommen bist. Außer dir lässt sich keiner von unserem Verein blicken. Ich habe mir wohl nicht viele Freunde gemacht bei der *Met.*"

„Was wohl eher an deinem Job als verdeckter Ermittler liegen dürfte als an deinem Charakter. Seit sechs

Jahren arbeiten wir nun zusammen, und an neun von zehn Tagen treibst du dich irgendwo in den Hinterhöfen der City of London herum."

Frazer tastete die Taschen seines zerknitterten Regenmantels ab.

„Du darfst hier nicht rauchen", sagte Tom.

„Lass uns ein Stück…", Frazers Blick streifte die Krücke, „… lass uns nach draußen gehen. Im Park sind wir ungestört." Er blinzelte ihn unbeholfen an. „Brauchst du so 'ne Art Rollstuhl?"

„Nein."

Er humpelte in einem Tempo, dem Frazer kaum folgen konnte, auf die gläserne Eingangstür zu und trat ins Freie. Matts Besuch weckte ein Kaleidoskop von Erinnerungen – gute wie schlechte.

Aus dem wolkenverhangenen Himmel fiel feiner Nieselregen. Frazer schüttelte sich.

„Scheußliches Wetter", sagte er.

Tom hielt schwer atmend inne. Der kurze Spaziergang hatte ihn mehr angestrengt, als er befürchtet hatte. Er sank erschöpft auf eine der Parkbänke. Eine Linde mit ausladenden Ästen bot Schutz vor dem Regen.

„Du bist doch nicht gekommen, um mit mir über das englische Klima zu plaudern", sagte er.

„Nein, bin ich nicht."

Frazer setzte sich neben ihn und zündete sich eine Zigarette an. Tom lehnte dankend ab.

„Was hast du vor, wenn du hier rauskommst?"

„Ich weiß es noch nicht."

„Warum werde ich das Gefühl nicht los, dass du nicht zur *Met* zurückkehren wirst?"

Tom ging nicht auf die Frage ein. „Hast du mit Abby gesprochen?"

„Die Aufnahme von Abby Bonham und ihrer Tochter in ein Zeugenschutzprogramm ist von höchster Stelle abgesegnet. Die *Met* ist es ihr schuldig – und dir ebenfalls. Und was Viktor Sorokin betrifft ... Nun, deshalb bin ich hier."

Tom stützte die Stirn auf den Krückengriff, ihm war schwindelig. Er schloss die Augen und wartete, bis der Anfall vorbei war. Darum war Matt also gekommen: Er brachte schlechte Nachrichten.

„Sorokin kommt frei, weil die Razzia im *Red Door* uns kein belastendes Material in die Hände gespielt hat. Er wird Abby und mich zum Abschuss freigeben, weil wir ihn reingelegt haben. Ist es das, was du mir beichten willst?"

Frazer schüttelte den Kopf. „Nein, mach dir keine Sorgen. Diesmal kommt er nicht davon. Wenn Abby aussagt, dass er den Auftrag gegeben hat, McGinley zu ermorden, ist er geliefert."

„Sein Ruf als Mafiaboss steht auf dem Spiel", erwiderte Tom. „Wenn sich herumspricht, dass ihn eine Bardame und ein Bulle vorgeführt haben, verliert er den Respekt bei der Konkurrenz."

„Es geht um etwas anderes", sagte Frazer. „Er will unbedingt mit dir reden."

Überrascht hob Tom den Kopf. „Hat er dir den Grund verraten?"

„Nein. Er verlangt ausdrücklich nach dir und macht seine Kooperation von einem Vieraugengespräch mit dir abhängig."

Tom schwieg nachdenklich. Es gab nur ein einziges Ereignis, das ihn mit dem König der Londoner Unterwelt verband: der Tod von Sorokins Geliebter Natasha Gradenko.

„Wirst du darauf eingehen?", fragte Frazer.

„Der Klinikpsychiater meint, ich müsste das Trauma meiner Verwundung aufarbeiten. Vielleicht bekomme ich ja ein Fleißkärtchen und darf Brighton früher verlassen als gehofft, wenn ich mich mit Sorokin treffe. Ich schätze, du bist gekommen, um mit mir nach Pentonville zu fahren?"

Frazer nickte und trat die Kippe aus. „Lass uns aufbrechen."

Stellte man sich den Verwaltungstrakt als Kopf vor, sah das berüchtigte Pentonville-Gefängnis – aus der Vogelperspektive betrachtet – wie ein Toter aus, der Arme und Beine von sich streckt. Im Jahr 1842 errichtet, war es mehrmals umgebaut und modernisiert worden und blieb doch, was es immer gewesen war: ein trostloses Sammelbecken menschlicher Verfehlungen und Niedertracht.

Der Weg zum Besuchsraum kostete Tom mehr Kraft, als er zugeben wollte. Die Schmerzen beeinträchtigten außerdem seine Konzentration. Er würde seine ganze Aufmerksamkeit brauchen, um dem Russen gewachsen zu sein. Was auch immer Sorokin von ihm wollte, es konnte nichts Gutes bedeuten. Er war erleichtert, einen Moment ausruhen zu können, während Frazer die Anmeldeformalitäten erledigte.

Ein Vollzugsbeamter kontrollierte ihre Ausweise, dann führte er Tom in einen vier mal fünf Meter messenden Raum, dessen Einrichtung sich auf einen Tisch und zwei Stühle beschränkte. Frazer wartete auf dem Gang.

Tom biss die Zähne zusammen, hinkte in das Zimmer und setzte sich auf einen der Stühle. Der Aufseher nahm auf einem Hocker neben der Tür Platz.

Zehn Minuten später betrat Viktor Sorokin den Raum, Bodenspekulant und Finanzinvestor mit besten Beziehungen zur russischen Mafia sowie höchsten politischen Londoner Kreisen. Wortlos setzte er sich gegenüber Tom an den Tisch. Notgedrungen hatte er seine sündhaft teure Garderobe gegen die übliche Gefängniskluft tauschen müssen. Ohne seine maßgeschneiderte Kleidung, die Leibwächter und Speichellecker, die ihn umschwärmten, war er nichts weiter als ein gewöhnlicher, müder alter Mann.

War er das wirklich? Matt hatte Tom gewarnt. Auch von seiner Zelle aus behielt Sorokin alle Fäden in der Hand, dafür würde sein Ziehsohn Juan Cataldo sorgen, der Tom an jenem Abend im *Red Door* vor sechs Wochen entwischt war.

„Entspannen Sie sich, Mr McCallum", sagte Sorokin. „Sie brauchen keine Angst vor mir zu haben. Jedenfalls nicht im Augenblick."

„Ich habe nichts gegen Sie persönlich. Es war mein Job, Sie hinter Gitter zu bringen", antwortete Tom.

Sorokins Blick streifte die Krücke, die am Tisch lehnte. Das kalte Feuer, das in seinen Augen loderte, strafte die gebeugte, kraftlose Haltung Lügen. Er hockte auf seinem Stuhl wie ein Geier auf einem Ast, der nach Aas Ausschau hält.

Als hätte Sorokin seine Gedanken erraten, fragte er: „Was macht die Hüfte?"

„Was wollen Sie von mir?"

Sorokin verzog die Lippen zu einem schmalen Lächeln.

„Man erzählt sich, dass Sie einem streunenden Kater gleichen, der sieben Leben hat. Auch ich habe mir einen Beinamen erworben. Man nennt mich den *Prediger*. Wissen Sie, warum?"

Tom lehnte sich zurück. „Ehrlich gesagt, interessiert es mich nicht besonders."

Er tastete nach der Krücke und stand auf. Ein scharfer Schmerz schoss durch sein linkes Bein und zwang ihn auf den Stuhl zurück. „Haben Sie mich aus Brighton holen lassen, um meine Zeit mit eitlem Geschwätz zu verschwenden?"

Erneut bemühte er sich, aufzustehen.

„Mitnichten. Setzen Sie sich."

Sorokin hatte die Worte so leise ausgesprochen, dass der Wärter sie nicht hatte hören können. Dennoch lag in seiner Stimme so viel Schärfe und Macht, dass Tom ihm unwillkürlich Folge leistete.

„Sie sollten sich besser anhören, was ich Ihnen zu sagen habe, Mr McCallum. Es könnte Menschenleben retten. Ich trage meinen Beinamen, weil ich gerne aus dem Alten Testament zitiere. Auge um Auge, Zahn um Zahn, ein Leben für ein Leben."

„Sind Sie wirklich so arrogant anzunehmen, dass Sie hier jemals wieder herauskommen, wenn Sie den Polizisten ermorden lassen, der Sie ins Gefängnis gebracht hat?"

„Es geht nicht um *Ihr* Leben."

„Lassen Sie Abby aus dem Spiel", entgegnete Tom. „Wäre sie auf meinen Vorschlag nicht eingegangen, hätte sie sich der Strafvereitelung schuldig gemacht. Ich übte Druck auf sie aus und ließ ihr keine Wahl. Ihr blieb nichts anderes übrig, als Sie ans Messer zu liefern."

„Sie brauchen nicht den Gentleman zu spielen. Der Versuch, sie zu schützen, ist von keinerlei Belang." Sorokin deutete auf die Krücke. „Nun sagen Sie schon. Was meinen die Ärzte? Werden Sie je wieder ohne Hilfe laufen können?"

„Es ist eine Frage der Geduld."

„Eine wertvolle Eigenschaft, die ich im Überfluss besitze und die mir hier drin äußerst nützlich ist", sagte Sorokin. „Natasha hatte nicht so viel Glück wie Sie."

„Es tut mir leid, was passiert ist", entgegnete Tom. „Ich wollte nicht, dass jemand bei der Razzia zu Schaden kommt. Hätte man mir die Leitung des Einsatzes übertragen, wäre das nicht passiert."

„Sie haben mir das Liebste und Teuerste genommen, was ich besaß", fuhr Sorokin unbeirrt fort, „und sechs Ihrer sieben Leben bereits verbraucht. Deshalb wird das letzte, das Ihnen bleibt, nicht mehr lebenswert sein, dafür werde ich sorgen."

„Jeder hielt die alte Granate auf Ihrem Schreibtisch für eine Attrappe. Es war Cataldo, der das verfluchte Ding hochgehen ließ, nicht ich. Wenn jemand die Schuld an Natashas Tod trifft, dann ihn."

Sorokin beugte sich vor. Tom konnte die feinen, geplatzten Äderchen im Weiß seiner Augen sehen.

„Sie sind nicht nur ein Lügner, McCallum, sondern auch ein Dieb."

„Ich weiß nicht, wovon Sie sprechen."

„Wirklich nicht? Ich vermisse eine Million Dollar in Novakrypt.“

„Fragen Sie doch Ted Allister, was er mit Ihrem Schmiergeld gemacht hat.“

„Sie wissen so gut wie ich, dass meine kleine Zuwendung nie bei dem Tory angekommen ist. Die *Met* hat ihn bis auf die Unterhosen durchleuchtet, ohne den Hauch eines Beweises für Korruption zu finden.“

„Wenn Sie mich deshalb herbestellt haben, muss ich Sie enttäuschen. Ich kann Ihnen nicht weiterhelfen. Passen Sie besser auf Ihre Kohle auf. Sie haben eine Menge Neider.“

„Vor allem habe ich viel Zeit zum Nachdenken“, antwortete Sorokin. „In der vergangenen Nacht kamen mir Abbys spaßige kleine Zaubertricks in den Sinn, mit denen sie die Gäste an der Bar unterhielt. Die Geschenkschachtel mit dem Private Key für das Cyber Wallet auszutauschen, war clever ausgedacht. Ich gebe zu, ich hätte es nicht besser machen können. Aber so gerissen, wie Sie glauben, sind Sie nicht, McCallum. Dachten Sie wirklich, ich könnte eins und eins nicht zusammenzählen? Was für eine rührende Geschichte: Der verdeckte Ermittler, der davon träumt, auszusteigen, verliebt sich in die hart arbeitende Kellnerin, die zufällig Zeugin eines illegalen Millionendeals wird. Sie wollten mit meinem Geld ein neues, sorgloses Leben beginnen, aber dann kam etwas dazwischen. Bei Ihrer Abrechnung mit Juan gingen Sie fast drauf. Ihre Verletzung verhinderte ein schnelles Untertauchen. Pech für Sie und Abby, denn an und für sich war der Plan nicht schlecht.“

„Sie haben eine blühende Fantasie, Sorokin. An Ihrer Stelle würde ich in den eigenen Reihen nach dem Dieb suchen. Legen Sie ein Geständnis ab, und machen Sie eine umfassende Aussage. Vielleicht sind Sie dann in ein paar Jahren wieder draußen und können genießen, was von Ihrer Million übrig ist.“

Tom stand auf, schnappte sich die Krücke und humpelte zum Ausgang.

„Ich bin noch nicht fertig mit Ihnen, *Mr* McCallum.“

„Aber ich mit Ihnen.“

„Lass uns allein“, sagte Sorokin.

Der Vollzugsbeamte faltete die Zeitung zusammen, in der er gelesen hatte, und verließ wortlos den Besuchsraum.

„Schau an, Sie haben bereits neue Leute eingestellt“, sagte Tom.

„Mein Einfluss reicht weiter, als Sie sich vorstellen können“, antwortete Sorokin. „Was ich Ihnen jetzt zu sagen habe, sollten Sie sehr ernst nehmen.“

„Sie sind nur ein verbitterter alter Mann, der verloren hat“, entgegnete Tom. „Niemand steht über dem Gesetz, auch Sie nicht.“

„Es geht nicht um Geld. Sie haben mich zu einem sehr einsamen Mann gemacht, McCallum, darum werden auch Sie lernen, was es heißt, einsam zu sein. Meine Leute werden Ihnen kein Haar krümmen, aber stets wissen, wo Sie sich aufhalten. Jede Frau, in die Sie sich jemals verlieben, wird sterben, während Sie weiterleben. Das schwöre ich beim Andenken an meine geliebte Natasha. Abby Bonham wird die Erste sein, die für Ihren Leichtsinn bezahlt.“

3

„Sag mir bitte, dass das nicht dein Werk ist, Emily", sagte Millie. „Ich hab was übrig für schräge Experimente, aber keine Lust, mit einer Verrückten unter einem Dach zu wohnen. Du wirst dir noch ein Ohr abschneiden wie der alte Vincent van Gogh. Dann stecken sie dich in eine Gummizelle, wo du die Wände mit Bibelsprüchen vollkritzeln kannst. Hätte Kafka gemalt, wären solche Bilder dabei herausgekommen."

Emily hatte das Gefühl zu versteinern, bis sie so gefühllos war wie eine von Millies Plastiken. Jeder Muskel schmerzte und protestierte, als sie ihren Körper zwang, sich umzudrehen. Von der acht Meter breiten, ehemals weißen Wand, an der sie die Entwürfe für ihr Studienprojekt befestigt hatten, starrten sie zwei Dutzend Figuren und Gesichter an, die der Fantasie eines Wahnsinnigen entsprungen sein mussten. Ein Fresko in Schwarz und Rot, das Qualen, Furcht und Verzweiflung ausdrückte. Die Gestalten schienen in der Wand festzustecken. Sie wanden und krümmten sich, um sich aus ihrem steinernen Gefängnis zu befreien, und streckten Emily ihre Arme und Hände entgegen. Ihr weit aufgerissenen Münder flehten stumm um Hilfe.

„Michelangelos *Jüngstes Gericht* in der Sixtina ist dagegen naive Malerei", sagte Millie. „Auf welchem Höllentrip bist du gewesen, Emmy? Hast du was eingeworfen? LSD oder so 'n Zeug?"

Emily wollte antworten, erklären und dementieren, aber ihre Kehle war so staubtrocken, dass sie husten musste.

„Ich … ich habe keine Ahnung. Ich kann mich nicht erinnern."

„Was meinst du damit, du kannst dich nicht erinnern?"

Millie entdeckte den seltsamen Kreis aus Farbe, die Strichmännchen und die Spiegelscherben. Sie runzelte besorgt die Stirn.

„Sag mal … gibt es da noch mehr, was ich wissen sollte? Ich meine, du bist doch nicht einer Sekte beigetreten und feierst schwarze Messen?"

Emilys Gedanken wirbelten durcheinander wie welke Blätter in einem Herbststurm. Sie versuchte krampfhaft, die vergangenen zehn Stunden zusammenzusetzen. Es gelang ihr nicht. Sie ließ sich auf das durchgesessene Ohrensofa sinken und rieb sich die schmerzenden Schläfen.

„Ein Kaffee wäre nicht schlecht. Könntest du uns einen aufsetzen?"

Millie untersuchte den zerbrochenen Faun. Emily sah die Enttäuschung auf ihrem Gesicht und schämte sich.

„Es tut mir leid. Ich habe das nicht gewollt." Sie blickte ihre Freundin bittend an. „Meinst du, wir könnten ihn zusammenkleben?"

„Mach dir um den Faun keine Sorgen, er war sowieso nicht besonders gut." Millie drehte sich zu ihr um. „*Sie* machen mir Sorgen, Miss Gray."

Sie ging in die Küche hinüber. Kurz darauf hörte Emily das Gluckern der Kaffeemaschine. Sie blickte auf die Tür zu dem Lagerraum, in dem sie den größten Teil ihrer Entwürfe aufbewahrte, und erstarrte. Was sie dort sah, erschreckte sie noch mehr als das Höllenfresko an der Wand. Jemand hatte in blutroten Buchstaben die Worte *Er kommt!* auf die Tür geschrieben. Immer wieder, bis ihm die Farbe ausgegangen war. Emily verwarf den Gedanken, dass ein Fremder während der Nacht in das Atelier eingebrochen war, um es auf diese verrückte Weise zu verwüsten. Um all das zu bewerkstelligen, hätte er einen solchen Lärm erzeugen müssen, dass er sie unweigerlich geweckt hätte. Allerdings war dies eindeutig nicht ihre Handschrift. Die Schrift war entgegengesetzt ihrer Schreibweise geneigt und unregelmäßig, als wäre sie das Werk eines ungeübten Linkshänders.

Millie hatte die Schmiererei offenbar noch nicht gesehen, denn die Tür lag halb versteckt hinter einem Regal, in dem Behälter mit Pinseln und Farbtöpfe standen.

Ihre Freundin kehrte zurück und reichte ihr eine Tasse mit schwarzem Kaffee.

„Wie war es in Cornwall?", fragte Emily.

Millie setzte sich neben sie auf das Ohrensofa.

„Das übliche Chaos. Du kennst meine Familie. Es hat keine zwei Stunden gedauert und sie haben fast aufeinander eingeprügelt." Sie grinste schief. „Eine Hochzeit mit Blut, Schweiß und Tränen sozusagen. Lenk nicht ab. Was ist los mit dir?" Sie deutete auf die bemalte Wand. „Wenn du dich daran nicht erinnern kannst, bist du wirklich nicht mehr weit von der Couch eines Psychiaters entfernt."

„Es fing vor ein paar Wochen an. Es gibt da ... gewisse Lücken in meinem Leben."

„Lücken? Was meinst du damit?"

„Oft fehlen mir nur Minuten, manchmal sind es auch Stunden, an die ich mich nicht erinnern kann. Es ist, als würde mich jemand an einen anderen Ort teleportieren. Ich bin plötzlich da und weiß nicht, wie ich dorthin gekommen bin ... oder was ich in der Zwischenzeit gemacht habe."

Millie pfiff durch die Zähne. „Das ist krass. Du könntest also alles Mögliche anstellen, ohne etwas davon zu wissen."

„Ich hatte gehofft, es verschwindet von selbst wieder. Aber es wird immer schlimmer."

„Weißt du, was es ausgelöst hat?", fragte Millie.

„Nein ... vielleicht ... ich weiß nicht. Erinnerst du dich an den Tag, als wir Rowlston unser Projekt vorgeschlagen haben?"

„Das war am 1. August."

„Ich fuhr damals mit dem Bus zurück zum Hafen. Während der Fahrt erlitt ich einen Panikanfall. Der Fahrer musste anhalten, weil die anderen Fahrgäste befürchteten, ich würde kollabieren. Ich hatte rasende Kopfschmerzen. Jemand rief den Notarzt, aber bevor er eintraf, bin ich kopflos ins Freie geflüchtet. Von da an fehlt mir eine halbe Stunde. Auf einer Wiese im Riverside Park kam ich wieder zu mir."

„Warum hast mir nie davon erzählt?"

„Weil ich mich geschämt habe."

„Wie kam es zu dem Anfall?"

„Da war dieser Typ im Bus. Ich konnte nicht aufhören, ihn anzustarren", sagte Emily.

„Was war denn so besonders an ihm?"

„Er war so groß wie ich, aber älter – so um die vierzig. Trotz der Hitze trug er eine Jacke, daran erinnere ich mich noch. Er war blond und hatte einen Dreitagebart. Mit seinen Augen stimmte etwas nicht."

„Was denn?"

Sie waren so ... hypnotisch. Und sie hatten eine ungewöhnliche Farbe – hellgrau mit grünen und violetten Sprenkeln. Ich habe solche Augen noch nie gesehen. Immerzu musste ich ihn anstarren."

„Hat er dich bemerkt?"

„Das ließ sich nicht vermeiden, er stand ja dicht neben mir. Plötzlich kroch dieser seltsame Geruch in meine Nase."

„Kannst du ihn beschreiben?"

„Eine Mischung aus Schweiß, Schimmel und Seetang. Mir wurde übel, und dann kam die Panik. Sie war so heftig, dass ich nicht mehr denken konnte. Ich hatte nur noch ein Verlangen: Raus aus dem Bus. Ich glaube ... es kann sein, dass ich geschrien habe wie am Spieß. Der Fahrer hat angehalten, dann bin ich in Ohnmacht gefallen. Als ich wieder zu mir kam, standen alle um mich herum. Ich lag auf einer der Sitzbänke und sah, wie ein Sanitäter vorn in den Bus stieg. Ich bin aufgesprungen, habe einen alten Mann zur Seite gestoßen und bin aus der hinteren Tür gerannt. Von da an weiß ich nichts mehr, bis ich im Riverside Park zu mir kam."

„War der Typ noch da, als du aufgewacht bist?"

„Vielleicht, vielleicht auch nicht. Ich war so in Panik, dass ich einfach losgelaufen bin. Es war, als wäre ich nicht ich selbst. Als würde ein Fremder die Kommandos geben; jemand, der in meinem Kopf war. Verstehst du, was ich meine?"

„Hört sich an, als wärst du besessen." Millie sah sie misstrauisch an. „Das bist du doch nicht, oder? Du fängst doch nicht gleich an, Aramäisch zu reden oder Suppe zu spucken?"

„Hör auf mit dem Quatsch. Er war da. Ich bin ganz sicher, dass es so war", beharrte Emily.

Millie zog die Nase kraus, als könne sie den Körpergeruch des Mannes wahrnehmen. „Ich schätze, der Geruch war ein Trigger, eine Art Signal. Der Typ hat bei dir auf einen Knopf gedrückt, von dem du nicht weißt, dass er existiert. Stell dir vor, du hörst gerade einen Song im Radio und verbrennst dich im selben Moment an einer heißen Herdplatte. Wenn dir das Lied irgendwann mal wieder in den Sinn kommt, wirst du dich garantiert an die Schmerzen erinnern, sie vielleicht sogar wieder spüren."

„Du meinst, der Geruch hat mich an etwas erinnert, was ich erlebt, aber vergessen habe?"

„Darauf kannst du wetten. Und es war sicher keine angenehme Erfahrung, sonst würde dein Unterbewusstsein es nicht so gründlich verdrängen. Vielleicht war's etwas aus deiner Kindheit. Das ist es meistens. Trigger sind fast immer mit heftigen Traumata verknüpft. Und wenn ich mich hier so umschaue ... oh, Mann. Du bist doch nicht etwa ...? Könnte es sein, dass du ...?"

„Was?"

„Ich traue mich nicht zu fragen, Emmy."

„Ob ich als Kind missbraucht worden bin, meinst du? Nein, ich glaube nicht. Aber ... sicher bin ich mir nicht. Ich kann mich an die ersten sechs Jahre meines Lebens nicht erinnern."

„Willst du mich auf den Arm nehmen?"

Emily wärmte ihre kalten Hände an der Kaffeetasse.

„Dazu ist die Sache zu ernst, findest du nicht?"

„Davon hab ich noch nie gehört", sagte Millie zweifelnd. „Wie ist das möglich?"

„Im Alter von sechs Jahren bin ich an einer Meningitis erkrankt und fast gestorben. Es kommt selten vor, aber eine schwere Hirnhautentzündung kann zu einem totalen Gedächtnisverlust führen."

„Das muss ein komisches Gefühl sein."

„Die meisten Menschen erinnern sich nur an wenige Ereignisse der frühen Kindheit – an einzelne Bilder, Szenen und Eindrücke. Bei mir ist da gar nichts." Emily tippte sich an die Schläfe. „Es ist alles da oben drin, aber ich kann es nicht abrufen."

„Es sei denn, ein Trigger setzt es frei." Millie stand auf und ging auf die bemalte Wand zu. „Ein Trauma zu verdrängen ist eine Sache, aber das hier? Das ist kaum in einer Nacht zu schaffen. Bist du sicher, dass es von dir stammt?"

„Ja. Wer soll es denn sonst gewesen sein?"

Emily zwang sich, die verzerrten Gesichter und ausgestreckten Hände zu studieren. Irgendwo in dem Albtraumfresko war der Schlüssel zu diesem Rätsel versteckt.

„Na ja", sagte sie. „Es ist irgendwie ... nicht dein Stil. He, was ist das?"

Millie hatte die Tür zum Lagerraum entdeckt. Sie ging langsam näher und blieb dann stehen, als hielt eine unsichtbare Barriere sie zurück.

„*Er kommt.*“ Sie drehte sich um. „Wer, Emily? Wer, um Gottes willen, kommt?“

„Niemand. Das ist nur Gekritzel. Ich besorge Farbe und überstreiche es.“

„Was werde ich finden, wenn ich da reingehe? Einen Stapel zersägter Leichen?“

„Ich weiß es nicht“, sagte Emily verzweifelt.

„Dann lass es uns herausfinden.“

Millie ging langsam auf die Tür zum Lagerraum zu.

4

Thomas McCallum lauschte dem Trommeln des Regens auf dem Wagendach. Matt Frazers beiger Mantel war voller Wasserflecken und strömte einen eigenartigen Geruch aus, eine Mischung aus feuchter Erde und kaltem Zigarettenrauch. Tom gab den Inhalt des Gesprächs wieder, das im Besuchszimmer des Gefängnisses stattgefunden hatte.

„Sorokin weiß, dass er aus der Sache nicht mehr rauskommt", sagte Frazer. „Er beißt blindwütig um sich und versucht, jemanden zu erwischen. Du solltest sein Geschwätz nicht ernst nehmen."

„Er hat mich nicht aus Brighton herbestellt, um leere Drohungen auszustoßen, Matt. Dieser Mann geht über Leichen, ein Menschenleben bedeutet ihm nichts. Sorokin macht mich für den Tod von Natasha Gradenko verantwortlich, der einzigen Frau, die jemals echte Gefühle in ihm ausgelöst hat. Er wird seinen Ziehsohn auf mich ansetzen, und was das bedeutet, brauche ich dir nicht zu erklären. Cataldo ist ein Monster. Es gibt nur eine Sache, die in ihm eine Emotion hervorruft: einen Menschen zu töten. Außerdem ist er der Einzige außer mir und Abby, der die Wahrheit kennt. Er kann es sich gar nicht leisten, uns am Leben zu lassen."

„Mach dir keine Sorgen. Abby Bonham ist in Sicherheit, er kommt niemals an sie heran."

„Ich will sie sehen und mich selbst davon überzeugen."

„Wie stellst du dir das vor? Nicht mal ich weiß, wo das Team des Zeugenschutzes sie hingebracht hat."

„Dann finde es heraus."

Frazer beugte sich vor und ließ den Motor an. Die Scheibenwischer mühten sich mit dem Regen ab, der in dichten Bahnen zur Erde fiel.

„Wenn wir Cataldo haben, dann ..."

„Was dann? Er ist nicht der einzige Auftragskiller, der für Sorokin arbeitet. Er wird niemals aufhören, uns zu jagen. Dieser Job war ein verdammter Fehler. Ich steige aus, Matt."

„Das sagst du jedes Mal. Dabei bist du so durch und durch Bulle, dass du gar nicht mehr weißt, wie es ist, etwas anderes zu machen, als Ratten wie Sorokin zu jagen."

„Es ist mein Ernst. Ich gehe mit Abby fort. Fang was Neues an ... irgendwas. Hauptsache, ich lasse diesen Sumpf aus Verbrechen und Korruption hinter mir."

„Du verknallst dich in eine Kellnerin und willst alles hinschmeißen? Die Kleine hat dir ganz schön den Kopf verdreht, was? Mmh, du musst ja wissen, was du tust. Ich wette, du hältst keine zwei Wochen durch, dann stehst du wieder in meinem Büro und bettelst um einen Job."

„Heißt es nicht, es gibt für jeden einen Soulmate?"

„Mag sein, aber die Chancen, ihn unter acht Milliarden Menschen zu finden, die sich auf diesem Erdball auf die Füße treten, dürften ziemlich schlecht stehen."

„Nicht jeder ist im Lauf der Jahre so zynisch geworden wie du, Matt. Bevor mir das Gleiche passiert, tauche ich lieber unter."

„Mal abgesehen davon, dass Abby im Zeugenschutzprogramm ist ... wo willst du dich mit ihr vor Sorokins Leuten verstecken? Als Bulle hast du immer noch die besseren Karten, weil du die Unterstützung der *Met* hast."

„Dann lass dir was einfallen. Ich habe Abby und ihre Tochter in diese Sache hineingezogen, also bin ich für sie verantwortlich. Bevor ich ins Gras beiße, ziehe ich die Reißleine."

Frazer rieb sich das Kinn. „Ins Gras beißen ... das ist keine schlechte Idee. Darüber muss man nachdenken."

5

„Sag mir, was ich hinter dieser Tür finden werde, E-mily.“

Vorsichtig, als könne sie jederzeit ein Ungeheuer anspringen, das sich im Kleiderschrank versteckt hat, näherte sich Millie dem Lagerraum. Sie hob ein Bruchstück der Faunskulptur auf und wog es prüfend in der Hand.

„Nichts ... außer meinen Bildern“, sagte Emily, „glaube ich jedenfalls.“

Millie drückte die Klinke herunter, das Schloss war verriegelt. Sie fummelte an dem hakeligen Schlüssel, bis ein scharfes Schnappen zu hören war. Emily zuckte zusammen. Die Tür sprang einen Spalt auf, Millie gab ihr einen Stoß. Aus dem fensterlosen Raum floss die Dunkelheit wie schwarze Ölfarbe ins Atelier, es roch nach Terpentin und Firnis. Millie drückte auf den Schalter neben dem Türrahmen. Das Deckenlicht flammte auf und erhellte Regale mit Pinseln, Meißeln und weiteren Werkzeugen. An der hinteren Wand lehnten mit Leinwand bespannte Rahmen unterschiedlicher Größe. Der vorderste zeigte das Bild eines Hauses vor einer sturmumtosten Landschaft. Ein schwarzer Schatten flackerte am rechten Rand. Er schien sich in dem zuckenden Licht der alten Neonröhre von selbst zu bewegen.

Millie hob das Bild auf und betrachtete es kritisch.

„Das ist die verrückteste Farbkombination, die ich je gesehen habe."

Sie stellte die Leinwand ab und untersuchte neugierig die anderen Bilder. Sie waren aus unterschiedlichen Perspektiven gemalt, zeigten aber dasselbe Motiv. Das Haus schien sich in die grasbewachsenen Hügel hineinducken zu wollen, als könne es sich so vor dem aufgewühlten Meer schützen, das den unteren Rand ausfüllte.

„Warum hast ihm eine knallblaue Tür gegeben? Der Kontrast ist viel zu stark. Sie überstrahlt die Pastellfarben, lenkt das Auge des Betrachters ab und zerstört die Atmosphäre.

„Ich hatte das Gefühl, dass es so richtig ist", sagte Emily.

„Krass. He, Moment mal."

Millie holte die anderen Leinwände aus dem Lagerraum und lehnte sie gegen die Wand im Atelier. Sie schob sie hin und her, bestrebt, sie in eine sinnvolle Reihenfolge zu bringen. Emily rang die aufsteigende Panik nieder, denn sie erkannte instinktiv, welche Geschichte die surrealen Bilder erzählten.

Millie brauchte nicht lange, um ihre Aufgabe zu lösen. Der Schatten des ersten Bildes wurde auf jedem weiteren größer. Die Umrisse eines Mannes traten immer deutlicher hervor. Er schien sich von den grellen Acrylfarben zu ernähren, aß sie gleichsam auf und nahm dadurch immer mehr Raum ein. Einzig sein Gesicht blieb ein nachtschwarzer, leerer Fleck.

„Er kommt", flüsterte Millie. „Emmy, was ist los mit dir? Wer ist der Kerl?"

„Ich weiß es nicht. Er war ... er war noch nicht da, als ich die Bilder gemalt habe.“

„Was soll das heißen, er war noch nicht da?“

„Seit einer Woche versuche ich etwas anderes zu malen, aber es kommt immer dasselbe Haus dabei heraus. Es fühlt sich an, als würde etwas meine Hand führen, ich kann mich nicht dagegen wehren. Abends schließe ich jedes neue Bild in den Lagerraum. Am nächsten Morgen ist der Mann auf der Leinwand, als hätte ihn jemand während der Nacht dorthin gezaubert. Seit drei Tagen rühre ich deshalb keinen Pinsel mehr an.“

Millie betrachtete das Bild mit ihrem erfahrenen Blick für Emilys Maltechnik und fuhr mit der Fingerspitze über die dick aufgetragene Farbe.

„Entweder hattest du nachts tatsächlich Besuch von einem Phantom, das eine Vorliebe für schwarze Farbe hat, oder du hast deine Arbeitsweise grundlegend geändert.“

„Wie kommst du darauf?“

„Sieh dir die Neigung der Pinselstriche an.“

„Was ist damit?“

„Schau genauer hin. Ich kenne deine Technik gut, Emily. Du malst normalerweise von rechts oben nach links unten, weil du Rechtshänderin bist.“

Emily betrachtete das Bild. Sie besaß eine Vorliebe für van Gogh, hatte ihn oft genug zu Studienzwecken kopiert. Millie irrte sich nicht, die unzähligen, kurzen Ansätze verliefen entgegengesetzt zu ihrer üblichen Vorgehensweise.

„Es stammt von einem Linkshänder“, sagte Millie, „oder Sie verwandeln sich um Mitternacht in Mr Hyde und malen wie ein Wahnsinniger, Dr. Jekyll.“

„Lass den Quatsch. Das ist nicht komisch.“

Millie stellte das letzte Bild der Serie nach vorn. Auf ihm waren nur noch der Oberkörper und das unheimliche leere Gesicht zu sehen. Es füllte nahezu die gesamte Leinwand aus.

„Du fürchtest dich davor, dass er sich zu erkennen gibt, nicht wahr? Gleichzeitig willst du wissen, wer er ist.“

„Unsinn.“

Emily raffte die Bilder zusammen und trug sie in den Lagerraum zurück.

Millie folgte ihr. „Was hast du damit gemeint, du hast das Gefühl, jemand würde deine Hand führen?“, fragte sie.

„Es ist, als versuche etwas in mir sich an dieses Haus und diesen Mann zu erinnern, aber ein anderer Teil scheint es verhindern zu wollen, indem er nicht erlaubt, dass ich ihm ein Gesicht gebe.“

„Dann lag ich mit meiner Analyse gar nicht so falsch. Ich schätze, du brauchst dringend Hilfe.“

„Ich will nicht, dass jemand davon erfährt“, sagte Emily.

„Psychotherapeuten unterliegen genauso wie Ärzte der Schweigepflicht“, erwiderte Millie.

„Nicht, wenn sie glauben, dass ich für mich und andere eine Gefahr darstelle. Dann sperren sie mich in die geschlossene Psychiatrie und pumpen mich mit Tabletten voll, bis mir die Intelligenz eines Blumenkohls bleibt.“

„Willst du warten, bis dir wirklich etwas passiert? Du weißt ja nicht mal, was du während deiner Blackouts

anstellst." Millie kaute nachdenklich auf ihrer Unterlippe. Plötzlich hellte sich ihre Miene auf. „Ich glaube,
ich kenne jemanden, der dir helfen kann."

6

Southampton, 8. September

„Es scheint niemand da zu sein." Emily drehte sich hastig um. „Lass uns wieder gehen."

Millie löste ihren Finger von der Türklingel und hämmerte gegen die Tür. „Er *ist* da, verlass dich drauf. Man muss ihm nur einen Anlass geben, aus dem Olymp der gelangweilten Genies herabzusteigen."

Emily blickte sich um und schlang schützend die Arme um den Leib. Der Regen schien die letzten Farbreste aus den schmutzigen Backsteinfassaden zu waschen. Die spitzgiebeligen Häuser entlang der Seitenstraße im Norden von Southampton pressten sich eng aneinander, als müssten sie sich gegenseitig stützen, um nicht einzustürzen. Schmucklose Wohnhäuser wechselten sich mit Lebensmittelläden und Pubs ab. Herabgelassene Rolltore und leere Schaufenster zeugten davon, dass die meisten Geschäfte längst aufgegeben worden waren. An der Eingangstür des Hauses mit der Nummer 86 hing ein verblichenes Schild.

Robert Cayce
Lebensberatung und Energiearbeit. Medium.

„Millie, ich brauche keinen Scharlatan, der mir Geld aus der Tasche zieht, das ich sowieso nicht habe, sondern einen guten Therapeuten."

„Lass dich nicht täuschen. Mit Speck fängt man Mäuse. Die Leute wollen nun mal betrogen werden. Bob wirbt damit, weil auch ein gelehrter Überflieger seinen Lebensunterhalt verdienen muss."

„Warum unterrichtet er dann nicht an einer Universität?"

„Er ist ein bisschen kompliziert ... aber genial, glaub mir. Der Beste, um genau zu sein. Jedenfalls war er das mal." Millie zog an Emilys Arm. „Los, komm mit."

Ein schmaler Pfad führte zwischen den Häusern hindurch. Sie gelangten in einen Hinterhof, in dem es nach Unrat und ungeklärtem Abwasser stank. Auf der linken Seite trennte ein Zaun, von dem die weiße Farbe abblätterte, den zum Haus gehörenden Garten vom Hof ab. Oleanderbüsche und Lorbeer wuchsen wild ohne Eingriff des Menschen. Der Rasen war länger nicht gemäht worden, auf den Kieswegen wucherte Unkraut. Millie stieß das windschiefe Tor auf. Sie näherte sich der Rückseite der Häuserzeile, legte die Hände an eine Fensterscheibe und spähte hinein.

„Komm schon, Millie. Lass uns gehen", drängte Emily.

„Nur Geduld. Glaub mir, einen besseren Wunderdoktor wirst du in ganz England nicht finden."

„Ich will keinen Wunderdoktor, sondern ..."

„Dachte ich's mir doch", rief Millie triumphierend.

Die Hintertür war unverschlossen. Widerstrebend folgte Emily ihrer Freundin ins Innere des Hauses. Sie fanden Cayce in einem abgedunkelten Zimmer auf dem Sofa. Er lag auf dem Rücken und schnarchte laut.

„Hier riecht's ja wie in einer Opiumhöhle. Na warte."

Millie zog die Vorhänge zur Seite und öffnete das Fenster. Auf Cayce machte das helle Tageslicht keinen Eindruck. Er blinzelte kurz und drehte sich grunzend zur Wand. Auf dem niedrigen Tisch stand eine Ansammlung von Töpfen, leeren Konservendosen und gläsernen Laborphiolen. In einer Schüssel klebten bräunliche Brocken, die wie die Reste einer Pilzmahlzeit aussahen. Auf dem Boden stand eine kleine Propangasflasche mit angeschlossenem Bunsenbrenner. Der Platz unter dem Sofa diente offensichtlich als Sammelstelle für Leergut. Hatte Millie den Verstand verloren? Glaubte sie ernsthaft, dieser Junkie wäre die Lösung für ihre Probleme?

Ihre Freundin lief in die Küche und kehrte mit einem Topf zurück. Ein Schwall kaltes Wasser ergoss sich über den Schlafenden. Cayce fuhr prustend hoch und riss die Augen auf.

„Ausgeschlafen, du Faulpelz?", rief Millie.

Sein feistes Gesicht leuchtete wie ein polierter Granatapfel. Das Haar stand ihm wirr vom Kopf ab, in dem feuerroten Bart glitzerten Wassertropfen. Millie nahm die Schüssel mit den Resten der Mahlzeit und roch daran.

„Was hast du wieder für ein Hexenkraut zusammengerührt? Ich hatte dich gebeten, wenigstens heute nüchtern zu bleiben, schon vergessen?"

„Ich bin nicht betrunken", krächzte er. „Mangels Probanden musste ich einen Selbstversuch durchführen." Er stöhnte und hielt sich den Kopf. Seine blutunterlaufenen Augen flackerten wie zwei Stroboskoplichter.

„Mit vollem Erfolg, wie man sieht", sagte Millie.

„Die Mischung war wohl etwas stark“, murmelte er.

Emily drehte sich wortlos um und verließ das Zimmer.

„He, hiergeblieben.“ Millie lief ihr nach. „Zugegeben, er macht nicht den besten Eindruck, aber das kriegen wir hin. Es gibt nichts, was eine Kanne Kaffee nicht in Ordnung bringen könnte.“

Sie ging in die Küche, kurz darauf begann die Kaffeemaschine zu arbeiten. Cayce rieb sich stöhnend den Nacken und bemühte sich, seinen Schwerpunkt zu finden. Emily starrte verlegen Löcher in die Luft. Schließlich kehrte Millie zurück.

„Hilf mir mal“, sagte sie.

Gemeinsam packten sie Cayce unter den Schultern und schleiften ihn aus dem Zimmer.

„Zeit für eine erfrischende Dusche, Bruderherz“, sagte Millie.

Emily riss die Augen auf. „Bruder?“

„Cayce ist sein Künstlername. Darf ich vorstellen? Professor Doktor Robert Hill. Bei seinen Kollegen ist er als rechthaberisch, überheblich und cholerisch verschrien. Sein Jähzorn ist legendär, richtet sich in der Regel aber nur gegen Leute, die es wagen, seine sonderbaren Thesen anzugreifen. Wir sind also in Sicherheit, solange wir sein Genie nicht anzweifeln.“

Hill rülpste zur Bestätigung.

Millie schnalzte ärgerlich mit der Zunge und blickte sich um.

„Hier ist zum letzten Mal sauber gemacht worden, als die Römer Großbritannien eroberten. Was macht eigentlich die Haushaltshilfe, die ich dir besorgt habe? Hat sie die Flucht ergriffen wie die anderen zuvor?“

„Ich habe den Putzteufel davongejagt", schimpfte Hill. „Das sieht dir ähnlich."

Sie trieb ihren Bruder ins Badezimmer. Innerhalb einer halben Stunde schaffte sie es, ihn in einen Menschen zu verwandeln, der in der Lage war, mit seiner Umwelt zu kommunizieren. Hill trank tassenweise schwarzen Kaffee.

„Gehen wir in mein Arbeitszimmer", schlug er vor.

„Zuvor möchte ich etwas klarstellen", sagte Emily. „Ich brauche niemanden, der mir aus der Hand liest oder eine Glaskugel befragt."

„Vergessen Sie diesen Unsinn. Damit bezahle ich meine Stromrechnung."

„Schau an, ein ehrlicher Schwindler", entfuhr es ihr.

„Narren wollen betrogen werden. Ihr Obolus dient einem guten Zweck. Sie finanzieren meine Forschungen, ohne die die Menschheit ärmer dran wäre."

„Rede keinen Quatsch, Bob. Emily braucht Hilfe." Millie blinzelte kokett. „Ich versprach dir einen interessanten Fall; einen, der dein ganzes Können erfordert."

„Hoffen wir, dass es sich lohnt", brummte er.

Emily zögerte. Ihre Mitbewohnerin brachte oft verschrobene Besucher ins Atelier. Wenn man sich die Mühe machte, sich auf sie einzulassen, entpuppten sich einige von ihnen bei näherer Betrachtung als Menschen mit erstaunlichen Talenten und Fähigkeiten. Vielleicht verbarg sich unter Hills stacheliger Schale wirklich ein guter Psychiater. Falls sie seine Hilfe ablehnte, würde sie es nie erfahren. Eine Wahl hatte sie ohnehin nicht, wenn sie nicht ein halbes Jahr auf einen Termin bei einem anderen Therapeuten warten wollte.

„Ich ... ich weiß nicht, ob mir überhaupt jemand helfen kann", sagte sie.

„Die Psychologie ist keine exakte Wissenschaft, ich kann Ihnen nichts versprechen. Lassen Sie es uns versuchen."

Hill ging voraus, ohne abzuwarten, ob sie ihm folgte. Emily entschloss sich, ihm eine Chance zu geben.

Das Arbeitszimmer hätte zu einem Forscher des 19. Jahrhunderts gepasst, der von jeder seiner zahlreichen Reisen allerlei rätselhafte Artefakte mitgebracht hatte. Neben einer Buddhafigur aus rotem Ton stand ein ausgestopfter Sperber mit aufgerissenem Schnabel. Auf dem mit Papieren und Büchern bedeckten Schreibtisch ruhte ein menschlicher Schädel. Emily überflog die Titel auf den Buchrücken der mit Fachliteratur vollgestopften Regale und schöpfte Hoffnung. Robert Hill hatte mindestens ein Dutzend Abhandlungen über Bewusstseinsforschung und Geisteskrankheiten geschrieben. An der Längswand hingen ein verstaubtes Doktordiplom, zahlreiche Ehrenurkunden und Auszeichnungen und eine Professur der Universität Oxford. Was mochte diesen intelligenten und gebildeten Mann dazu gebracht haben, sich als esoterischer Lebensberater durchzuschlagen? Waren es tatsächlich nur seine offene Menschenfeindlichkeit und sein schroffes Benehmen?

Hill deutete auf eine Sitzecke aus schwarzem Leder. „Nehmen Sie Platz, Miss ...?"

„Mein Name ist Emily Gray. Ich muss Sie darauf hinweisen, dass ich Sie nicht bezahlen kann", gestand sie.

„Machen Sie sich deshalb keine Sorgen. Ich behandle Sie, damit ich so schnell wie möglich meine Schwester loswerde, das ist mir Lohn genug. Außerdem hat sie mich neugierig gemacht. Enttäuschen Sie mich also nicht. Schießen Sie los."

Stockend berichtete sie von dem Erlebnis im Bus, den Blackouts und den Bildern. Hill legte die Fingerspitzen aneinander, lehnte sich zurück und schloss die Augen. Zumindest war er ein geduldiger Zuhörer.

„Es klingt verrückt, aber ich habe das Gefühl, als würde mir jemand immer größere Teile meines Lebens stehlen", beendete Emily ihren Bericht.

Hill nickte. „Das ist auch mein Eindruck."

Sie setzte sich kerzengerade auf. „Erklären Sie mir nicht, ich wäre von einem Dämon oder einem bösen Geist besessen. Sie ... Sie wollen doch jetzt nicht so eine Art Exorzismus durchführen, oder?"

Er lachte zum ersten Mal, was ihn in einem völlig neuen Licht erscheinen ließ. Er wirkte um Jahre jünger, die hellen Augen hinter der Brille mit den randlosen Gläsern funkelten belustigt.

„Die Wissenschaft irrt häufig, das liegt in ihrer Natur, doch sie richtet nicht halb so viel Schaden an wie die katholische Kirche, Miss Gray. Ich versichere Ihnen, wir haben es hier nicht mit einem Fall von Besessenheit zu tun."

„Sie glauben also, dass ich ...", sie scheute sich, das Wort auszusprechen, „... dass ich verrückt bin?"

„Nein, aber Sie haben ein ernsthaftes Problem. Wenn wir der Sache auf den Grund gehen wollen, muss ich zunächst Erkrankungen des Gehirns ausschließen. Ihre Symptome könnten auf eine beginnende Schizophrenie hindeuten."

„Okay."

„Gut. Ich stelle Ihnen jetzt eine Reihe von Fragen, die Sie bitte wahrheitsgemäß beantworten. Manche davon werden Ihnen merkwürdig vorkommen, aber kümmern Sie sich nicht darum, sie dienen einem wohlüberlegten Zweck. Sind Sie bereit?"

Emily nickte. Sie war nervös und fühlte sich unbehaglich, denn sie hasste es, ihre intimsten Gedanken und Gefühle einem Fremden zu offenbaren. Wenn Millie nicht in das Atelier geplatzt wäre, hätte sie nicht einmal mit ihr darüber gesprochen.

„Leiden Sie an Wahnvorstellungen oder Halluzinationen?", fragte Hill. „Hören Sie Stimmen oder sehen ab und zu Dinge, die nicht existieren?"

„Nein."

„Haben Sie das Gefühl, dass jemand Ihre Gedanken und Gefühle kontrolliert?"

„J… ja. Manchmal."

„Haben Sie Schwierigkeiten, sich auszudrücken oder Ihre Absichten zu erklären?"

„Nein."

Hill stellte ihr etwa zwei Dutzend ähnliche Fragen und machte sich Notizen. Die meisten beantwortete sie zu ihrer Erleichterung mit „Nein". Er ging sehr schnell vor, was sie dazu veranlasste, rasch zu antworten. Selbst wenn sie gewollt hätte, wäre es ihr schwergefallen zu lügen.

„Glauben Sie, dass ich krank bin?", fragte sie zögernd.

„Wir sind hier nicht in der Kirche", brummte er, „mit Glauben hat meine Arbeit nichts zu tun. Um eine exakte Diagnose zu stellen, müsste ich nun verschiedene Bluttests und ein MRT Ihres Gehirns vornehmen. Ich meine aber schon jetzt sagen zu können, dass bei

Ihnen mit an Sicherheit grenzender Wahrscheinlichkeit weder eine Schizophrenie noch eine bipolare Störung vorliegt."

„Was bedeutet das? Ist das gut?"

„Es bedeutet, dass wir ganz vorne anfangen müssen. Das Erlebnis im Bus war vermutlich ein Trigger, der eine Erinnerung ausgelöst hat. Da hat Millie ganz recht. Doch da gibt es etwas in Ihnen, das unter allen Umständen verhindern will, dass es Ihnen gelingt, sich zu erinnern. Es ist eine Art Schutzmechanismus Ihres Unterbewusstseins."

„Sie meinen, in meinem Kopf streiten sich zwei Stimmen darum, wer lauter schreien kann?"

„Kein schlechter Vergleich", sagte Hill.

„Aber wie ist das möglich? Ich meine, ich habe ein Bewusstsein, ein Ich, ein … oder doch nicht?"

„Wir forschen seit Ewigkeiten, um das menschliche Gehirn zu verstehen, und wir wissen noch immer sehr wenig", antwortete Hill. „Die Vorstellung des Ichs ist eine Illusion – eine Laune der Natur, die uns das Denken erleichtert. Immerhin haben die Mediziner gelernt, auf bestimmte Symptome mit entsprechenden Gegenmaßnahmen zu reagieren. In Ihrem Fall bedeutet das: Da der schlafende Drache nun einmal geweckt wurde, müssen Sie sich ihm stellen. Mit anderen Worten: Es gilt herauszufinden, welches Trauma Ihre panische Reaktion ausgelöst hat. Erzählen Sie mir von Ihrer Kindheit. War sie glücklich? Was ist das erste Erlebnis, an das Sie sich erinnern?"

„Das kann ich nicht."

Hill schob seine Brille auf die Nasenspitze. „Wie meinen Sie das?"

„Im Alter von sechs Jahren erkrankte ich an einer Gehirnhautentzündung, die einen vollständigen Gedächtnisverlust zur Folge hatte. An die Zeit davor besitze ich keine Erinnerung."

„Mmh. Eine seltene Komplikation, jedoch nicht ausgeschlossen." Er rieb sich die Schläfen und rief nach Millie. „Schau mal im Bad nach, ob irgendwo ein Aspirin herumliegt. Und dann mach einen kleinen Einkaufsbummel, mein Kühlschrank ist leer. Das hier wird wohl länger dauern."

Millie verzog missbilligend den Mund und verschwand.

„Die Ursache für die Blackouts liegt in der Zeit, an die ich keine Erinnerung besitze, nicht wahr?", fragte Emily.

„Das ist sehr wahrscheinlich. Wir müssen herausfinden, was Sie erlebt haben."

„Und wie?"

„Haben Sie mit Ihren Eltern über die verlorene Zeit gesprochen?"

„Sehr oft sogar. Nichts von dem, was sie mir berichtet haben, könnte zu einem schweren Trauma führen. Bis zu meiner Erkrankung hatte ich eine ganz normale, unbeschwerte Kindheit."

„Es muss ein Ereignis geben."

„Wollen Sie damit andeuten, dass meine Eltern mich belügen?"

„Nein, aber vielleicht wollen sie Sie schützen."

Millie brachte Hill ein Glas Wasser, in dem eine Kopfschmerztablette sprudelte.

„Wie lange wirst du brauchen?", fragte sie ihn.

„Mindestens zwei Stunden."

Sie wandte sich an Emily. „Du kannst Bob vertrauen." Mit einem Blick auf ihren Bruder fuhr sie säuerlich fort: „Auch wenn ich nicht begreife, warum ein Mann, der sich seit Jahrzehnten mit den Irrwegen des menschlichen Geistes beschäftigt, sein eigenes Leben nicht in den Griff bekommt."

Hill lehrte das Glas in einem Zug und leckte sich über die Lippen. „Wenn du zurück bist, musst du uns deine Crumpets machen. Millie macht die besten."

„Viel Erfolg", sagte sie.

Emily rutschte auf ihrem Sessel hin und her. „Zwei Stunden! Wollen Sie mir eine Art Gehirnwäsche verpassen?"

Hill schmunzelte. „Nein. Ich will Ihnen jedoch nichts vormachen. Es könnte eine unangenehme Erfahrung werden." Er wurde ernst und beugte sich vor. „Aber die kann ich Ihnen nicht ersparen, Emily. Sie müssen sich diesem Ereignis stellen, es sich ins Bewusstsein rufen und es noch einmal durchleben. Dadurch lernen Sie, das Trauma neu zu bewerten, und erlangen die Kontrolle darüber. Wir werden die Bedürfnisse, die damals nicht erfüllt oder verletzt wurden, in einem erneuten Erleben befriedigen und die Dinge gewissermaßen geraderücken. Ich versetze Sie in eine Trance und führe Sie behutsam an den kritischen Punkt heran."

„Welche Risiken sind damit verbunden?"

„Da ich Sie auf dieser Reise als erfahrener Therapeut begleite – keine. Sehen Sie, das Gehirn kann in einem Zustand der Hypnose Vision und Realität nicht unterscheiden. Das Gleiche passiert, wenn Sie träumen – und das tun Sie jede Nacht. Sie werden sich anschließend möglicherweise fühlen, als wären Sie aus einem

Albtraum erwacht. Einem Albtraum, der dann jedoch unwiderruflich zu Ende ist und nicht wiederkehrt. Keine Sorge, ich setze speziell von mir entwickelte Techniken ein, die eine Retraumatisierung verhindern."

„Haben Sie das schon oft gemacht?"

Hill nickte. „Oh ja. Bevor ich mich entschied, den Leuten Sand in die Augen zu streuen, um sie eine Zeit lang auf einer rosa Wolke schweben zu lassen, habe ich in der Traumaforschung gearbeitet und neue Therapieformen entwickelt. Ich habe mehrere Abhandlungen zu dem Themenkomplex veröffentlicht."

„Warum haben Sie aufgehört zu forschen?"

„Nun, ich habe nicht damit abgeschlossen, sondern nur die Methoden und das Umfeld gewechselt und mich auf eigene Füße gestellt. Auch in meinem Fachbereich gibt es Neider. Nicht jeder Kollege besitzt die Weitsicht, meinen unorthodoxen Ansichten zuzustimmen. Zwischen Narren mit Doktorhüten fühlte ich mich nicht mehr wohl. Aber genug geplaudert. Ich darf Sie nun bitten, auf dieser bequemen Liege Platz zu nehmen und sich zu entspannen."

„Sie ... Sie wollen jetzt gleich beginnen?"

„Worauf wollen Sie warten? Ihr Problem wird nicht von selbst verschwinden. Oder gehören Sie zu der Sorte Mensch, die so lange zaudert, eine Sache anzugehen, bis es zu spät ist? Je schneller Sie dem Mistkerl die Zähne zeigen, desto besser."

Hill trommelte ungeduldig auf die Sessellehne. Schließlich legte er seinen Notizblock zur Seite, faltete die Hände vor dem ansehnlichen Bauch und atmete geräuschvoll durch die Nase aus.

„Ich verstehe. Einem groben Klotz wie mir bringt man kein Vertrauen entgegen, und das ist es, was Sie jetzt am meisten brauchen. Ich gestehe, mein größter Fehler – ja, selbst ich habe welche – ist meine Ungeduld. Meine Schwester kennt mich gut. Sie hat mich an meinem wunden Punkt erwischt: an meiner Eitelkeit und meiner Neugier. Ich bin ein cholerischer Grobian mit mangelnder Impulskontrolle, aber sehr intelligent. Ich würde sogar sagen, schlichtweg genial. Das müssen selbst meine schärfsten Kritiker eingestehen. Es kitzelt mich in meinen akademischen Fingerspitzen, herauszufinden, was Sie quält. Sie sind ein außergewöhnlicher Fall, der mir meine Langeweile vertreiben wird. Sie würden mir also einen großen Gefallen erweisen. Ich …"

„Gut. Fangen wir an."

Emily stand auf, ging zu der schwarzen Lederliege hinüber und machte es sich bequem.

„Ich mag Leute, die mir keinen Honig ums Maul schmieren", sagte sie. „Außerdem wird Millie Sie auf kleiner Flamme rösten, wenn Sie an mir herumpfuschen."

Der Professor lachte dröhnend. „Wie wahr. Sie ist die einzige Person, der ich es erlaube, mir ab und zu den Kopf zu waschen."

Er breitete eine dunkelblaue Wolldecke über Emily. Seine Bewegungen waren beinahe zärtlich und passten nicht zu seinem grobschlächtigen Wesen. Hill hatte wohl mehr Seiten, als sie vermutete.

Er zog die Vorhänge vor das Fenster und entzündete ein Teelicht neben der Liege, das sanft durch einen orangefarbenen Rosenquarz schimmerte. Dann rückte er seinen Sessel heran, bis er Emily mit der Hand bequem erreichen konnte.

„Wir werden jetzt eine Reise in Ihre Vergangenheit unternehmen, Emily. Denken Sie immer daran, dass ich Sie begleite. Sie bestimmen das Tempo und wie weit wir gehen. Sie können jederzeit umkehren. Möglicherweise brauchen wir mehrere Sitzungen, um zum Kern Ihres Problems vorzustoßen. Sind Sie bereit?“

Sie nickte krampfhaft. Ihre Nackenmuskeln waren hart und angespannt. Hill begann mit einer einfachen Atemübung und leitete sie an, nach und nach ihren gesamten Körper zu entspannen. Sie spürte Wärme und Gelassenheit wie einen warmen Luftstrom ihre Haut umspielen.

„Wir beginnen nun unsere Reise“, sagte er, „eine Reise, die Sie tief hinab in die unbekannten Gefilde Ihres Unterbewusstseins führen wird. In einen Wald voller Monster und Gefahren, denen Sie sich stellen müssen.“

7

Hätte er die Wahl gehabt, hätte Thomas McCallum den Highgate Cemetery als letzte Ruhestätte bevorzugt, eine grüne und stille Oase inmitten der pulsierenden Stadt. Hier ruhten illustre Persönlichkeiten wie Karl Marx und Adam Worth, der Napoleon des Verbrechens. Ein Grab auf diesem Friedhof wäre passend für einen der erfolgreichsten verdeckten Ermittler des *Specialist Operations Directorate*, dachte er.

Als er den Wunsch geäußert hatte, die Show seines Ablebens an jenem historischen Ort zu präsentieren, hatte Frazer mit hochrotem Kopf geantwortet: „Du gehörst zu den wenigen Leuten, die ihre eigene Beerdigung überleben, Tom. Deshalb solltest du zufrieden damit sein, dass du dir die Radieschen noch eine Weile von oben betrachten darfst."

So musste er sich also mit dem städtischen Friedhof südlich des Wanstead Parks zufriedengeben. Tom beobachtete die unwirkliche Szene und drückte sich tiefer in den Schatten eines hoch aufragenden Grabsteins. Die schwarz gekleidete Menge, die sich eingefunden hatte, um ihm das letzte Geleit zu geben, erfüllte ihn mit einer seltsamen Mischung aus Trauer und morbider Faszination. Wer bekam schon die Gelegenheit, die eigene Beerdigung mitzuerleben?

Immerhin sind es mehr, als ich vermutet hatte, dachte er amüsiert.

Er stützte sich auf seinen Gehstock, den er seit einigen Tagen anstelle der Krücken benutzte, und schlug den Kragen seiner dunklen Jacke hoch. Ein feiner Nieselregen fiel von dem bleigrauen Himmel und kroch unaufhaltsam durch den Stoff. Wenn sein Boss ihn bemerkte, würde er entweder einen Herzinfarkt erleiden oder ihn so zusammenfalten, dass er in die Urne passte, die darauf wartete, in die Londoner Erde versenkt zu werden. Außer Matt Frazer und der Innenministerin wusste niemand, dass der Bestatter nicht die Asche eines Verstorbenen, sondern eine Urne mit Sand in das Grab mit der Nummer 486 hinablassen würde.

Matt hatte sogar daran gedacht, einen Trompeter zu organisieren, der nun *Always on My Mind* von Elvis Presley anstimmte.

Wenn ich eines Tages wirklich sterbe, darf ich nicht vergessen, mir vorher einen anderen Song auszusuchen, dachte Tom amüsiert.

Sein Blick glitt über die Gesichter der Trauergäste. Er versuchte zu ergründen, ob Matt einen Fehler gemacht oder ein Detail übersehen hatte. Er sah betroffene, ernste und gleichgültige Mienen. Adam Richards, der die Katastrophe bei der Razzia im *Red Door* ausgelöst hatte, weil er mit seinem Einsatzkommando zu früh losgestürmt war, sah verstohlen auf seine Armbanduhr. Ihn schienen die Feierlichkeiten zu langweilen. Er war wohl nur gekommen, weil ein Fernbleiben ein schlechtes Licht auf ihn geworfen hätte. Tom beobachtete ihn argwöhnisch. Ob mehr hinter dem verpatzten

Einsatz steckte? Er war noch immer sicher, dass es einen Maulwurf bei der *Met* gab, der Sorokin mit Informationen versorgte, auch wenn Matt dies energisch bestritt.

Der Trompeter ließ den letzten Ton ausklingen. Der Pfarrer schlug das Kreuz – das Zeichen für den Bestatter, die Urne in die Erde hinabzulassen. Abby schluchzte. Sie schwankte, fing sich aber wieder, als Frazer sie stützen wollte. Wenn Tom Zweifel gehabt hätte, dass sie ihn aufrichtig liebte, so wären sie spätestens in diesem Augenblick gegenstandslos gewesen. Der Schmerz, den er ihr zufügen musste, brannte auch in seiner Brust. Er hatte darauf bestanden, sie einzuweihen, aber Matt hatte sich geweigert. Sie wussten nicht, ob Abbys Schauspielkünste ausreichten, um die trauernde Geliebte überzeugend zu spielen.

Sorokin ließ das Begräbnis todsicher von seinen Leuten beobachten. Tom hatte lange mit Matt darüber diskutiert, ob sie Abby erlauben sollten, teilzunehmen. Er war der Meinung, sie damit einer nicht kalkulierbaren Gefahr auszusetzen, denn sie war die Hauptbelastungszeugin im Prozess gegen Viktor Sorokin. Das Begräbnis war eine gute Gelegenheit, um sie aus dem Weg zu räumen. Der Chief Superintendent hatte allen Grund, nervös zu sein. Selbst auf die Entfernung hin sah Tom, dass Matt schwitzte. Erleichtert bemerkte er unter den Trauergästen mindestens drei Personenschützer, die Abby im Auge behielten.

Sobald sie vor Gericht ausgesagt hatte und der Russe verurteilt war, konnte er sich zu erkennen geben und sie und die kleine Ivy an den Ort bringen lassen, den Matt für einen neuen Anfang ausgesucht hatte und den selbst Tom noch nicht kannte. Doch wie würde sie darauf reagieren, dass er sie bewusst getäuscht hatte? Was war ein zweites Leben wert, das mit einer Lüge begann?

Die Schar der Trauernden löste sich auf. Abby hakte sich bei Matt unter. Die Bodyguards schirmten die beiden ab, bis sie den schwarzen Rover am Ausgang des Friedhofs erreicht hatten.

Tom wartete einige Minuten, dann verließ er das Gelände, stieg in das wartende Taxi und wies den Fahrer an, ihn zum Treffpunkt zu bringen.

Der Wagen stoppte drei Straßen von dem Pub entfernt, über dem Tom ein Zimmer gemietet hatte. Vier Tage lang hatte er die Pension nur im Schutz der Dunkelheit verlassen und sich die Zeit mit Fernsehen und Darts vertrieben. Heute würde er endlich erfahren, wie sein weiteres Leben verlaufen würde.

Er drückte dem Taxifahrer einen Schein in die Hand, stieg aus und trieb sich eine Weile vor einem Kiosk herum, studierte die Zeitungen und entschied sich für die aktuelle Ausgabe des Daily Express. Nebenbei behielt er den Eingang des Pubs im Auge. Als er sicher war, dass sich außer ihm niemand für die Besucher des Lokals interessierte, überquerte er die Straße und betrat die Gaststube. Dort warf er eine Münze in einen Spielautomaten und gab dem Wirt einen Wink, der ihm ein Ale zapfte. Kurz darauf tauchte Matt Frazer auf. Er setzte sich neben Tom auf einen Barhocker und bestellte einen Kaffee.

Es war später Nachmittag, sie waren die einzigen Gäste. Der Wirt beachtete sie nicht weiter und konzentrierte sich auf die Übertragung eines Fußballspiels.

Matt schob ein braunes Kuvert über den Tresen. Tom zog ein komplettes Dossier heraus und überflog das erste Blatt.

„Alderney also", sagte er. „Ziemlich abgelegen. Wie seid ihr denn auf eine der Kanalinseln gekommen?"

„Es ist nahezu perfekt. Hafen und Flugplatz sind leicht zu überwachen."

„Wie soll ich unter all den Touristen, die die Insel besuchen, Sorokins Leute ausfindig machen?", fragte Tom.

„Das wird nicht nötig sein. Er glaubt, dass du vor vier Tagen zusammen mit vierundsechzig weiteren Passagieren von Flug FH 346 in die Labradorsee gestürzt bist."

„Ob er das wirklich schluckt?"

„Dein Name steht auf der Passagierliste", sagte Matt, „und wir haben dafür gesorgt, dass Sorokin sie gelesen hat."

„Wie habt ihr denn das geschafft?"

„Für solche kitzligen Sachen haben wir Spezialisten, schon vergessen?"

„Bin ich so wichtig, dass der MI5 seine Finger im Spiel hat?"

„Bedank dich bei der Innenministerin."

Tom nickte anerkennend. „Du hast dich wirklich ins Zeug gelegt."

Matt probierte den Kaffee und verzog den Mund.

„Die Ministerin ist äußerst erfreut darüber, dass ihr politischer Widersacher Ted Allister durch seine intime Verbindung zu Viktor Sorokin kompromittiert wurde. Ich habe ihr versichert, dass du die Sache gewissermaßen im Alleingang aufgedeckt hast. Suella Braverman war beeindruckt. Als ich ihr deine Lage schilderte, erklärte sie, sie wolle sich nicht lumpen lassen. In diesem Umschlag steckt dein zukünftiges Leben, Tom. Unsere Leute haben Tag und Nacht daran gearbeitet, dir eine Biografie zu basteln, die jeder Überprüfung standhält; die nötigen Ausweispapiere und Dokumente eingeschlossen.“

„Und Abby?“

„Bis du dich auf Alderney eingelebt hast und wir absolut sicher sind, dass Sorokin die Geschichte gefressen hat, bleibt sie im Zeugenschutz. Nicht mal ich weiß, wo sie sich aufhält. Wenn der Prozess gelaufen ist, wird er darauf stoßen, dass wir ihr eine neue Identität besorgt haben. Wir sind damit beschäftigt, ein Dutzend falsche Fährten zu legen, die rund um den Globus führen und alle im Nirgendwo enden.“

Tom studierte den Lebenslauf.

„Wow, eine Beförderung inklusive“, sagte er. „Ein bisschen überqualifiziert für den Posten des Polizeichefs auf einem Felsen im Ärmelkanal.“

„Es ist ein geruhsamer Job. Es wird dir gefallen. Genau das Richtige für Aussteiger, *Chief Inspector Steve Aiden Cole.*“

„An den Namen werde ich mich gewöhnen müssen.“

„An das Tragen einer Uniform noch dazu. Vergiss also den Detective. Ian Laney legt großen Wert auf das Erscheinungsbild seiner Leute. Er ist der leitende Beamte der Guernsey Police und damit ab sofort dein direkter Vorgesetzter.“

Tom stöhnte. „Ich hasse Uniformen.“

„Ein geringer Preis für das Geschenk eines Neuanfangs, schätze ich. Du musst den Lebenslauf auswendig lernen, bis du ihn im Schlaf hersagen kannst."

„Wie nehme ich Kontakt mit Abby auf?"

Matt trank den Kaffee aus. „Überhaupt nicht."

„Es war abgemacht, dass ..."

„Es gab in der Geschichte der Metropolitan Police im Bereich der Specialist Operations nur sehr wenige Männer, denen man den Ausstieg so versüßt hat", unterbrach ihn Matt. „Wie du sehen kannst, läuft ein Konto bei der Lloyds Bank in Saint Anne auf deinen Namen. 20.000 Pfund sollten für den Anfang genügen."

„Es geht nicht um Geld. Ich will eine Telefonnummer. Besorg Abby ein Prepaidhandy. Wir können für jeden Anruf eine neue SIM-Karte benutzen."

„Ich weiß nicht, wohin sie Abby Bonham gebracht haben."

„Dann finde es heraus."

Matt seufzte. „Dich hat's ganz schön erwischt, was?"

„Das soll vorkommen. Sie soll wissen, dass ich lebe."

„Wenn das rauskommt, kann ich meinen Hut nehmen."

„Wer hat dir mehr als einmal den Hintern gerettet, Matt? Es ist das Einzige, worum ich dich bitte."

„Also gut. Aber versprechen kann ich nichts. Dein Zug nach Southampton geht morgen früh um sieben. Von dort aus fährst du weiter nach Bournemouth und Poole. Du nimmst die Fähre nach Guernsey, deiner ersten Station. In St. Peter Port meldest du dich bei Chief Officer Ian Laney – ein Korinthenkacker und ehemaliger Colonel der Royal Army, aber kein schlechter Polizist. Vor zwei Wochen hat er Ersatz für Bill Henderson angefordert, deinen Amtsvorgänger. Er starb an einem Herzinfarkt.“

„Zu viel Stress ist ungesund.“

„Es war wohl eher der Gin, der Henderson umgebracht hat. Man sagt, Alderney sei ein Felsen im Atlantik, an den sich zweitausend Alkoholiker klammern.“

Matt winkte dem Wirt, um seinen Kaffee zu bezahlen.

„Was du sonst noch wissen musst, steht in dem Dossier. Niemand ahnt, wer du wirklich bist, auch Laney nicht.“

„Wann kann Abby nachkommen?“

„Wenn der Prozess vorbei ist und wir sicher sind, dass Sorokin keine Gefahr mehr für sie darstellt. Noch etwas: Das ist unser letztes Gespräch. Ab sofort sind wir Fremde. Du darfst nur im äußersten Notfall Kontakt zu mir aufnehmen, ist das klar?“

„Völlig klar.“

Thomas McCallum alias Steve Cole schob einen Zettel über den Tresen. „Ruf mich an, wenn du etwas über Abby herausgefunden hast. Für den nächsten Anruf bekommst du eine neue Nummer.“

„Ich hab dir doch gerade erklärt ...“ Matt seufzte und steckte den Zettel ein. „Ich melde mich. Mach’s gut, Tom. Wir hatten eine schöne Zeit zusammen.“

„Das hatten wir. Danke für alles, Matt.“

Der Superintendent verließ den Pub. Tom sah ihn die Straße überqueren und blickte ihm nach, bis er ihn aus den Augen verloren hatte.

Der frisch gebackene Detective Chief Inspector Steve Cole trank gedankenverloren sein Ale aus und ging dann nach oben in sein Zimmer, um zu packen. Alderney also. Nun, ein paar Wochen könnte er es dort aushalten. Sobald Abby nachkommen konnte, würden sie das anonyme Konto mit der Kryptowährung leer räumen und ein neues Leben beginnen. Irgendwo, nur nicht auf Alderney.

8

8

„Wir beginnen mit einer einfachen Übung, Emily. Atmen Sie tief ein. Spüren Sie, wie Ihre Lungen sich füllen, und halten Sie den Atem zwei, drei Sekunden an. Dann lassen Sie ihn langsam wieder entweichen.“

Bob Hill gähnte und rieb sich die Schläfen. In seinem Schädel pochte ein dumpfer Schmerz, den das Aspirin nicht ganz vertreiben konnte. Seine Zunge fühlte sich an, als wäre über Nacht ein Pelz darauf gewachsen. Er beschloss, seine Selbstversuche mit psychoaktiven Pilzen vorerst nicht zu wiederholen.

„Horchen Sie nun in sich hinein“, fuhr er fort. „Achten Sie auf den regelmäßigen Rhythmus Ihres Herzschlags.“

Mit erprobten autosuggestiven Übungen führte er Emily immer näher an eine Trance heran, bis sie schließlich äußerlich völlig entspannt schien. Nun begann er, die Macht der inneren Vorstellungskraft einzusetzen.

„Da ist ein wunderschöner Garten. Sehen Sie ihn?“

„Ja.“

„Beschreiben Sie ihn.“

Ein Lächeln umspielte ihre Lippen. „Er liegt hinter einer niedrigen Bruchsteinmauer. Da sind Rasenflächen und Kieswege. Auf den Beeten wachsen Bechermalven, Phlox und Sonnenblumen. Eine große Linde wirft einen kühlen Schatten. Der Wind spielt mit ihren Blättern. Ich kann das sanfte Rauschen hören. Es klingt wie das Murmeln eines Baches."

„Sehr gut. Betreten Sie nun diesen ruhevollen, hübschen Garten."

Nun, wo seine Patientin sich sicher fühlte, würde er sie vorsichtig in die tieferen Schichten ihres Bewusstseins hinabführen.

„Denken Sie immer daran, dass ich an Ihrer Seite bin." Er legte sanft seine Hand auf ihren Unterarm, um dem Bild in ihrer Gedankenwelt Tiefe zu verleihen. „Wir können stets in den Garten zurückkehren", sagte er, „auf tausend Wegen, jederzeit und augenblicklich. Er ist unser Rückzugsort, die Burg, in die niemand eindringen kann, nicht wahr?"

„Es ist so friedvoll. Ich fühle mich geborgen", sagte sie.

„Fein. Irgendwo in diesem Garten gibt es eine Tür, ein Portal oder etwas Ähnliches, durch das Sie gehen müssen. Dahinter werden Sie auf einen Weg stoßen, der in die Vergangenheit führt. Es kann eine Brücke sein, ein Zug, in den Sie steigen, oder ein Boot, mit dem Sie einen Fluss überqueren. Vielleicht erwartet Sie ein Fährmann, um Sie auf die andere Seite zu bringen. Überlassen Sie es Ihrem Unterbewusstsein, zu entscheiden, auf welche Weise es reisen möchte."

Hill wartete eine Minute. Er überlegte, ob er noch eine Tablette schlucken sollte. Die Kopfschmerzen lenkten ihn ab und beeinträchtigten seine Konzentrationsfähigkeit. Er entschied sich dagegen, weil Emily am ersten kritischen Punkt angelangt war.

„Da ist eine Tür", sagte sie.

„Fühlen Sie sich bereit dazu, sie zu öffnen?"

Sie zögerte. Hill rieb sich die Nasenwurzel mit Daumen und Zeigefinger.

„Tu's nicht."

Er sah überrascht auf. Es war nur ein Flüstern gewesen, dennoch deutlich und scharf wie das Zischen einer Schlange, ganz nahe an seinem Ohr.

„Lass sie zu", raunte die Stimme.

Emily lag entspannt auf der Liege. Ihre Augen waren geschlossen, ihr Mund leicht geöffnet. Hill hätte schwören können, dass sich ihre Lippen nicht bewegt hatten, aber ganz sicher war er nicht. Einen Augenblick lang war sein Blick suchend umhergeirrt – Zeit genug für Emilys Unterbewusstsein, ihm einen Streich zu spielen. Es musste so gewesen sein, eine andere Erklärung gab es nicht. Er spürte ein Prickeln im Nacken und fühlte sich beobachtet. Irritiert fuhr er herum, doch außer ihnen war niemand im Zimmer. Millie hatte das Haus längst verlassen, um einkaufen zu gehen. Narrten ihn die Nachwirkungen der psychoaktiven Pilze? Wenn er seinen Sinnen nicht trauen konnte, war es unverantwortlich, eine Rückführung zu leiten. Er musste abbrechen.

„Ich sehe eine Treppe", murmelte Emily.

Hill wandte sich wieder seiner Patientin zu. Nein, er konnte nicht aufhören und musste unbedingt weitermachen, jetzt, wo es gerade anfing, interessant zu werden.

„Beschreiben Sie sie. Ist sie breit oder schmal, steil oder flach? Sind die Stufen aus Holz oder Stein?"

„Sie führt nach oben, und sie ... nein, da ist nichts. Sie ist verschwunden. Ich habe mich geirrt."

Er nickte befriedigt. Emily war Künstlerin. Sie besaß ein gutes Vorstellungsvermögen. Er kannte den Effekt, dass sich die aufwärtsführende Treppe nach wenigen Stufen auflöste. Die Zukunft war noch nicht geboren.

„Es gibt noch einen anderen Weg, nicht wahr?", sagte er.

„Ja. Ich glaube, ich bin in einem Turm. Eine Wendeltreppe führt nach unten."

„Nehmen Sie meine Hand. Lassen Sie uns gemeinsam erkunden, was dort unten wartet."

Über Emilys Nasenwurzel bildete sich eine senkrechte Falte, als konzentrierte sie sich stark. Sie kniff die Augen zusammen und verstärkte den Druck ihrer Finger auf seine Hand.

„Da ist ein Gang", sagte sie.

„Wie sieht er aus? Gibt es Türen auf den Seiten?"

„Ja, viele Türen."

„Lassen sie sich öffnen? Was liegt dahinter?", fragte Hill.

„Ich weiß es nicht."

„Versuchen Sie es."

Sie löste ihre Hand von der seinen und fuhr unruhig über die Decke. Ihre Finger öffneten und schlossen sich, als drückte sie eine Türklinke.

Hill ließ ihr Zeit und drängte sie nicht. Mit sanften Anweisungen leitete er sie an, die verschlossenen Räume ihrer eigenen Vergangenheit nach und nach zu öffnen und zu erkunden. Er benutzte verschiedene Szenarien für seine Regressionstherapien. Die Treppe hatte er gewählt, weil sie ein klares Bild war und viele Menschen gut damit zurechtkamen. Manchmal musste er mit seinen Patienten einige Schritte zurückgehen

und ein anderes Motiv wählen, doch Emily sprach auf
die Visualisierung der Türen gut an. Geschickt erzeugte
er die Vorstellung in ihr, dass auf ihnen Jahreszahlen
standen, die mit einem Ereignis in Emilys Leben verbunden waren. Die meisten ließen sich leicht öffnen,
einige blieben verschlossen. Er beließ es einstweilen
dabei. Sie stiegen weiter hinab in die Vergangenheit,
bis vor ihrem geistigen Auge eine verrostete Eisentür
mit Schlössern und Riegeln auftauchte – die Pforte in
das vergessene Land. Auf ihr stand die Zahl Sechs.

„Greifen Sie in Ihre Jackentasche. Dort werden Sie
den Schlüssel ...“

„Letzte Ausfahrt vor der Endstation.“
Wieder war es nur ein Flüstern. Jemand lachte leise.
Die Stimme schien von überall und nirgends zu kommen. Hill war überzeugt, dass es nicht Emily gewesen
war, die die Warnung ausgesprochen hatte. Ließ er sich
von einer Manifestation ihres Unterbewusstseins in
die Irre führen? Er hatte damit gerechnet, dass Teile ihrer Persönlichkeit sich der Erinnerung widersetzen
würden. Die Vorstellung des eigenen Ichs, das Überle-
gungen anstellte und Entscheidungen traf, war eine Illusion. Das menschliche Gehirn bestand aus unendlich
vielen Schichten, die unabhängig voneinander ihre
Aufgaben versahen. Er benutzte in Vorträgen gerne das
Beispiel einer Kommandozentrale, in der Dutzende
Spezialisten saßen, die miteinander stritten und um
Kompetenzen rangelten. Es brauchte einen Chef, der
das Team zusammenhielt und dirigierte. Dieser imagi-
näre Boss war das Ego eines Menschen. Hill hatte sein
Leben der Erforschung des Gehirns und seiner Be-
wusstseinszustände gewidmet. Nach all den Jahren

war ihm klar, dass er kaum an der Oberfläche gekratzt hatte. Viele Phänomene waren noch unerforscht und lagen im Dunkeln.

Er sah, dass Emily unter der Wolldecke umhertastete, als suchte sie in ihrer Tasche nach dem Schlüssel. Sie war bereit, die Tür zu öffnen.

„Was werde ich dahinter finden?", fragte sie.

„Nichts, was Sie nicht schon einmal gesehen haben. Denken Sie daran, es dauert nur einen Wimpernschlag, und wir befinden uns wieder in dem friedvollen Garten, wenn Sie es möchten."

„Nein … ich bin so weit gegangen … ich will wissen, was sich hinter dieser Tür verbirgt."

„Die Zeit vor Ihrem sechsten Lebensjahr", sagte er.

Emily tastete nach seiner Hand.

„Nehmen Sie den magischen Schlüssel", ermutigte er sie, „mit ihm öffnen Sie mühelos jedes Schloss."

Ihre Augäpfel bewegten sich jetzt schnell unter den geschlossenen Lidern, sie befand sich in einer tiefen Trance, ähnlich einer REM-Phase während des Tiefschlafs. Die Außenwelt existierte für sie nicht mehr. Hill zuckte zusammen, als sie ihre Fingernägel in seine Handfläche bohrte.

„Da ist kein Boden unter meinen Füßen. Da ist … nichts. Nur Nebel und das Meer. Ich falle! Helfen Sie mir, ich falle ins Nichts."

„Schauen Sie mich an, Emily. Öffnen Sie die Augen."

Sie schrie. Hill hatte damit gerechnet, dass es ein traumatischer Augenblick sein würde, wenn sie die Schwelle überschritt. Er gab seiner Stimme einen herrischen Klang.

„Sehen Sie mich an, Emily. Ich befehle es Ihnen!"

Sie folgte seiner Anweisung und riss die Augen auf.

Er beugte sich vor und bewegte rasch seine Hand vor ihrem Gesicht hin und her, ähnlich den Augenbewegungen der REM-Phase, die Emily durchlaufen hatte. Die Technik sollte helfen, das verdrängte Trauma zu verarbeiten und sie zu beruhigen, aber sie zeigte kaum Wirkung.

„Alles in Ordnung?", fragte er.

Sie atmete noch immer flach und gehetzt.

„Ich muss fort", keuchte sie mit kindlicher Stimme, „muss weglaufen, mich verstecken."

„Wo sind Sie, Emily?"

„*Er kommt.* Oh Gott, er kommt. Muss rennen wie der Wind."

„Wer? Wer kommt, Emily?"

„Wenn er mich findet, wird er mich töten, denn ich weiß, wer er ist. Ich weiß, was er getan hat. Hab's gesehen, hab's gesehen … All die Toten." Sie keuchte und schnappte nach Luft. „Lauf, Shadow. Zeig mir den Weg."

„Wer ist Shadow?"

„Mein Hund. Braver Shadow. Er lässt mich nicht im Stich. Niemals."

Emily geriet in Panik. Hill suchte nach einer Möglichkeit, sie in einen sicheren Abstand zu den Ereignissen zu bringen, ohne dass die Bilder verblassten. Wenn ihm dies nicht gelang, musste er die Regression abbrechen. Die Gefahr, dass ihre Psyche Schaden nahm, war zu groß.

„Erinnern Sie sich daran, wie ich Sie davor bewahrt habe, in den Abgrund zu stürzen?", fragte er.

Sie verstärkte den Druck um seine Hand. „Er kommt ... er kommt.“

„Ich öffne jetzt einen sicheren Raum für Sie, Emily. Sie können eintreten und hinausschauen, aber niemand kann Ihnen dorthin folgen.“

„Shadow! Er ist weg. Wo ist er hin? Shadow!“

Sie wurde noch unruhiger und streifte die Decke ab. Hill kämpfte darum, die Kontrolle zurückzugewinnen. Was sie erlebt hatte, musste ihre Kinderseele beinahe zerstört haben.

„Sie sind nun in dem Raum, Emily. Er ist beschaffen wie eine große Seifenblase. Die Membran schützt Sie, nichts kann sie durchdringen. Trotzdem sehen Sie alles, was um Sie herum geschieht.“

„Ich kann nichts erkennen, es ist so dunkel.“

„Nehmen Sie andere Eindrücke wahr? Was hören und riechen Sie?“

„Das nasse Gras unter meinen Füßen ist verschwunden. Der Boden ist hart und felsig. Es ist feucht und riecht nach Meer und Tang. Shadow!“

„Was ist mit ihm?“

„Ich kann ihn hören. Er jault und wimmert. Er hat Angst. Shadow hat sich noch nie gefürchtet.“

„Ihnen kann nichts geschehen, auch dem Hund nicht. Die Membran schützt Sie beide.“

Emily ließ seine Hand los. Ihr Arm fuhr durch die Luft, sie tastete suchend umher.

„Die Wände sind rau. Ich höre Wasser. Es tropft von der Decke. Da ist ein Licht ... und ein Rauschen, ein mächtiges und starkes Rauschen.“

„Gehen Sie weiter. Ich bin bei Ihnen.“

„Ich habe mich verlaufen. Da sind so viele Gänge. Es ist ein Labyrinth. Er kommt schnell. Er kennt den Weg. Ich kann die Echos seiner Schritte hören. Er ruft nach mir.“

„Wer, Emily? Wer ruft Sie?“

„Sie ging nicht auf die Frage ein.

„Shadow ... da ist er. Ich kann ihn sehen“, rief sie stattdessen.

„Beschreiben Sie, was ...“

Sie schrie gellend auf, verkrampfte sich und stürzte beinahe von der Liege. Hill entschied sich dazu, die Rückführung abzubrechen.

„Hören Sie mir jetzt gut zu, Emily.“

„Shadow! Er ertrinkt. Ich kann ihm nicht helfen.“

„Emily!“ Er legte nun seine ganze Autorität in seine Stimme. „Ich zähle jetzt von zehn rückwärts. Bei eins sind Sie wieder im Hier und Jetzt. Haben Sie mich verstanden?“

Sie antwortete nicht. Ihr Kopf pendelte auf dem Kissen hin und her, als schaue sie sich gehetzt in der Finsternis um.

„Der Schacht ist so tief. Unten in der Grotte brodelt das Wasser. Es spritzt an den Wänden empor und kocht wie in einem riesigen Topf. Es ist das Meer. Das Meer hat sie alle verschlungen. Nun holt es Shadow ... und dann mich.“

„Zehn!“

Emily beachtete ihn nicht.

„Kommen Sie zurück! Achten Sie auf meine Stimme!“, donnerte Hill. „Neun!“

„Er ist tot. Ich kann ihn sehen. Er treibt auf den Wellen, die Brandung schleudert seinen Körper gegen die Mauern, immer wieder. Armer Shadow."

Er zählte unbeirrt weiter. Noch nie hatte er die Kontrolle über einen Patienten verloren. Wenn es ihm nicht gelang, Emily zurückzuholen, würde ihr Unterbewusstsein sie vielleicht an jenem Ort festhalten. Er wünschte sich, er hätte auf Millie gehört. Sie hatte ihn oft vor seiner Hybris gewarnt. Er hatte Emilys Problem unterschätzt.

„Acht ... sieben ... sechs ... fünf."

Nichts geschah. Sie reagierte nicht.

„Sie sind da!", schrie Emily.

„Wer?", fragte Hill verblüfft. Bisher hatte sie nur von einem einzigen Verfolger gesprochen.

„Sie sind dort unten in der See. Sie strecken mir ihre Hände entgegen. Ihre Gesichter sind aufgedunsen und bleich wie die Knochen, die aus den Stümpfen ihrer Finger ragen. Das Seegras verfängt sich in ihren Haaren."

„Vier ... drei! Kommen Sie augenblicklich zu mir zurück, Emily. Ich befehle es Ihnen!"

„Er ist da. Ich kann seinen Atem spüren", rief sie. „Aaah!"

Sie setzte sich abrupt auf und griff mit beiden Händen nach ihren Schläfen.

„Was haben Sie? Emily?"

Sie verzog das Gesicht zu einer schmerzerfüllten Grimasse.

„Kopfschmerzen. Furchtbare Schmerzen ... als ramme mir jemand einen Nagel in die Stirn."

„Sie werden jetzt zu mir zurückkommen. Zwei! Eins!"

Er klatschte in die Hände.

Emily schlug die Augen auf. Sie richtete sich auf, stützte sich auf die Ellenbogen und sah Hill an.

„Na, na, Doktorchen. Was machen Sie denn da?"

„Emily?"

Es war die Stimme, die er vorhin schon wahrgenommen hatte. Sie ähnelte der von Emily, klang aber zugleich völlig anders – maskulin, arrogant und spöttisch.

„Emily ist nicht hier."

„Wer bist du?", fragte Hill.

„Ich bin Eliot, du Quacksalber. Noch nie von mir gehört? Das müssen wir ändern."

9

„Bob! He, Bob! Kannst du mich hören? Komm zu dir.“

Robert Hill blinzelte und öffnete die Augen. Millie beugte sich über ihn und rüttelte ihn an der Schulter, was in seinem Hinterkopf ein schmerzhaftes Hämmern auslöste. Sie beäugte ihn mit der für sie typischen Mischung aus Besorgnis und Missbilligung. Eine ihrer rotblonden Locken kitzelte ihn an der Nasenspitze. Er wischte sie ärgerlich zur Seite.

„Hör auf, mich zu schütteln wie ein Sofakissen“, knurrte er.

Desorientiert blickte er sich um. Er lag auf dem Boden seines Arbeitszimmers vor dem Schreibtisch und hatte nicht die geringste Ahnung, wie er dorthin gekommen war.

„Was ist passiert? Was hast du mit Emily gemacht?“, fragte Millie.

Er knirschte mit den Zähnen. Ihre schrille Stimme verstärkte den Kopfschmerz. Dem Tonfall nach zu urteilen, war sie stinksauer.

„Hilf mir auf“, krächzte er.

Schimpfend und fluchend wuchtete sie ihn in seinen Sessel. Am Fußende der Ruheliege lag eine Wolldecke. Ihr Anblick brachte die Erinnerung zurück.

„Wo ist Emily?“, fragte er.

„Das will ich eben von dir wissen. Soll das heißen, du weißt nicht, wo sie ist? Ich reiße dir die Barthaare einzeln aus, wenn du sie als Versuchskaninchen für deine verrückten Forschungen missbraucht hast. Ich werde ...“

Hill stemmte sich aus dem Sessel hoch.

„Wir müssen sie finden. Sie schwebt möglicherweise in großer Gefahr.“

„Jetzt mal der Reihe nach. Wieso lagst du mit einer Riesenbeule an deinem Dickschädel bewusstlos auf dem Teppich?“

Er tastete nach seinem Hinterkopf und zuckte zusammen. Vor dem Schreibtisch lag die Messingtischlampe, an ihrem Fuß klebten Blut und Haare. Er hatte großes Glück gehabt, dass der Mistkerl ihn nicht totgeschlagen hatte.

„Eliot“, murmelte er.

„Was?“

„Wir dürfen keine Zeit verlieren. Wo könnte Emily Schutz suchen?“

„Vermutlich im Atelier oder bei ihren Eltern ... oder überall. Vielleicht geistert sie in Trance durch die Straßen und läuft vor einen Bus, weil du mit ihr herumexperimentiert hast. Kannst du mir bitte endlich erklären, was hier los war?“

„Dazu haben wir keine Zeit. Bist du mit dem Wagen da?“

„Ja, aber ...“

„Komm mit. Ich erzähle dir alles unterwegs.“

„Warte einen Moment.“

Millie lief ins Bad und kehrte mit einem Desinfektionsspray und Verbandsmaterial zurück. Sie begutachtete besorgt die Platzwunde auf seinem kahl werdenden Schädel.

„Ich schätze, das muss genäht werden", sagte sie.

„Dafür ist jetzt keine Zeit."

Millie desinfizierte die Wunde und legte ihm einen provisorischen Verband an. Wenige Minuten später fuhren sie Richtung Hafen.

„Wer ist Eliot?", fragte sie.

„Er ist ein Teil von Emilys Bewusstsein, der sich abgespalten und ein Eigenleben entwickelt hat. In meinem letzten Buch habe ich gezeigt, dass die allgemein angenommene Vorstellung vom eigenen Ich wissenschaftlich nicht haltbar ..."

„Halt mir keinen Vortrag, Bob. Erklär's mir in einfachen Worten."

Hill rieb sich den schmerzenden Nacken. „Erinnerst du dich an den imaginären Freund, den du als Kind erfunden hattest? Ich habe dich oft damit aufgezogen."

Millie nickte. „Es war eine Freundin, um genau zu sein. Ich nannte sie Tammy."

„Du warst fest davon überzeugt, dass sie real war."

„Ich sah sie vor mir, als würde sie tatsächlich existieren. Du weißt, wie beschäftigt Mum war. Es gab niemanden, mit dem ich über meine Probleme reden konnte. Tammy war da, wenn ich sie brauchte, sie hörte zu und spendete mir Trost. Was hat das mit Emily zu tun?"

„Ich befürchte, sie hat als Kind etwas Entsetzliches erlebt; etwas, das so traumatisch gewesen ist, dass sie es vollständig verdrängt hat, um nicht den Verstand zu verlieren. Sie wünschte sich einen Beschützer, einen großen Bruder, der jedes Problem lösen kann und mit jedem fertigwird, der sie bedroht."

„Sie erfand einen imaginären Freund namens Eliot?"

„Exakt. Du wurdest älter und brauchtest Tammy irgendwann nicht mehr. Doch Emilys Begleiter ist noch da, und ich fürchte, er übernimmt zeitweise die Kontrolle über ihr Handeln. Er scheint nicht begeistert davon zu sein, dass ich ihr helfen will, sich an den Anlass für seine Geburt zu erinnern. Genau genommen könnte er dazu bereit sein, alles zu tun, um das zu verhindern – was der Angriff auf mich beweist."

„Du meinst, Emily weiß nichts von alledem? Das hört sich nach einer guten Gruselgeschichte an, Bob ... aber ist so etwas wirklich möglich?"

„Natürlich", antwortete Hill gereizt. „Das versuche ich ja die ganze Zeit zu erklären. Eine dissoziative Identitätsstörung kann die Folge eines intensiven Traumas sein. Emily konnte ein unbelastetes Leben führen, weil es nicht mehr sie war, die das Erlebte verarbeiten musste, sondern Eliot. Irgendwann hat sie sich von ihm getrennt. Er verschwand aus ihrer Vorstellung genau wie Tammy aus deiner, weil sie erwachsen wurde. Aber nun ist etwas geschehen, das seine Anwesenheit erfordert."

„Es ist alles meine Schuld", sagte sie. „Ich hätte Emily niemals zu dir bringen dürfen."

„Unsinn. Du hast genau das Richtige getan."

Sie funkelte ihn wütend an.

„Du hast die Situation unterschätzt, warst mal wieder überzeugt, dass der geniale Psychoanalytiker Robert Hill das Problem im Handumdrehen lösen kann." Sie schüttelte den Kopf. „Es ist ja nicht das erste Mal, dass so etwas passiert.“

„Ich gebe zu, mit einer solch aggressiven abgespaltenen Persönlichkeit habe ich nicht gerechnet. Bist du nun zufrieden?“

„Ich bin erst beruhigt, wenn wir sie gefunden haben. Was geschieht jetzt mit ihr? Bestimmt dieser Eliot nun vollständig ihr Handeln?“

„Im Augenblick ja. Sie hat ihn erschaffen, damit er sie beschützt. Wer kann es ihm verdenken, wenn er diese Aufgabe nun erfüllt? Und er scheint es ziemlich gut im Griff zu haben, was zeigt, dass sein Gegner – der Grund für seine Existenz – sehr mächtig und abgrundtief böse ist.“

„Wie weit wird er gehen, um das Geheimnis zu bewahren?“, fragte Millie.

„Ich weiß es nicht. Um das zu beurteilen, muss ich ihn erneut wecken, eine Beziehung zu ihm aufbauen und sein Vertrauen gewinnen. Wenn ich ihn überzeugen kann, mir die Aufgabe zu übertragen, Emily zu beschützen, wird er verschwinden.“

„Mir platzt der Schädel, wenn ich darüber nachdenke. Wir reden immer noch über *die* Emily; über ein sanftes Wesen, das keiner Fliege etwas zuleide tun kann?“

„Ich fürchte, da bist du auf dem Holzweg. Du lebst und arbeitest doch mit ihr zusammen. Stell dir vor, zeitweise übernimmt Emily das Kommando, und dann bestimmst du wieder, was gemacht werden soll. Zwei Freundinnen in einer Wohnung und einem Atelier – zwei Persönlichkeiten in einem Gehirn, die abwechselnd über einen gemeinsamen Körper verfügen.

„Die Vorstellung ist … erschreckend", sagte sie. „Wir müssen herausfinden, wer der Mann im Bus war, der die Erinnerung ausgelöst hat. Vielleicht finden wir im Atelier etwas, das uns weiterhilft."

Millie stellte den Mini Cooper auf dem Hinterhof des Fabrikgebäudes im Künstlerviertel ab. Sie stiegen die äußere Stahltreppe zu einem Flachdach hinauf, von wo aus man zu ihrer Werkstatt gelangte.

„Emily? Hier ist Millie."

Niemand antwortete ihr, das Atelier war leer. Durch die große, nach Süden gerichtete Glasfront fiel helles Tageslicht. Nichts deutete darauf hin, dass sie hier gewesen war. Millie beschrieb ihrem Bruder den seltsamen Kreis aus Spiegelsplittern, den Emily errichtet hatte, ohne sich daran erinnern zu können. Die Kreidezeichnungen der Strichmännchen auf den Holzdielen waren größtenteils verwischt, einige Figuren jedoch noch sichtbar. Hill studierte sie interessiert, wie ein Insektenforscher aufgespießte Schmetterlinge betrachtet.

„Kannst du damit etwas anfangen?", fragte sie.

„Es ist das Werk eines Kindes", antwortete er. „Eliot ist nicht der Urheber."

„Was bedeutet das?"

„Ich weiß es nicht. Noch nicht."

Millie schloss den Lagerraum auf, knipste das Licht an und zeigte Hill die Gemälde.

„Das Haus und die Landschaft entspringen nicht ihrer Fantasie", sagte er. „Sie sind real. Sie hat versucht, sich zu erinnern."

„Der Anblick des Mannes beschert mir eine Gänsehaut. Warum hat er kein Gesicht?", fragte Millie.

„Weil etwas in Emily verhindert, dass er eines bekommt."

„Eliot."

Er nickte. „Es ist die naheliegendste Erklärung."

Sie zählte die Gemälde durch. „Moment mal, es fehlt
eins."

„Bist du sicher?"

„Es waren dreizehn. Hier stehen nur zwölf."

Sie suchten das Atelier ab und fanden eine aus dem
Rahmen gelöste, zusammengerollte Leinwand hinter
einem Stapel Skizzen. Es war das letzte Bild, auf dem
der Kopf des unbekannten Mannes die Szene beinahe
völlig ausfüllte. Es erinnerte entfernt an Edvard
Munchs „Der Schrei". Das Gesicht war nicht länger leer.

10

Emily saß mit angewinkelten Beinen auf der Holzbank, die die mächtige alte Linde umspannte. Ihr Kopf ruhte auf den Knien, das Gesicht gut versteckt in der Kuhle, die ihre Oberschenkel bildeten. Von weit her hörte sie die Stimme ihrer Mutter. Sie rief ihren Namen.

„Emily? Ist alles in Ordnung, Kind?"

Mum rief sie zum Abendessen. Emily hatte wieder die Zeit vergessen, während sie im Geäst des Baums spielte, das sie schützend umgab wie eine gewaltige Hand. Sie liebte die Linde und das Baumhaus, das ihr Vater darin gebaut hatte. Sie legte den Kopf in den Nacken, blinzelte und spürte die Sonnenstrahlen auf ihrer Haut, die sie umhüllten wie eine warme Decke. Eine Amsel sang ihr Abendlied in der Krone, die Welt war friedvoll und behütet. Jemand berührte sie sanft an der Schulter.

„Emily?"

Sie öffnete die Augen und blickte in das besorgte Gesicht ihrer Mutter. Es war älter als in ihrem Tagtraum, das Haar ergraut, die blasse Haut von Falten zerfurcht. Einen Augenblick noch vermischten sich Traum und Wirklichkeit, Vergangenheit und Zukunft. Sie wunderte sich darüber, dass sie unter der alten Linde aufgewacht war, und fragte sich, wie sie dorthin gekommen war. Doch der Gedanke flog davon und schien plötzlich nicht mehr wichtig zu sein. Sie war zu Hause, an einem

Ort, an dem sie sich sicher und geborgen fühlte. Das war alles, was zählte.

Sie lächelte. „Ja, es ist alles okay, Mum."

„Ich habe gar nicht bemerkt, dass du hier bist", sagte ihre Mutter stirnrunzelnd.

„Ich bin durch die Gartenpforte gekommen."

„Ich habe versucht, dich zu erreichen, aber du bist nicht ans Telefon gegangen."

„Ich war zu beschäftigt."

Emily begann sich zu ärgern und zog missgelaunt die Brauen zusammen. Das Gespräch war ihr lästig. Gleich würde Mum anfangen, ihr Vorwürfe zu machen. Warum musste sie den Augenblick zerstören? Er war so friedlich, so unschuldig.

Die alte Frau strich ihr liebevoll über das Haar. „Du warst schon immer eine Träumerin, Emmy. Manchmal bist du so weit fort, dass es mir Angst macht. Komm jetzt bitte rein, ich muss mit dir reden."

Ohne abzuwarten, ob sie ihr folgte, tippelte Mum mit ihren schnellen, kleinen Schritten auf das Haus zu. Der veränderte Tonfall riss Emily aus ihrem Dämmerzustand. Sie sah sich irritiert um. Jahre schrumpften zu Sekunden und rasten vorbei wie ein alles mit sich reißender Wirbelsturm. Er packte sie, zog sie empor und trug sie in die Gegenwart, wo sie abstürzte und mit voller Wucht auf den Boden prallte.

Sie saß noch immer auf der Bank unter der Linde, nur der Gesang der Amsel war verstummt. Es ploppte in ihren Ohren, als hätte sie sich augenblicklich in eine andere Dimension katapultiert und die Luft verdrängt, die sich zuvor an dieser Stelle befunden hatte. Ihr Herz begann zu rasen. Bob Hill, die Couch und ... wie war sie hierhergekommen?

Sie erinnerte sich an die schwarze Lederliege und die blaue Wolldecke. Kurz darauf hatte sie sich warm und behaglich gefühlt, völlig entspannt. Doch was war danach geschehen? Sie wusste es nicht mehr. Vielleicht hatte sie all das nur geträumt. Eliot sagte, manche Träume wären so real, dass man sie nicht als solche erkennen konnte.

Sie stand auf und folgte ihrer Mutter ins Haus. Wer zum Teufel war Eliot?

„Dad hatte einen Schwächeanfall. Sie haben ihn ins Royal South Hants Hospital gebracht", erklärte Mum.

Emily erschrak. „Ist es wieder das Herz?"

„Sie untersuchen ihn noch. Wir müssen ein paar Sachen einpacken und ins Krankenhaus bringen. Ich schaffe das nicht allein."

„Kein Problem. Ich werde dir helfen."

„Ich kann Dads Medikamentenplan nicht finden. Er hat ihn mit in sein Arbeitszimmer genommen, um ihn zu kopieren."

„Ich schau sofort nach. Soll ich Dr. Hanson anrufen?"

„Er weiß Bescheid."

Emily ging in das Zimmer ihres Vaters. Schon lange sprach er davon, nach seiner Pensionierung ein Buch über die Geschichte der Eisenbahn in Südengland schreiben zu wollen. Als Mitarbeiter der Southeastern Eisenbahngesellschaft besaß er ein profundes Wissen und seit zwei Jahren auch die nötige Zeit, um sein Projekt umzusetzen. Über einen ersten groben Entwurf war er allerdings nie hinausgekommen.

Emily blickte seufzend auf das Chaos aus Dokumenten, Fotoalben und Fachbüchern auf dem Schreibtisch. Wie sollte sie in diesem Durcheinander den Medikamentenplan finden?

Sie begann, die Papierstapel systematisch zu durchsuchen. Dabei stieß sie gegen einen Turm aus zusammengebundenen Blättern, Heftern und Ordnern. Er schwankte bedrohlich und kippte dann über den Rand des Tischs. Mit einem leisen Klatschen verteilten sich Hunderte eng beschriebene Papierbogen auf dem Boden. Emily stöhnte. Es war sinnvoller, Dads Hausarzt anzurufen und ihn zu bitten, ihr eine Kopie des Plans auf ihr Smartphone zu schicken.

Sie ließ sich auf die Knie nieder und begann, die Blätter einzusammeln und grob zu ordnen, soweit ihr das möglich war. Einiges von dem verstaubten Zeug war unter den Schreibtisch gerutscht. Sie streckte den Arm aus, tastete blind umher und zog ein in dunkelgrünes Leder gebundenes Fotoalbum hervor.

Als Kind hatte sie oft auf dem Schoß ihres Vaters gesessen und fasziniert den Geschichten gelauscht, die er über die alten Fotografien erzählte. Ihre ersten Lebensjahre hatten sich ihr nur durch seine Erzählungen erschlossen. Nach und nach formte sich aus seinen Worten eine Abfolge von Ereignissen, die bald die fehlende Erinnerung ersetzten. Sie hatte geglaubt, jedes von Dads Alben zu kennen, aber dieses hatte sie noch nie gesehen.

Der Einband war rissig und abgegriffen, die hauchdünnen Trennblätter knisterten, als sie die Seiten umblätterte. Nur wenige Aufnahmen klebten noch auf dem vergilbten Papier, jemand hatte die meisten Bilder herausgenommen. War es Dad gewesen? Warum hatte er das getan?

„Hast du den Plan gefunden?“

Mums Stimme zitterte vor Aufregung und Sorge. Emily blickte zur Tür und sah, dass sie einen Koffer die Treppe hinuntertrug.

„Nein, noch nicht.“

Das Album rutschte ihr aus den Händen und fiel zu Boden. Sie bückte sich, um es aufzuheben. Der Einband war eingerissen, die letzten Seiten hatten sich aus der Bindung gelöst. Sie war gerade im Begriff, das Buch zurückzulegen, als sie eine Schwarz-Weiß-Aufnahme bemerkte, die aus dem Spalt zwischen Leder und Pappe ragte. Neugierig zog sie sie heraus. Jemand hatte den Einband aufgeschlitzt und das Bild darin versteckt. Mum hatte sich nie um die alten Fotos gekümmert, Dad dagegen besaß die Geduld und Akribie eines Bibliothekars. Er sammelte und bewahrte alles, was ihm wichtig erschien. Doch warum hatte er sich solche Mühe gegeben? Offenbar hatte er das Bild behalten wollen, sonst hätte er es weggeworfen. Und doch sollte es niemand sehen.

Die Fotografie zeigte einen Mann und ein etwa fünfjähriges Mädchen. Seine Hand lag locker auf der Schulter des Kindes, was ihr zu gefallen schien. Sie lachte in die Kamera und schmiegte sich eng an ihn. Emily hatte ihn nie zuvor gesehen, und doch kam er ihr sofort bekannt vor.

Emily betrachtete das Mädchen genauer, ihr Herz begann zu rasen. Das Foto zeigte sie selbst im Alter von fünf oder sechs Jahren. Das Gebäude, vor dem sie standen, war das Haus, das sie immer wieder gemalt hatte. Auf der Rückseite stand in einer sauberen Handschrift:

Alderney, März 2002.

„Emily?"

Mum stand in der Tür. Sie war blass und kämpfte darum, die Tränen zurückzuhalten. Ihr Blick fiel auf das Foto in Emilys Hand. Ihr Gesichtsausdruck veränderte sich, die Sorge um Dad verwandelte sich in Erschrecken und Angst.

„Was hast du da?", fragte sie.

„Eine alte Fotografie. Sie steckte in dem grünen Album."

„Leg das weg, wir müssen los. Hast du den Medikamentenplan endlich gefunden?"

Emily ging nicht auf den Versuch ein, sie so schnell wie möglich aus Dads Zimmer zu locken.

„Wer ist der Mann?", fragte sie.

„Niemand. Das ist nur ein altes Foto. Komm jetzt."

Sie stand unschlüssig auf der Schwelle, wollte offenbar die Flucht ergreifen, blieb aber, weil Emily ihr nicht folgte und sich noch immer mit dem Foto beschäftigte.

„Das bin ich, nicht wahr?"

Mum antwortete nicht.

„Aber ich war niemals auf Alderney", sagte Emily. „Ich bin in diesem Haus aufgewachsen, das habt ihr mir jedenfalls erzählt."

„So ist es. Wir würden dich niemals belügen, Emmy."

„Dann sag mir, wer der Mann ist."

„Ich weiß es nicht."

„Du hast ja nicht mal richtig hingeschaut.“

Mum wagte sich einen Schritt ins Zimmer hinein und beugte sich vor, nur um sich rasch wieder zurückzuziehen.

„Woher willst du wissen, dass das Foto auf Alderney aufgenommen wurde?“

Emily drehte das Bild um und zeigte es ihr. „Es steht auf der Rückseite.“

Ihre Mutter lachte nervös. „Wenn's da steht. Wir haben ein paarmal auf den Kanalinseln Urlaub gemacht, als du klein warst. Wahrscheinlich stammt das Foto aus jener Zeit.“

„Warum versteckt Dad es dann?“

„Tut er das? Vielleicht ist es versehentlich in den Einband gerutscht.“

„In dem Album fehlen fast alle Bilder“, beharrte Emily.

„Wir müssen jetzt wirklich los. Hilf mir bitte mit dem Koffer, er ist schwer.“

Emily stand auf und steckte das Bild in die Gesäßtasche ihrer Jeans. Sie hatte einen Entschluss gefasst.

„Ich fahre nach Alderney.“

„Nein, das darfst du nicht!“

Mums Reaktion war so heftig, dass sich ihre Furcht auf Emily übertrug.

„Warum nicht?“

„Es ist … es ist … ich brauche dich doch hier, jetzt, wo Dad krank ist. Sie haben gesagt, er bekommt vielleicht ein neues Herz und ...“

„Dad wird in der Klinik gut versorgt. Ich kann ihm nicht helfen, wenn ich an seinem Bett sitze und seine

Hand halte. Außerdem werde ich ja nur ein paar Tage fort sein."

„Lass mich nicht im Stich, Emmy. Nicht jetzt."

„Okay. Ich bleibe bei dir, bis wir die Diagnose der Ärzte kennen. Aber dann fahre ich nach Alderney."

Ihre Mutter war kreidebleich geworden.

„Was ist dort passiert, Mum? Wer ist der Mann auf dem Foto?"

Sie antwortete nicht und begann stattdessen, den schweren Koffer über den Korridor nach draußen zu schleifen.

11

Guernsey und Alderney, 9. September

Ein stürmischer Wind peitschte das Wasser des Ärmelkanals auf. Das Schiff der Condor Ferries kämpfte stampfend gegen die anrollenden Wellen an und passierte die Landspitze Peveril Point. Detective Chief Inspector Steve Cole alias Tom McCallum schlug den Kragen seiner Jacke hoch, um sich vor dem nasskalten Wetter zu schützen. Tief in Gedanken versunken, schlenderte er an der Reling der Fähre entlang, die ihn zur Insel Guernsey bringen würde. Hinter dem Horizont, wo sich Meer und Himmel küssten, wartete die Zukunft auf ihn.

Bis in die frühen Morgenstunden hatte er wieder und wieder das Dossier gelesen und sich seinen neuen Lebenslauf eingeprägt. An Schlaf war nicht zu denken gewesen. Die Anstrengungen des vergangenen Tages, das Ausharren auf dem Friedhof und der Rückweg zur Pension hatten ihn überanstrengt. Zwar spürte er von Tag zu Tag, dass seine Verletzungen heilten, doch so leistungsfähig wie vor dem Drama im *Red Door* war er noch lange nicht – und würde es vielleicht nie wieder sein.

Die meisten Männer in seiner Situation hätten sich vermutlich über den ruhigen Posten auf Alderney gefreut, aber Tom war nicht bereit, die immer gleichen, beschaulichen Kreise zu ziehen. Er starrte in das trübe Grau des Kanals, bis seine Augen tränten. Tom ist tot, hämmerte er sich ein. Du bist jetzt Steve Cole, Chief der Alderney States Police Force.

Das Prepaidhandy in der Seitentasche seiner Windjacke summte. Er hatte es am frühen Morgen in einem Shop in der Nähe des Fährhafens in Southampton gekauft und Matt Frazer eine kurze SMS geschickt, damit der ihn im Notfall anrufen konnte.

Das Display zeigte den Eingang einer Nachricht an. Matt hatte Wort gehalten und ihm eine Handynummer geschickt, unter der er Abby erreichen konnte. In den vergangenen Jahren war aus ihrer Zusammenarbeit eine enge Freundschaft erwachsen. Unwillkürlich musste er lächeln, als er an Matts brummige Miene dachte. Offiziell hatte er Steves Wunsch nach einer geheimen Verbindung zu Abby ablehnen müssen, doch zwischen ihnen herrschte ein stummes Einvernehmen, das keiner Worte bedurfte. Vor drei Jahren hatte Matt seine Frau an den Krebs verloren, daher konnte er den Trennungsschmerz nachempfinden.

Steves erster Impuls war, Abby sofort anzurufen. Sein Daumen schwebte über der Ruftaste, aber er zögerte. Würde sie im Nachhinein Verständnis für Matts Plan aufbringen oder ihn und Steve zum Teufel wünschen, weil sie sie nicht ins Vertrauen gezogen hatten? Immerhin hatten sie ihr damit unwillentlich großen Schmerz zugefügt.

Er blickte auf die raue See hinaus und dachte nach. Schließlich tippte er eine Nachricht:

Hast du vergessen, dass ein Kater sieben Leben hat? Melde dich unter dieser Nummer, ich werde dir alles erklären.
In Liebe – Tom.

Abby würde die Anspielung verstehen, aber würde sie ihm fortan nach der furchtbaren Lüge noch vertrauen? Er schlang den Riemen seiner Reisetasche fester um die Schulter und wanderte ruhelos auf und ab. Außer der Tasche und ihrem Inhalt – dem Allernötigsten für die nächsten Tage – besaß er nur noch die Sachen, die er am Leib trug. Er war stets mit leichtem Gepäck gereist, trotzdem gab es Erinnerungsstücke und lieb gewonnene Dinge, die er schmerzlich vermisste. Matt hatte ihm klargemacht, dass die Nabelschnur zu seinem alten Leben unwiderruflich gekappt war. Seine Habe, alles, was ihm etwas bedeutete, musste zurückbleiben. Ein Toter nahm nichts mit ins Grab außer dem Hemd, das er trug. Erst jetzt, an Bord der Fähre, die ihn Meile um Meile seinem Ziel näher brachte, wurde ihm wirklich klar, was seine Entscheidung bedeutete. Tom McCallum existierte nicht mehr. Er war tot und begraben.

„Lang lebe Steve Cole“, sagte er mit einem lakonischen Unterton.

Der Wind riss ihm die Worte aus dem Mund. Sein einziger Trost war, dass er niemanden zurückließ, der um ihn trauerte – wenn man von Abby und der kleinen Ivy absah, die er liebte wie sein eigenes Kind. Sein Vater lebte nicht mehr, von seiner Mutter hatte er seit Jahren nichts gehört. Vom Rest seiner Familie wusste er so gut wie nichts. Tom McCallum war ein Einzelgänger gewesen, ein streunender Kater, der die Ratten der Londoner Unterwelt gejagt hatte.

Die Fähre glitt aus einer Nebelbank heraus. Auf den Wellen tanzten gleißende Lichtreflexe. Die grüne Insel Guernsey erstrahlte vor dem Bug verheißungsvoll im hellen Sonnenschein.

Das Schiff der Condor Ferries legte pünktlich um 13:15 Uhr in St. Peter Port an. Der pittoreske Hafen galt als einer der schönsten in Europa. Wäre Steve als Tourist gekommen, hätte er Gefallen an den beschaulichen, mit Kopfsteinpflaster ausgelegten Gassen mit den Souvenirshops, Cafés und Restaurants gefunden. Doch er beachtete weder Castle Cornet noch das Victoria Monument oder warf einen Blick auf die vorgelagerten Inseln Sark und Herm, sondern strebte entschlossen auf die Guernsey Police Headquarters zu.

Das Polizeirevier lag nur knapp vierhundert Meter vom Hafen entfernt in der Rue de Frênes Hospital Lane. Es präsentierte sich als schmuckloser Kasten aus braunem Sandstein mit weißen Fensterläden. Die engmaschigen Fensterkreuze erinnerten Steve an das Pentonville-Gefängnis und damit an Viktor Sorokin, der in seiner Zelle von Wand zu Wand lief und seinen Hass nährte.

Eine hohe Mauer grenzte das Revier von der Hospital Lane ab, unterbrochen von zwei schmiedeeisernen Toren. Auf dem Hof parkten Streifenwagen und Zivilfahrzeuge.

Steve blieb schwer atmend vor dem rechten Tor stehen und suchte Halt an den schwarz gestrichenen Gitterstäben. Ein Schwächeanfall erfasste ihn – ein beängstigendes Gefühl, das ihm bis vor wenigen Wochen unbekannt gewesen war. In seinem Bein pochte ein stechender Schmerz und strahlte in den Rücken aus, die Folge des anstrengenden Fußmarschs vom Hafen hierher. Der Weg durch die verwinkelten Gassen hatte ihn mehr Kraft gekostet, als er gegenwärtig aufbringen konnte. Zudem hatte er zweimal umkehren müssen, weil er sich verlaufen hatte, was die zurückgelegte Strecke unnötigerweise verdoppelt hatte.

Er war ein Mann von fünfunddreißig Jahren, durchtrainiert und kerngesund. Vor der Katastrophe im *Red Door* hatte er es sich zur Gewohnheit gemacht, jeden Morgen noch vor dem Frühstück fünf Kilometer zu laufen. Er schwamm wie ein Fisch und konnte sich auf seinen Körper verlassen. Doch die Explosion hatte seiner Fitness ein jähes Ende bereitet. Es fiel ihm ungeheuer schwer zu akzeptieren, dass seine alte Kraft und Beweglichkeit der Vergangenheit angehörten und dies vielleicht für immer so bleiben würde. Nun verfluchte er seinen dummen Stolz, den Gehstock in der Pension bei der Waterloo Station in London zurückgelassen zu haben.

Steve wartete, bis sein Herzschlag sich verlangsamte und er äußerlich einen ruhigen, selbstbewussten Eindruck machte. Als er den Haupteingang des Reviers passierte, blickte ihn sein verschwommenes Spiegelbild aus einer Fensterscheibe an – blass, mit scharfen Gesichtszügen und tief eingegrabenen Linien entlang von Nase und Mundwinkeln. Die Haut spannte sich wie Pergament über die knochigen Wangen. In der blauen Windjacke und mit der Reisetasche über der Schulter hätte man ihn für einen Seemann halten können, der von einer langen Reise zurückkehrte, ausgezehrt von einer gerade überstandenen Tropenkrankheit.

Der Beamte hinter dem Schalter an der Pforte bat ihn zu warten und telefonierte. Steve setzte sich auf eine Bank im Eingangsbereich und blickte sich um. Er war den lauten Pulsschlag Londons gewöhnt, den nie enden wollenden Verkehr, breite Straßen und lärmende Menschenmengen. Glitzernde Bürotürme, die an den Wolken kratzten, und im krassen Gegensatz dazu der Gürtel aus Armut und Verfall, der sich um den Moloch herum ausbreitete – ein Sumpf aus Verbrechen, Gewalt und Resignation. Guernsey mit seinen sauberen Altstadtgassen strahlte eine gemächliche Ruhe aus. Die Welt schien hier zu schrumpfen, die Uhren tickten langsamer. Wenn St. Peter Port ihm schon wie ein Nest vorkam, was würde ihn erst auf der wesentlich kleineren Insel Alderney erwarten? Steve war so in Gedanken versunken, dass er den Beamten in seiner perfekt sitzenden Uniform kaum bemerkte, der vor ihm stand.

„Willkommen auf Guernsey, Inspector Cole. Ich bin Chief Officer Ian Laney.“

Steve erhob sich hastig. Ein stechender Schmerz zuckte durch seine Hüfte wie ein Stromschlag. Er suchte nach Halt und wäre beinahe auf die Bank zurückgefallen. Laney betrachtete ihn stirnrunzelnd.

„Fühlen Sie sich nicht wohl?“, fragte er.

Steve schüttelte die ausgestreckte Hand.

„Alles okay. Es ist nur ...“

„Ach ja. Ich las in Ihrer Personalakte von der Verletzung“, kam ihm Laney zuvor, „scheußliche Sache, das.“

Der Chief Officer sprach in abgehackten Sätzen und hielt sich steif wie ein Stock. Mit den Bügelfalten seiner Uniformhose hätte man Konservendosen aufschlitzen können.

„Folgen Sie mir doch bitte. Hatten Sie eine angenehme Überfahrt? Zu dieser Jahreszeit kann der Ärmelkanal ein verflixter Teufel sein. Scheußliche Sache, das“, sagte er wieder.

In diesem unverbindlichen Ton plaudernd, ging Laney voraus. Steve humpelte hinterher und verfluchte seinen Körper, der ihn ausgerechnet jetzt im Stich ließ.

Der Chief führte ihn in sein Büro, ein schattiges Zimmer, in dem es nach Pfeifentabak und Mottenkugeln roch.

„Nehmen Sie Platz, Inspector.“

Laney setzte sich hinter seinen Schreibtisch, schob sich eine Brille mit Horngestell auf die Nase und schlug eine dünne Akte auf. Er warf Steve einen kritischen Blick zu.

„Fühlen Sie sich in der Lage, Ihren Dienst anzutreten?“

„Durchaus“, antwortete Steve. „Es geht mir von Tag zu Tag besser. Die Strecke vom Hafen hier herauf habe ich allerdings unterschätzt. Ich hätte ein Taxi nehmen sollen.“

„Mmh.“ Laney studierte die Akte. „Sie bringen eine gute Beurteilung mit“, sagte er dann, „eine sehr gute. Eigentlich sind Sie für den Posten des Polizeichefs von Alderney überqualifiziert.“

„Nach dem, was ich erlebt habe, war es mein Wunsch, es etwas ruhiger angehen zu lassen.“

Steve biss sich auf die Lippen. Er hatte damit nicht ausdrücken wollen, dass er gedachte, sich auf die faule Haut zu legen. Er war ziemlich aus der Übung, was Vorstellungsgespräche anging. Das letzte lag über zehn Jahre zurück.

„Sie kommen aus Cornwall?“, fragte Laney.

„Devon, um genau zu sein.“

Laney blätterte in der Akte. „Hier steht’s. Devon & Cornwall Police, Exeter, Mordkommission. Was hat Sie denn zu den Special Forces verschlagen?“

Steve rief sich die Details seines erfundenen Lebenslaufs ins Gedächtnis.

„Ich dachte, ich komme mal raus aus Cornwall“, antwortete er.

„Sie sind in der Tat weit herumgekommen – Afghanistan, Irak, Kanada. Vor vier Jahren sind Sie dann in die Heimat zurückgekehrt. Sie quittierten Ihren Dienst bei der Army und gingen zur Metropolitan Police.“

„Das ist korrekt, Sir.“

Steve fragte sich, was die Spezialisten der *Met* dazu bewogen hatte, ihm einen militärischen Werdegang anzudichten. Vermutlich machte es die Erklärung seiner Verletzung plausibler.

„Wie kam es zu Ihrer Entscheidung?“, forschte Laney.

„Die Auslandseinsätze waren nicht ungefährlich. Für meinen Geschmack kam ich einmal zu oft nur knapp mit dem Leben davon. Ich bewarb mich bei verschiedenen Abteilungen, die *Met* nahm mich schließlich. Stimmt etwas nicht mit meinem Lebenslauf?“

„Nein, nein. Ich fragte mich nur, was Sie als Mann aus Devon in die Hauptstadt zog. Sie hätten doch sicher wieder in Cornwall oder Dorset eine Anstellung gefunden."

„London hat mich schon immer gereizt. Ehrlich gesagt, hoffte ich, dort schneller Karriere machen zu können."

„So."

Laney zog sein Pferdegesicht in die Länge. Zwischen ihnen baute sich eine leise Spannung auf. Versuchte der Chief Officer nur seine Schwächen aufzudecken, oder stocherte er in der Personalakte herum, bis er einen Grund gefunden hatte, ihn aufs Festland zurückzuschicken?

„Sie waren zur Terrorismusbekämpfung eingesetzt", sagte Laney.

„Ich hatte bei der Army Erfahrungen auf diesem Gebiet gesammelt, es erschien die logische Fortsetzung meiner Laufbahn. Dass ich Afghanistan ohne einen Kratzer überstand und es mich ausgerechnet in London erwischte, muss man wohl als Ironie des Schicksals betrachten."

„Sie sprechen von dem Anschlag in Whitechapel. Scheußliche Sache, das. Sie waren mittendrin?"

„Ja. Die Bombe pulverisierte meine linke Hüfte. Es dauerte ein halbes Jahr, bis ich wieder gehen konnte. Ich wurde als allgemein diensttauglich eingestuft, aber für Sondereinsätze beim SO15, dem Counter Terrorism Command, war ich nicht mehr geeignet. Ich schätze, es wird darum Zeit, es etwas ruhiger angehen zu lassen."

„Mmh."

Hatte er wieder das Falsche gesagt? Laney schlug die Akte zu. Er stand auf, verschränkte die Arme hinter dem Rücken und blickte aus dem Fenster.

„Nun, wir haben es hier auf Guernsey zumeist mit Wirtschaftskriminalität zu tun. Auf Alderney dagegen brauche ich jemanden, der den Laden am Laufen hält. Wenn Sie verstehen, was ich meine."

„Nicht ganz … Sir."

„Sie werden es mit Jugendlichen zu tun bekommen, die über die Stränge schlagen, und mit Touristen, die ihre leeren Getränkedosen in der Landschaft entsorgen und nicht im Abfalleimer. Kapitalverbrechen sind auf Alderney unbekannt." Er wandte sich abrupt um. „Ich hoffe, das langweilt Sie nicht zu sehr?"

„Nicht im Geringsten."

„Gut. Auf Alderney ist kein Platz für Alleingänge und Extratouren. In Ihrer Akte steht, dass Sie mehrmals Sondereinsatzkommandos befehligten. Sie verstehen also etwas von Menschenführung, darf ich annehmen?"

„Dürfen Sie."

„Gut. Ihnen unterstehen ein Police Sergeant und zwei Constables. Das sollte für eine Insel der Größe von Alderney ausreichen. Versehen Sie Ihren Dienst, und halten Sie die Truppe bei Laune. Mehr wird nicht von Ihnen verlangt."

„Wie Sie wünschen." Kam da noch etwas?

Laney drehte sich ruckartig um.

„Lassen Sie mich Ihnen einen gut gemeinten Ratschlag erteilen. Ich nehme an, Sie haben sich im Vorfeld mit der Geschichte Alderneys und den sozialen und politischen Verhältnissen auseinandergesetzt?"

„Das Angebot, den Posten des Chiefs zu übernehmen, kam ziemlich plötzlich“, log Steve. „Soweit es mir in der kurzen Zeit möglich war, habe ich mich informiert.“ Damit konnte er seine Wissenslücken erklären. In Wahrheit wusste er über die Insel so gut wie nichts.

„Dann ist Ihnen vermutlich bekannt, dass im Oktober die Präsidentschaftswahlen anstehen.“

„Äh, ich hörte davon.“ Er hatte nicht die geringste Ahnung, wovon Laney sprach.

Der Chief Officer warf ihm einen misstrauischen Blick zu.

„Politik ist nicht gerade Ihre Stärke, was?“

Steve lächelte entschuldigend. „Ich hatte wenig Gelegenheit, mich damit auseinanderzusetzen.“

„Dann werde ich Ihnen die Machtverhältnisse kurz darlegen. Sie sind entscheidend für eine erfolgreiche Polizeiarbeit. Die States of Alderney sind das Parlament und stellen damit die Legislative der Insel dar. Die States sind Teil der Bailiwick of Guernsey und werden von einem Präsidenten geleitet, der alle vier Jahre direkt gewählt wird. Der Wahlkampf hat bereits begonnen, aussichtsreichster Kandidat für das Amt ist John Baxter – ein erfolgreicher Investor und Geschäftsmann, der bestens vernetzt ist und hervorragende Kontakte zum Londoner Politzirkus unterhält. Baxter ist es gewohnt, zu bekommen, was er will. Er ist ... sagen wir ... ein nicht ganz einfacher Charakter. Na, Sie werden ihn bald kennenlernen. Wenn Sie sich gut mit ihm stellen, werden Sie auf Alderney ein leichtes Leben haben. Wenn nicht ...“

Laney zuckte mit den Schultern. Es war nicht nötig, den Satz zu beenden, Steve hatte verstanden.

„Ich will Ihnen nicht verhehlen, dass ich gerne einen Ihrer Mitbewerber auf dem Posten des Polizeichefs von Alderney gesehen hätte", fuhr Laney fort. „Nun, da Sie mir vom Innenministerium wärmstens empfohlen wurden, folgte ich dem Anliegen der Ministerin. Ich wünsche Ihnen viel Erfolg."

Laney reichte ihm die Hand. Die Audienz war beendet, es war alles gesagt. Freunde würden sie nicht werden. Steve hatte ohnehin nicht vor, länger als nötig zu bleiben.

Er verließ das Revier in der Hospital Lane und hielt vergeblich Ausschau nach einem Taxi. Schließlich biss er die Zähne zusammen und machte sich zu Fuß auf den Rückweg zum Hafen.

Die nächste Fähre nach Alderney legte um 16:00 Uhr ab. Überrascht stellte Steve fest, dass er über eine Stunde im Büro des Chief Officers verbracht hatte. Er kaufte ein Ticket für die Überfahrt und trank im White Rock Cafe in unmittelbarer Nähe der Anlegestelle einen Kaffee. Anschließend setzte er sich auf die Kaimauer und genoss den warmen, auflandigen Wind. Das Klima gefiel ihm, es unterschied sich grundlegend vom feuchten und kühlen Wetter auf dem englischen Festland.

Um zehn Minuten vor vier vibrierte das Prepaidhandy in seiner Jackentasche. Hastig zog er es hervor und bezwang seine Nervosität. Würde Abby Verständnis für Frazers Plan zeigen, oder hatte er ihr Vertrauen verspielt? Ohne auf das Display zu achten, drückte er auf die Empfangstaste. Frazers Stimme dröhnte gehetzt aus dem Lautsprecher.

„Hier ist Matt."

„Hatten wir nicht Funkstille vereinbart?“, fragte Steve.

„Es sei denn, dir droht Gefahr oder es handelt sich um einen absoluten Notfall.“

„Hat Sorokin Verdacht geschöpft?“

„Nein. Auf Abby Bonham wurde ein Anschlag verübt. Ich will dir das nicht verheimlichen.“

Steve sprang von der Hafenmauer auf. Er spürte das Stechen in seiner Hüfte kaum.

„Ist sie …?“

„Ihr ist nichts passiert, auch dem Mädchen nicht. Aber du hattest recht, wir haben einen Maulwurf in der *Met*. Bevor wir nicht herausgefunden haben, woher Sorokin wusste, wo er nach Abby suchen musste, bleibt sie in absoluter Deckung.“

„Wohin habt ihr die beiden gebracht?“

„Das Sicherheitsteam gibt keinerlei Informationen mehr heraus. Bis zur Hauptverhandlung bleibt sie im Zeugenschutz.“

„Das kann Monate dauern, wenn nicht Jahre. Sorokins Anwälte werden alles tun, damit es nicht zu einem Prozess kommt.“

„Daran lässt sich nichts ändern.“

„Kann ich Abby weiterhin unter der Nummer erreichen, die du mir geschickt hast?“, fragte Steve.

„Ich weiß es nicht. Tut mir leid, Tom.“

„Danke, dass du mich angerufen hast.“

„Keine Ursache. Halt die Ohren steif.“

„Du auch, Matt.“

Er legte auf. Nun würde er länger auf diesem Felsen im Kanal bleiben müssen, als er geplant hatte. Sehr viel länger.

12

Als Steve Cole alias Tom McCallum im Hafen von Alderney von Bord ging, hatte sich der Himmel mit bleigrauen Wolken zugezogen. Ein böiger Nordwind fegte über den mehr als einen Kilometer langen Alderney Breakwater – einen Damm, der die halbmondförmige Braye Bay vor den heranrollenden Brechern aus dem Ärmelkanal schützte. Einer von ihnen traf auf die Kaimauer, Gischt spritzte hoch und ging als feiner Nieselregen nieder. Steve schulterte seine Reisetasche, hinkte auf den mit Betonplatten ausgelegten Platz vor dem Fährterminal zu und hielt Ausschau nach einem Taxistand. Der Fußmarsch von St. Peter Port zum Revier auf Guernsey hatte ihm seine momentanen Grenzen unmissverständlich klargemacht.

Alderney war zwar sehr viel kleiner als Guernsey – Saint Anne bildete den einzigen Ort –, aber trotzdem waren es bis zur Polizeistation knapp drei Kilometer – zu weit für seine geschundene Hüfte.

Im Hafen herrschte kaum Verkehr. Eine Handvoll Rucksacktouristen war mit der Fähre angekommen. Sie diskutierten lautstark, was sie als Erstes unternehmen sollten. Steve beschloss, sich im Terminal nach einer Buslinie zu erkundigen.

„Inspector Cole?"

Er brauchte einen Moment, bevor ihm klar wurde, dass er gemeint war, und biss sich auf die Unterlippe. Der neue Name musste ihm so schnell wie möglich in Fleisch und Blut übergehen.

Vor ihm stand eine etwa gleichaltrige Frau in einer Polizeiuniform. Dunkelblondes, kurz geschnittenes Haar umrahmte ein Gesicht mit Wangen voller Sommersprossen und graugrünen Augen. Sie war kleiner als er und reichte ihm gerade bis zur Schulter. Die Dienstwaffe im Holster an ihrem Gürtel erschien ihm überdimensional groß und ließ die Frau noch zierlicher wirken, als sie ohnehin schon war.

„Der bin ich", sagte er.

„Constable Penny Saunders. Herzlich willkommen in Saint Anne."

Steve schüttelte die dargebotene Hand.

„Wir haben Sie erwartet", fügte sie hinzu.

„Mir steht der Bulle wohl ins Gesicht geschrieben", antwortete er.

Sie deutete auf seine Hüfte. „Es heißt, Sie wären im Dienst verletzt worden."

„Ich verstehe."

Sein Hinken war wohl kaum zu übersehen gewesen.

„Kann ich Ihnen mit Ihrem Gepäck helfen?", fragte sie.

„Danke, ich habe nur diese Tasche. Was ich noch benötige, besorge ich mir in den nächsten Tagen."

„Dann werden Sie zum Einkaufen nach Guernsey müssen. Auf Alderney gibt es nicht allzu viele Geschäfte. Wenn man von den zahlreichen Souvenirläden absieht, sind es nur drei Supermärkte und der ein oder andere Shop."

„Ich brauche nicht viel."

„Es ist ja nicht weit zur Nachbarinsel."

Sie blickte sehnsuchtsvoll über die Hafeneinfahrt, als wolle sie Alderney lieber heute als morgen verlassen.

„Sind Sie auf der Insel geboren?", fragte Steve.

„Ja. Eine Menge Leute sind in den letzten Jahren aufs Festland gegangen, aber ich bin geblieben. Mir gefallen die Ruhe und das Meer." Sie deutete auf einen Streifenwagen. „Sie möchten sicher so schnell wie möglich zum Revier."

„Ich kann's kaum erwarten", murmelte er.

Sein Sarkasmus irritierte sie. Sein Versuch eines Lächelns, um die peinliche Stille zu überwinden, scheiterte grandios. Sie lief rot an, als hätte sie etwas schrecklich Dummes gesagt. Immerhin war er der neue Chief. Sie wollte es sich vermutlich nicht gleich am ersten Tag mit ihm verderben, dachte er amüsiert. An die Vorstellung, dass er nun der Boss dieser kleinen Truppe war, musste er sich erst noch gewöhnen.

Das Polizeirevier befand sich in der Queen Elizabeth II Street zwischen einem Musikinstrumentenladen und dem Geschäft eines Augenoptikers. Die Straße war gerade breit genug für den Streifenwagen, mit dem Penny ihn abgeholt hatte. Auf Alderney schien alles etwas kleiner und beengter zu sein als auf dem Festland. Steve dachte an Matt Frazers Beschreibung der Insel: ein Felsen im Atlantik, an den sich zweitausend Alkoholiker klammern. Kneipen und Pubs gab es jedenfalls reichlich.

Das Revier war hübsch anzuschauen und strahlte die gleiche beschauliche Atmosphäre aus wie der Rest von Saint Anne, den er bisher zu sehen bekommen hatte.

Hinter einem von quadratischen Pfeilern begrenzten, schmiedeeisernen Zaun erhob sich ein in leuchtendem Gelb gestrichenes Gebäude mit weißen, steinernen Fenstereinfassungen. Vor dem Haus ragte ein Flaggenmast auf, über dem Eingang prangte das Wappen von Alderney – ein goldener Löwe auf grünem Grund. Dies würde also sein neuer Arbeitsplatz sein.

Penny plauderte nervös drauflos und erklärte ihm eine Menge Details. Steve hörte kaum zu. Er fragte sich, ob Matts Plan so war, wie er geklungen hatte, oder ob er sich hier zu Tode langweilte, bevor es ihm gelang, Abby nachzuholen.

Mit vier Beamten waren sie auf diesem winzigen Eiland rettungslos überbesetzt. Wahrscheinlich rissen sich seine Mitarbeiter darum, Strafzettel für Falschparken auszustellen, damit sie etwas zu tun hatten. Steve schreckte aus seinen düsteren Gedanken hoch, als Penny Namen herunterrasselte und er sich dabei ertappte, wie er Hände schüttelte.

Constable Dave Bailey war ein pausbäckiges Riesenbaby. Steve schätzte ihn auf Anfang zwanzig, doch vermutlich sah er jünger aus, als er war. Seine Wangen glühten wie zwei Lampions. Er grinste von einem Ohr zum anderen und quetschte Steves Hand zusammen, dass die Knochen knackten.

Ganz im Gegensatz dazu stand Police Sergeant Gordon Lyme. Er hatte sichtlich Mühe, sich ein Lächeln abzuringen. Als Steve ihm die Hand gab, hatte er das Gefühl, dass ihm ein glitschiger Aal durch die Finger glitt. Er schätzte Lyme auf Mitte vierzig. Er hatte eine Stirnglatze und kurz geschnittenes, blondes Haar und wässrige Augen. Sein Blick schweifte unruhig umher. Er schien unentwegt Sorge zu haben, etwas zu übersehen, was ihm gefährlich werden könnte. Ob er der Kandidat war, den Laney gerne auf dem Posten des Chiefs gesehen hätte?

„Darf ich Ihnen Ihr Büro zeigen?", fragte Penny Saunders.

Das Telefon klingelte. Bailey spritzte los, aber Lyme hielt ihn zurück.

„Das übernehme ich. Gehst du an den Apparat, Penny?"

Lyme führte Steve quer über den Korridor in einen dunkel getäfelten Raum, der dem Wachraum schräg gegenüberlag.

„Wir sind noch nicht dazu gekommen, Bills ... ich meine, Mr Hendersons persönliche Dinge auszuräumen", erklärte Lyme. „Sein Tod kam sehr plötzlich."

Steve fragte sich, welcher Stress Hendersons Herzinfarkt ausgelöst haben mochte. Auf Alderney konnte man sich als Polizist kaum zu Tode arbeiten.

Als hätte Lyme seine Gedanken erraten, erklärte er: „Wir fanden ihn vor zwei Wochen."

„Fanden?"

„Er ist an seinem Schreibtisch gestorben. Chief Henderson blieb oft bis in die Abendstunden im Revier. Am nächsten Morgen zu Dienstbeginn ..." Lyme ließ den Satz unvollendet.

Steve starrte auf den abgewetzten Ledersessel. Er trat nicht nur in die Fußstapfen eines Toten, er würde auch noch in dem Sessel sitzen, in dem er gestorben war.

„Wissen Sie schon, wo Sie wohnen werden?", fragte Lyme.

Daran hatte er noch gar nicht gedacht. Alles war so plötzlich gekommen, dass er kaum Zeit zum Nachdenken gefunden hatte.

„Äh, nein."

„Constable Bailey kann sich darum kümmern."

Lyme schielte zur Wache hinüber, er fühlte sich sichtlich unwohl.

„Fahren Sie ruhig mit Ihrem Dienst fort", sagte Steve. „Ich finde mich schon zurecht. Wenn ich Fragen habe, melde ich mich."

Lyme verließ fluchtartig das Büro. Steve setzte sich hinter den Schreibtisch, blickte eine Minute zum Fenster hinaus und dachte an Abby. Das alles lief nicht nach Plan, war aber im Augenblick nicht zu ändern.

Skeptisch schaute er sich im Zimmer um. An der Wand hingen vier Fotografien von Männern in Uniform, vermutlich seine Vorgänger. Vom letzten Bild grinste ihn ein Kerl mit Hängebacken und Stiernacken an. Geplatzte Adern überzogen seine Wangen. Das musste Henderson sein.

Steve zog nacheinander die Schubladen auf und blickte hinein – abgelegter Papierkram, ein altmodischer Bleistiftspitzer und Hendersons Dienstwaffe kamen zum Vorschein. Im untersten Fach lag eine angebrochene Ginflasche. Es war wohl nicht der Stress gewesen, der Henderson umgebracht hatte, sondern der Alkohol.

Es klopfte an der halb geöffneten Milchglastür. Constable Baileys massige Gestalt füllte den Türrahmen aus. Er trat abwartend von einem Fuß auf den anderen. Jeder im Team schien zu befürchten, etwas falsch zu machen. Ob Henderson ein Despot gewesen war, dem man nichts recht machen konnte? Vielleicht hatten sie Angst, dass Steve sich als ähnlich unangenehmer Machtmensch entpuppte.

„Ich hörte, Sie haben noch kein Quartier, Sir", sagte der Constable.

Steve lehnte sich zurück und verschränkte die Arme hinter dem Kopf.

„Ich wette, Sie haben etwas für mich."

Bailey nickte eifrig. „Freie Wohnungen sind auf Alderney Mangelware, aber ich kann Ihnen ein Zimmer bei Nellie buchen."

„Bei Nellie?" Das hörte sich an wie der Name des Inselbordells. Steve hatte Mühe, ein Grinsen zu unterdrücken.

„Nellie Marshall", erklärte Bailey. „Ihr gehört das Sea House ganz in der Nähe. Eigentlich vermietet sie Ferienwohnungen an Touristen, aber es wäre eine Lösung für den Übergang."

Steve lächelte. „Ich bin sicher, fürs Erste ist das okay."

Bailey nickte erleichtert. Seine erste Aufgabe hatte er zur Zufriedenheit des neuen Chiefs erledigt.

„Wenn Sie etwas Dauerhaftes suchen, käme das alte Pfarrhaus infrage. Es ist im Besitz der Stadt und steht leer, da lässt sich gewiss etwas arrangieren."

„Steht das Haus hier in Saint Anne?", fragte Steve.

„Nein, es liegt etwas abgelegen im Westen unterhalb vom Zig Zag Cliff Path. Aber Sie werden ja Chief Hendersons Streifenwagen übernehmen, dann ist das kein Problem."

„Ich werd's mir mal anschauen."

Bailey druckste herum.

„Ist noch was?", fragte Steve.

„Wir sollten vielleicht Chief Hendersons persönliche Dinge einpacken. Ich bin noch nicht dazu gekommen."

„Sollten wir." Steve deutete auf die Milchglastür. „Können Sie dafür sorgen, dass der Name ausgetauscht wird?"

„Mach ich, Sir."

„Chief reicht. Wir wollen es nicht übertreiben. Ich hab mir sagen lassen, Uniform tragen ist hier Pflicht."

Bailey verzog den Mund. „Chief Officer Laney sieht's gerne. Sie haben keine?"

Steve schüttelte den Kopf. „Werde mir wohl eine besorgen müssen."

Bailey nickte krampfhaft. „Da kann Ihnen Penny sicher helfen. Ich gehe Ihnen dann mal ein Zimmer reservieren."

„Tun Sie das. Und schicken Sie mir Constable Saunders rein. Ich möchte mich ein bisschen mit den Dienstplänen und dem ganzen Zeug vertraut machen."

„Wäre das ... nicht eher Aufgabe von Sergeant Lyme?"

Steve hatte keine Lust auf die Gesellschaft dieses Aals. Penny war ihm da schon angenehmer.

„Einer muss den Laden ja inzwischen schmeißen, nicht wahr? Sergeant Lyme scheint mir dafür bestens geeignet. Er ist der Dienstälteste im Revier, nicht wahr?"

„Ja, das ist er."

„Okay. Dann also ..."

Vom Eingangsbereich drang ein Poltern herein. Saunders und Lyme begannen auf einen Besucher einzureden, der sich offenbar nicht abwimmeln ließ.

„Bringen Sie mich gefälligst zu ihm ... er ist da, also ist er im Dienst ... Sie gehen mir auf die Nerven, Lyme."

„Was zum Teufel ...?“ Bailey stürmte in den Korridor hinaus und warf die Tür hinter sich zu. Steve sah durch das Milchglas, dass er mit einem Mann zusammenprallte, der ihn an Körpergröße noch übertraf.

„Sie können hier nicht einfach reinplatzen, Mr Baxter“, rief er entrüstet.

„Wer soll mich denn daran hindern. Du etwa, Junge?“

„Ich werde sehen, ob der Chief Zeit für Sie hat. Warten Sie hier.“

Die Tür flog auf, der korpulente Besucher drängte sich an Bailey vorbei und setzte sich auf den Stuhl vor dem Schreibtisch, der unter seinem Gewicht bedenklich knarrte.

„Und schließen Sie die Tür, *Constable*.“

Bailey lief rot an und ballte die Fäuste.

„Schon gut“, sagte Steve. „Es scheint dringend zu sein.“

Bailey zog sich zurück, nicht, ohne dem stürmischen Besucher einen Gewitterblick zuzuwerfen.

„Gott sei Dank haben wir endlich einen richtigen Polizisten auf Alderney“, dröhnte der, „höchste Zeit, dass jemand diesen Dorfbullen auf die Finger sieht.“

„Ich glaube, wir wurden einander noch nicht vorgestellt“, sagte Steve.

„Sagen Sie bloß, Laney hat Ihnen nicht erklärt, wer auf Alderney der wichtigste Mann ist.“

„Der mit der größten Klappe?“

Baxter grinste. „Sie gefallen mir. Natürlich habe ich mich nach Ihnen erkundigt, ich weiß sozusagen alles über Sie.“

Glaube ich kaum, dachte Steve.

„Wir brauchen hier einen Chief, der auch mal hinlangen kann. Wenn Sie verstehen, was ich meine.“

„Nicht ganz. Helfen Sie mir auf die Sprünge.“

„Sie waren bei den Special Forces. Sie haben Kampferfahrung, können sich durchsetzen und wissen, wie man mit Gesindel umgeht, Chief Cole.“

„Und Sie sind …?“

„Baxter, John Baxter. Bei mir laufen alle Fäden zusammen. Einen Mann wie Sie kann ich hier gut gebrauchen.“

„Kann ich mir vorstellen. Ich hab schon gehört, dass es auf Alderney von Schwerkriminellen nur so wimmelt. Dass ich die Insel mit Waffengewalt verteidigen muss, halte ich jedoch für übertrieben.“

Baxter ging nicht auf seine Ironie ein. Er beugte sich verschwörerisch vor. Sein herbes Rasierwasser brannte scharf in Steves Nase.

„Passen Sie gut auf, Chief Cole. Ich will, dass diese Insel bis zur Präsidentschaftswahl im Oktober blitzblank ist. Wenn Sie mich dabei unterstützen, werden wir uns gut verstehen.“

„Soll ich mir einen Besen besorgen?“

„Keine schlechte Idee. Ich weiß auch schon, wo Sie anfangen sollten zu fegen.“

„Ich bin ganz Ohr.“

„Man kann auf Alderney keine Wahl gewinnen, wenn man nicht versteht, wie die Leute ticken. Ich bin auf der Insel aufgewachsen, ich kenne hier alles und jeden; und ich bin ein volksnaher Mann.“

Steve nickte. „Das ist wohl ein Punkt für Sie.“

„Die heiße Phase des Wahlkampfs hat begonnen. Das bringt es mit sich, dass ich mich unter das Volk mische und auch schon mal Hände schüttele und Schultern klopfe."

„Kann ich mir vorstellen."

„Es gibt da eine unangenehme Geschichte, die mir eine Menge Ärger bereiten kann", sagte Baxter.

„Und die wäre?"

„Da ist dieses Mädchen ... Claire Martin. Die Göre behauptet, ich hätte sie während einer Veranstaltung angefasst."

„Und? Haben Sie's getan?", fragte Steve.

Baxters pockennarbige Wangen liefen rot an. „Das ist totaler Quatsch. Ich habe mich nach ihr erkundigt. Sie gehört zu den Spinnern, die mit Geigerzählern den Strand absuchen und behaupten, es gäbe dort eine erhöhte Strahlenbelastung, weil die Franzmänner in La Hague ihren atomaren Abfall ins Meer leiten."

„Ist denn an der Sache was dran?", fragte Steve.

„Unsinn! Die Anlage in La Hague unterliegt ständigen Kontrollen. Das Mädchen hat gedroht, mich anzuzeigen, weil sie will, dass ich etwas dagegen unternehme. Sie wissen, wie das ist. Auch wenn sich ihre Anschuldigungen im Nachhinein als haltlos erweisen, bleibt etwas an mir kleben. Das kann mich die Wahl zum Präsidenten kosten. Die Presse hat bereits Lunte gerochen, zwei Reporter schnüffeln mir hinterher."

„Das ist ihr gutes Recht."

„Machen Sie einfach Ihren Job, Steve."

„Chief Cole."

„Machen Sie Ihren Job, *Chief* Cole."

„Und der wäre?"

„Schmeißen Sie die Schnüffler von der Insel, und nehmen Sie sich das Mädchen vor."

Steve nickte und begann, in seinem Sessel zu schaukeln. „Ich verspreche Ihnen, der Sache nachzugehen."

Baxter kniff die Augen zusammen. „Laney hat Sie doch instruiert, oder nicht?"

„Hat er."

„Okay, ich verlasse mich auf Sie."

„Voll und ganz. Ich rede mit dem Mädchen. Wenn an den Vorwürfen etwas dran ist, hören Sie von mir."

Baxter fuhr auf. „Sind Sie begriffsstutzig, Mann? Ich bin …"

„John Baxter und ungeheuer wichtig, das sagten Sie schon. Ich wünsche Ihnen einen angenehmen Tag. Mr Bailey?"

Der Constable erschien wie der Blitz. Hatte er die ganze Zeit auf dem Gang gelauscht?

„Mr Baxter möchte gehen", sagte Steve.

„Hier entlang, Sir."

„Ich warne Sie, Chief Cole", sagte Baxter. „Wir brauchen hier einen Mann an der Spitze der Polizei, der den Laden am Laufen hält, niemanden, der Unruhe stiftet."

„Hab ich nicht vor. Wir behandeln alle Bürger von Alderney gleich, nicht wahr, Constable?"

„Aber selbstverständlich, Chief Cole. Wir werden uns der Angelegenheit umgehend annehmen."

Baxter rauschte ohne ein weiteres Wort aus dem Büro. Steve grinste, Bailey grinste zurück. Er hatte den pausbäckigen Constable richtig eingeschätzt. Er konnte Baxter nicht ausstehen.

Die Außentür fiel krachend ins Schloss.

„Wenn Sie mir eine Bemerkung erlauben, Chief?", sagte Bailey.

„Nur zu."

„Es war nicht klug, sich gleich am ersten Tag mit Baxter anzulegen. Er hat ’ne Menge Einfluss und Verbindungen. Ich schätze, er wird sich umgehend bei Laney beschweren.“

„Danke für den Hinweis. Sie wissen, um was es geht?“

Bailey nickte eifrig. „Claire Martin hat ihn vor zwei Wochen wegen sexueller Belästigung angezeigt.“

„Und was ist seitdem passiert?“

Der Constable zuckte mit den Schultern. „Nichts.“

„Seit Hendersons plötzlichem Tod hat Sergeant Lyme die Wache kommissarisch geleitet, nicht wahr?“

„Hat er.“

„Ist er den Anschuldigungen gegen Baxter nachgegangen?“

„Nein.“

„Dann werden wir das ändern müssen.“

Der Constable grinste von einem Ohr zum anderen. „Mit Vergnügen, Chief.“

13

Alderney! Seit Emily wusste, dass dort die Lösung des Rätsels auf sie wartete, zog die Insel sie magisch an. Doch mit jeder Meile, die sie näher kam, wuchs eine unbestimmte Angst, die bald in jeden Winkel ihres Herzens kroch wie ein zähflüssiges, schwarzes Gift. Es gab Augenblicke, in denen sie befürchtete, den Verstand zu verlieren, weil sie das Gefühl hatte, nicht mehr allein in ihrem Körper zu sein. Etwas war bei ihr, in ihr. Ein Parasit, der sich in ihrer Seele eingenistet hatte und ihr eigenes Ich Stück für Stück auffraß. Die Vorstellung war absurd. Sie wusste, dass dies ein Trugbild war, aber es ließ sich nicht vertreiben. Etwas Fremdes in ihr wollte sie mit aller Macht von Alderney fernhalten. Doch warum? Was war dieser ihr unbekannte Teil ihres Ichs? Oder sollte sie besser fragen: Wer war er? Er schien einen eigenen Willen zu besitzen, gegen den sie sich nur mühsam behaupten konnte und der allmählich stärker wurde.

Es waren nur Sekundenbruchteile, winzige Momente absoluter Klarheit, in denen sie seine Stimme hörte. Er bettelte, warnte, drohte und kreischte, sie solle umkehren und vergessen. Doch die Auswirkungen ihres Besuchs bei Robert Hill ließen sich nicht mehr verdrängen. Er hatte etwas geweckt, das lange geschlafen hatte. Der Geist war aus der Flasche und weigerte sich, in sein

Gefängnis zurückzukehren. Sie war fest entschlossen, die fehlenden Kindheitsjahre ans Licht zu holen. Nicht zu wissen, wer sie war und woher sie kam, quälte sie so sehr, dass ein erfülltes Leben nicht mehr möglich war.

Was Emily beunruhigte, war die Tatsache, dass sie nur eine verschwommene Vorstellung davon hatte, was in Hills Praxis passiert war. Sie wusste, warum sie ihn aufgesucht hatte, und sie erinnerte sich an die bequeme Ruheliege, das gedämpfte Licht und seine beruhigende Hand auf ihrem Unterarm. Er hatte sie bis zu dem Zeitpunkt zurückgeführt, an den sie sich erinnern konnte, aber alles, was davor geschehen war, lag noch immer im Dunkeln. So oft sie sich bemühte, die Tür aufzustoßen, traf sie auf eine unsichtbare Barriere, die sie nicht durchdringen konnte. Wenn sie versuchte, den unbekannten Raum zu betreten, löste sich ihr Vorsatz in Nebel auf, der ihren Kopf ausfüllte und sie wegdriften ließ. Die Vergangenheit spielte plötzlich keine Rolle mehr. Sie genoss den Wind in den Haaren und das Glitzern der Sonne auf den Wellen. Dann wieder erwachte sie wie aus tiefer Trance, und das Spiel des Grübelns und um jeden Preis Begreifenwollens begann von Neuem.

Es wäre schneller und bequemer gewesen, zu fliegen, doch Emily hatte die Fähre nach Guernsey genommen. Von St. Peter Port wollte sie nach Alderney übersetzen. Die Wahrheit war, dass sie diese Entscheidung nicht bewusst getroffen hatte, sondern sich plötzlich an Bord befunden hatte, ohne sich daran erinnern zu können, ein Ticket gelöst zu haben. Sie dachte über diesen sonderbaren Umstand nach, entdeckte dann aber eine Möwe, die mit schrillen Schreien hoch über dem Deck

segelte in der Hoffnung, dass die Touristen ihr einen Le-
ckerbissen zuwarfen. Emily legte den Kopf in den Nacken, beobachtete fasziniert die Steuerkünste des Vo-
gels und vergaß die Frage, nach deren Antwort sie noch
vor wenigen Sekunden gesucht hatte.

Das Schiff befand sich etwa drei Seemeilen vor
Guernsey, als sie den Mann sah. Er trug einen dunkel-
blauen Overall mit der gelben Aufschrift der Reederei
und leerte die Abfallkörbe auf dem Aussichtsdeck. Er
hatte dichtes blondes Haar, einen schmalen Vollbart
und graue Augen mit einer ungewöhnlichen grün-violetten Tönung. Es war derselbe Mann, dem sie im Bus
begegnet war und der alles ausgelöst hatte.

Aus dem Nichts stellten sich die rasenden Kopfschmerzen wieder ein, die sie schon bei ihrer ersten Begegnung in die Knie gezwungen hatten. Etwas über-
rannte und überlagerte ihre eigenen Gedanken und Gefühle und drohte die Kontrolle über ihr Handeln zu
übernehmen. Es war, als löse sich ihr Selbst auf, wurde
durchscheinend wie ein Geist und verschwand schließlich. Diesmal jedoch hielt sie dem Eindringling stand,
auch wenn es sie eine immense Kraftanstrengung kostete. Vielleicht lag es daran, dass sie nun wusste, was
mit ihr geschehen würde, wenn sie ihren Widerstand
aufgab. Vielleicht hatte sie auch einfach nur Glück,
dass die Waage des Unbewussten zugunsten ihres eigenen Selbst ausschlug. Die wispernde, zischende
Stimme in ihrem Kopf zog sich zurück und verstummte beleidigt.

Der Mann im Overall schien nicht bemerkt zu haben,
dass sie ihn anstarrte. Er leerte die Abfallkörbe in einen
Handwagen, in dem ein großer Müllsack steckte. Mit

kräftigen Kiefern bearbeitete er missmutig einen Kaugummi.

Emily suchte hinter einer Stahlstrebe der Aufbauten Schutz und beobachtete ihn. Sie wartete darauf, dass sich sein Gesicht in ihrem Kopf mit einer Erinnerung verband, aber das geschah nicht. Sein Anblick löste eine irrationale, tiefe Furcht in ihr aus, sonst nichts.

Er ging so dicht an ihr vorbei, dass sie ihn mit ausgestrecktem Arm an der Schulter hätte berühren können. Dann blieb er vor einer fensterlosen Tür stehen, schloss sie auf und schob den Karren hinein.

Emily wagte sich ins helle Tageslicht. Es war mehr als unwahrscheinlich, dass sie aus Zufall innerhalb weniger Wochen demselben Fremden zweimal begegnete. Dass sie sich nicht an ihn erinnerte, bedeutete nicht, dass es ihm ebenso erging. Er hatte sie im Bus angestarrt wie eine Katze ihre Beute, die ihr nicht mehr entkommen konnte. War er ihr gefolgt? Wenn er auf der Fähre arbeitete, lebte er möglicherweise auf einer der Kanalinseln. Auf jeden Fall war er Teil des Geheimnisses, das sie zu ergründen versuchte.

Eine halbe Stunde später legte das Fährboot in St. Peter Port auf Guernsey an. Emily ging von Bord, ohne dem Mann noch einmal zu begegnen, und versteckte sich in einem Pulk von Reisenden. Unerkannt erwarb sie ein Ticket und drückte sich in der Nähe der Anlegestelle herum, stets in Reichweite eines Verstecks. Der Unbekannte tauchte nicht wieder auf, was nur bedeuten konnte, dass er tatsächlich für die Schifffahrtsgesellschaft arbeitete und mit der Fähre nach Southampton zurückfuhr.

Anderthalb Stunden später betrat sie den Boden von Alderney. Kaum hatte sie einen Fuß an Land gesetzt, stellten sich die Kopfschmerzen wieder ein. So heftig diesmal, dass sie die Augen zusammenkniff und halb blind weiterlief – entschlossen, den Fluchtinstinkt niederzuringen. Sie würde diese Angst erst wieder verlieren, wenn sie herausgefunden hatte, welche Ursache ihr zugrunde lag.

Im Schatten einer Markise setzte sie sich auf eine Mauer. Nach einer Weile ebbte das Hämmern in ihrem Kopf ab.

Im Braye Beach Hotel in unmittelbarer Nähe des Hafens mietete sie ein Zimmer. Die überstürzte Anreise und die Anstrengungen der vergangenen Tage forderten ihren Tribut. Emily verschlief den Nachmittag und verbrachte den Abend in einem unruhigen Dämmerzustand. Dann aß sie im Hotelrestaurant eine Kleinigkeit und kehrte auf ihr Zimmer zurück. Dort fiel sie erneut in einen bleiernen Schlaf der Erschöpfung.

Am nächsten Morgen erwachte sie erfrischt und fühlte sich besser – so als wäre eine schwere Last von ihr genommen worden. Was immer sie davon abhalten wollte, die vergessenen Jahre ihrer Kindheit ans Licht zu holen, schien aufgegeben zu haben oder war auf der Fähre zurückgeblieben. Sie fühlte sich befreit und beschloss voller Tatendrang, die Insel zu erkunden.

Mit der Alderney Railway fuhr sie am Hafen entlang nach Osten bis zur Endstation Mannez Quarry. Die karge Landschaft aus Grasflächen und spärlichem Baumbewuchs zog an ihr vorüber, ohne dass sie eine Erinnerung oder ein Gefühl in ihr weckten. Nichts kam ihr bekannt vor.

An den folgenden Tagen packte sie ihren Zeichenblock, Aquarellfarben und Stifte in ihren Rucksack und fuhr mit einem geliehenen Motorroller die schmalen Straßen entlang. Außer den antiken Forts und den Befestigungsanlagen der Deutschen aus dem Zweiten Weltkrieg bestand Alderney außerhalb von Saint Anne zumeist nur aus Büschen, Seegras und Klippen, die steil aus dem Meer aufragten.

Der Mann, dem sie auf der Fähre begegnet war, blieb ein Phantom, weitere Blackouts oder Ereignisse, die sie nicht erklären konnte, widerfuhren ihr nicht. Nach dem Haus mit der auffallenden blauen Tür suchte sie vergeblich. Außer dem alten Foto hatte sie keinen Anhaltspunkt. Wenn es ihr nicht gelang, eine Spur aufzunehmen, würde sie unverrichteter Dinge nach Southampton zurückkehren müssen. Millie würde vermutlich fuchsteufelswild sein, weil Emily ohne ein Wort verschwunden war. Der Abgabetermin für ihr gemeinsames Studienprojekt stand bevor, und ohne ihre Hilfe würde sie niemals rechtzeitig fertig werden.

Nach ihrem Besuch bei Hill hatte Emily ihr Handy ausgeschaltet. Sie dachte kurz darüber nach, konnte sich aber nicht an den Grund dafür erinnern. Es erschien ihr auch nicht wichtig.

Am 17. September, eine Woche nach ihrer Ankunft, saß sie auf den Klippen der Westküste, den Zeichenblock auf den Knien. Der Pinsel entwickelte in ihrer Hand ein Eigenleben und bannte das graublaue Meer in zarten Pastellfarben auf das Papier.

„Hey, das ist richtig gut.“

Emily drehte sich um. Hinter ihr stand eine etwa gleichaltrige Frau, die ihr über die Schulter blickte. Sie schirmte die Augen gegen die tief stehende Sonne ab und lächelte. Auf ihren Wangen tanzten Dutzende Sommersprossen, das lange, dunkle Haar wehte übermütig im Wind.

„Entschuldigung, ich wollte nicht stören", sagte sie.

„Hast du nicht."

Mit wenigen, geübten Strichen vollendete Emily die Skizze. Neugierig verfolgte ihr Zaungast die sicheren Bewegungen ihrer Hand.

„Wow. Ich kann nur Bratpfannenbäume und Mondgesichter malen. Wie lange muss man üben, um so etwas hinzukriegen?"

Emily lächelte. „Gar nicht. Ich konnte es schon immer." Sie wusch den Pinsel in einem verschließbaren Glas aus.

„Ich bin Claire. Kommst du vom Festland?"

„Emily aus Southampton."

„Machst du Urlaub hier?"

Sie packte ihre Malutensilien zusammen. Ihre Bewunderin war ziemlich neugierig. Vielleicht langweilte sie sich auch nur – was auf diesem Eiland wahrscheinlich der Normalzustand für junge Leute war. Emily stand auf und klopfte sich den feuchten Sand von den Jeans.

„Nein. Ich suche jemanden ... oder vielmehr etwas."

Claires Augen blitzten. „Das hört sich ja ziemlich geheimnisvoll an. Vielleicht kann ich dir helfen. Alderney ist klein, da kennt jeder jeden."

Sollte sie ihr das Foto zeigen? Es war zwanzig Jahre alt, fast so alt wie Claire. Sie würde sich wohl kaum an den Mann auf dem Bild erinnern können. Sie beschloss, etwas anderes auszuprobieren, und löste das

Band der Mappe, in der sie ihre Skizzen aufbewahrte. Während der vergangenen Tage hatte sie immer wieder das Haus gemalt. Sie nahm ein Blatt heraus und zeigte es Claire.

„Hast du das schon mal gesehen? Gibt es auf Alderney ein Haus, das so ähnlich aussieht?"

Aufmerksam betrachtete Claire das Bild. „Das könnte das alte Pfarrhaus sein. Es sieht ein bisschen anders aus, weil es mal fast ganz abgebrannt ist und wieder aufgebaut wurde. Aber die Felsen im Hintergrund sind gut getroffen. Als ich noch ein Kind war, galt es als Mutprobe, sich nach Einbruch der Dunkelheit auch nur in der Nähe der Ruine aufzuhalten."

„Warum?"

„Es gibt allerlei Spukgeschichten über das Haus. Die Menschen auf Alderney sind abergläubisch. Ich weiß, dass vor vielen Jahren etwas Schreckliches dort passiert ist, aber nicht genau was. Nachdem es wieder hergerichtet worden war, wohnten immer mal wieder Leute drin, aber nie lange, darum hat's einen schlechten Ruf. Kein Wunder, dass du es nicht gefunden hast. Es steht ziemlich versteckt unterhalb der Klippen bei den *Guns*."

„Was ist das?"

„Bunkeranlagen aus dem Zweiten Weltkrieg. Sie liegen nicht weit nördlich von hier."

„Kannst du mir das Haus zeigen?"

„Klar."

Sie wanderten den Küstenweg entlang. Claire erzählte von ihrem Alltag auf Alderney. Vorsichtig fragte sie Emily nach dem Leben auf dem englischen Festland aus. Sie plante offenbar seit einiger Zeit, die Insel zu verlassen. Vielleicht hoffte sie, einen ersten Kontakt gefunden zu haben, der ihr den Neustart erleichterte. Emily hörte jedoch kaum zu. Ihre Anspannung wuchs, je näher sie ihrem Ziel kamen. Als sie den gewundenen Pfad hinabstiegen, plagten sie heftige Kopfschmerzen.

„Das ist es", sagte Claire.

Eingezwängt zwischen zerklüfteten Felsen, Schwarzerlen und steilen Hängen, stand das Haus. Es sah tatsächlich anders aus als auf ihren Bildern. Die Umrisse waren zwar die gleichen, das Dach war jedoch neu eingedeckt worden, die Fenster erneuert, und die Tür war nun grün lackiert.

„Sollen wir es uns anschauen?", fragte Claire.

„Ich ... weiß nicht. Wir können doch nicht einfach einbrechen."

„Das brauchen wir nicht. Auf Alderney schließt kaum jemand seine Haustür ab. Hier passiert ja nie etwas. Außerdem steht es leer."

Emily kniff die Augen zusammen. Das trübe Licht des stürmischen Nachmittags kam ihr plötzlich grell vor, noch immer pochte ein dumpfer Schmerz in ihren Schläfen. Wieder hatte sie das Gefühl, als ob die Zeit sprungweise verging und in ihrer Wahrnehmung Lücken klafften. Vor ihr wuchs eine unsichtbare Mauer aus dem sandigen Erdboden, die sie nicht überwinden konnte. Emily wunderte sich, dass Claire sie nicht sehen konnte.

Claire blieb abrupt stehen. „He, es ist wieder bewohnt", sagte sie überrascht. „Das wusste ich gar nicht."

Der Weg, auf dem sie gekommen waren, führte an dem Pfarrhaus vorbei und wand sich in einem sanften Bogen auf der anderen Seite der kleinen Bucht wieder zum Hochplateau hinauf. Eine schlanke Gestalt näherte sich von dort dem Haus; ein Mann von etwa fünfunddreißig Jahren mit dunkelblondem Haar, der leicht hinkte. Er trug zwei Plastiktüten mit dem Werbeemblem einer Supermarktkette. Auf dem von unregelmäßigen Stufen unterbrochenen Klippenweg hatte er sichtlich Mühe, das Gleichgewicht zu halten. Unten angekommen, öffnete er den Riegel des Gartentors mit dem Ellenbogen und trug seine Einkäufe zur Haustür.

„Sag mal, was verbindet dich denn mit dem Haus?", fragte Claire.

Emily erwachte wie aus einer Trance.

„Was hast du gesagt?"

„Warum suchst du nach dem Haus? Es ist nur ein windschiefer alter Kasten, wie geschaffen für Eremiten." Sie schirmte die Augen mit der Hand ab und beobachtete den Mann. „Ich frage mich, wie jemand freiwillig in eine solche Einöde ziehen kann. Wer sich hierher zurückzieht, hat entweder etwas auf dem Kerbholz oder ist nicht ganz dicht."

Claire rieb sich die nackten Unterarme, sie schien in der kühlen Luft zu frösteln. „Lass uns lieber abhauen. Vielleicht ist das ein irrer Serienkiller, der im Keller seine Opfer verscharrt."

Sie stiegen den Küstenpfad hinauf. Emilys Gedanken kreisten um das Haus. Es existierte also wirklich. Nun musste sie nur noch jemanden finden, der ihr etwas über seine Geschichte erzählen konnte.

„Was machst du hier, wenn du nicht gerade malst oder düstere alte Gemäuer suchst?", fragte Claire.

„Die Auswahl an Aktivitäten scheint auf Alderney nicht besonders groß zu sein", antwortete Emily.

„Gut erkannt. Wie wär's mit abfeiern? Im Hafen steigt morgen Abend eine Party. Hast du Lust mitzukommen?“

Emily nickte abwesend. Sie konnte sich später nicht daran erinnern, zugesagt zu haben. Sie konnte sich an überhaupt nichts mehr erinnern.

14

Am Morgen des 19. September stieg Steve den steilen Pfad hinab, der zwischen den Klippen zum Pfarrhaus hinunterführte. Die Luft war klar und salzig, wie geschaffen für eine Joggingrunde auf dem Küstenweg. Das Laufen klärte den Verstand und vertrieb düstere Gedanken. Steve liebte jede Art von sportlicher Herausforderung. Er hatte verschiedene Sportarten betrieben, bevor die Granate seine Hüfte zerfetzt hatte. Er mochte es, seinen Körper zu spüren, das Spiel der Muskeln, die Atmung und die Anstrengung; und er liebte den Kick und die Gefahr. Je riskanter eine Herausforderung war, desto mehr reizte sie ihn. All dem hatte die Katastrophe im *Red Door* vorerst ein Ende gesetzt.

Mit der ihm eigenen Verbissenheit zwang er sich nun dazu, jeden Morgen eine größere Strecke in Angriff zu nehmen als am Tag zuvor, doch sein Körper weigerte sich, dem ihm aufgezwungenen Willen zu folgen. Mehr als ein leichtes Traben erlaubte er nicht, und selbst dann wurden die Schmerzen nach einem Kilometer unerträglich. Es würde noch Monate, wenn nicht Jahre dauern, bis er zu seiner alten Leistungsfähigkeit zurückfinden würde.

Er biss die Zähne zusammen und humpelte auf das Gartentor zu. Vielleicht war es doch keine so gute Idee gewesen, das einsam gelegene Haus gegen die Pension in Saint Anne zu tauschen. Die Wirtin hatte ihm jeden Morgen ein Frühstück serviert und dafür gesorgt, dass das Zimmer stets sauber war und im Bad frische Handtücher hingen. Leider wartete Nellie mit einem Nachteil auf, mit dem er sich nicht länger herumschlagen wollte: Sie war geschwätzig und extrem neugierig. Mehr als einmal hatte er in der vergangenen Woche geargwöhnt, dass sie seine Sachen durchwühlte. Er hatte keine Ahnung, was sie zu finden hoffte, aber Nellies Schnüffelorgien, gepaart mit ihrer Geschwätzigkeit, könnten gefährlich werden, falls sie zufällig herausfand, wer er wirklich war.

Vor drei Tagen hatte er Dave Baileys Vorschlag angenommen und war in das leer stehende Pfarrhaus umgezogen. Die Gemeinde verlangte kaum Miete dafür. Mehr war allerdings auch nicht gerechtfertigt, denn das sich eng an die Klippen schmiegende Haus war in einem bemitleidenswerten Zustand. Aus unerfindlichen Gründen hatte der Vormieter die meisten Möbel zurückgelassen.

Nach einer gründlichen Reinigung erwies es sich jedoch entgegen dem ersten Eindruck als recht gemütlich. Wenn er abends bei einem Ale in dem verwilderten Garten saß und die Brandung unter ihm an die Felsen donnerte, dachte er an Abby. Er wusste, sie würde das Haus lieben. Sie würde Alderney lieben.

Zwar musste er den Streifenwagen oberhalb der Klippen abstellen und den abschüssigen Fußweg in Kauf nehmen, doch dafür bot das Anwesen einen unschlagbaren Vorteil: Es war einsam gelegen, besaß nur einen Zugang und war entsprechend leicht zu verteidigen, falls Sorokin ihn hier aufspürte. Im Augenblick war

Abby das Objekt seiner Rache, aber der Russe hatte sich in der Vergangenheit als unberechenbar erwiesen. Vielleicht hatte er seine Meinung inzwischen geändert und konzentrierte seine Vendetta auf Steve. Oder er beschloss, blindwütig um sich zu schlagen, weil er nicht an Abby herankam.

Steve wartete, bis der pochende Schmerz in seinem Bein nachließ, und suchte mit dem Blick die Hochebene ab. Vor drei Tagen hatte er eine junge Frau bemerkt, die auf den Klippen stand und das Haus beobachtete. Er wollte sie zur Rede stellen, doch bevor er den Pfad hinaufhumpeln konnte, war sie verschwunden gewesen. Am nächsten Tag zur gleichen Zeit war sie wieder da. Er glaubte nicht, dass sie mit Sorokin in Verbindung stand, aber ihr Verhalten war auffällig. Zog sie der Ort an, das Haus, oder war er selbst der Grund ihrer Anwesenheit? Er neigte nicht zur Paranoia, doch seit dem Anschlag auf Abby ertappte er sich öfter dabei, dass er in vorbeifahrenden Autos und Menschenansammlungen nach möglichen Verfolgern Ausschau hielt.

Das Prepaidhandy, das ihm Matt gegeben hatte, klingelte. Er trug es tagsüber ständig bei sich, nachts lag es auf dem Nachttisch neben dem Bett. Seit einer Woche wartete er darauf, dass Abby auf seine Nachricht reagierte. Nun, da er in wenigen Augenblicken ihre Stimme hören würde, erfasste ihn die Angst, sie zu verlieren. Bevor sie in sein Leben getreten war, hatte er keinen Gedanken an eine feste Beziehung verschwendet. Die Affären, auf die er sich einließ, endeten genauso schnell, wie sie begonnen hatten. Doch die Begegnung mit Abby veränderte alles. Er war bereit gewesen, sein gefährliches und wechselvolles Leben aufzugeben, ihr den Mond vom Himmel zu pflücken wie einen reifen Apfel und sich zum Narren zu machen. Erstaunt über seinen inneren Wandel, war ihm erschreckend klar geworden, dass er sich zum ersten Mal wirklich verliebt hatte, und er wusste, dass sie das Gleiche für ihn empfand. Seine Tante Esther, bei der er aufgewachsen war, hatte behauptet, es gäbe für jeden Topf den passenden Deckel, für jeden Mann irgendwo dort draußen eine Frau, die zu ihm passte wie das Teil eines Puzzles, das sich perfekt mit einem anderen verbinden ließ. Steve hatte stets darüber gelacht und sie verspottet. Doch seit er Abby kannte, wusste er, dass Esther recht gehabt hatte. Und nun hatte er diese einzigartige Frau belogen und ihr ein Messer in die Seele gerammt, auch wenn er sie nur hatte schützen wollen. Würde sie ihm verzeihen können? Seine Hand zitterte, als er über das Display wischte.

„Hallo, Abby.“

Es dauerte eine Weile, bis sie antwortete. Er hörte ihr heftiges Atmen. Sie unterdrückte ein Schluchzen.

„Du verdammter Mistkerl“, presste sie hervor.

„Abby, ich …“

„Kannst du dir vorstellen, was ich durchgemacht habe?“

„Es tut mir leid. Mir blieb keine Wahl. Es gehörte zu Matts Plan.“

„Ich hielt dich für tot und stand an deinem Grab! Warum habt ihr mich nicht eingeweiht?“

„Ich bestand darauf, aber Matt befürchtete, du könntest dich unbeabsichtigt verraten. Deine Trauer sollte echt wirken. Sorokins Leute waren auf der Beerdigung.

Hätten sie Verdacht geschöpft, wäre alles umsonst gewesen. Das Zeugenschutzprogramm erlaubt keinen Kontakt zwischen uns. Matt hat dir auf mein Drängen das Prepaidhandy zukommen lassen, damit wir Verbindung halten können."

„Warum, Tom? Warum habt ihr das gemacht?"

Steve erzählte ihr von seinem Besuch im Pentonville-Gefängnis.

„Es war der einzige Weg, uns beide zu schützen. Wenn Sorokin mich für tot hält, wird er von uns ablassen."

Abby weinte. „Ich liebe dich, du Scheißkerl."

Steve lächelte. „Ich dich auch. Sobald du vor Gericht ausgesagt hast, hole ich dich und Ivy nach."

„Wo bist du?"

Er zögerte. Durfte, konnte er sie einweihen, ohne sie in Gefahr zu bringen?

„Traust du mir etwa nicht?", fragte sie.

Mit jeder Silbe, die sie sprach, spürte er, wie verletzt sie war.

„Es geht nicht um mangelndes Vertrauen, Abby. Ich habe Angst um euch. Wir müssen sehr vorsichtig sein."

„Es hat einen Anschlag gegeben."

„Matt hat mir davon erzählt. Seid ihr okay?"

„Es geht uns gut. Einer der Männer, die uns schützen sollen, wurde verletzt."

„Wohin haben sie euch gebracht?"

„Ich glaube, irgendwo in den Norden, sicher bin ich nicht. Sie schotten uns vollständig ab. Wir dürfen das Haus nur in Begleitung von zwei Bewachern verlassen. Was wird aus uns, Tom? Wann wird das alles enden? Verrate mir wenigstens, wo du bist."

Wieder zögerte er. Doch dann entschied er, ihr die Wahrheit zu sagen. Es war wichtig, dass sie neues Vertrauen zu ihm fasste.

„Ich bin auf Alderney.“

„Auf der Kanalinsel? Was verschlägt dich nach Alderney?“

Er erklärte es ihr. „Haben sie dir gesagt, wann der Prozess gegen Sorokin beginnt?“, fragte er.

„Nicht mehr in diesem Jahr.“

Er unterdrückte einen Fluch. Sorokins Anwälte würden jeden abgefeimten Trick nutzen, um eine Verurteilung zu verhindern.

„Tom?“

„Gewöhn dir an, mich Steve zu nennen.“

„Sie haben dir einen neuen Namen gegeben?“

„Tom McCallum ist tot. Ich bin jetzt Detective Chief Inspector Steve Cole aus Dorset.“

„Okay, Mr Cole. Wir haben ein Problem.“

„Ich schätze, wir haben mehr als eins. Du …“

„Ich komme nicht an das Geld heran“, unterbrach Abby ihn.

„Wir brauchen es im Augenblick nicht. Hast du den Private Key in Sicherheit gebracht?“

„Ja, aber der Kurs der Kryptowährung droht abzurutschen. Ich habe Angst, dass das Zeug wertlos wird, wenn wir zu lange warten. Wir müssen die Coins in harte Währung umtauschen.“

„Mach dir keine Sorgen, der Kurs wird sich wieder erholen. Wie geht es Ivy?“

„Sie fragt oft nach dir. Sie kann nicht verstehen, was mit uns geschieht. Zuerst war es ein Spiel für sie, nur ein Abenteuer. Seit dem Attentat hat sie sich verändert, sie wird immer stiller. Ich mache mir große Sorgen, dass ihre kleine Seele Schaden nimmt."

„Du darfst ihr nicht verraten, dass ich lebe. Die Gefahr ist zu groß, dass sie es ausplaudert."

Abby seufzte. „Worauf haben wir uns nur eingelassen?"

„Auf ein neues Leben. Alles wird gut werden, hab Geduld."

Sie schwieg eine Weile. „Wie ist es auf Alderney?", fragte sie dann.

„Einsam ... ohne dich." Steve erzählte ihr von dem Haus. „Es wird dir gefallen. Ich schicke dir ein Foto, wenn du versprichst, es sofort zu löschen, nachdem du es dir angeschaut hast."

„Okay."

Wieder schwieg Abby eine ganze Weile.

„Hol mich hier raus, Tom", sagte sie schließlich.

„Und deine Aussage? Soll Sorokin etwa ungestraft davonkommen?"

„Er ist mir egal. Ich will dich. Lass uns fortgehen. Irgendwohin, wir haben genug Geld, um neu anzufangen."

„Kannst du herausfinden, wo sie euch versteckt halten?", fragte er.

„Ich werd's versuchen, aber wir bleiben aus Sicherheitsgründen nie lange an einem Ort."

Steve biss sich auf die Unterlippe. Genau das hatte er befürchtet. Selbst wenn Abby wusste, wo sie sich befand, würde ihm die Zeit fehlen, einen Weg zu finden, um sie rauszuhauen. Bevor er auch nur reagieren konnte, würde das Zeugenschutzteam sie an einen anderen Ort gebracht haben. Das würde so lange weitergehen, bis Sorokin verurteilt war.

Er hörte Stimmen im Hintergrund.

„Ich muss Schluss machen“, sagte Abby hastig. „Ich melde mich wieder.“

„Ich muss mir nach jedem Gespräch eine SIM-Karte besorgen und dir eine neue Nummer senden.“

„Okay. Ich liebe dich, Tom.“

„Steve.“

„Ich liebe dich, Steve.“

„Ich dich auch.“

Sie legte auf. Er steckte erleichtert das Telefon ein. Abby hatte ihm verziehen. Mehr konnte er im Augenblick nicht erwarten. Sein Diensthandy klingelte. Er meldete sich. Penny Saunders war in der Leitung.

„Können Sie zum Saye Beach östlich von Bibette Head kommen, Chief?“

„Sofort?“

„Es ist wichtig.“

Steve seufzte. Auf Alderney kam selten jemand mit dem Gesetz in Konflikt. Im Grunde geschah nichts, womit das kleine Polizeiteam nicht ohne ihn fertigwurde.

„Hat jemand falsch geparkt?“, fragte er.

„Wir haben einen Leichenfund.“

15

Steve stieg aus dem Streifenwagen und zog eine Wollmütze über die Ohren. Ein kühler Wind wehte von Nordwest her über die Insel und brachte einen ersten Vorgeschmack auf den Herbst mit. Es nieselte beständig aus einer dichten, schiefergrauen Wolkendecke.

Der Saye Beach lag östlich der Braye Bay zwischen der Anhöhe Bibette Head im Westen und einem felsigen Kap im Osten. In den vergangenen Tagen hatte Steve genug Zeit gefunden, sich mit der Insel vertraut zu machen. In London war er nachts durch leere Straßen gefahren, wenn er nicht schlafen konnte, und das war oft passiert. Er liebte die stillen Stunden zwischen Mitternacht und Morgengrauen. Auf Alderney war er der Angewohnheit treu geblieben, zumal ihn Schlaflosigkeit plagte. Den Weg zum Saye Beach fand er daher auf Anhieb.

Auf der Küstenstraße hatten sich Schaulustige versammelt und diskutierten lautstark, was vor sich ging. Die sandige, von spärlichem Gras bewachsene Bucht fiel sanft zum Meer hin ab und mündete in einen halbmondförmigen Strand. Es herrschte Ebbe, die Riffe vor der Küste lagen trocken. In der Nähe der Felsen entdeckte Steve drei Gestalten, zwei davon in Uniform. Er suchte sich einen Weg zwischen den rutschigen Steinen hindurch und wünschte sich, er hätte eine Krücke oder wenigstens einen Gehstock. Sosehr er die sichtbaren Zeichen seiner Hilflosigkeit hasste, hätten sie ihm jetzt mehr Trittsicherheit verliehen.

Penny hatte sein Kommen bemerkt und winkte ihn heran. Steve machte sich an den Abstieg.

Auf einem sandigen Fleck zwischen den Felsen, den die Flut freigegeben hatte, flatterte eine schwarze, mit Steinen beschwerte Plastikplane im Wind. Der Boden ringsum war von Fußabdrücken übersät. Penny trat nervös von einem Bein auf das andere. Lyme dagegen stand breitbeinig da und verschränkte die Arme vor der Brust, als wolle er zeigen, dass er alles im Griff hatte.

„Guten Morgen", sagte Steve. „Was ist passiert?"

Bevor Penny antworten konnte, platzte Lyme heraus: „Sieht nach Mord aus, Chief. Ich habe Guernsey informiert. Chief Officer Laney schickt uns den Coroner."

„Wenn Sie mich hier nicht brauchen, wozu haben Sie mich dann gerufen?"

Lyme glotzte ihn blasiert an. „Nun ... ich tat, was Chief Henderson getan hätte und ..."

„Ich bin aber nicht Henderson."

„Soll ich Guernsey informieren, dass wir den Coroner nicht brauchen?"

Steve sah zur Straße hinauf. Die Gaffer hatten beschlossen, sich die Sache aus der Nähe anzusehen. Die Ersten kamen zum Strand herunter.

„Sperren Sie den Tatort weiträumig ab, und halten Sie uns die Leute vom Leib, ehe sie alle Spuren zertrampeln." Sein Blick streifte die Fußspuren im Sand. „Oder was davon übrig ist. Und dann besorgen Sie mir einen Kaffee. Schwarz bitte"

Lymes Gesichtszüge entgleisten. Penny biss sich auf die Lippen und unterdrückte ein Grinsen.

„Aye, aye ... Chief", stammelte Lyme.

Der Sergeant setzte sich widerstrebend in Bewegung. Steve wandte sich der Plane zu.

„Also noch mal von vorn", sagte er.

„Er hat die Leiche entdeckt."

Penny deutete auf einen etwa sechzigjährigen, grauhaarigen Mann. In seinem wettergegerbten Gesicht funkelten winzige Augen – die hellsten, in die Steve je geblickt hatte. Er trug grüne Anglerhosen und Gummistiefel und wurde von einem zottigen Hund begleitet.

„Malcolm Trenton", stellte er sich vor. „Ich war mit Jappo spazieren, wie jeden Morgen. Da hab ich sie zwischen den Felsen liegen sehen und sofort die Polizei gerufen."

„Das haben Sie richtig gemacht."

Steve hob einen Zipfel der Plane an. Während seiner Zeit bei der Londoner Mordkommission hatte er viele Tote gesehen, daran gewöhnt hatte er sich jedoch nie. Was er unter der Plastikplane erblickte, gehörte zu den brutalsten Verbrechen, mit denen er je konfrontiert worden war. Die Frau war höchstens zwanzig, vielleicht zweiundzwanzig Jahre alt geworden. Der nackte Körper schimmerte bläulich im trüben Morgenlicht. Sie lag auf dem Rücken, die Zehen im Todeskampf in den Sand gegraben. Der Mörder hatte vier hölzerne Pflöcke in den Boden gerammt und sein Opfer an Handgelenken und Füßen mit Stricken gefesselt. Die Arme waren ausgestreckt wie bei einer Gekreuzigten. Krebse und andere Meerestiere hatten begonnen, das Fleisch von den Knochen zu nagen. Als hätte sie eine natürliche Scheu zurückgehalten, hatten sie das Gesicht jedoch verschont. Steve hörte, wie Penny würgte. Ian Laneys Beschreibung der Insel kam ihm in den Sinn.

„Sie werden es mit Jugendlichen zu tun bekommen, die über die Stränge schlagen, und mit Touristen, die ihre leeren Getränkedosen in der Landschaft entsorgen und nicht im Abfalleimer. Kapitalverbrechen sind auf Alderney unbekannt."

Nun, der Chief Officer von Guernsey hatte sich gründlich geirrt. Seit Steve seinen Posten angetreten hatte, war erst eine Woche vergangen, und schon gab es den ersten Mord auf der Insel.

Er blickte zur Küstenstraße hinauf. Die Schaulustigen reckten die Hälse, diskutierten aufgeregt und stellten Mutmaßungen an, was hier unten passiert war. Gordon spannte ein Absperrband und drängte sie zurück.

„Wissen wir schon, wer sie ist?", fragte Steve.

„Sie heißt Claire Martin", antwortete Penny.

„Ist das nicht das Mädchen, das vor zwei Wochen im Revier war und Baxter angezeigt hat?"

Penny nickte. „Ich habe sie sofort wiedererkannt."

Steve sah in die toten Augen, die blicklos in den Himmel starrten. Er hatte mit Claire reden wollen, um einschätzen zu können, ob ihre Vorwürfe der Wahrheit entsprachen. Sie hatte ein Recht darauf, dass die Polizei ihre Anschuldigungen ernst nahm und im Zweifelsfall auch einen John Baxter zur Rechenschaft zog. Doch dann war er in den ersten Tagen mit nicht enden wollenden Formalitäten, Händeschütteln und dem Einarbeiten in die Besonderheiten Alderneys beschäftigt gewesen. Er hatte Claire schlicht und einfach vergessen. Ob es ihren Tod verhindert hätte, wenn er sich der Sache sofort angenommen hätte?

„Der Täter hat sie gefesselt und gewartet, bis die Flut kommt", sagte Penny. „Wie krank muss man sein, um so etwas zu tun?"

Er beugte sich über die Leiche und drehte ihren Kopf zur Seite. Im Nacken entdeckte er zwei kleine Verletzungen, die etwa fünf Zentimeter auseinanderlagen. Sie sahen aus wie der Biss eines Vampirs.

„Was ist das?", fragte Penny.

„Verbrennungen, die wahrscheinlich von einem Elektroschocker stammen. Er hat ihn benutzt, um sein Opfer zu betäuben und ohne Gegenwehr an den Strand schleppen zu können."

„Ob Baxter dahintersteckt?", überlegte Penny.

„Traust du ihm eine so grausame Tat zu?"

„Immerhin hat er ein Motiv."

Steve schüttelte den Kopf. Ich gebe zu, Sie kennen ihn sehr viel besser als ich, trotzdem können wir ihn als Täter ausschließen. Er ist Geschäftsmann und Politiker, der eine Wahl gewinnen will, kein Ritualmörder."

„Aber er geht vor wie ein Bulldozer, der sich seinen Weg bahnt."

„Für einen Mann in seiner Position ist das nicht ungewöhnlich. Das macht ihn noch nicht zum Mörder. Wenn solche Typen jemanden zum Schweigen bringen wollen, bedienen sie sich gewöhnlich anderer Mittel. Wie reich ist Baxter eigentlich?"

„Er hat auf jeden Fall genug Geld, um die Sache damit aus der Welt zu schaffen. Es sei denn, Claire hat sich nicht darauf eingelassen."

Steve richtete sich auf. „Du magst euren selbst ernannten Inselkönig nicht besonders, oder?"

„Kann ich nicht gerade behaupten."

„Dann solltest du dein Urteilsvermögen nicht davon trüben lassen. Sorry. Das Du ist mir so rausgerutscht", sagte er. Es war ihm ganz natürlich erschienen.

Penny lächelte. „Kein Problem. Wir duzen uns ohnehin alle im Team. Sag einfach Penny zu mir."

„Steve." Er grinste. „Chief Steve."

Nachdenklich blickte er auf die Leiche hinab. Die Art und Weise, wie der Täter das Opfer zur Schau stellte, deutete auf eine kranke Psyche und komplizierte, schwer nachvollziehbare Motive hin. Ihn beschlich das beunruhigende Gefühl, dass dies der Anfang einer Serie sein könnte, und damit wäre seine kleine Mannschaft überfordert. Keiner außer ihm besaß genug Erfahrung, um einen brutalen Serienkiller zu schnappen. Er würde Unterstützung aus Guernsey brauchen, vermutlich sogar aus London oder Southampton. Eine Mordserie würde hohe Wellen schlagen. Die Aufmerksamkeit der Presse war das Letzte, was er gebrauchen konnte.

„Auf jeden Fall kannst du Baxter gleich selbst befragen", sagte Penny.

Steve folgte ihrem Blick und sah den Hang hinauf. Eine stämmige Gestalt trampelte den Pfad zwischen den Felsen hinab.

„Das ging ja fix", sagte er. „Der Buschfunk auf Alderney funktioniert tadellos."

„Das war sicher Gordon. Er telefoniert schon den ganzen Morgen.“

Steve deckte die Leiche wieder zu.

„Besteht eine besondere Beziehung zwischen ihm und Baxter, von der ich wissen sollte?“

„Gordon dreht sein Fähnchen gerne nach dem Wind.“

Wegen Lyme musste er etwas unternehmen. Er testete offenbar bereits, wie weit er Steves Führung untergraben konnte, ohne auf Gegenwehr zu stoßen. Vermutlich war er bestens auf Alderney und Guernsey vernetzt. Sein Verdacht, dass er Laneys Wunschkandidat gewesen war, verstärkte sich.

Baxter kam schnaufend auf sie zu, seinen Regenmantel wie ein Banner hinter sich herziehend. Er glotzte auf die schwarze Plane und stolperte über einen glitschigen Felsbuckel.

„Verdammte Sauerei“, murmelte er, dann wandte er sich an Steve: „Ganz gleich, was Sie jetzt unternehmen, Cole. Ich will über jeden Ihrer Schritte informiert werden, und zwar bevor Sie Ihren Fuß in ein Fettnäpfchen setzen.“

„Bleiben Sie bitte zurück, Mr Baxter. Dies ist ein Tatort.“

Steve sah zu Gordon hinauf, der mit den Schultern zuckte. Baxter näherte sich trotz Steves Warnung und hob einen Zipfel der Plastikplane an.

„Grundgütiger“, entfuhr es ihm.

„Ich sag’s nicht noch mal, Mr Baxter. Sie zertrampeln mögliche Spuren. Treten Sie zurück, oder ich lasse Sie festnehmen wegen Behinderung der polizeilichen Ermittlungsarbeit.“

„Reden Sie keinen Quatsch. Wir haben hier ein verdammtes Problem. Die Präsidentschaftswahlen stehen an. Ich kann keinen Serienkiller gebrauchen, der frei auf Alderney herumläuft und die Touristen in Angst und Schrecken versetzt."

„Bis jetzt haben wir es nur mit einem einzigen Mord zu tun", antwortete Steve.

„Was werden Sie jetzt tun?"

„Wir warten auf den Coroner."

„Coroner? Sagen Sie nicht, dass Sie Guernsey da mit reingezogen haben! Sind Sie wahnsinnig, Mann? Wenn das Klatschmaul Laney Bescheid weiß, fällt die Presse des ganzen Landes über uns her." Er drehte sich zur Straße um. „Das war Lyme, oder? Ich reiß dem Kerl den Hintern auf!"

„Sergeant Lyme hat sich korrekt verhalten", entgegnete Steve. „Ich brauche hier einen Gerichtsmediziner und die Spurensicherung."

„Wir werden beobachtet."

Penny deutete auf eine Frau, die abseits der Gaffer stand. Sie war barfuß, ihr hellgelbes Kleid war verdreckt und mit rostroten Flecken übersät. Sie machte einen desolaten Eindruck.

„Sag Gordon, er soll sie mal überprüfen", sagte Steve.

Baxter zog sein Handy aus der Manteltasche. „Damit müssen Sie allein fertigwerden, Cole. Sie waren doch bei der Mordkommission, oder nicht? Hat man Ihnen nicht beigebracht, wie Sie mit einem solchen Fall umgehen müssen?"

Er wählte eine Nummer, hielt das Telefon ans Ohr und begann, nervös auf und ab zu laufen.

„Ich werde Laney versichern, dass Sie hier allein klarkommen", sagte er.

Penny schüttelte den Kopf und rollte die Augen. Steve drehte Baxter den Arm auf den Rücken und nahm ihm das Handy ab.

„Autsch! Sind Sie verrückt?"

„In zwei Stunden will ich Sie auf dem Revier sehen."

„Wozu?"

„Claire Martin hat Sie wegen sexueller Belästigung angezeigt. Nun ist sie tot."

„Sind Sie völlig durchgeknallt, Cole? Wollen Sie mich ernsthaft verdächtigen, das Mädchen deshalb umgebracht zu haben?"

„Ich versuche, mir ein vollständiges Bild zu machen. Constable Saunders, würden Sie Mr Baxter zu seinem Wagen begleiten? Er möchte gehen."

Penny machte einen unsicheren Schritt auf den massigen Mann zu. Baxter war vor Wut rot angelaufen.

„Ich warne Sie, Cole. Sie wissen nicht, mit wem Sie sich anlegen."

„Lassen Sie uns einfach unsere Arbeit machen. Das dürfte auch in Ihrem Interesse sein."

Baxter streckte den Arm aus.

„Mein Telefon!"

Steve gab es ihm zurück.

Baxter wedelte erregt mit dem Zeigefinger. „Sie halten mich auf dem Laufenden, ist das klar, *Chief* Cole?"

Er drehte sich um und stapfte davon.

„Was für ein angenehmer Mensch", sagte Steve.

„Er ist sehr beliebt auf Alderney und hat beste Chancen, die Wahl zu gewinnen. Der Tourismus spült ordentlich Geld in die Kassen von Saint Anne. Wenn sich seine Befürchtung bewahrheitet und wir es mit einem Serienkiller zu tun haben, wird das eine Menge Leute abschrecken, hier Urlaub zu machen."

„Wie kommt er darauf, dass weitere Morde folgen werden?", fragte Steve.

„Vor zwanzig Jahren hatten wir es mit einer Reihe ähnlicher Verbrechen zu tun", sagte Gordon.

Steve wandte sich um. Gordon Lyme hatte die Zugänge zum Strand abgesperrt und war zurückgekommen. Und er hatte tatsächlich einen Becher Kaffee organisiert, den er Steve reichte.

„Man nannte sie die *Flutmorde*", sagte Penny. „Ich war damals vierzehn. Wir Mädchen hatten alle eine Höllenangst. Keine von uns traute sich nach Anbruch der Dunkelheit aus dem Haus."

„Halten Sie es für möglich, dass der Täter wieder zugeschlagen hat, Chief?", fragte Lyme.

Steve nippte an dem Kaffee. „Die zeitliche Lücke ist groß, aber unmöglich wäre es nicht."

„Du vergisst, dass man Albert Evans für die Morde verantwortlich machte", sagte Penny, „und der ist bei dem Brand im Pfarrhaus ums Leben gekommen."

„Bewiesen wurde seine Schuld nie", erwiderte Gordon.

„Es gab die Aussage von Vikar Randall", hielt Penny dagegen. „Evans gestand ihm die Morde. Nach seinem Tod fühlte sich Randall nicht mehr an das Beichtgeheimnis gebunden und ging zur Polizei. Danach hörte die Mordserie auf, es gab kein weiteres Opfer. Laney legte die Flutmorde zu den Akten."

„War er damals schon Chief Officer auf Guernsey?", fragte Steve.

„Er leitete die Mordkommission, die die Serie aufklären sollte", erklärte Lyme.

„Welche Übereinstimmungen gibt es denn mit dem aktuellen Fall?"

„Evans fesselte seine Opfer und setzte sie der steigenden Flut aus. Er wartete, bis sie qualvoll ertranken, und weidete sich an dem Anblick."

„Hat er dem Vikar erklärt, warum er das tat?"

Gordon zuckte mit den Schultern. „Das weiß ich nicht. Wenn Sie's genau wissen wollen, müssen Sie die alten Akten aus Guernsey anfordern."

„Und wenn es ein Nachahmungstäter ist?", überlegte Penny. „Die Zeitungen waren wochenlang voll mit Berichten und Mutmaßungen. Ich schätze, dass die meisten Einwohner von Saint Anne nicht vergessen haben, was damals passierte."

„Warum sollte sich ein Nachahmer zwanzig Jahre später die Flutmorde zum Vorbild nehmen?", fragte Steve.

„Mir fehlt die Fantasie, um mir vorstellen zu können, was in seinem kranken Hirn vorgeht."

Der Wind trug ein rhythmisches Flapp-flapp heran, das schnell lauter wurde. Ein Helikopter näherte sich von Westen her und ging über der Hochebene nieder.

„Das wird der Coroner sein", sagte Gordon.

Vier in weiße Schutzanzüge gehüllte Gestalten stiegen aus dem Hubschrauber und kamen zum Strand herunter. Sie schleppten Aluminiumkoffer, Stative mit Scheinwerfern und weitere Gerätschaften. Ein hagerer Mann mit dunklen Augenringen stellte sich Steve als Dr. Mortenson vor. Das Team begann mit der Arbeit. Mortenson begutachtete die Tote, die KTU suchte das

Umfeld nach verwertbaren Spuren ab. Steve hatte das alles schon oft gesehen. Er stellte die gleichen Fragen wie jedes Mal: „Können Sie schon etwas zum Todeszeitpunkt sagen, Doktor?"

„Es herrscht seit etwa anderthalb Stunden Ebbe", sagte Mortenson. „Er warf einen Blick auf seine Armbanduhr. „Es ist jetzt halb zehn. Die letzte Flut erreichte ihren Höchststand gegen 01:00 Uhr."

„Der Täter kann sie nur bei Ebbe hergebracht haben, das heißt lange vor Mitternacht", überlegte Gordon.

Steve blickte über den Strand, als suche er etwas. Dann nickte er befriedigt.

„Die Leiche liegt am Scheitelpunkt der Tide. Er kann das Mädchen gefesselt haben, als das Wasser nur einen halben Meter niedriger stand. Andernfalls hätte er stundenlang auf die Flut warten müssen. Das Risiko, entdeckt zu werden, wäre viel zu groß gewesen."

Mortenson beugte sich über die Tote. „Ich schätze, dass sie fünf bis sechs Stunden im Wasser gelegen hat. Unsere Rechnung stimmt also ungefähr. Bis auf den Tierverbiss und die Brandmale durch den Taser weist sie keine äußeren Verletzungen auf. Genaueres kann ich erst nach der Obduktion sagen."

Steve ging in die Hocke und betrachtete die Stricke, mit denen der Mörder das Mädchen an die Pflöcke gebunden hatte.

„Penny, frag doch mal rum, wo man auf Alderney solche Nylonseile kaufen kann. Vielleicht erinnert sich ein Ladenbesitzer daran, in den letzten Tagen eins verkauft zu haben."

„So was kriegt man hier an jeder Ecke", sagte sie. „Alle Fischer und Hobbysegler benutzen solche Seile."

„Versuch es trotzdem. Vielleicht hat ja jemand gleichzeitig Werkzeug und Hölzer wie diese Pflöcke gekauft.“

„Das Holz sieht verwittert aus, neu ist das nicht“, sagte Mortenson. „Es könnte aus einem der Bunker stammen, oder es ist Treibholz.“

Steve wandte sich an den Teamleiter der Spurensicherung. „Haben Sie etwas Brauchbares entdeckt?“

„Nein. Die Flut hat ganze Arbeit geleistet.“

Steve richtete sich auf und zuckte zusammen, als seine verletzte Hüfte protestierte.

„Schauen wir uns mal weiter oben um“, sagte er. „Vielleicht finden wir Schleifspuren oder Reifenabdrücke. Irgendwie muss er das Mädchen ja an den Strand gebracht haben.“

„Und wenn er sie getragen hat?“, überlegte Gordon.

„Einen menschlichen Körper über eine so weite Strecke zu tragen, ist verdammt anstrengend“, sagte Steve. „Er müsste schon außergewöhnlich kräftig sein, um das zu bewerkstelligen.“

„So stark wie Baxter“, murmelte Penny.

Sie gingen den steinigen Weg hinauf. Steve achtete auf jede Kleinigkeit.

„Warum gibt sich jemand solche Mühe?“, überlegte er laut. „Er schleppt sein noch lebendes Opfer zum Strand hinunter, um es dort der Flut zu überlassen. Was treibt ihn dazu?“

„Glaubst du, er hat die ganze Zeit dagesessen und zugesehen?“, fragte Penny.

„Davon gehe ich aus. Er wollte sein Opfer leiden sehen. Entweder steckt der Wunsch dahinter, es zu bestrafen, oder es verschafft ihm einen sexuellen Kick.“

„Oh Gott, ist das krank“, sagte Gordon. Er warf Penny einen verstohlenen Blick zu, in dem jede Menge Argwohn lag.

„Wir haben beschlossen, zum Du überzugehen. Steve, das ist Gordon. Gordon – Steve.“

Lyme nickte mit finsterer Miene. Es passte ihm nicht, dass er mit Penny so freundschaftlich umging.

„Wenn er hier gewartet hat, bis die Flut kam, hat er vielleicht Spuren hinterlassen – Zigarettenkippen oder sonstigen Müll“, sagte Steve. „Schaut euch um.“

„Dass sie nackt ist, könnte auf ein sexuelles Motiv hindeuten“, meinte Penny.

„Das bringt uns zu der Frage, was er mit ihren Sachen gemacht hat.“

„Wahrscheinlich hat das ablaufende Wasser sie aufs Meer hinausgezogen.“

„Oder er hat sie als Trophäe mitgenommen“, entgegnete Steve. Wir müssen herausfinden, was sie anhatte.“

„Wenn er geblieben ist, bis sie tot war, wie konnte er überhaupt etwas beobachten?“, überlegte Penny. „Es war stockdunkel. Falls er eine Taschenlampe benutzt hat, ging er ein hohes Risiko ein, entdeckt zu werden.“

Steve nickte anerkennend. „Ein guter Gedanke.“ Er warf einen Blick in den bleigrauen Himmel. „Wir haben Vollmond. Besorg dir den Wetterbericht. Wenn's eine klare Nacht war, ist es hell genug gewesen, um im näheren Umkreis etwas erkennen zu können.“

„Wie werden wir jetzt vorgehen?“, fragte Gordon.

„Wir durchleuchten das Umfeld des Mädchens und rekonstruieren ihre letzten vierundzwanzig Stunden. Wo ist sie gewesen? Wen hat sie getroffen? Wer hatte ein Motiv, sie zu töten? War es jemand, der die Einzelheiten der Flutmorde kannte und uns auf eine falsche Spur locken will? Vielleicht werden uns der Obduktionsbericht und die Ergebnisse der Spurensicherung weiterhelfen. Sind die Eltern des Mädchens schon benachrichtigt?"

„Noch nicht", sagte Penny.

„Okay, ich übernehme das. Schick mir die Adresse auf mein Smartphone. Fahrt nach Saint Anne, und hört euch um. Vielleicht hat jemand Claire Martin gestern gesehen. Übernimm du den Hafen, Gordon kann die Innenstadt abklappern."

Penny fotografierte das Gesicht der Toten. Steve erklomm den Geröllweg zur Küstenstraße hinauf und ignorierte den dumpfen Schmerz in seinem Bein. Wenigstens lenkte ihn der Fall von Abby ab.

16

Emily zitterte vor Kälte. Ihre Kehle war rau wie Sandpapier, Durst quälte sie und rasende Kopfschmerzen. Sie blinzelte und öffnete die Augen. Vor ihr lag das Meer. Eine seichte Brandung rollte zwischen den Felsen heran und spülte Seegras und vom Wasser glatt geschliffene Steine an den Strand. Aus dem wolkenverhangenen Himmel fiel Nieselregen. Sie setzte sich in dem nassen Sand auf, was das Hämmern in ihrem Schädel noch verstärkte.

Verwirrt und orientierungslos blickte sie sich um. Ihre Kleidung war durchnässt und salzverkrustet, als hätte sie längere Zeit im Wasser gelegen. Sie war barfuß, von ihren Schuhen fehlte jede Spur. Auch ihre Handtasche mit Handy und ihren Papieren war verschwunden.

Die tief am Himmel dahinjagenden Wolken verbargen die Sonne und ließ keinen Schluss darauf zu, wie spät es war. Sie versuchte sich zu erinnern, aber alles, was ihr einfiel, war ein Name: Alderney.

Panik raste ihre überreizten Nervenbahnen entlang wie ein Blitzschlag. Es war wieder geschehen. Das unheimliche fremde Wesen in ihrem Kopf hatte ihr eigenes Selbst vollständig verdrängt und die Kontrolle übernommen. Wo hatte sie die vergangenen Stunden verbracht? Was hatte sie getan, und wie war sie hierhergelangt? Sosehr sie sich auch bemühte, das Chaos zu entwirren, es misslang ihr. Es war, als wollte man den Nebel mit bloßen Händen vertreiben. Zurück blieb nackte, kalte Angst. Angst, dass sie den Verstand verlor.

Nach einigen Minuten ebbten die Kopfschmerzen ab, der Schleier, der ihre Erinnerung verhüllte, hob sich und gab nach und nach Bilderfetzen, Stimmen und Geräusche preis. Es kam ihr vor, als schaue sie einen Film an, in dem die meisten Einzelbilder fehlten und der zudem rückwärtslief.

„Eliot", flüsterte sie.

Sie hatte den Namen schon einmal gehört, doch kaum hatte sie ihn ausgesprochen, entfiel ihr seine Bedeutung wieder. Emily kam schwankend auf die Beine und entdeckte ihre Tasche in einer Sandkuhle, in der sich eine Pfütze gebildet hatte. Sie griff nach dem Trageriemen und zuckte zurück. Ihre Hände brannten wie Feuer, als sie das Brackwasser berührten. Sie blutete aus mehreren Schürf- und Risswunden. Fingerspitzen und Handgelenke waren mit einer dunkelbraunen, eingetrockneten Substanz verklebt, der der kupferne Geruch von Blut anhaftete. Mehr Blut, als aus den schmerzhaften, aber harmlosen Wunden stammen konnte. Viel mehr Blut.

Mit wachsendem Entsetzen blickte sie an sich herab. Ihr Kleid war zerrissen und mit rostbraunen Flecken übersät. Eine Bö trieb ihr Gischt und Regen ins Gesicht. Was um Himmel willen tat sie hier? Was war geschehen?

Sie torkelte zur Wasserlinie hinunter, fiel auf die Knie und wusch sich angeekelt das Blut von den Händen.

Das Salzwasser brannte höllisch in den Schnittwunden, aber sie achtete kaum darauf. Dass sie aktiv etwas unternahm, drängte die Angst zurück und weckte ihren Überlebensinstinkt. Sie wusste nicht, wo sie sich befand, aber Alderney war nicht besonders groß. Das Braye Beach Hotel in Saint Anne konnte sie notfalls von jedem Punkt der Insel aus zu Fuß erreichen.

Rechts und links ragten schwarze Felsen aus dem Meer und begrenzten einen halbmondförmigen Strand. Es war totenstill, wenn man von dem Rauschen der Brandung und den schrillen Schreien der Möwen absah. Sie öffnete ihre Tasche, fand das Telefon und schaltete es zum ersten Mal ein, seit sie Alderney betreten hatte. Ein Dutzend Benachrichtigungen ploppten auf, Millie hatte versucht, sie zu erreichen. Emily öffnete das Navigationssystem, um sich ihren Standort anzeigen zu lassen. Sie befand sich etwa zweieinhalb Kilometer östlich von Saint Anne in einer kleinen Bucht namens Arch Beach. Wenn sie der Straße folgte, würde sie binnen einer halben Stunde den Hafen erreichen. Stürmische Böen trieben Regenschleier vor sich her, die sie vor Kälte zittern ließen. Sie war sich bewusst, welchen Eindruck sie machen musste: Ohne Schuhe, verdreckt und unpassend gekleidet, würde sie unweigerlich Aufmerksamkeit erregen. Da sie nicht wusste, was in der Nacht geschehen war und woher das Blut an ihren Händen stammte, war es klüger, in Deckung zu bleiben und sich eine glaubhafte Geschichte zurechtzulegen, falls die Polizei sie aufgriff.

Mit unsicheren Schritten verließ sie den Strand und folgte einem sandigen Pfad, der zur Küstenstraße hinaufführte. Sie überquerte die Landzunge südlich des

Château à l'Étoc und lief nach Westen in Richtung Saint Anne. Kurz darauf passierte sie den Saye Beach. Auf der gegenüberliegenden Seite der Bucht parkten zwei Polizeiwagen. Das abgehackte Dröhnen eines Helikopters zerriss die Stille. Er näherte sich schnell von Nordwesten her, flog eine Schleife und ging auf der Hochebene nieder.

Emily verlangsamte ihre Schritte und blieb schließlich stehen. Unweit der Streifenwagen hatte sich ein Dutzend Schaulustige eingefunden, einer von ihnen deutete aufgeregt auf den Strand. Zwei Männer und eine Frau standen neben einer schwarzen Plastikplane. Die Frau trug die Uniform der Alderney Police Force. Ein älterer Mann in Gummistiefeln und Regenjacke stand etwas abseits. Ein struppiger brauner Hund saß neben ihm im Sand.

Der größere der beiden Männer bückte sich und hob die Plane an. Für einen kurzen Augenblick kamen die blassen Konturen eines nackten menschlichen Körpers zum Vorschein. Obwohl sie keine Einzelheiten unterscheiden konnte, wusste Emily instinktiv, dass es sich um Claire handelte. Was, um Gottes willen, war in der Nacht geschehen? War es Claires Blut, das sie sich von den Händen gewaschen hatte? Hatte das Ding in ihrem Kopf das Mädchen getötet?

Die beiden Männer begannen lautstark zu streiten. Die Polizistin blickte in ihre Richtung und machte den Mann in der Lederjacke auf Emily aufmerksam. Ein zweiter uniformierter Polizist, der den Strand absperrte, wurde auf sie aufmerksam und kam auf sie zu. Emily drehte sich um und floh kopflos und voller Panik.

Einen größeren Fehler hätte sie kaum begehen können. Es war eine spontane Reaktion, hinter der keine bewusste Absicht steckte, die sie aber sofort verdächtig erscheinen ließ. Sie musste Alderney so schnell wie möglich verlassen, bevor die Polizei begann, den Hafen und den Flugplatz zu überwachen.

Ihr blieb keine andere Wahl, als zum Arch Beach zurückzulaufen, der direkte Weg nach Saint Anne war ihr versperrt. Sie fiel in einen langsameren Trab und blieb irgendwann keuchend stehen. Was sie tat, war sinnlos, sie hatte nicht die geringste Chance. Aber wie sollte sie der Polizei erklären, was geschehen war, wenn sie selbst nicht wusste, was passiert war?

„Brauchen Sie Hilfe, Miss?“

Sie blickte auf. Neben ihr hatte der Lieferwagen eines Catering-Service gehalten, ohne dass sie es bemerkt hatte.

„Können Sie mich nach Saint Anne mitnehmen?“, fragte sie.

„Natürlich. Steigen Sie ein.“

Emily kletterte auf den Beifahrersitz und schlug die Tür zu. Der Fahrer musterte sie mit einer Mischung aus Besorgnis und Misstrauen.

„Sind Sie okay?“, fragte er.

„Ich wollte zum Strand“, log sie, „dabei habe ich meinen Wagen im Sand festgefahren. Ich habe versucht, ihn freizubekommen, aber er grub sich immer tiefer ein. Dann brach auch noch ein Schuhabsatz ab.“ Sie lächelte gequält. „Ein Unglück kommt selten allein. Ich muss furchtbar aussehen.“

Er beugte sich über das Lenkrad und suchte den Strand mit seinen Blicken ab. „Wo steht Ihr Wagen denn? Wir können versuchen, ihn herauszuziehen. Ein Abschleppseil habe ich dabei, daran soll's nicht scheitern."

„Vielen Dank für Ihr Angebot, aber ich möchte zuerst in mein Hotel zurück und mich umziehen. Eine heiße Dusche könnte ich auch gebrauchen. Dann suche ich mir in Saint Anne einen Abschleppdienst", antwortete sie hastig.

Er schien sich mit der Erklärung zufriedenzugeben, fuhr los und schaltete die Scheibenwischer ein. Das Nieseln war zu einem Landregen angewachsen. Emily blickte aus dem Seitenfenster. In einiger Entfernung sah sie, dass einer der Streifenwagen wendete und ihnen folgte. Hatten sie bemerkt, dass sie in den Lieferwagen gestiegen war?

Um ihre Nervosität und den Argwohn des Fahrers zu überspielen, plauderte sie drauflos und präsentierte eine wilde Geschichte von einem genealogischen Studienprojekt und der Suche nach ihren eigenen Wurzeln, die sie nach Alderney geführt hatte. Immer wieder blickte sie in den Außenspiegel und stellte erleichtert fest, dass der Streifenwagen vor dem Hafen ins Zentrum von Saint Anne abbog.

Vor dem Braye Beach Hotel bat sie den Fahrer zu halten. Sie bedankte sich und stürmte in das Foyer. Der Tresen des Portiers war leer. Emily schlich die Treppe in den ersten Stock hinauf und betrat ihr Zimmer.

Erschöpft sank sie auf das Bett, nur um kurz darauf wieder aufzuspringen und ruhelos auf und ab zu wandern. Alderney war eine kleine Insel, auf der knapp zweitausend Menschen lebten. Die Polizei würde vermutlich nicht lange brauchen, um sie zu finden. Aber suchten sie wirklich nach ihr? Hatte sie denn überhaupt ein Verbrechen begangen oder war sie das Opfer?

Emily trat ans Fenster und blickte durch einen Spalt in der Gardine auf den Hafen hinab. Entweder reiste sie so schnell wie möglich ab, oder sie fand heraus, wo sie den Sonntag und die anschließende Nacht verbracht hatte und wie sie an den Arch Beach gelangt war. War Claire tatsächlich tot? Ihr Instinkt sagte ihr, dass es so war, aber was hieß das schon? Vielleicht hatte das, was am Saye Beach geschehen war, gar nichts mit ihr oder Claire zu tun. Sie musste sie erreichen, sich vergewissern, dass sie lebte ... doch sie hatte keine Telefonnummer, ja sie kannte nicht einmal ihren Nachnamen.

Sie drehte sich um, streifte das verdreckte Kleid ab und schlüpfte unter die Dusche. All die Mutmaßungen brachten sie nicht weiter. Einen einzigen Erfolg konnte sie verbuchen: Das mysteriöse Haus gab es tatsächlich, sie hatte es mit eigenen Augen gesehen. Und sie wusste, dass vor vielen Jahren etwas Schreckliches darin geschehen war; etwas, das wahrscheinlich ihre Amnesie ausgelöst hatte. Sollte sie jetzt wirklich aufgeben, obwohl sie vielleicht kurz vor dem Ziel stand?

Von Ekel erfüllt, schrubbte sie ihre mit Blut und Dreck verkrusteten Hände und riss dabei die verschorften Wunden wieder auf.

Ein neuer, beunruhigender Gedanke schoss ihr durch den Kopf. Sie erinnerte sich plötzlich, dass Claire sie zu einer Party eingeladen hatte. War sie mit ihr hingegangen oder nicht? Emily stellte das Wasser ab und begann fieberhaft, ihren Körper nach weiteren Verletzungen abzusuchen. War sie unter dem Einfluss von K.-o.-Tropfen vergewaltigt worden?

Sie entdeckte nichts, was darauf hindeutete, dass man ihr Gewalt angetan hatte – abgesehen von den Wunden an den Händen, die auch eine ganz andere Ursache haben konnten. Vielleicht war sie am Strand umhergeirrt und hatte sich dort an Felsgraten und Muscheln verletzt.

Sie ging in das Hotelzimmer zurück und trocknete ihr Haar mit einem Handtuch. Auf dem Tisch vor dem Fenster lagen ihre Malutensilien – der Farbkasten, Stifte und Pinsel. Sie schlug das Deckblatt des Zeichenblocks auf und blätterte durch die Aquarelle, die sie während der Erkundung der Insel angefertigt hatte. Als sie das letzte Bild umblätterte, unterdrückte sie einen Schrei. Eine hastig ausgeführte Kohlezeichnung zeigte das Gesicht des Mannes, dem sie auf der Fähre begegnet war. Rasch entdeckte sie weitere Skizzen, die in der Reihenfolge einer Bildergeschichte angelegt waren. Sie erkannte markante Orte von Saint Anne und dem Hafen wieder. Der Sinn der Geschichte wurde ihr schnell klar: Sie erzählte, wie der Mann jemanden verfolgte; jemanden, der schemenhaft blieb, aber nur sie selbst sein konnte.

Emily klappte den Zeichenblock zu. Ihr Herz pochte so heftig gegen ihre Rippen, dass die fast glaubte, man könne das Schlagen im ganzen Hotel hören. Entsprang das Erlebnis ihrer Fantasie oder war es wirklich passiert? Hatte der Unbekannte, dem sie bereits zweimal über den Weg gelaufen war, sie durch Saint Anne gejagt? War er Claires Mörder? Warum konnte sie sich nicht daran erinnern, die Skizzen zu Papier gebracht zu haben?

Sie warf das Handtuch aufs Bett und öffnete den Kleiderschrank, um sich anzuziehen. Er war leer. Emily fuhr herum und suchte das Zimmer mit gehetzten Blicken ab. Die Reisetasche und der Rollkoffer waren verschwunden; und mit ihnen ihre gesamte Kleidung.

Jemand klopfte an die Zimmertür.

„Miss Gray?"

Die Stimme gehörte einer Frau, vielleicht einem Zimmermädchen? War in das Hotel eingebrochen worden? Hatte man ihr Gepäck gefunden?

Wieder klopfte es.

„Würden Sie bitte öffnen, Miss Gray? Hier ist die Alderney Police, Constable Saunders. Ich habe einige Fragen an Sie."

„Einen Augenblick."

Sie wirbelte hektisch herum. Selbst wenn es ihr gelang, unerkannt aus dem Hotel zu fliehen, wäre ihre Flucht – nur mit einem Handtuch bekleidet – sehr schnell zu Ende.

Sie schloss die Zimmertür auf und öffnete sie einen Spalt. Auf dem Gang stand eine Polizistin in Uniform. Sie hatte dunkelblondes, kurz geschnittenes Haar und graugrüne Augen, war etwa Mitte dreißig und einen Kopf kleiner als sie.

Emily durchzuckte der irrwitzige Gedanke, sie über den Haufen zu rennen und davonzulaufen.

„Tu es!"

Die Stimme in ihr schrie auf und verstummte dann wieder. Die Vorstellung währte nur eine Sekunde lang.

„Ich war gerade unter der Dusche", sagte sie stattdessen.

„Ziehen Sie sich bitte etwas an. Ich warte solange."

„Das ... das kann ich nicht. Mein Gepäck ... es ist alles weg. Ich ..."

Emily schwieg. Ihr Gestammel hörte sich an, als hätte sie den Verstand verloren. Wenn man darüber nachdachte, Polizisten anzugreifen und nackt aus dem Fenster zu springen, musste das wohl so sein.

„Ich hab's erst bemerkt, als ich aus dem Bad kam. Es ist mir schrecklich peinlich."

„Ich denke, da kann ich Ihnen helfen."

Es war eine absurde Situation, die eine unerwartete Wendung nahm. Constable Saunders trat einen Schritt zur Seite und stellte Emilys Koffer vor die Tür.

„Wie ich bereits sagte, ich habe einige Fragen. Wenn Sie sich nun bitte anziehen und mir auf das Revier folgen würden?"

17

Ganz gleich, wie man eine Todesnachricht über-brachte, es fühlte sich niemals richtig an. Steve hätte von Laney einen Psychologen zur Unterstützung anfordern können, aber es hätte nichts daran geändert, dass die Tochter der Martins einem Verbrechen zum Opfer gefallen war. Er wollte so schnell wie möglich mit ihnen sprechen, denn nach einem Mordfall zählte jede Minute. Je länger er im Dunkeln tappte, desto schwieriger würde es werden, den Täter zu finden.

Megan Martin wurde von einem Weinkrampf geschüttelt, ihr Mann Bryan saß so steif neben ihr auf der Couch, als hätte ihn die furchtbare Nachricht versteinern lassen.

Penny hatte recht, wir hätten zu zweit herkommen sollen, dachte Steve. Aber er hatte nur drei Beamte zur Verfügung. Penny und Gordon hatten genug damit zu tun, sich in Saint Anne umzuhören. Und dann musste noch jemand im Revier ansprechbar sein. Steves Wahl war daher auf Dave gefallen, den Jüngsten und Unerfahrensten im Team.

„Ich weiß, wie erschütternd die Nachricht für Sie sein muss", sagte Steve, „fühlen Sie sich dennoch in der Lage, mir ein paar Fragen zu beatworten?"

Bryan Martin nickte. Es war nicht mehr als ein heftiges Zucken.

„Wissen Sie, wo sich Ihre Tochter in den vergangenen vierundzwanzig Stunden aufgehalten hat?"

„Nein. Sie lebte seit einem Jahr nicht mehr bei uns. Claire wohnte in einem Apartment in der Innenstadt von Saint Anne."

Martins Frau schluchzte auf.

„Wie war Ihr Verhältnis?"

Bryan blickte irritiert auf. „Wir kamen gut miteinander aus", sagte er, „auch wenn wir uns nach ihrem Auszug voneinander entfernt hatten. Aber so ist das, nicht wahr? Kinder gehen irgendwann ihre eigenen Wege."

„Kannten Sie ihre Freunde? Mit wem hatte sie Umgang?"

Er schien kurz zu überlegen. „Das weiß ich nicht genau. Sie sprach eigentlich nie darüber. Wissen Sie, Claire fühlte sich nicht wohl auf Alderney. Meine Frau und ich sind hier aufgewachsen. Ich arbeite in der Gastronomie, Megan ist Lehrerin an der Saint Anne's School. Viele junge Leute gehen fort. Es gibt kaum Arbeitsplätze auf der Insel – ein bisschen Tourismus, ein paar Geschäfte, mehr nicht. Claire wollte auf dem Festland studieren. Sie interessierte sich für Kunstgeschichte und Malerei."

Steve verabscheute es, in intimen Familienverhältnissen herumzustochern, die Erfahrung hatte ihn jedoch gelehrt, dass hier häufig die Motive für ein Verbrechen zu finden waren.

„Hatte sie einen festen Freund?", fragte er.

„Da gab es diesen jungen Mann ... wie hieß er doch gleich?" Martin blickte seine Frau fragend an, aber die stierte blicklos auf den Boden.

„Pat, richtig", fuhr Martin fort, „Patrick Bell. Den hat sie uns mal vorgestellt. Ein netter Junge. Wie ernst es ihr mit ihm war, kann ich nicht sagen. Ich glaube, sie gingen ein paarmal miteinander aus."

Steve machte sich Notizen.

„Lebt er hier auf der Insel?"

„Ich erinnere mich, dass Claire erzählte, Pat arbeite bei Renetec Ltd. Er installiert Solarpanels und Wärmepumpen."

Martins Lippen zitterten. „Sie haben uns nicht gesagt, wie sie gestorben ist."

Vor diesem Moment hatte sich Steve gefürchtet. Die Eltern hatten ein Recht, zu erfahren, was ihrer Tochter zugestoßen war. Doch wie sollte er ihnen begreiflich machen, dass ein Irrer Claire Martin an Holzpflöcke gefesselt und der steigenden Flut überlassen hatte?

„Wir haben sie am Strand gefunden", sagte er. „Es scheint, als wäre Ihre Tochter ertrunken. Wir müssen das Ergebnis der Obduktion abwarten."

Megan durchbrach zum ersten Mal die erdrückende Mauer aus Trauer, die sie umgab.

„Das ist nicht wahr. Claire war eine gute Schwimmerin. Die beste ihres Jahrgangs."

Sollte er sie anlügen? Der Schock würde umso größer sein, wenn die Martins die Zeitung aufschlugen. Auch wenn sie über die Details des Mordes Stillschweigen bewahrten, bekam die Presse Wind davon. Irgendein Leck gab es immer. Trenton, der die Leiche gefunden hatte, würde sich seinen Bericht vielleicht gut bezahlen lassen und anschließend dementieren, auch nur ein

Sterbenswörtchen darüber verraten zu haben. Spätestens auf der Pressekonferenz, die Laney einberufen würde, kam die Wahrheit ans Licht.

Steve rasselte seinen Standardsatz herunter. „Wir sind noch ganz am Anfang unserer Ermittlungen. Claires Tod könnte jedoch in Verbindung mit einer alten Mordserie stehen, die …"

Bryan fuhr auf. „Die Flutmorde. Ist … ist sie gestorben wie die anderen Mädchen?"

Megan gab ein ersticktes Wimmern von sich.

„Es sieht ganz danach aus", antwortete Steve.

„Aber der Mörder wurde überführt. Albert Evans ist damals im alten Pfarrhaus verbrannt."

„Wir wissen noch zu wenig", sagte Steve. „Reden Sie bitte vorerst mit niemandem über das, was wir hier besprechen. Möglicherweise haben wir es mit einer Verdeckungstat zu tun oder einem Nachahmer. Das ist selten, kommt aber vor."

„Was meinen Sie damit?"

„Es wäre denkbar, dass jemand Claires Tod so aussehen lassen wollte, als wäre sie ein Opfer desselben Täters, der vor zwanzig Jahren auf Alderney aktiv war. Fallen Ihnen außer Patrick Bell noch weitere Kontaktpersonen Ihrer Tochter ein, die wissen könnten, wie sie den Sonntag verbracht hat?", fragte er.

„Baxter", krächzte Megan Martin.

„John Baxter?"

„Sie spricht von Kyle", entgegnete Bryan. „Das ist sein Sohn. Megan war mit Patricks Umgang nicht einverstanden. Sie befürchtete, dass er Claire in Kreise zog, die nicht gut für sie waren."

„Ich habe geahnt, dass etwas Schlimmes passieren würde." Megan Martin hatte sich gefasst. „Patrick Bell gehört zu Kyles Clique. Baxters Sohn ist schlecht."

„Was meinen Sie mit schlecht?", fragte Steve.

„Verdorben. Arrogant und verzogen. Er ist genauso machtbesessen und kontrollsüchtig wie sein Vater. Kyle schart schwache Charaktere um sich, die ihm nach dem Mund reden und sich unterordnen. Er schmeißt mit Geld um sich, aber auf eine gewisse Weise beutet er die Menschen um sich herum aus. Kyle stiehlt ihnen ihre Selbstachtung und macht sie von seiner Gunst abhängig, wie ein Dealer einen Junkie anfixt. Ich habe Claire gewarnt, aber sie wollte nicht auf mich hören."

Bryan Martin fuhr ärgerlich herum. „Und was hat es gebracht, ihr ständig Vorhaltungen zu machen? Du hast sie damit aus dem Haus getrieben und jeden Einfluss verloren."

Seine Frau presste die Lippen zusammen und schwieg. Steve beobachtete das Ehepaar nachdenklich. So gut, wie Bryan Martin das Verhältnis zu seiner Tochter beschrieben hatte, war es offensichtlich doch nicht gewesen. Wie oft hatte er schon erlebt, dass die hauchdünne Fassade aus Normalität und vorgetäuschter Harmonie zusammenstürzte wie ein Kartenhaus, wenn ein dramatisches Ereignis die Familie erschütterte. Die Martins bildeten da offenbar keine Ausnahme. Alles, was sie verdrängt hatten, brach nun hervor.

„Wollen Sie damit andeuten, dass Kyle Baxter Ihre Tochter ermordet haben könnte?", fragte er.

„Das habe ich nicht behauptet. Aber wenn Sie den Mörder finden wollen, dann sollten Sie in Kyles Umfeld nach ihm suchen."

„Ich werde auf jeden Fall mit ihm reden. Das wäre im Moment alles. Falls ich noch Fragen habe, komme ich auf Sie zu." Er zögerte. „Ich kann Ihnen psychologische Unterstützung anbieten. Wir haben Spezialisten, die Ihnen durch diese schwere Zeit helfen werden."

Bryan schüttelte den Kopf. „Danke für Ihr Angebot, aber wir kommen zurecht."

„Wo ist Claire jetzt? Ich will sie sehen", sagte Megan.

„Sie wurde nach Guernsey in die Gerichtsmedizin gebracht. Ich werde Sie benachrichtigen, wenn die Untersuchungen abgeschlossen sind. Sie können den Leichnam anschließend nach Alderney überführen lassen."

Der letzte Satz ließ Megan Martin zusammenzucken. Die Wucht der Worte machte ihr vermutlich klar, was auf sie zukam. Steve verabschiedete sich und verließ das Haus. Immerhin hatte er nun eine erste Spur.

Als er in den Streifenwagen stieg, klingelte sein Diensthandy.

„Ich habe die Frau gefunden, die voller Panik vom Tatort geflohen ist", sagte Penny.

„Bring sie zum Revier", sagte Steve. „Ich bin gleich da."

„Lass dir Zeit. Wir brauchen hier noch länger."

„Was meinst du damit?"

„Es ist ... kompliziert."

Steve kehrte in sein Büro zurück und entschied, dass er dringend etwas an der altbackenen Einrichtung ändern musste. Bisher hatte er nicht einmal die Zeit gefunden, den Schreibtisch aufzuräumen und Hendersons Ginvorrat zu entsorgen. So wie die Dinge lagen, würde er wohl sehr viel länger auf Alderney bleiben, als er vorgesehen hatte. Immerhin langweilte er sich nicht. Im Gegenteil, der Mordfall weckte seine Lebensgeister. Sich mit einem ebenbürtigen Gegner zu messen, hatte er in den vergangenen Monaten mehr vermisst, als ihm klar gewesen war. Er freute sich auf eine grimmige Weise darauf, mit Baxter in den Ring zu steigen.

Er ließ sich in den abgewetzten Ledersessel hinter dem Schreibtisch fallen. Seine Amtsvorgänger starrten ihn herausfordernd von den Fotografien herab an. Steve starrte zurück. Ob sie alle so bequem wie Henderson gewesen waren? Nun, er hatte jedenfalls nicht vor, es sich gemütlich zu machen. Wenn er schon hier festsaß, wollte er wenigstens einen guten Job machen.

Auf dem Gang vor der Milchglastür, auf der inzwischen ein Schriftzug mit seinem Namen klebte, tauchte ein Schatten auf. Es klopfte, Penny Saunders trat ein. Sie war der einzige Lichtblick im Team. Dave Bailey war eifrig, aber so unerfahren, dass er in einem Mordfall kaum von Nutzen war. Gordon traute er nicht über den Weg. Er nahm sich vor, Penny nach ihm auszufragen. Es konnte nicht schaden, zu wissen, in welchem Verhältnis er zu Baxter und Laney stand.

„Was hast du für mich?", fragte er.

„Ein paar Informationen, bevor du unseren Gast in die Mangel nimmst."

„Wie hast du sie gefunden?", fragte er.

„Ich habe das Foto der Toten herumgezeigt. Der Ticketverkäufer am Fährterminal erinnerte sich daran, Claire Martin gestern Abend gesehen zu haben. Sie wartete vor dem Braye Beach Hotel auf jemanden. Kurz darauf verließ eine junge Frau, die vor zehn Tagen eingecheckt hat, die Lobby. Sie gingen gemeinsam fort."

„Weiß er wohin?"

„Nein. Aber da ist noch eine ziemlich skurrile Sache. Er sagt, dieselbe Frau habe gestern Nachmittag ein Ticket nach Guernsey gekauft. Sie wartete am Anleger, entschied sich dann jedoch offenbar anders. Er sagte wörtlich: „Sie rannte, als wäre der Teufel hinter ihr her." Sogar ihr Gepäck ließ sie im Fährterminal zurück. Ich habe den Koffer ins Braye Beach gebracht und mich beim Portier nach den Gästen erkundigt, die am 9. September angereist sind. Es war ein Kinderspiel, die Frau zu finden. Als ich an ihre Zimmertür klopfte, kam sie aus der Dusche. Sie behauptete, den Verlust ihres Gepäcks gerade erst bemerkt zu haben. Außer dem Kleid, das sie getragen hatte, besaß sie nur noch ihr Handy und die Handtasche."

„Das ist tatsächlich eine merkwürdige Geschichte."

„Während sie sich anzog, habe ich mir das Kleid angesehen. Es war völlig verdreckt und mit Flecken übersät, bei denen es sich um Blut handeln könnte."

„Hast du es als Beweismittel sichergestellt?"

Penny präsentierte einen durchsichtigen Plastikbeutel.

„Gute Arbeit", lobte er.

„Wie lief es bei den Martins? Wie haben sie die Nachricht aufgenommen?"

„Die Mutter hat's mehr getroffen als den Vater. Das war zumindest mein Eindruck."

„Man kann in die Menschen nicht hineinschauen", sagte Penny.

„Aber man kann sie dazu bringen, etwas von sich preiszugeben. Ich weiß noch nicht, ob es wichtig ist, aber bei den Martins stimmt etwas nicht“, sagte Steve. „Jedenfalls war das Verhältnis zu Claire nicht so harmonisch, wie sie es zuerst dargestellt haben.“

„Und wie bringt uns das weiter?“

„Die Mutter hat Baxters Sohn ins Spiel gebracht.“

„Der ist bei uns kein Unbekannter. Chief Henderson hätte ihn härter anfassen müssen. Anlass dazu gab es genug – nächtliche Ruhestörung, Sachbeschädigung, Körperverletzung in minderschweren Fällen. Solche Sachen eben.“

„Körperverletzung?“

„Henderson tat es als Rangelei ab. Kyle prügelt sich gerne, wenn er einen über den Durst getrunken hat. Und das kommt ziemlich oft vor. Aber Mord?“

„Ich werde ihn mir mal vornehmen.“

Penny runzelte besorgt die Stirn. „Nimm dich vor seinem Vater in Acht. John Baxter besitzt Macht und Einfluss. Ich halte ihn für gefährlich.“

Steve grinste. „Das bin ich auch. Schick mir die vergessliche Kofferfrau mal rein.“

„Dave hat ihre Personalien aufgenommen. Sie heißt Emily Gray, wohnhaft in Southampton.“

„Ich möchte, dass du während des Gesprächs anwesend bist.“

Penny hob fragend die Augenbrauen.

„Sie ist eine Frau“, erklärte Steve. „Könnte sein, dass wir sensible Themen anschneiden. Ich hab mir angewöhnt, weibliche Kundschaft nicht alleine zu bedienen.“

„Du hast schlechte Erfahrungen gemacht?“

Er lächelte. „Eine reine Vorsichtsmaßnahme.“

Penny verließ das Büro und führte kurz darauf eine junge, dunkelhaarige Frau herein. Dann stellte sie einen der beiden Stühle, die vor dem Schreibtisch standen, neben die Glastür und setzte sich.

„Bitte nehmen Sie doch Platz, Miss Gray“, sagte Steve.

Sie war blass und sah übermüdet aus. Stumm hockte sie auf der Stuhlkante, starrte auf den Fußboden und knetete ihre Finger. Als sie seine Blicke bemerkte, versuchte sie, ihre Hände vor ihm zu verbergen. Vielleicht war es nur eine instinktive Geste der Nervosität. Emily Gray war angespannt wie eine Feder. Ob sie Grund dazu hatte? Die meisten Menschen fühlten sich auf einem Polizeirevier unwohl, auch wenn sie gar nichts verbrochen hatten.

„Wir möchten Ihnen nur ein paar Fragen stellen, Miss Gray. Constable Saunders haben Sie ja bereits kennengelernt. Ich bin Detective Chief Inspector Cole.“

„Was wollen Sie denn von mir wissen?“, fragte sie.

„Sie waren heute Morgen an Strand“, sagte er.

„Am Strand?“

„Am Arch Beach. Constable Saunders wurde auf Sie aufmerksam, weil Sie sich auffallend verhielten.“

„Was habe ich denn gemacht?“

„Sie liefen davon.“

„Das stimmt nicht. Ich fragte mich, warum all die Leute dort standen, und ging hin, um nachzuschauen. Als ich sah, was der Grund war, bin ich erschrocken.“

„Was trieb Sie so früh am Morgen an den Strand?“

„Ich bin spazieren gegangen.“

„Dazu waren Sie nicht gerade passend gekleidet.“

„Es ist ja nicht verboten, barfuß am Strand entlangzu-
laufen."

„Stimmt. Sie machen Urlaub auf Alderney?", fragte er.

„Ich bin Kunststudentin und möchte Eindrücke für
ein Projekt sammeln. Das Licht auf der Insel ist faszi-
nierend."

Steve beugte sich vor und verschränkte die Finger auf
der Tischplatte.

„Sagt Ihnen der Name Claire Martin etwas?"

Sie schüttelte energisch den Kopf.

„Denken Sie noch mal nach. Vielleicht erinnern Sie
sich ja doch."

„Bestimmt nicht."

Steve nickte Penny zu.

„Sie wurden gestern Abend gesehen, wie Sie gemeinsam mit Claire das Braye Beach Hotel verlassen haben.
Wir würden gerne wissen, wohin Sie gingen", sagte sie.

Emily Gray biss sich auf die Lippen und schwieg.

„Das war Claire ... am Strand ... unter der schwarzen
Plane, nicht wahr? Was ... ist mit ihr geschehen?", fragte
sie schließlich leise.

„Sie wurde Opfer eines Verbrechens."

Emily begann zu weinen. „Ich habe ihr nichts getan.
Ich kannte sie doch kaum."

„Erzählen Sie uns einfach, was gestern passiert ist."

„Das ... kann ich nicht."

„Sie müssen sich nicht selbst belasten, Miss Gray",
mischte sich Penny ein.

„Ich glaube nicht, dass dies der Grund ist, warum sie
uns nichts hat verraten wollen", sagte Steve. „Hab ich
recht?"

Emily nickte und schniefte zugleich. Steve zog eine Schublade auf und stellte eine Packung Kleenex-Tücher auf den Schreibtisch. Er hatte sie vor drei Tagen dort deponiert, als er begonnen hatte, erste Veränderungen im Büro vorzunehmen. Die Kleenex gehörten zur Standardausstattung, irgendwann brauchte man sie immer.

Emily schnäuzte sich geräuschvoll.

„Ich kann Ihnen nichts sagen, weil ich mich nicht erinnere. Heute Morgen kam ich auf dem Arch Beach zu mir. Fragen Sie mich nicht, wie ich dort hingelangt bin. Ich bin zur Straße hochgelaufen, sah die Leute und dann ...“

„Warum sind Sie davongelaufen?“

„Ich wollte nicht in diese Sache hineingezogen werden. Mir war klar, dass ich verdächtig aussah ... das Blut auf meinem Kleid ... die Schnittwunden an meinen Händen ... wie hätte ich das erklären sollen? Ich weiß doch selbst nicht, was passiert ist.“

„Woher stammen die Verletzungen?“

„Ich weiß es nicht.“

„Fangen wir noch mal mit dem gestrigen Abend an. Sie hatten sich mit Claire Martin verabredet, ist das richtig?“

Sie nickte und berichtete, wie sie das Mädchen kennengelernt hatte und sie gemeinsam die Insel erkundeten.

„Sie lud mich zu einer Party ein und holte mich gegen 19:00 Uhr ab.“

„Das deckt sich mit der Aussage des Ticketverkäufers“, bestätigte Penny.

„Wo fand diese Party statt?“, fragte Steve.

„Ich kann mich nicht erinnern. Es ist, als wären wir durch ein Tor ins Nichts gegangen.“

„Sind Sie mit einem Drogentest einverstanden, Miss Gray?“

„Ich nehme keine Drogen.“

„Das glaube ich Ihnen. Es könnte aber sein, dass Sie welche zu sich genommen haben, ohne davon zu wissen.“

„Sie meinen, jemand hat mir K.-o.-Tropfen in den Drink geschüttet?“

„Ich kann’s nicht ausschließen. Um es zu beweisen, brauche ich eine Blutprobe von Ihnen, und zwar möglichst schnell. Gammahydroxybuttersäure ist maximal vierundzwanzig Stunden nachweisbar, je nach Körpergewicht und Konstitution auch nur acht bis zwölf Stunden. Kommt darauf an, welche Substanz man Ihnen verabreicht hat.“

„Was ändert es, wenn Sie es genau wissen?“, fragte sie.

„Eine Menge. Falls man Ihnen Gewalt angetan hat, wird es uns helfen, das zu beweisen.“

„Sie meinen …?“

„Ich meine, dass Sie möglicherweise großes Glück gehabt haben. Jedenfalls mehr Glück als Claire Martin.“

„Was muss ich tun?“, fragte sie.

„Gar nichts“, antwortete Steve. „Constable Saunders bringt Sie zu einem Arzt, der Ihnen eine Blutprobe entnimmt. Die schicken wir dann nach Guernsey in die Gerichtsmedizin.“

„Dr. Hopkins im Mignot Memorial Hospital kann das übernehmen“, erklärte Penny. „Wenn Sie einverstanden sind?“

Emily nickte.

„Erlauben Sie mir, ein Foto von Ihnen zu machen?“, fragte Steve.

„Wozu?“

„Wir zeigen es herum. So könnten wir herausfinden, wo Sie in der Zeit gewesen sind, an die Sie sich nicht erinnern.“

„Okay.“

Steve machte ein Foto mit seinem Smartphone.

„Entschuldigen Sie mich einen Augenblick.“

Er schob seinen Sessel zurück und verließ das Büro. Im Vorbeigehen warf er Penny einen Blick zu und hoffte, dass sie ohne Worte verstand, was er von ihr erwartete.

Im vorderen Teil des Reviers traf er auf Gordon Lyme, der sich gerade Kaffee einschenkte. Die Kaffeemaschine war der unangefochtene Mittelpunkt der Wache, die Maschine selbst schien der wichtigste Bestandteil des Reviers zu sein.

Gordon winkte mit der Kanne. „Auch einen Kaffee, Chief?“

Steve nahm sich eine Tasse. „Gerne.“

„Hast du etwas herausgefunden?“, fragte Steve.

„Ich bin die halbe Stadt abgelaufen. Mit Ausnahme des Ticketverkäufers am Fährterminal und des Portiers der Pension hat niemand Claire Martin am Sonntagabend gesehen.“

Steve trank einen Schluck. „Ruf den Coroner an und mach ein bisschen Druck. Wir brauchen Ergebnisse. Frag ihn, ob Claire Martin vergewaltigt wurde. Er soll ein Drogenscreening veranlassen und besonders nach Gammahydroxybuttersäure suchen.“

„Chief?“

„K.-o.-Tropfen."

Er ging nach vorn zu Dave Bailey.

„Gleich kommt hier eine nette junge Frau vorbei", sagte er.

„Die Verdächtige, die Penny geschnappt hat?"

„So würde ich das nicht ausdrücken, aber genau die meine ich. Penny bringt sie ins Mignot Memorial Hospital. Ich möchte, dass du ihnen unauffällig nachfährst. Wenn Emily Gray die Klinik wieder verlässt, folge ihr. Möglichst so, dass sie es nicht merkt. Penny soll sofort zurück ins Revier kommen. Sag ihr, ich brauche sie hier."

Dave strahlte. „Wird gemacht, Chief."

Steve kehrte in sein Büro zurück.

„Das wäre für den Augenblick alles, Miss Gray. Ich möchte Sie bitten, Alderney im Augenblick nicht zu verlassen. Es liegt nichts gegen Sie vor, aber ich wäre Ihnen sehr verbunden, wenn Sie sich zu unserer Verfügung halten würden. Wenn Sie bitte einen Moment draußen warten würden?"

Sie verließ fluchtartig das Büro.

„Und?", fragte Steve.

„Sie behauptet, nicht vergewaltigt worden zu sein. Zumindest kann sie keine Verletzungen oder Spuren entdecken, die darauf hindeuten."

„Bis auf die Abwehrverletzungen an den Händen. Wir können sie nicht zwingen, sich von einem Arzt untersuchen zu lassen."

„Soll ich das Kleid, das sie getragen hat, nach Guernsey zur Kriminaltechnik schicken?", fragte Penny.

Steve lächelte. „Ich wollte dich gerade darum bitten."

„Warum hast du sie nicht nach der merkwürdigen Koffergeschichte gefragt?"

„Ist noch zu früh. Ich weiß noch zu wenig."

Penny runzelte die Stirn. Sie schien sich damit nicht zufriedenzugeben.

„Es gibt zwei Möglichkeiten für Ihr seltsames Verhalten", erklärte Steve. „Entweder ist sie ernsthaft psychisch krank oder ..."

„Oder?"

„... Oder sie war im Begriff, die Insel zu verlassen, und ist jemandem begegnet, der sie in solche Panik versetzt hat, dass sie ohne ihr Gepäck vor ihm geflohen ist."

„Was sie uns aber nicht erzählt hat."

„Hat sie nicht."

„Und was bedeutet das?"

„Keine Ahnung. Ich habe Dave beauftragt, an ihr dranzubleiben. Vielleicht führt sie uns ja zu dem Unbekannten."

„Von dem wir nicht wissen, ob es ihn gibt."

„Das stimmt", gab Steve zu.

„Und sie hat geleugnet, Claire Martin zu kennen."

„Das hätte ich an ihrer Stelle auch getan. Sie wollte nicht in die Sache verwickelt werden, also stritt sie erst einmal alles ab. Sie konnte nicht wissen, dass der Portier sie zusammen mit Claire gesehen hat."

„Denkst du, sie hat etwas mit dem Mord zu tun?"

„Nein. Ich halte sie eher für ein weiteres Opfer, das größeres Glück hatte als Claire. Oder kannst du dir vorstellen, dass sie ein so grausames Verbrechen begehen würde?"

„Nein."

„Ich auch nicht. Wir müssen herausfinden, wo die beiden Mädchen die Nacht verbracht haben. Wo kann man denn hier mal richtig abfeiern?"

„Alderney ist keine Partyinsel wie Mallorca oder Ibiza. Es gibt ein paar regelmäßige Festivals und Veranstaltungen, aber nichts, bei dem es die Kids so richtig krachen lassen. Mit einer Ausnahme."

„Kyle Baxter."

Penny sog zischend die Luft durch die Zähne. „Ich hoffe, dir ist klar, mit wem du dich anlegst."

„Ich hoffe es auch. Immerhin geht's um Mord."

18

„Mr Baxter kommt heute nicht mehr ins Büro."

Die Mitarbeiterin von Alderney Real Estates verglich peinlich genau das Foto auf Steves Dienstausweis mit dem Mann, der vor ihr stand.

„Sie sind wirklich der neue Polizeichef?", fragte sie misstrauisch.

„Bin ich. Und Sie sind?"

„Mr Baxters persönliche Referentin."

„Dann können Sie mir sicher verraten, wo ich Ihren Boss finde?"

„Er hat eine Nachricht hinterlassen, dass er in den nächsten Stunden nicht gestört werde möchte."

„In meinem Fall dürfen Sie eine Ausnahme machen. Betrachten Sie es als Unterstützung einer polizeilichen Maßnahme."

„Mr Baxter ist sehr darauf bedacht, dass seine Anweisungen eingehalten werden."

„Ihr Chef hat mich beauftragt, ihn auf dem Laufenden zu halten", sagte Steve. „Er kann es sicher kaum erwarten, von mir zu hören."

Sie verzog missbilligend den Mund und gab ihm den Ausweis zurück. Offensichtlich ärgerte es sie, dass sie das Wortgefecht verloren hatte.

„Er ist auf der Abigail, seiner Jacht."

Steve grinste. „Ich wollte mich immer schon mal auf einer Jacht umschauen."

Er fuhr zum Hafen, stellte den Streifenwagen in der Nähe des Fährterminals ab und setzte eine Sonnenbrille auf. Ein frischer Westwind hatte das schlechte Wetter vertrieben. Jetzt – am späten Nachmittag – jagten vereinzelte Wolkenfetzen über den tiefblauen Himmel.

Der Naturhafen in der Braye Bay war durch den langen Wellenbrecher gut geschützt. Ein enger Durchlass führte in einen annähernd quadratischen Innenhafen, in dem Motorboote und kleine Segelboote lagen. Östlich des Anlegers schaukelten größere Boote und drei schnittige Motorjachten auf dem Wasser. Ob eine davon Baxter gehörte?

„Kann ich Ihnen helfen?"

Steve drehte sich um. Vor ihm stand ein vierschrötiger Mann mit einem zottigen, grauen Bart und einem von Wind und Wetter gegerbten Gesicht.

„Kann schon sein."

„Sie sind der neue Chief, hab ich recht?"

Er streckte seinen Arm aus und schüttelte Steves Hand wie einen Pumpenschwengel.

„Jim Lewis. Ich bin der Hafenmeister."

„Steve Cole."

Er deutete auf die ankernden Schiffe. „Ich suche John Baxter."

„Der ist vor 'ner Stunde zur Abigail rausgefahren. Die Sechzehn-Meter-Jacht ist zu groß für den Hafen und liegt an 'ner Muringboje."

„Wie komme ich dorthin? Muss ich schwimmen?"

Lewis lachte. „Nee, brauchen Sie nicht. Dafür haben wir ein Wassertaxi – UKW-Kanal 37."

Er beschirmte die Augenpartie mit der flachen Hand und blickte über das Wasser. „Es ist gerade draußen. Ich fahre Sie mit meinem Boot raus."

„Danke."

Zehn Minuten später drosselte Lewis den Außenbordmotor und steuerte auf eine schneeweiße Jacht zu. Baxter hatte das sich nähernde Boot bemerkt, ging zur Reling und beobachtete sie scheinbar gelangweilt, die Hände in den Hosentaschen. Er trug Freizeitkleidung – weiße Baumwollhosen und ein dunkelblaues Shirt mit dem Wappen von Alderney. Steve war ein geübter Beobachter und spürte trotz Baxters zur Schau gestellter Lässigkeit dessen Anspannung. Über eine Treppe im Heck kletterte er an Bord und ignorierte den Schmerz in seiner Hüfte.

„Chief Cole", empfing ihn Baxter. „Freut mich, dass Sie mich so schnell über den Fortgang der Ermittlungen informieren wollen." Er musterte ihn abschätzend. „Hat man Ihnen nicht gesagt, dass wir unsere Beamten auf Alderney gerne in Uniform sehen?"

„Meine Größe ist gerade ausverkauft."

Steve hörte ein Klirren. Im Schatten unter dem Sonnensegel auf dem Oberdeck stapelte jemand Getränkekisten. Leere Dosen rollten in der Dünung über das Deck, schmutziges Geschirr und Tabletts mit Essensresten standen herum. Baxters Hose war mit Wasserflecken übersät, neben dem Steuerrad lag ein zusammengerollter Schlauch.

„Schießen Sie los, Chief. Verfolgen Sie eine heiße Spur?"

„Könnte schon sein." Er nahm die Sonnenbrille ab. „Das muss ja eine wilde Party gewesen sein."

„Mein Sohn hat seinen einundzwanzigsten Geburtstag gefeiert. Er schlägt ab und zu ein bisschen über die Stränge. Man muss ein Auge auf ihn haben."

„Das hab ich auch gehört."

Was den beiden jungen Frauen zugestoßen ist, hat hier seinen Anfang genommen, dachte Steve. Baxter arbeitete mit Hochdruck daran, alle Spuren zu verwischen, und er würde ihn nicht daran hindern können. Außer der vagen Aussage von Emily Gray, dass Claire sie zu einer Party eingeladen hatte, fehlte ihm der Beweis, dass sie an Bord gewesen war. Für einen Durchsuchungsbeschluss reichte die Sachlage nicht aus, und das wusste auch Baxter. Er konnte in aller Ruhe klar Schiff machen.

„Ich würde mich gerne mal mit Ihrem Sohn unterhalten", sagte Steve.

„Wozu soll das gut sein?"

„Warten Sie's doch ab."

Baxter drehte sich abrupt um. „Kyle!"

Auf dem Sonnendeck erschien ein hellblonder Haarschopf. „Was'n los?"

„Unser neuer Polizeichef will dich kennenlernen."

Der Kopf verschwand, und kurz darauf tauchte Kyle Baxter auf dem Unterdeck auf. Er sah seinem Vater kaum ähnlich. Er war kleiner und besaß sehnige Muskeln, die er offenbar fleißig trainierte, hellgraue Augen und ebenmäßige Gesichtszüge, mit denen er gute Karten bei den Mädchen haben musste.

„Das ist Chief Cole. Cole, mein Sohn Kyle."

Der Junge reichte ihm die Hand.

„Hallo, Chief.“

„Herzlichen Glückwunsch nachträglich.“

„Danke. Was kann ich für Sie tun?“

„Dein Vater hat dir sicher von der Toten erzählt, die wir am Strand gefunden haben.“

„Hab’s gehört. Furchtbare Sache. Ich hoffe, Sie schnappen den Kerl schnell.“

Er sprach genauso abgehackt wie Ian Laney. Ob das eine Eigenheit der Insulaner war?

„Keine Sorge, wir kriegen ihn“, sagte Steve. „Du kanntest Claire Martin?“

„Flüchtig. Sie hatte was mit Pat laufen.“

„Patrick Bell. Er ist einer deiner Freunde?“

„Er hängt ab und zu mit uns ab, ist aber nicht regelmäßig dabei.“

„Claire und Pat waren also zusammen. Kamen sie gut miteinander klar?“, fragte Steve.

„Na ja, sie haben sich oft gefetzt und dann wieder vertragen. Ich schätze, Claire wollte ihn mehr für sich haben. Sie konnte manchmal anstrengend sein.“

„Inwiefern?“

„Sie war’n bisschen abgehoben und machte auf gebildet, faselte dauernd davon, dass sie Kunst studieren wollte.“

Steve ließ seine Blicke über die Jacht wandern. Der alte Baxter belauerte ihn wie eine argwöhnische Bulldogge.

„Und die Party gestern Abend? Wie lief die?“

Kyles Mundwinkel zuckte. Er warf seinem Vater einen kurzen, fast scheuen Blick zu. Die beiden hatten ihre Aussagen abgesprochen.

„Cool“, sagte Kyle.

„Wie viele Freunde hattest du denn eingeladen?"

„Zehn oder zwölf. Weiß nicht mehr genau, wie viele gekommen sind. Irgendwann hab ich den Überblick verloren. Es war ziemlich feuchtfröhlich." Er grinste. „Wenn Sie verstehen, was ich meine."

„Was soll die Fragerei, Chief? Sie verschwenden hier Ihre Zeit", mischte sich Baxter ein.

„Glaub ich nicht", antwortete Steve. „Ich brauche die Namen und Adressen aller Gäste."

„Was wollen Sie denn damit?"

„Sie zu einer Befragung einbestellen. Das machen wir immer so. Jeder macht einzeln seine Aussage. Dann schauen wir, was sich überschneidet und wo es Differenzen gibt. So finden wir schnell heraus, ob jemand lügt."

„Jetzt reicht's aber, Chief. Was hat die Geburtstagsfeier meines Sohns mit dem Mord an Claire Martin zu tun?"

„Der Täter kommt möglicherweise aus dem Kreis der Gäste."

„Möglicherweise? Sie stochern also im Nebel herum", kollerte Baxter.

Steve öffnete die Bilddatenbank seines Smartphones und zeigte Kyle das Foto von Emily Gray.

„Hast du das Mädchen schon mal gesehen? Vielleicht auf der Party gestern?"

Kyle schüttelte den Kopf. „Kann mich nicht erinnern."

„Wer ist das?", fragte Baxter.

„Jemand, den Claire Martin zu einer Party eingeladen hat. Zu dieser Party."

Baxter lief rot an.

„Schon gut, Dad", sagte Kyle. „Es stimmt, Claire und Pat wollten mitfeiern, aber sie kamen nicht. Er rief mich an und sagte, sie hätten sich wieder mal gestritten. Ich hab versucht, ihn zu überreden, aber er hatte keine Lust mehr auf Party. Fragen Sie ihn doch, er wird es bestätigen."

Steve steckte das Handy ein.

„Werde ich machen."

Die Absprachen hatten also im größeren Kreis stattgefunden. Baxter hatte jeden Einzelnen, der an Bord gewesen war, zum Schweigen verdonnert und ihm dieselbe Geschichte eingetrichtert. Bald würde sich zeigen, wie gut sie ihren Part auswendig gelernt hatten.

„Wann genau haben sich Pat und Claire denn gestritten?", fragte er.

Kyle runzelte gespielt die Stirn. „Oh Mann, ich glaube, am Donnerstag oder Freitag. Weiß ich nicht mehr so genau. Warum ist das wichtig?"

„Weil Claire Martin sich wahrscheinlich eine andere Begleitung gesucht hat."

„Sie meinen das Mädchen auf dem Foto?", fragte Baxter.

„Möglich. Okay, das war's vorerst."

„Vorerst?", knurrte Baxter. „Was soll das heißen?"

„Das soll heißen, ich kann nicht ausschließen, dass die beiden Mädchen Sonntagnacht auf der Abigail waren."

„Sie haben doch gehört, was Kyle gesagt hat. Sie waren nicht hier."

Steve lächelte. „Wir müssen eben jeder Spur nachgehen. Das liegt doch auch in Ihrem Interesse, oder nicht? Einen schönen Tag noch, Mr Baxter ... Kyle."

Er ging zur Treppe im Heck und stieg in das Boot des Hafenmeisters, der ihn an Land brachte. Zumindest hatte er Vater und Sohn ein bisschen nervös gemacht. Er hatte einen Riecher dafür, wenn eine Sache stank; und die Aussagen der beiden stanken zum Himmel.

„Sie haben doch sicher ein Auge auf die schicken Jachten hier draußen, oder?", fragte Steve.

„Klar", sagte Lewis.

„Wann ist die Abigail denn angekommen?"

„Am Freitagmittag. Normalerweise liegt sie in der Marina von St. Peter Port. Baxter wohnt während der Woche manchmal auf Guernsey. An den Wochenenden kommt er nach Alderney, er besitzt auch hier ein Haus."

„Und die Jacht lag seit ihrer Ankunft die ganze Zeit im Hafen?"

„Am Abend hat sie losgemacht. Das war so gegen acht", überlegte Lewis. „Kurz zuvor bin ich zur Abigail rausgefahren, weil sich die Gäste im Diner am Hafen über die laute Musik beschwert haben, und habe Kyle angewiesen, es ein bisschen ruhiger angehen zu lassen."

„Darum hat er mit der Jacht den Hafen verlassen?"

„Vermutlich."

„Wann kam die Abigail zurück?"

Der Hafenmeister rieb sich den Bart. „Mmh. Das war 'ne komische Sache. Es dämmerte schon, als ich einen Bootsmotor hörte. Ich hab mich gewundert, dass jemand so spät noch rausfährt. Also denke ich, ich schau mal nach dem Rechten, und da sehe ich, dass Baxter in die Bucht schippert."

„Er besitzt ein zweites Boot?"

„Die Jacht und ein großes Motorboot. Jedenfalls kam's mir komisch vor, dass er kurz vor Einbruch der Dämmerung rausfuhr. Zwei Stunden später kam die Abigail zurück und machte an der Boje fest. Da war's fast dunkel. Wenn man sich nicht auskennt, ist es gefährlich, bei Nacht in die Bucht einzulaufen. Man muss sich 'ne halbe Meile vom Wellenbrecher entfernt halten, sonst kann 'ne Sechzehn-Meter-Jacht schnell auflaufen.“

„Ist Baxter ein guter Seemann?“

Lewis lachte. „Der steht nur hinter dem Steuerrad, wenn er genug Wasser unterm Kiel hat. Er bezahlt zwei Männer, die sich um die Jacht kümmern und ihn spazieren fahren.“

„Und Kyle?“

„Der kennt sich gut aus in den Gewässern rund um Alderney. Er hat das richtige Gespür fürs Wetter und die See.“

„War John Baxter allein, als er mit dem Motorboot hinausfuhr?“

Der Hafenmeister dachte nach.

„Nee, glaub nicht. Ja, jetzt entsinne ich mich, sie waren zu zweit. Ist das wichtig?“

„Vielleicht. Wer war sein Begleiter?“

„Einer seiner Angestellten, schätze ich.“

„Waren die denn nicht auf der Jacht?“

Lewis zuckte mit den Schultern. „Das weiß ich nicht.“

„Wie sind denn die Gäste von Kyle Baxter zur Abigail gekommen?“

„Er hat sie nacheinander mit dem Dingi der Jacht im Hafen abgeholt.“

Das Boot legte an der Pier an.

„Geht's um das tote Mädchen?“, fragte Lewis.

„Ja.“

„Furchtbare Geschichte. Immer gerne zu Diensten, Chief. Lassen Sie es mich wissen, wenn ich helfen kann.“

Steve zog sein Smartphone aus der Jackentasche, öffnete die Bilddatenbank und zeigte dem Hafenmeister das Foto von Claire Martin.

„Haben Sie das Mädchen schon mal gesehen? Ist es vielleicht am Sonntagabend zur Abigail rausgefahren?“

Lewis betrachtete das Foto lange. „Möglich, dass sie dabei war. Ja, ich glaube schon.“

„Sind Sie sicher?“

Er schüttelte den Kopf. „Ich stand zu weit weg und ich seh nicht mehr so gut. Vielleicht war sie's, vielleicht auch nicht.“

„War sie allein?“

„Nein, sie waren zu zweit. Ihre Freundin war dunkelhaarig, einen halben Kopf größer als sie, daran erinnere ich mich.“

„Danke. Sie haben mir sehr geholfen.“

„Es war doch nicht der missratene Spross von Baxter, oder?“

„Weiß ich noch nicht. Zu keinem ein Wort, klar?“

Lewis tippte sich an die Schiffermütze.

„Aye, aye. Ich wünsche Ihnen viel Glück, Chief. Hoffentlich kriegen Sie das Schwein. Stimmt es, dass er sie festgebunden und der Flut überlassen hat? Alle haben Angst, dass es wieder losgeht. Damals haben alle behauptet, Evans wär's gewesen, aber ich hab das nie geglaubt.“

„Lebten Sie damals schon auf Alderney?“

„Ich bin hier geboren und werde hier sterben.“

„Die Morde wirbelten wohl ziemlichen Staub auf“, sagte Steve. „Wer weiß denn über die alten Geschichten Bescheid?“

„Fragen Sie mal Randall, der war früher Pfarrer der anglikanischen Gemeinde.“

„Wo finde ich ihn?“

„Er lebt jetzt im Royal Connaught Care Home, das ist ein Pflegeheim.“

„Danke.“

Steve fuhr zum Revier zurück. Es war inzwischen fast 06:00 Uhr abends. Vor einem Laden in der Hauptstraße von Saint Anne stoppte er und kaufte eine SIM-Karte, die er in das Prepaidhandy einlegte. Anschließend schickte er Abby eine SMS.

In der Wache empfing ihn Gordon Lyme.

„Ich habe Penny und Dave nach Hause geschickt und die Spätschicht übernommen. Geht das in Ordnung, Chief?“

Steve nickte abwesend. Er war müde und brauchte dringend eine Schmerztablette.

„Okay. Ehe ich’s vergesse, du sollst den Coroner anrufen“, sagte Gordon. „Die Nummer liegt auf deinem Schreibtisch.“

„Danke. Du kannst auch Feierabend machen.“

„Sicher?“

„Ja. Ich halte hier die Stellung.“

„Okay, Chief.“

Er zögerte einen Augenblick, dann verließ er das Revier. Steve ging in sein Büro und rief Dr. Mortenson an.

„Sie warten sicher schon sehnsüchtig auf erste Ergebnisse“, begrüßte ihn der Gerichtsmediziner.

Sehnsüchtig warte ich auf Abby, dachte Steve.

„Was haben Sie denn für mich?", fragte er.

„Claire Martin ist ertrunken. Sie hatte Salzwasser in den Lungen."

„Sonst noch etwas?"

„Es gibt Abwehrverletzungen. Sie hat sich gegen den Mörder zur Wehr gesetzt, allerdings nicht so sehr, wie man erwarten sollte."

„Hat sie ihn erwischt?"

„Definitiv. Ich konnte Hautpartikel unter ihren Fingernägeln sicherstellen."

„Genug für einen DNA-Abgleich?", fragte Steve.

„Ja. Die Analyse läuft."

Steve kam ein Gedanke. „Ist der Fundort auch der Tatort, oder könnte sie woanders ertrunken sein?"

„Sie meinen, jemand wollte einen Badeunfall vertuschen und hat sie dann am Strand angebunden, um den Eindruck zu erwecken, der Killer wäre zurückgekehrt?"

„So was in der Art ging mir durch den Kopf."

„Das lässt sich nicht feststellen. Das Wasser vor dem Saye Beach unterscheidet sich nicht von dem in der Braye Bay. Sie hatte kurz vor ihrem Tod Geschlechtsverkehr. Verletzungen, die auf eine Vergewaltigung hindeuten, fehlen allerdings. Ob sie einvernehmlichen Sex hatte oder dazu gezwungen wurde, kann ich nicht feststellen. Wir werden die Spermaspuren mit den Hautpartikeln unter ihren Nägeln vergleichen."

„Dann wissen wir auf jeden Fall, ob wir es mit einem oder zwei Tätern zu tun haben", sagte Steve.

„Sie glauben, dass es mehrere waren?"

„Ist nur so ein Gefühl."

„Was bringt Sie zu der Annahme?"

„Claire Martin war vor ihrem Tod auf einer wilden Party. Wie lange sind Sie schon Coroner auf Guernsey?"

„Zehn Jahre."

„Dann sind die Opfer des Flutkillers nicht auf Ihrem Tisch gelandet?"

„Nein. Aber ich habe von dem Morden gehört. Seltsam, dass das Mädchen auf die gleiche Weise sterben musste. Zumal der Täter ja damals ermittelt wurde und ums Leben kam. Wir können es also nicht mit demselben Mann zu tun haben."

„Ich habe mit Leuten gesprochen, die Zweifel an Evans' Schuld haben", sagte Steve.

„Ich kann mir nicht vorstellen, dass die Kollegen so schlampig gearbeitet und den falschen Mann unter Verdacht hatten. Wenn es so war und der Täter noch frei ist, erscheint es mir dennoch unwahrscheinlich, dass er nach so langer Zeit plötzlich wieder anfängt, nachdem er all die Jahre keinen weiteren Mord begangen hat."

„Das sehe ich auch so", sagte Steve. „Vielleicht gibt es ja jemanden, der uns glauben machen will, es wäre so."

„Das ist eine gewagte Hypothese", entgegnete Mortenson.

„Plausibler als die Theorie, der Killer wäre zurück."

„Auch wieder wahr."

„Stammen die Verletzungen im Nacken von einem Elektroschocker?", fragte Steve.

„Definitiv. Ich konnte außerdem Gammahydroxybuttersäure in ihrem Blut nachweisen."

„K.-o.-Tropfen? Wie passt das zusammen? Warum sollte er sie auf doppelte Weise betäuben?"

„Die Dosis kann nicht sehr hoch gewesen sein. Vielleicht kam sie vorzeitig wieder zu sich und wehrte sich – was die Abwehrverletzungen belegen. Also griff er zum Taser."

„Wäre möglich", sagte Steve. „Aber stimmig ist es nicht. Er konnte nicht wissen, dass er ihn brauchen würde."

„Da ist noch etwas", entgegnete Mortenson, „nämlich die Art und Weise, wie der Täter das Opfer gefesselt hat. Er hat einen Roundturn benutzt."

„Einen Seemannsknoten?"

„So ist es."

„Den kennt sicher jeder Segler und Fischer auf Alderney. Es könnte trotzdem ein Hinweis sein."

„Sie bekommen meinen Bericht", sagte Mortenson. „Schönen Feierabend, Chief."

„Haben wir doch nie, oder?"

Der Coroner lachte. „Laney jedenfalls nicht. Der versucht schon den ganzen Tag, Sie zu erreichen."

„Dann werde ich ihn mal zurückrufen."

Steve lehnte sich zurück und überdachte Mortensons vorläufigen Bericht. Kaum hatte er aufgelegt, klingelte das Telefon. Steve nahm ab und meldete sich.

„Endlich erwische ich Sie, Cole. Was zum Teufel ist da bei euch auf Alderney los?"

„Ich dachte, Sergeant Lyme hätte Sie bereits umfassend informiert?"

„Das hat er. Und wann gedachten Sie mich persönlich zu unterrichten?"

„Wenn ich mehr weiß. Ich hielt es für wichtiger, mir so schnell wie möglich selbst ein Bild vor Ort zu machen."

„Brauchen Sie Unterstützung?“

„Im Augenblick nicht. Ich habe genug Erfahrungen bei der Londoner Mordkommission gesammelt, um zu wissen, wie ich vorgehen muss. Aber da wir nur zu viert sind, komme ich vielleicht auf Ihr Angebot zurück.“

„Gut. Zögern Sie nicht, um Hilfe zu bitten. Mir macht noch etwas anderes Sorgen.“

„Und das wäre, Sir?“

„Ich habe Sie vor Baxter gewarnt. Nach Ihrem Auftritt heute Nachmittag auf seiner Jacht hat er mich sofort angerufen.“

„Das ist sein gutes Recht. Er kann telefonieren, mit wem er will.“

„Mensch, Cole, der Mann hat Verbindungen bis ins Unterhaus. Baxter kann uns allen die Hölle heißmachen.“

„Das ist eigentlich eher mein Job“, sagte Steve.

„Was wollten Sie überhaupt von ihm?“

„Mich mit seinem Sohn unterhalten.“

„Könnte er etwa in den Mord verstrickt sein?“, fragte Laney.

„Möglich. Deshalb wollte ich ja mit ihm reden.“

„Sie haben von Baxter eine Liste aller Gäste angefordert, die den Geburtstag seines Sohnes an Bord gefeiert haben.“

„Ich muss den Mord an einer jungen Frau aufklären, Sir. Ich bin sicher, dass sie vor ihrem Tod auf der Abigail war.“

„Haben Sie Beweise dafür?“

„Der Hafenmeister hat gesehen, wie Claire Martin ins Dingi der Abigail stieg.“

„Der alte Lewis ist blind wie ein Maulwurf. Wird er bei seiner Aussage bleiben, wenn er als Zeuge vor Gericht aussagen muss?"

„Na ja, er ist sich nicht sicher. Besorgen Sie mir einen Durchsuchungsbeschluss für Baxters Jacht, dann finden wir vielleicht mehr."

„Nur aufgrund einer zweifelhaften Beobachtung bekomme ich das beim Staatsanwalt nicht durch. Müssen Sie gleich so viel Staub aufwirbeln? Auf Alderney läuft der Wahlkampf an."

„Darauf kann ich leider keine Rücksicht nehmen, Sir."

„Dann ermitteln Sie ein bisschen unauffälliger. Wir werden morgen eine Pressekonferenz geben. Ich will, dass Sie als leitender Ermittler dabei sind."

„Ich soll zu Ihnen nach St. Peter Port kommen?"

„Darum rufe ich an. Ich erbitte Ihre Anwesenheit gegen 13:00 Uhr. Und kein Wort zu niemandem. Offiziell haben weder Baxter noch sein Sohn etwas mit dem Fall zu tun. Ist das klar?"

„Völlig. Darf ich Sie um einen Gefallen bitten?"

„Falls es der Wahrheitsfindung dient, nur zu. Solange ich beim Staatsanwalt keinen Haftbefehl für Kyle Baxter beantragen soll."

„Veranlassen Sie bitte, dass die alten Fallakten der Flutmorde bereitliegen, wenn ich nach Guernsey komme. Sergeant Lyme erwähnte, dass sie bei Ihnen lagern."

„Glauben Sie ... wir haben damals den Falschen erwischt?"

„Ich kann's nicht ausschließen."

„Eine Pause von zwanzig Jahren zwischen zwei Morden ist sehr ungewöhnlich“, meinte Laney.

„Hab ich mir auch schon überlegt“, sagte Steve. „Haben Sie schon mal daran gedacht, dass der Täter gar nicht aufgehört, sondern die Insel verlassen hat, weil ihm der Boden unter den Füßen zu heiß wurde? Er könnte woanders weitergemordet haben. Und nun hat ihn etwas dazu veranlasst, nach Alderney zurückzukommen.“

Laney stieß keuchend den Atem aus. „Bei Gott, wenn das wahr wäre.“

19

Alderney, 20. September

Emily saß auf der Bettkante in ihrem Hotelzimmer und starrte auf den Inhalt ihres Koffers, den sie vor sich ausgebreitet hatte. Es war alles da. Was fehlte, war die Erinnerung an die Zeit von Sonntagabend bis Montagmorgen. Vor allem quälte sie die unbeantwortete Frage, woher das Blut an ihren Händen stammte, das sie noch am Arch Beach hastig abgewaschen hatte. War es Claires Blut? War es denkbar, dass sie das Mädchen umgebracht hatte, ohne sich daran erinnern zu können?

Eine Nacht lang hatte sie geschlafen wie eine Tote und den Morgen mit stundenlangem Nachdenken verbracht. Eine Antwort auf die Frage, warum sie ein Fährticket gekauft hatte und unmittelbar darauf in Panik davongelaufen war, fand sie nicht. Sie sah den Verkäufer am Schalter, das Wechselgeld in ihrer Handfläche ... dann war sie wieder in ihrem Zimmer im Braye Beach Hotel. Dazwischen klaffte eine Lücke, die sich nicht schließen ließ. Es war, als hätte jemand eine Szene aus dem Film ihres Lebens herausgeschnitten und die beiden losen Enden zusammengeklebt. So oft sie in Gedanken versuchte, das Loch zu schließen, sprang sie spukhaft von einem Punkt zum anderen.

Die Blackouts dauerten länger, die Abstände zwischen ihnen verkürzten sich, die Panik, die sie in den klaren Momenten überfiel, wuchs. Sie sollte die Insel so schnell wie möglich verlassen und Hilfe suchen, bevor sie den Verstand verlor oder jemand zu Schaden kam. Doch Emily hatte mehr Angst davor, dass Hill sie in die geschlossene Psychiatrie einwies, als vor dem Unbekannten, das auf Alderney lauerte. Noch immer konnte sie sich nicht genau daran erinnern, was in Hills Praxis vorgefallen war. Sicher war nur, dass dieses Ereignis sie hierhergeführt hatte. Das Rätsel um ihre verlorene Kindheit ließ sich nur auf Alderney lösen. Sie war fest davon überzeugt, dass das unheimliche Ding in ihrem Kopf aufgeben und verschwinden würde, wenn die vergessenen Jahre aus dem Dunkel der Vergangenheit auftauchten.

Die Vorstellung, dass sie Claire etwas angetan hatte, war abwegig, schließlich hatte sie das Mädchen kaum gekannt. Ganz auszuschließen war es jedoch nicht.

Die Polizei würde keine Rückstände von Betäubungsmitteln oder Drogen in ihrem Blut finden, deshalb hatte sie der Blutentnahme zugestimmt. Es war naheliegend, dass Chief Cole annahm, sie wäre Opfer einer Vergewaltigung geworden. Die wahre Bedrohung jedoch kam nicht von außen. Dies konnte er allerdings nicht wissen.

Das Handy auf der Bettdecke summte und zappelte. Sie wischte über das Display. Es war Millie.

„Emily! Ich versuche seit Tagen, dich zu erreichen. Wo steckst du?"

„Ich bin auf Alderney."

„Was in aller Welt machst du auf Alderney?"

„Ich bin auf der Suche nach Antworten.“

„Bob war im Atelier. Er hat die Bilder gesehen. Ich habe ihn noch nie so besorgt erlebt. Du musst sofort zurückkommen.“

„Das kann ich nicht, Millie.“

„Bitte komm zurück, Emmy. Du bist meine beste Freundin, und ich will nicht, dass dir etwas zustößt. Ich habe eine Scheißangst um dich.“

„Mir wird nichts geschehen.“

„Dir vielleicht nicht, aber was ist, wenn du wieder jemandem eine Tischlampe über den Schädel ziehst?“

„Was meinst du damit?“

Millie stutzte. „Da kannst dich nicht erinnern, oder?“

„Woran?“

„Du hast Bob in seiner Praxis niedergeschlagen. Er war völlig weggetreten, als ich ihn gefunden habe.“

„Das stimmt nicht. Ich würde niemals jemandem wehtun.“

„Ja, da könntest du recht haben“, entgegnete Millie. „Das hast nicht *du* getan, sondern Eliot.“

Der Name elektrisierte Emily, löste ein Gefühl der Unruhe und Angst in ihr aus. Sie hatte ihn schon einmal gehört, war ihm begegnet, aber sie wusste nicht mehr wo und wann.

„Was … meinst du damit?“

„Bob hat’s mir erklärt. Manche Menschen erleben etwas so Traumatisches, dass sie es vollständig verdrängen, weil sie sonst daran zerbrechen würden. Sie zimmern sich eine alternative Wirklichkeit zurecht, in der sie das Erlebte nicht selbst verarbeiten müssen. Sie überlassen es einem Vertrauten, den sie erfinden. Vor allem Kinder reagieren auf Traumata in dieser Weise, wenn sie Opfer von sexuellem Missbrauch werden oder andauernder Gewalt ausgesetzt sind. Bob war dicht dran, die furchtbare Erfahrung aus deinem Unterbewusstsein ans Licht zu holen, aber jemand hat es verhindert. Jemand namens Eliot. Er lebt in deinem Kopf, Emmy. Er ist ein Teil von dir. Du hast ihn selbst erfunden."

„Hör auf."

„Er übernimmt zeitweise die Kontrolle über dich. Niemand weiß, was er dann anstellt und wozu er fähig ist."

„Das ist nicht wahr!", schrie Emily.

Und doch stimmte es. Ein Teil von ihr wusste, dass Millie die Wahrheit sagte und sie sich phasenweise in einen Werwolf namens Eliot verwandelte, der ihr das eigene Ich raubte. Sie wehrte sich gegen diese furchtbare Erkenntnis, weil nicht sein konnte, was nicht sein durfte. Das Gefühl, ausgeliefert zu sein und von Eliot kontrolliert zu werden, ängstigte sie zu Tode.

„Entschuldigung. Ich bin ziemlich durch den Wind", sagte sie.

„Kann ich mir vorstellen."

„Ich habe das Haus gefunden", fuhr sie leiser fort. „Das Haus, das ich gemalt habe. Es existiert, Millie. Wenn ich herausfinde, was dort passiert ist, dann wird er verschwinden. Verstehst du? Ich muss nur ... muss nur wissen, was in dem Haus vorgefallen ist."

Ein dumpfer Kopfschmerz stellte sich ein und wurde rasch stärker. Emily stöhnte. Eliot kam.

„Ist alles okay? Du klingst irgendwie ... anders", sagte Millie. „Als wärst du nicht du selbst. Bitte sag mir, dass du okay bist, Baby."

Emily blickte starr aus dem Fenster. Von hier aus konnte sie das Meer sehen. Makellos blau, still und glatt wie ein Spiegel. Sie stellte sich intensiv vor, wie sie hinausschwamm. Immer weiter, bis das Land hinter ihr zurückblieb.

„Wenn du nicht verschwindest, werden wir beide sterben“, flüsterte sie. „Wir werden ertrinken. Lass mich in Ruhe. Ich meine es ernst.“

„Emily? Ist jemand bei dir? Mit wem sprichst du?“

Einen Augenblick lang spürte sie deutlich die Panik, die Eliot erfasste. Die Kopfschmerzen ebbten ab und hörten schließlich ganz auf. Es hatte funktioniert, er zog sich zurück. War dies der Trick, mit dem sich Eliot bezwingen ließ? Indem sie ihm Angst einjagte? Sie konnte kaum glauben, dass es so leicht sein sollte. Aus weiter Ferne hörte sie Millies aufgeregte Stimme.

„Emily? Bist du noch da? Ich kann dich kaum verstehen. Was meinst du damit, du wirst sterben?“

„Ich ... bin ... okay.“

„Komm heim. Bitte.“

„Ich kann nicht. Noch nicht.“

„Dann wird Bob zu dir nach Alderney fahren. Du hast seinen Gelehrtenstolz verletzt. Es lässt ihm keine Ruhe, dass er deinen Fall so krass unterschätzt hat. Wo bist du untergekommen?“

„Im Braye Beach Hotel am Hafen.“

„Rühr dich nicht vom Fleck. Bob wird so schnell wie möglich dort sein.“

„Millie ...“

„Versprich es mir.“

„Okay.“

Millie legte auf. Emily saß eine Weile auf dem Bett und verlor sich in wirren Gedanken. Schließlich durchbrach sie den Bann, stand auf und ging zu dem Tisch vor dem Fenster. Sie blätterte die Seiten des Zeichenblocks um. War der Mann, der sie durch Saint Anne verfolgt hatte, real oder nur eine Ausgeburt ihres kranken Verstands? Hieß er Eliot? Wünschte sie sich so sehr, er wäre lebendig, dass sie ihn sah, als wäre er real? Die Vorstellung, dass sie zeitweise die Kontrolle über ihr Handeln verlor, war beängstigend, aber noch Furcht einflößender war die Erkenntnis, dass sie Wirklichkeit und Fantasie vielleicht nicht mehr auseinanderhalten konnte.

Sie klappte den Block zu, duschte und zog sich um – Jeans und ein lindgrünes T-Shirt, das sie wahllos aus den Wäschestücken auf dem Bett pickte. Dann machte sie sich auf den Weg zum alten Pfarrhaus.

Emily hatte die Zimmertür kaum erreicht, als ein rasender Schmerz durch ihren Kopf fuhr und sie in die Knie zwang.

„Tu das nie wieder, kleine Emmy. Nie wieder, hörst du?", zischte Eliot wutentbrannt.

20

Steve hatte sich die alten Fallakten besorgt. Auf halber Höhe des steilen Pfads zum Pfarrhaus hinunter musste er eine Pause einlegen. Er schwitzte und konnte vor Schmerz kaum denken. Der Tag war anstrengend gewesen. Am Morgen war er mit der Fähre nach Guernsey gefahren und zu Fuß zum Revier gelaufen, weil er kein Taxi erwischt hatte. Gegen eins begann die Pressekonferenz. Der sauertöpfische Ian Laney überließ es ihm, die Fragen der Reporter zu beantworten.

Nein, sie hatten noch keine heiße Spur. Ob der Flutkiller zurückgekehrt war, wollten sie wissen und witterten eine Sensation. Nein, das war unwahrscheinlich. War John Baxter in den Fall verwickelt? Endlich wachte Laney auf und wies den Fragesteller barsch zurecht. Man müsse eben jedem Hinweis nachgehen. Baxters Sohn sei rein zufällig ins Raster der Fahndung geraten.

Am Nachmittag war Steve nach Alderney zurückgefahren, aber nicht dazu gekommen, die Akten zu studieren. Im Revier war der Teufel los. Dutzende Anrufer behaupteten, sie hätten Emily Gray und Claire Martin am Sonntagabend zusammen gesehen. Sie gingen allen Hinweisen nach, doch es war bloße Zeitverschwendung. Auf Alderney drohte eine Hysterie auszubrechen. Jeder sprach davon, dass die Flutmorde wieder begonnen hatten.

Steve biss die Zähne zusammen und nahm einen neuen Anlauf. Penny hatte ihm einen Physiotherapeuten empfohlen, der angeblich wahre Wunder vollbrachte – einen weißbärtigen Inder, der seine Patienten mit Räucherstäbchen und dem Segen von Elefantengöttern behandelte. Er war noch nicht dazu gekommen, einen Termin zu vereinbaren, aber ihm war klar, dass er an sich arbeiten musste, wenn er zu seiner alten Stärke und Agilität zurückfinden wollte.

Eine Stunde später stand die leere Aluschale eines Mikrowellengerichts auf dem Küchentisch. Steve ging mit einer Tasse Tee in das kleine Wohnzimmer hinüber und überlegte, wie viele Hintern von Vikaren den alten Ohrensessel wohl abgewetzt hatten. Er setzte sich, trank einen Schluck und schlug eine der Ermittlungsakten auf.

Das erste Opfer hieß Eleanor Daniels. Sie wurde am 18. September 2000 auf die gleiche Weise getötet wie Claire Martin auf den Tag genau zweiundzwanzig Jahre später. Weitere Morde folgten im Abstand von einem Jahr, jedes Mal am 18. September. Die Vorgehensweise des Täters war in allen Fällen gleich. Die Frauen waren elendig ertrunken, Spuren von Misshandlung oder Vergewaltigung sowie Fremd-DNA waren mit den vor zwanzig Jahren bekannten Untersuchungsmethoden nicht feststellbar gewesen. Die Flut hatte alle Beweise vernichtet. Der Chefermittler Ian Laney hatte forensische Psychiater hinzugezogen, die von einem zwanghaft sexuellen Motiv des Täters ausgingen. Die jungen Frauen ähnelten einander, alle hatten dunkles, langes Haar und braune Augen und waren zum Zeitpunkt ihres Todes zwischen zwanzig und dreiundzwanzig Jahre alt gewesen. Ein weiteres Rätsel blieb die Tatsache, dass die Vornamen der Opfer ausnahmslos mit dem Buchstaben E begannen: Eleanor Daniels, Ellen Taylor und Evelyn Ward. Dies war das einzige Detail, das den Mord an Claire Martin von den alten Verbrechen unterschied: Ihr Vorname begann mit einem C.

Die Leichen waren an verschiedenen Stränden von Alderney gefunden worden, die eine Gemeinsamkeit aufwiesen: Sie lagen in der Nähe alter Weltkriegsbunker. Man hatte die Anlagen wiederholt durchsucht, aber keinen Hinweis auf den Täter oder ein Versteck gefunden.

Keine der Frauen stammte von der Insel oder lebte auf ihr. Sie waren als Rucksack-Touristinnen mit dem Schiff von Guernsey oder Jersey nach Alderney gekommen. Das legte den Verdacht nahe, dass der Mörder entweder in einem der Häfen arbeitete oder auf einer der Fähren. Dort, so hatten die Ermittler vermutet, hatte er sich seine Opfer ausgesucht und Kontakte zu ihnen geknüpft.

In einer langwierigen und umfassenden Aktion hatte die Polizei von Guernsey mit Unterstützung vom Festland die Mitarbeiter der Fährlinien überprüft. Ein Verdacht fiel auf zwei Saisonarbeiter, erwies sich aber als haltlos. Keinem der Männer konnte eine Verbindung zu den Opfern oder gar einer der Morde nachgewiesen werden. Die Ermittlungen steckten fest, auf Alderney ging die Angst um. Keine Frau wagte sich nach Anbruch der Dunkelheit alleine auf die Straße.

Steve nippte an seinem Tee, blätterte in den anderen Fallakten, arbeitete sich durch Berichte und Verhörprotokolle und fragte sich, was das alles mit dem Pfarrhaus zu tun hatte. Schließlich stieß er auf die Akte von Albert Evans – dem Mann, den die Aussage von Vikar Michael Randall letztlich als Täter entlarvt hatte.

Evans war schon früh ins Visier der Ermittler geraten, weil er für eine Schifffahrtsgesellschaft arbeitete und auf den Fähren für die Verladung der Fahrzeuge mitverantwortlich war. Er befuhr regelmäßig die Linie Southampton-Guernsey-Alderney, lebte in Saint Anne und war verheiratet. 1998 kam eine Tochter zur Welt, vier Jahre später starb seine Frau Kate an Krebs. Um mehr Zeit für sein Kind zu haben, quittierte Evans den Dienst auf den Fähren und schlug sich mit Gelegenheitsjobs durch. Er arbeitete im Hafen und als Fremdenführer. Deshalb besaß er Schlüssel zu den alten Bunkeranlagen, die für Besucher zugänglich waren, und hatte gute Ortskenntnisse. Zur gleichen Zeit geschah der erste Mord.

Kriminalpsychologen versuchten später, aus dem frühen Tod seiner Frau und der Überforderung als alleinerziehender Vater ein Motiv zu konstruieren, das jedoch kaum auf Fakten beruhte. Evans konnte man nicht mehr dazu befragen, denn am 13. Oktober 2004 kam es zur Katastrophe. Zu Beginn des Jahres hatte Evans einen weiteren Aushilfsjob angenommen und erledigte stundenweise alle anfallenden Arbeiten im Pfarrhaus und unterstützte den Vikar bei der Gemeindearbeit. Randall dankte es ihm, indem er sich tagsüber um Evans' Tochter kümmerte. Die Pfarrei wurde für das Kind zu einem zweiten Zuhause.

An jenem Herbstabend spitzten sich die Ereignisse zu. In den vorangegangenen Wochen hatte sich Evans' Tochter zunehmend verändert. Das aufgeweckte Kind zog sich immer mehr in sich zurück. Randall war die Veränderung nicht unbemerkt geblieben. In spielerischer Art und Weise hatte er dem Mädchen sein Geheimnis entlockt. Emily, die mit Vorliebe neugierig die Gegend durchstreifte, war ihrem Vater heimlich an den Strand gefolgt und hatte beobachtet, wie er Evelyn Ward ermordete. Wie viel das Mädchen tatsächlich gesehen hatte, blieb im Dunkeln.

Als Albert Evans am Abend des 13. Oktober ins Pfarrhaus kam, um Emily abzuholen, stellte der Vikar ihn zur Rede und forderte ihn auf, ein Geständnis abzulegen. Bei dem sich zuspitzenden Streit kam Evans dann unglücklich zu Tode. Der Vikar wurde ebenfalls schwer verletzt und gab später an, in Notwehr gehandelt zu haben. Er hatte nach der Auseinandersetzung zeitweise das Bewusstsein verloren. Als er wieder zu sich kam, brannte das Pfarrhaus lichterloh und Evans' Tochter war verschwunden. Randall konnte sich retten und Feuerwehr und Polizei alarmieren. Über hundert Bewohner von Alderney beteiligten sich an der anschließenden Suchaktion. Man fand das Mädchen schließlich lebend in dem Schacht einer Bunkeranlage, wo es um ein Haar ertrunken wäre, als die Flut einsetzte.

Steve nahm sich den beiliegenden Bericht des Psychologen vor, der das Kind untersucht hatte. Es war so traumatisiert von den Ereignissen, dass es erst nach einem halben Jahr wieder begann, einzelne Wörter zu artikulieren. Sosehr er sich bemühte herauszufinden, was Emily Evans erlebt hatte, es gelang ihm nicht, die blockierten Erinnerungen ans Licht zu holen.

Über den Verbleib des Kindes stand nichts in den Akten. Die grauenvolle Mordserie endete mit dem Tod von Albert Evans, der im Pfarrhaus verbrannt war. Die Akte wurde geschlossen.

Emily Evans ... gestern hatte er eine Emily Gray kennengelernt, die offensichtlich etwas mit Alderney verband. Ob die Namensgleichheit nur ein Zufall war? Der Name Emily kam relativ häufig vor. Er glaubte nicht an Zufälle dieser Art.

Steve griff nach der Tasse. Der Tee war inzwischen kalt geworden. Er ging in die Küche hinüber, um neuen aufzubrühen. Alles schien logisch – die Indizien, die Evans verdächtig gemacht hatten, die Aussage des Pfarrers und zuletzt die Tatsache, dass es nach seinem Tod zu keinen weiteren Morden gekommen war, ließen keinen anderen Schluss zu: Albert Evans hatte drei junge Frauen auf brutalste Weise ermordet. Was fehlte, war ein Motiv.

Und nun begann alles von vorn. Hatten sie es mit einem Trittbrettfahrer zu tun? Einem Nachahmungstäter, der von den grausamen Taten fasziniert war und seinem finsteren Idol nacheiferte? Sicher, es gab solche Fälle, aber sie waren äußerst selten. Wahrscheinlicher war, dass jemand den Anschein erwecken wollte, der Killer sei zurückgekehrt, um damit den Mord an Claire Martin zu verschleiern. Dies jedoch zu beweisen, würde fast unmöglich sein.

Der Wasserkocher schaltete sich aus. Steve goss heißes Wasser in die Tasse und gab einen Teebeutel hinzu. Er ging ins Wohnzimmer zurück und schlug Einzelheiten der Vorgehensweise des Flutkillers nach. Mortenson hatte den Seemannsknoten erwähnt, mit dem Claire Martin gefesselt worden war. Evans hatte seine Opfer mit dem gleichen Knoten fixiert. War dieses Detail der Ermittlungen jemals an die Öffentlichkeit gelangt?

Der Mörder lebte aller Wahrscheinlichkeit nach auf Alderney. Viele Bewohner der Insel hatten auf die ein oder andere Weise mit dem Meer, der Fischerei oder der Seefahrt zu tun, ob sie im Hafen arbeiteten oder nur Hobbysegler waren. Sie alle kannten die grundlegenden Seemannsknoten. Ein Foto zeigte die Stricke, die der sogenannte Riffkiller benutzt hatte. Steve verglich das Bild mit denen, die Penny von Claire Martins Leiche gemacht hatte. In beiden Fällen handelte es sich um handelsübliche Nylonseile, die man in jedem Laden für Bootsbedarf kaufen konnte. Er nahm sich vor, gleich am nächsten Morgen nachzufragen, ob Penny und Gordon etwas über einen möglichen Käufer solcher Artikel in Erfahrung gebracht hatten.

Steve trank Tee und blickte in die beginnende Dämmerung hinaus. Die Kriminalpolizei der Kanalinseln war vor zwanzig Jahren mit der Aufklärung der Mordserie überfordert gewesen und hatte Unterstützung vom Festland erhalten – Spezialisten und Profiler aus Southampton und London. Wenn er herausfinden wollte, ob es nach dem Tod von Albert Evans ähnliche Fälle in anderen Gegenden gegeben hatte, musste er mit den Beamten, die damals ermittelt hatten, sprechen. Vielleicht gab es solche Morde nicht, vielleicht hatte aber auch niemand eine Verbindung zu den Verbrechen auf Alderney hergestellt.

Eine Windbö trieb feine Wassertropfen gegen die Fensterscheibe. Das Meer brach sich am Fuß der Felsen und schleuderte Gischt empor. Das tat es seit ewigen Zeiten, gleichgültig gegenüber den kurzlebigen Menschen mit ihren Trieben, Fehlern und Sehnsüchten.

Steve dachte an Abby. Wo mochten sie und Ivy jetzt sein? Vielleicht näher, als er vermutete. Wenn er die Mordkommissionen des südlichen Englands aufscheuchte, vergrößerte sich die Gefahr, dass ihn jemand als Thomas McCallum erkannte. Verdammt, er konnte nicht einmal telefonieren. Jemand, mit dem er irgendwann im Lauf seiner Karriere zusammengearbeitet und dessen Namen er längst vergessen hatte, könnte sich an seine Stimme erinnern.

Das brachte ihn zu einem weiteren Problem. Noch hatte der Mord an Claire Martin kein größeres Medienecho hervorgerufen. Auf der Pressekonferenz waren nur Reporter lokaler Zeitungen gewesen, landesweite Fernsehsender hatten sich nicht für die Geschichte interessiert. Wenn es zu einem zweiten Verbrechen kam, würde sich das schlagartig ändern. Er musste unbedingt verhindern, dass sein Gesicht in den Medien auftauchte.

Steve trank seinen Tee aus und spülte die Tasse. Wie sollte er Laney seine Zurückhaltung erklären? Der Chief Officer würde anfangen, Fragen zu stellen, wenn Steve ständig Gordon oder Penny vorschickte. Eine kleine Unachtsamkeit reichte aus, um seine Tarnung platzen zu lassen. Er schüttelte den Kopf. Matts Plan kam ihm plötzlich vor wie der Marsch über einen zugefrorenen See bei Tauwetter. Steve hatte auf Alderney nur eine Zeit lang eine ruhige Kugel schieben wollen, aber der Mordfall brachte alles durcheinander.

Matt war zugleich Problem und Lösung. Er musste als Mittelsmann fungieren und sich nach ähnlichen Fällen erkundigen, ohne dass Steve in irgendeiner Weise in Erscheinung trat.

Aus der Diele drang ein leises Summen in die Küche. Es war das Prepaidhandy, in das er eine neue SIM-Karte gesteckt hatte. Eine irrwitzige Hoffnung durchzuckte ihn. Abby hatte einen Weg gefunden, Sorokins Kryptokonto leer zu räumen, und war auf dem Weg zu ihm. Noch in dieser Nacht würden sie untertauchen. Steve humpelte aus der Küche. Er hatte lange genug den Kopf für Recht und Gesetz hingehalten. Was hatte es ihm gebracht? Er hauste wie ein Eremit in einer an den Felsen klebenden Hütte, und Abby war eine Gefangene ihrer Ehrlichkeit. Er wischte über das Display.

„Tom? Bist du das?"

Ein Glücksgefühl durchströmte ihn, als er ihre Stimme hörte.

„Hallo Abby. Ich habe gerade an dich gedacht. Und schon rufst du an, wie es sich für einen Soulmate gehört."

„Mir ist nicht nach Scherzen zumute. Wir haben ein Problem."

„Was ist passiert?"

„Ich habe mich mit einem der Personenschützer angefreundet, die mich bewachen. Er hat mir ein Laptop besorgt, von dem niemand etwas weiß."

„Weiter."

„Ich habe mir Zugang zu Sorokins Novakryptkonto verschafft. Das Geld ... es ist nicht mehr da. Jemand war schneller als wir."

Steve schwieg betroffen. Das zog ihnen den Boden unter den Füßen weg. Ohne die Million musste ihr Plan von einem neuen Leben scheitern.

„Weißt du inzwischen, wo sie euch hingebracht haben?", fragte er.

„Ich glaube, wir sind irgendwo im Norden. Warum ist das wichtig? Tom, das Geld ist futsch! Was wird aus unserem Plan?"

„Du musst zugeben, dass du den Laptop benutzt hast."

„Warum?"

„Wenn Sorokins Leute gemerkt haben, dass jemand versucht hat, auf das Konto zuzugreifen, haben sie wahrscheinlich auch deinen Standort lokalisieren können."

„Wäre das möglich?", fragte sie.

„Ja. Ihr müsst sofort verschwinden."

„Wird dieser Albtraum jemals enden, Tom?"

„Ja, das wird er. Wir schaffen es auch ohne das verdammte Geld. Ich melde mich wieder. Ich liebe dich, Abby."

„Ich liebe dich auch."

Steve legte auf. Das waren verflucht schlechte Neuigkeiten. Der Impuls, den Problemen davonzulaufen, zu rennen und sich zu verausgaben, ließ sich nicht mehr unterdrücken. Ihm fehlte die Bewegung schmerzlich, das Spiel der Muskeln zu spüren, das Heben und Senken des Brustkorbs, die gleichmäßige Arbeit der Lunge und der Rhythmus des Herzschlags. Er schluckte zwei

der starken Schmerztabletten, die er regelmäßig ein-
nehmen musste, streifte die Laufschuhe über, die er in
Saint Anne erstanden, aber noch nie benutzt hatte, und
lief in die Dämmerung hinaus.

21

Emily wanderte den Küstenweg entlang nach Westen, passierte die Abzweigung bei Fort Clonque und folgte dem Weg nach Süden. Kurz darauf traf sie auf den Zig Zag Cliff Path. Von hier aus war es nicht mehr weit zu dem steilen Pfad, der sich in Serpentinen zum alten Pfarrhaus hinunterschlängelte.

Am Rand der Klippen parkte ein Streifenwagen, vom Fahrer war nichts zu sehen. Emily zögerte. Verfolgte die Polizei eine Spur von Claires Mörder, die sie hierhergeführt hatte? Zwanzig Minuten lang beobachtete sie das Haus und wartete darauf, dass sich eine Erinnerung einstellte; ein Gefühl der Vertrautheit, etwas, das sie mit diesem Ort verband. Doch nichts geschah. Das alte Gemäuer blieb, was es war: eine tote Ansammlung aus Steinen, Holz und Dachschindeln. Niemand betrat es, niemand kam heraus.

Zweimal war sie so weit, aufzugeben, doch wenn sie jetzt umkehrte, war ihre Reise umsonst gewesen. Wollte sie Frieden mit ihrer Vergangenheit schließen, musste sie mehr über diesen Ort erfahren. Entschlossen machte sie sich auf den Weg und näherte sich dem Haus.

Sie hatte kaum die Hälfte der Strecke zurückgelegt, als ein neuer Schmerzanfall sie taumeln ließ. Eliot kehrte zurück. Hatte sie noch vor einer Stunde gehofft, ihm gewachsen zu sein, belehrte er sie nun eines Besseren. Der Anfall kam unerwartet und war der heftigste, den sie bisher erlebt hatte. Sie verlor den Halt, stolperte und schlitterte den abschüssigen, grasbewachsenen Hang hinab. Der Aufprall trieb ihr die Luft aus den Lungen. Eine nachtschwarze Springflut raste auf sie zu und drohte ihr Bewusstsein fortzureißen. Mit letzter Kraft schaffte sie es zum Pfad und kämpfte sich zurück zur Hochebene hinauf. Je weiter sie sich von dem alten Pfarrhaus entfernte, desto mehr ließ das Hämmern in ihrem Kopf nach.

Hundegebell schallte über die grasbewachsenen Hügel und verlor sich geisterhaft im Wind. Ein Name blitzte in Emilys Erinnerung auf: Shadow.

Wieder bellte der Hund, aufgeregt und fröhlich diesmal. Sie sah einen Schatten über die von einzelnen Büschen unterbrochenen Wiesen jagen, der sich auf die Ruine einer alten Geschützstellung zubewegte.

Die tief am Himmel stehende Sonne verschwand hinter Schleierwolken und warf ein unwirkliches Licht auf die Ebene. Alkenvögel und Möwen segelten hoch über den Klippen. Ihre klagenden Schreie vermischten sich mit dem Gebell des Hundes. Emily ging auf die halbrunde Betonkuppel zu, die sie mit der gleichen Intensität anzog wie das Pfarrhaus zuvor. Je näher sie den Überresten deutschen Größenwahns kam, umso mehr verschwamm das Betongerippe vor ihren Augen. Wieder überfiel sie ein stechender Kopfschmerz. Er war so stark, dass sie wankte und beinahe gestürzt wäre. Das fahlgelbe Zwielicht der einsetzenden Dämmerung blendete sie plötzlich wie ein greller Blitz.

Emily schloss die Augen und erlebte auf eine seltsam entrückte Weise, wie zwei Wesenheiten in ihr miteinander rangen. Es war nicht abzusehen, welche die Oberhand gewinnen würde.

Als sie die Augen wieder öffnete, spürte sie, dass mehr Zeit vergangen war, als es den Anschein hatte. Der bleiche Ball der Sonne war zur Hälfte im Meer versunken, und es hatte zu regnen begonnen. Sie stand vor dem Eingang des alten Bunkers, konnte sich aber nicht erinnern, wie sie dort hingelangt war.

Der pochende Schmerz hinter ihrer Stirn war nicht mehr so stark wie vorhin. Sie bewegte sich auf die aus den Büschen ragenden Betontrümmer zu, ohne dass etwas sie davon abhielt. Als sie die ausgetretenen Steinstufen erreichte, die in das Innere der Anlage hinabführten, ebbte das Hämmern in ihrem Schädel weiter ab und hörte schließlich ganz auf. Hatte Eliot aufgegeben?

Sie betrat den Kreis der Schutzmauern. Für einen Sekundenbruchteil glaubte sie, von Kreidemännchen und Spiegelscherben umgeben zu sein. Vor ihr gähnte das dunkle Rechteck des Eingangs, die Stahltür stand offen. Die Scharniere und Verriegelungen waren so verrostet, dass sie sich nicht mehr bewegen ließ. Treppenstufen führten tiefer in die Anlage hinein und verloren sich in der Dunkelheit. Claire hatte erzählt, dass man einige der Bunker besichtigen konnte. Dieser gehörte wohl nicht dazu. Der salzige Seewind hatte ihm arg zugesetzt, rostige Moniereisen ragten aus dem bröckeligen Beton, Efeu und Gestrüpp wucherten in den Mauerritzen.

Die Finsternis lockte Emily unwiderstehlich an. Sie erlebte ein starkes Déjà-vu und war plötzlich sicher, schon einmal hier gewesen zu sein. Dort unten wartete die Antwort auf die Fragen, die sie quälten.

Sie schaltete die Taschenlampe ihres Smartphones ein und tauchte in das Dunkel ein. Sand knirschte unter ihren Schuhen, der Wind komponierte unheimliche Melodien und pfiff durch die Lücken und Ritzen des Betons. Irgendwo in der Tiefe rollte das Echo von Hundegebell durch Gänge und Kammern.

„Shadow", flüsterte Emily. „Lauf nicht so schnell, ich kann dir nicht folgen."

Tiefer und tiefer drang sie in die Anlage ein. Sie folgte verwinkelten Korridoren, die unvermittelt vor Betonwänden endeten, und änderte ein halbes Dutzend Mal die Richtung, bis sie nicht mehr sicher war, aus welchem Gang sie gekommen war. Das winzige Licht ihres Handys riss verrostete Bettgestelle in den ehemaligen Mannschaftsquartieren aus der Finsternis und verrottete elektrische Anlagen.

Auf einer der unteren Ebenen erschrak sie fast zu Tode, als die Lampe eine Gestalt aus der Dunkelheit schälte. Sie erwies sich als lebensgroßes Graffiti eines deutschen Offiziers, der mit ausgestrecktem Arm Unbefugte am Zutritt zu hindern schien.

Das Hundegebell war verstummt und hatte wohl nur in ihrer Fantasie existiert. Es war totenstill in den Eingeweiden des Bunkers, wenn man vom gleichmäßigen Tropfen eindringenden Wassers absah, das die Stille mit einem unheimlichen Puls überlagerte.

Emily hielt den Atem an. Da war ein Scharren und Tappen, das sich rasch näherte, zu laut und zu schwer für die Pfoten kleiner Nager. Sie glaubte, das angestrengte Keuchen eines Wesens wiederzuerkennen, das durch das Labyrinth des Bunkers irrte, auf der Suche nach einem Kind, das verzweifelt nach einem Versteck Ausschau hielt. Für einen furchtbaren Augenblick stand ihr alles klar vor Augen: das Feuer im Pfarrhaus, der beißende Brandgeruch und dann die nächtliche Kälte; der zornige Seewind, der über die Hochebene fegte, und die entsetzliche Angst vor dem, der ihr folgte.

Emily hatte sich das Geräusch eiliger Schritte nicht eingebildet, sie war nicht mehr allein. Sie leuchtete die Wände nach einem zweiten Ausgang ab und fand ihn. Hinter bis zur Unkenntlichkeit verrostetem Metall und vermoderndem Holz führte ein von Stufen unterbrochener Gang hinauf in eine der oberen Ebenen. Sie hetzte weiter, kletterte über jahrzehntealten Abfall, glitt auf dem glitschigen Boden aus und rannte weiter.

„Er kommt ... er kommt ... er kommt.“

Die Worte, die sie an die Tür des Lagerraums im Atelier geschrieben hatte, hallten durch ihren verängstigten Verstand, wieder und immer wieder.

„Er kommt.“

„Emily! Warte doch, Emily. Lass uns spielen. Ich habe ein schönes Spiel für dich, Emily. Gleich bin ich bei dir.“

Er kam näher. Sie kämpfte gegen die lähmende Angst an und gegen den Teil ihres Bewusstseins, der sich in diesem furchtbaren Augenblick zu lösen begann, um die Kontrolle über ihr Handeln zu übernehmen. Ein letzter, noch aktiver Funken ihres Selbst warnte sie, dass dieser Teil für immer ihr vertrautes Ich verdrängen würde, wenn sie ihm jetzt nachgab.

Sie rang die Furcht nieder, schlug Haken, kehrte in blind endenden Korridoren um und lief weiter, bis der Irrgarten des Bunkers ihr keine Wahl mehr ließ. Um ein Haar stürzte sie in einen quadratischen Schacht. Tief unter ihr glitzerte schwarzes Wasser. Einen Moment lang vermischten sich Gegenwart und Vergangenheit, sie glaubte, in der brodelnden See Gesichter zu erkennen, die mit verzerrten Mündern um Hilfe schrien, und bleiche Arme, die sich ihr entgegenstreckten, ohne sie jemals erreichen zu können. Sie kehrte erschrocken um und fand sich in einem ansteigenden Gang wieder, dessen Ende mit einer rostigen Stahltür versperrt war. Emily strauchelte, stürzte auf den Boden und schürfte sich die Handflächen auf. Ihr Smartphone schlitterte über den Betonboden, die Lampe verlosch.

„Ich habe ein Spiel für dich, Emmy. Lass und spielen!"

Über die nackten Betonwände flackerte ein schwacher Lichtschein. In seinem Zentrum bewegte sich zitternd der Schatten einer menschlichen Gestalt, die sich zu einem lebendigen Körper verdichtete. Eine Sekunde lang konnte sie sein Gesicht sehen. Es gehörte dem Mann, dem sie auf der Fähre begegnet war. Der Mann, der sie durch Saint Anne gejagt hatte.

22

Steve ließ sich ausgepumpt ins Gras fallen. Über ihm wölbte sich ein stahlgrauer Himmel, aus dem kalte Tropfen fielen. Weder der Regen noch der böige Wind, der den Geruch nach Salz und Tang herantrug, konnte den Schmerz lindern, der in seiner Seele wühlte. Es würde Monate dauern, bis der Prozess gegen Sorokin begann. Noch mehr Zeit würde vergehen, bis er es wagen könnte, Abby nach Alderney zu holen. Ob es für sie beide und die kleine Ivy auf der Insel ein sicheres Leben gab, wusste nur Viktor Sorokin. Eins war indessen gewiss: Die Angst würde sie immer begleiten.

Er drehte sich auf den Bauch, presste die heiße Stirn in das feuchte Gras und lauschte auf seinen hämmernden Herzschlag. Nach dem Gespräch mit Abby hatte er es im Haus nicht mehr ausgehalten. In Sportschuhen und Jogginghose war er losgerannt. Weit war er nicht gekommen. Den Klippenpfad hinauf und einige Hundert Meter über die Hochebene, dann hatte der Schmerz seine Flucht beendet. Nach den zermürbenden Wochen, die er in der Rehaklinik in Brighton verzweifelt darum gekämpft hatte, wieder gehen zu lernen, war sein kurzer Sprint ein Erfolg. Gemessen an seinem früheren Laufpensum eine bittere Niederlage.

Trotzdem würde er aufstehen und es abermals versuchen. Hinfallen war keine Schande, nur wer nicht wieder aufstand, war ein Verlierer.

Nachdem sein Herzschlag sich beruhigt hatte, drehte er sich auf den Rücken. Er lauschte auf die Geräusche um sich herum – das Heulen des Windes, das Rauschen des Schilfgrases ... und einen heiseren, angsterfüllten Schrei.

Steve setzte sich auf und horchte mit angehaltenem Atem. Dem ersten Schrei folgte ein zweiter. Er kam aus der Richtung des alten Bunkers, dessen Überreste zweihundert Meter von den Klippen entfernt langsam zerfielen.

Er stand auf und humpelte auf die Ruine zu. Vorhin hatte er eine Frau bemerkt, die hastig das Weite suchte, als er ins Freie getreten war. Im Dämmerlicht hatte er ihr Gesicht nicht erkennen können, aber er war sicher, dass es dieselbe Frau war, die in den vergangenen Tagen immer wieder das Haus beobachtet hatte.

Er tauchte in die düstere Bunkeranlage ein und schaltete die Taschenlampe seines Handys ein. Aus der Tiefe drang ein neuer Schrei herauf. Der angsterfüllte Hilferuf einer Frau.

„Hallo! Brauchen Sie Hilfe?", rief er.

Er konnte den Ursprung der Stimme nicht genau orten, aber falls ihr Gefahr drohte, würde seine Anwesenheit im Bunker einen potenziellen Angreifer abschrecken. Das Letzte, was er im Augenblick gebrauchen konnte, war ein weiterer Mord und damit noch mehr Aufmerksamkeit.

Er versuchte sich zu orientieren und folgte einem Gewirr aus Gängen, verlassenen Räumen und natürlichen Kavernen.

„Hallo? Wo sind Sie? Ist alles okay?"

Im Bauch der Anlage war es so kalt, dass sein Atem kondensierte. Er blieb stehen und lauschte. Das Echo eines leisen Wimmerns kroch an den Wänden entlang. Es war schwach, aber unverkennbar. Steve bemühte sich, so wenig Lärm wie möglich zu erzeugen, um die Spur des Weinens nicht zu verlieren. Er stieg tiefer hinab, erstaunt darüber, wie weitläufig die Anlage war. Schließlich gelangte er an einen engen Durchlass, hinter dem ein ansteigender Gang nach oben führte. An seinem Ende kauerte eine Gestalt vor einer rostigen Eisentür, auf der in deutscher Sprache das Wort *Ausgang II* stand.

„Sind Sie okay?"

Steve beugte sich über die Gestalt, die eng an den Beton gepresst in einer Nische hockte. Als sie seine Stimme hörte, hob sie den Kopf und starrte ihn mit großen Augen an. Vor ihm saß Emily Gray, die junge Frau, die in Panik vom Arch Beach geflohen war.

„Ich hoffe, Sie haben nicht wieder Ihr Gepäck verloren", sagte er.

Sie antwortete nicht.

„Miss Gray? Können Sie mich verstehen?"

Es dauerte eine Weile, bis sie reagierte. Plötzlich klarte sich ihr Blick, sie blinzelte und schien ihn zu erkennen.

„Ist er weg?", fragte sie.

„Wer?"

„Da ... war ein Mann", sagte sie.

„Sind Sie vor ihm in den Bunker geflohen?"

„Ich … weiß nicht."

Er half ihr auf. Sie stand unter Schock und zitterte vor Kälte.

„Dies ist kein besonders gemütlicher Ort. Gehen wir ins Pfarrhaus, dort können Sie mir berichten, was passiert ist. Sie sind jetzt in Sicherheit."

Er spürte ihren Widerstand. Sie drehte sich um und fuhr mit den Fingerspitzen über das rostige Blech.

„Was ist hinter dieser Tür?", fragte sie.

„Noch mehr Dreck und Schimmel vermutlich", sagte er.

Sie schien nicht überzeugt zu sein und untersuchte hastig den Schließmechanismus. Ihre Neugier sprang auf ihn über. Er reichte ihr das Handy.

„Lassen Sie mich mal versuchen."

Er mühte sich mit dem festgerosteten Hebel ab, doch der ließ sich keinen Millimeter bewegen.

„Ohne Werkzeug ist da nichts zu machen", sagte er keuchend. „Wenn Sie unbedingt wissen wollen, was sich dahinter verbirgt, brauchen wir entweder einen Schweißbrenner oder wir müssen jemanden finden, der es Ihnen verraten kann. Kommen Sie jetzt."

Dieses Mal wehrte sie sich nicht. Sie brauchten eine Viertelstunde, um zum Ausgang zu gelangen. Mehrmals bogen sie falsch ab und verirrten sich. Als sie das Pfarrhaus endlich erreichten, regnete es in Strömen. Himmel und Meer verschwammen zu einem nassen Grau. Die Nacht kroch aus den Spalten und Ritzen der Felswand unterhalb des Klippenpfads. Nicht nur Emily war erschöpft, auch Steve war am Ende seiner Kraft. Ein dumpfer Schmerz wühlte in seiner Hüfte.

Er entzündete ein Feuer im Kamin, kochte Tee und schluckte eine weitere Schmerztablette. Dann trug er ein Tablett mit Teekanne und Tassen ins Wohnzimmer. Sein verwirrter Gast saß, eine Wolldecke um die Schultern gelegt, im Sessel und starrte in die Flammen.

„Wollen Sie mir nicht verraten, was Sie dazu bewogen hat, ohne Führung in dem alten Bunker herumzuirren?", fragte er.

„Ich habe nichts Unrechtes getan."

„Das habe ich auch nicht behauptet. Ich frage mich nur, was Sie dort hineingetrieben hat und warum Sie sich so sehr für diese Tür interessieren."

Sie antwortete nicht.

„Können Sie den Mann beschreiben, der Sie verfolgte? Hat er Sie bedroht oder angegriffen?"

Er schenkte Tee ein und reichte Emily eine Tasse. Sie wärmte ihre Hände daran und blickte durch ihn hindurch, als befände sich ihr Geist in einer jenseitigen, für ihn unerreichbaren Welt.

Steve seufzte. „Okay. Versuchen wir etwas anderes. Sie sind nicht auf Alderney, um Urlaub zu machen, Miss Gray."

Sie trank einen Schluck. Der Tee schien sie aufzutauen.

„Nein."

„Sie beobachten seit Tagen dieses Haus", sagte er. „Was verbindet Sie damit?"

„Ich bin hier, weil ich etwas über meine Vergangenheit erfahren will. Etwas, das sehr wichtig für mich ist. Ich wusste nicht, dass es bewohnt ist."

Er griff nach der Akte von Albert Evans und blätterte darin. Ihm kam ein Verdacht.

„Sind Sie verheiratet?“, fragte er.

„Nein.“

„Sagt Ihnen der Name Albert Evans etwas?“

Sie schüttelte den Kopf.

„Sie wissen, was in diesem Haus vor zwanzig Jahren geschehen ist?“

„Nicht genau. Claire machte Andeutungen, dass hier ein Verbrechen verübt wurde. Ist sie ... wurde sie wirklich ermordet?“

„Daran besteht kein Zweifel.“

„Wie ist sie gestorben?“

„Sie starb auf die gleiche Weise wie drei junge Frauen, die vor zwanzig Jahren auf Alderney von einem Serienkiller getötet wurden“, erklärte Steve.

„Hat er ... hat er sie in diesem Haus ermordet?“

„Nein.“

Er erzählte ihr, was in den Ermittlungsakten stand.

„Sie haben einen Verdacht, nicht wahr?“, sagte sie.

„Ja.“

„Sie denken, dass ich das Mädchen war, das den Mord beobachtete. Dass ich die Tochter von Albert Evans bin.“

„Die Namensgleichheit könnte Zufall sein.“

„Aber das glauben Sie nicht.“

„Wenn Sie mich direkt fragen: Nein, ich glaube nicht an Zufälle dieser Art.“

Emily stellte so hastig die Tasse ab, dass Tee über den Rand schwappte, und massierte ihre Nasenwurzel, als hätte sie Kopfschmerzen.

„Der Mädchenname meiner Mutter lautet Evans“, sagte sie.

„Vielleicht ist es an der Zeit, dass Sie mir einiges erklären, Emily.“

„Aber ich weiß doch gar nichts. Deshalb bin ich ja nach Alderney gekommen: Weil ich die Wahrheit erfahren will.“

„Dann lassen Sie uns gemeinsam herausfinden, was geschehen ist. Wie kommt es, dass Sie als Emily Gray in Southampton aufgewachsen sind? Wenn Sie wirklich Emily Evans sind, warum erinnern Sie sich nicht an das, was damals geschehen ist? Was wissen Sie über Ihre Kindheit?“

„Nichts. Ich erkrankte im Alter von sechs Jahren an einer Gehirnhautentzündung, die eine vollständige Amnesie zur Folge hatte. Die ersten sechs Jahre meines Lebens kenne ich nur aus den Erzählungen meiner Eltern.“

Sie berichtete ihm von dem Foto, das aus dem Familienalbum gerutscht war. Steve blätterte in den Fallakten und zeigte ihr ein Bild von Evans.

„Ist das der Mann?“

Sie nickte.

„Das ist Albert Evans“, sagte Steve. „Wie, sagten Sie, heißen Ihre Eltern?“

„Walter und Martha Gray.“

Steve blätterte in der Akte und las noch einmal den Abschlussbericht des Psychologen.

„Nun, Sie sagen, Sie suchen nach der Wahrheit, Emily. Sind Sie auch bereit dafür?“

„Ist man das jemals?“

„Ich weiß es nicht“, antwortete Steve, „und ich möchte Sie nicht überfordern. Vielleicht sollten Sie die Hilfe eines Therapeuten in Anspruch nehmen.“

„Nein. Sagen Sie mir bitte, was Sie wissen.“

„Aus dem Bericht des Arztes, der Emily Evans behandelte, geht hervor, dass Walter und Martha Gray, geborene Evans, das Mädchen zu sich nahmen. Ich befürchte, dass Ihre Mutter Evans’ Schwester – und damit Ihre Tante – ist.“

„Sie meinen, die Menschen, die ich für meine Eltern halte, haben mich mein ganzes Leben lang belogen?“

„Ich schätze, sie wollten Sie beschützen und Ihnen ermöglichen, ohne die traumatischen Erfahrungen aufzuwachsen. Doch nun sind Sie nach Alderney gekommen, weil Sie begonnen haben, sich zu erinnern, nicht wahr? Bilder tauchen auf, die Sie nicht einordnen können.“

Sie nickte. „Ich dachte, ich finde hier Antworten. Mein Vater ... ein Mörder“, sagte sie erschüttert. „Aber wie kann heute ein Mord nach dem gleichen Muster verübt werden, wenn er seit zwanzig Jahren tot ist?

„Evans kam damals ums Leben, daran besteht kein Zweifel. Ich gehe im Augenblick davon aus, dass wir es mit einer Tat zu tun haben, die ein anderes Verbrechen verschleiern soll. Claire wurde betäubt und wahrscheinlich sexuell missbraucht. Ich kann’s noch nicht beweisen, aber das ist eine Frage der Zeit.“

Er beobachtete sie. Seine Erfahrung sagte ihm, dass Emily ihm etwas verschwieg. Eine Menge, um genau zu sein.

„Sie können sich noch immer nicht an die Nacht von Sonntag auf Montag erinnern?“

„Nein. Die Vorstellung, dass Claire vor ihrem Tod vergewaltigt wurde ...“

„Es bedeutet nicht, dass Ihnen das Gleiche widerfahren ist. Ich kann mir vorstellen, dass die Erinnerungslücken Sie quälen. K.-o.-Tropfen sind ein teuflisches Zeug. Manchmal lichtet sich der Nebel nach einigen Stunden, Tagen oder sogar Wochen. Oft aber auch niemals."

Sie schwiegen. Steve ließ ihr Zeit. Emily musste die erschütternden Neuigkeiten verarbeiten. Sie war nicht die Person, die sie zu sein glaubte.

„Möchten Sie mir Ihr seltsames Verhalten nicht noch einmal erklären?", fragte er nach einer Weile. „Aus welchem Grund sind Sie vom Tatort geflohen? Warum bringen Sie Ihr Gepäck zur Fähre und nehmen Hals über Kopf Reißaus? Was Sie mir anvertrauen, bleibt unter uns, falls es nicht in irgendeiner Weise strafrelevant ist. Versprochen."

Sie begann stockend zu berichten – von ihrer ersten Begegnung mit dem Unbekannten im Bus und dem Zwang, immer wieder dasselbe Haus zu malen.

„Auf der Fähre nach Alderney bin ich ihm abermals begegnet. Später, als ich abreisen wollte, verfolgte er mich durch Saint Anne. Und im Bunker ... auch das war er."

„Können Sie ihn beschreiben?"

„Er ist etwas vierzig Jahre alt. Mittelgroß, sehnig, fast hager. Er hat ungewöhnliche grau-violette Augen, hellblondes, kurz geschnittenes Haar und trägt einen Bart."

„Wir könnten ein Phantombild anfertigen lassen. Sie müssten allerdings mit mir nach Guernsey fahren. Wenn wir Glück haben, ist er aktenkundig."

„Glauben Sie, dass er Claire umgebracht hat?"

„Ich weiß es nicht. Auf jeden Fall werde ich der Spur nachgehen – ebenso wie allen anderen. Was halten Sie davon, wenn wir zusammenarbeiten? Wir haben gemeinsame Interessen und sind beide an der Wahrheit interessiert. Ob es um Ereignisse der Vergangenheit geht – oder um die Gegenwart.“

„Wie soll ich Ihnen helfen? Ich kann mir ja nicht einmal selbst helfen.“

„Fangen wir mit dem Haus an. Schauen Sie sich um, vielleicht erkennen Sie etwas wieder.“

Sie begannen im Obergeschoss, das aus zwei Schlafzimmern und einem kleinen Badezimmer bestand. Nur eins der Zimmer war möbliert. Auch der Rest des Hauses war überschaubar. Im Erdgeschoss befanden sich ein Wohn- und Esszimmer und die Küche, in der neben einem modernen Gasherd ein klobiger Holzofen mit einer Platte aus massivem Gusseisen stand. Emily fühlte sich fremd. Nichts weckte ihre Erinnerung.

„Sie sollten sich mit dem Vikar unterhalten, der das Haus damals bewohnte“, schlug Steve vor. „Ich habe gehört, er lebt in einem Altersheim hier auf der Insel. Vielleicht ruft Ihr Besuch Erinnerungen in ihm wach.“

Emily massierte ihre Schläfen und blinzelte.

„Alles okay mit Ihnen?“, fragte Steve.

„Es geht mir gut. Ich leide in letzter Zeit unter Kopfschmerzen.“

„Werfen wir noch einen Blick in den Keller“, sagte Steve.

Er zog eine schmale Brettertür auf. Dahinter führten ausgetretene Steinstufen in die Dunkelheit hinab. Immerhin gab es auch hier elektrischen Strom, eine staubige Glühbirne spendete trübes Licht. Die Wände bestanden aus Bruchstein, es war feucht und klamm. Ein monströser, uralter Heizkessel gab klopfende und fauchende Geräusche von sich. Ein Nebenraum hatte dem Pfarrer wohl als Archiv gedient, auf Regalen standen lange Reihen von Ordnern mit vergilbten Dokumenten. Steve blätterte einige davon durch und fand seine Vermutung bestätigt. Sie enthielten Rechnungen und den Schriftverkehr des Vikars mit der anglikanischen Kirche von Südengland – nichts, was sie weiterbrachte.

Emily betrat einen zweiten Keller, dessen Rückwand aus gewachsenem Felsgestein bestand, da das Haus in die Klippen hineingebaut worden war. Die Einzelteile eines alten Schranks lagen auf dem Boden, Bretter und Bohlen lehnten in der Mitte der hinteren Wand.

Steve beobachtete Emily. Sie schien zunehmend nervös zu werden, erwähnte jedoch mit keinem Wort, dass sie etwas wiedererkannte.

„Wenn mich nicht alles täuscht, grenzt das Haus unmittelbar an die Bunkeranlage", sagte er.

„Ob es vom Keller aus einen Zugang gibt?", überlegte Emily. „Sicher haben sich die Bewohner während des Krieges bei Luftalarm in den Bunker geflüchtet."

Steve fuhr mit den Fingerspitzen an der verputzten Wand entlang. Ein horizontaler Riss weckte seine Aufmerksamkeit.

„Helfen Sie mir mal."

Er packte eine der Bohlen und wuchtete sie zur Seite. Nach wenigen Minuten hatten sie die rückwärtige Kellerwand freigelegt.

„Sehen Sie doch. Es hat tatsächlich einen Zugang gegeben", sagte Steve.

Emily starrte stumm auf die zugemauerte Tür. Eine Fläche von zwei Quadratmetern war nachträglich verputzt worden. Jemand hatte Buchstaben und Wörter in den Putz geritzt. Er war über und über damit bedeckt.

„Mea culpa. Mea maxima culpa“, las Steve laut. „Das ist Latein.“

23

Nach einer Nacht voller wirrer Träume, in denen er in einem unterirdischen Labyrinth verzweifelt nach Abby suchte und sie doch nie erreichen konnte, betrat Steve am Morgen des 21. September das Revier. Er steuerte zielstrebig auf die Kaffeemaschine zu, die seit seiner Ankunft ununterbrochen in Betrieb zu sein schien. Penny reichte ihm eine Tasse.

„Was ist denn mit dir passiert?", fragte er.

„Ich bin im Dunkeln gegen den Schrank in der Diele gelaufen. Ich musste mal aufs Töpfchen und wollte kein Licht machen, Frank hat einen leichten Schlaf. Wenn er wach ist, kann er meistens nicht mehr einschlafen."

Steve betrachtete das Veilchen unter ihrem linken Auge. Ob sie die Wahrheit sagte? Wenn man mit einem Schrank zusammenstieß, zog man sich normalerweise keine Verletzungen zu, die den Eindruck erweckten, man hätte sich geprügelt. Nachdenklich nippte er an seinem Kaffee.

„Und wie war deine Nacht im Horrorhaus?", fragte sie im Plauderton.

„Aufschlussreich."

„Inwiefern?"

„Ich habe entdeckt, dass der Keller größer ist, als ich dachte. Sag mal, gibt es eigentlich Pläne von den alten Bunkeranlagen?"

„Kann sein. Vielleicht haben sie welche in der Gemeindeverwaltung oder im Alderney Museum schräg gegenüber. Dort kann man Führungen buchen. Soll ich mal nachfragen?"

Steve schüttelte den Kopf. „Ich brauche dich heute für andere Aufgaben."

Penny hob fragend eine Augenbraue. Gordon tauchte auf und bediente sich aus der Kaffeekanne.

„Guten Morgen, Chief. Der Bericht des Coroners ist da. Ich habe ihn ausgedruckt und auf Ihren Schreibtisch gelegt."

„Danke. Ich schau ihn mir gleich an. Haben wir inzwischen die Gästeliste von Kyle Baxters Party?"

„Die hat sein Vater gestern Abend persönlich abgegeben", sagte Gordon. „Ich musste ihm versichern, du würdest nichts unternehmen, ohne ihn vorher zu informieren."

Penny blies die Backen auf. „Angeber."

Steve nickte. „Finde ich auch. Ruf bitte alle auf der Liste an, und bestell sie aufs Revier."

„Alle auf einmal?"

Steve grinste. „Aber ja. Wir wollen sie ein bisschen nervös machen."

„Wo sollen wir die denn alle unterbringen?", fragte Gordon.

„Wie viele sind's denn?"

Dave eilte herbei und schwenkte aufgeregt ein Blatt Papier. „Vier Mädchen und vier Jungs, dazu Kyle Baxter höchstpersönlich."

„War sonst noch jemand an Bord?"

„Nicht dass ich wüsste", antwortete Dave.

„Wer hat denn die Jacht aus dem Hafen gesteuert?"

„Ich schätze, das war Kyle", sagte Penny. „Der kennt sich gut aus mit Booten."

„Und mit allem, was einen Motor unter der Haube hat", fügte Dave hinzu.

„Organisiert ein paar Stühle. Die Herrschaften dürfen im Gang Platz nehmen und warten, bis sie an der Reihe sind."

„Willst du sie einzeln vernehmen?", fragte Penny.

„Ich nicht, aber ihr. Kyle ist Chefsache. Wir wollen doch nicht, dass Baxter uns vorwirft, der Chief habe sich nicht persönlich um seinen Filius gekümmert."

Dave blickte sich zweifelnd um. „Wir haben nicht genug Verhörräume."

Steve musste schmunzeln. Er stellte sich den pausbäckigen Constable als ausgekochten Verhörspezialisten vor, der den Hauptverdächtigen unerbittlich auseinandernahm.

„Unser Frühstücksraum tut's auch", sagte er. „Dann haben wir noch mein Büro und das Archiv. Das reicht. Jemand muss ja auch noch das Telefon im Auge behalten."

Dave machte ein enttäuschtes Kindergesicht.

Steve wandte sich an Gordon. „Was hat denn die Nachfrage in den Läden für Segelbedarf ergeben?"

„Alles und nichts. Sie verkaufen jeden Tag Seile an Segler und Fischer. Unmöglich, alle Käufer zu überprüfen."

„Für wann soll ich die Kids denn einbestellen?", fragte Penny.

„Für sofort. Sag ihnen, wir wollen sie als Zeugen in einer Mordermittlung befragen. Das wird ihnen ein bisschen Feuer unter dem Hintern machen."

Sie warf einen Blick auf die Liste und griff zum Telefon. „Okay."

Steve betrachtete sie stirnrunzelnd. Wenn das Veilchen von der nächtlichen Begegnung mit einem Schrank stammt, fresse ich einen Besen, dachte er.

Er nahm sich vor, die Sache später noch einmal anzusprechen, wenn sich die passende Gelegenheit dazu bot. Vielleicht wusste Dave etwas über Pennys Privatleben. Es ging ihm nicht darum, dass sie als Polizistin mit einem blauen Auge ein miserables Bild in der Öffentlichkeit abgab. Er mochte sie. Und er hasste Typen, die Frauen misshandelten. Vielleicht sollte er sich mit Frank Saunders mal von Mann zu Mann unterhalten.

„Okay. Das wär's fürs Erste", sagte er. „Machen wir uns an die Arbeit."

Er schloss die Bürotür hinter sich und studierte die unbeteiligten Mienen seiner Vorgänger an der Wand. Er hatte begonnen, stumme Zwiegespräche mit ihnen zu führen, wenn er allein war – eine Marotte, die er besser nicht weiter einreißen ließ.

Das führte ihm vor Augen, dass er sich einsam fühlte. Schnell Freundschaften zu schließen, war nicht seine Art. Trotzdem musste er irgendwie Beziehungen zu seinen Kollegen aufbauen, wenn er nicht als Eremit enden wollte. Es würde Monate dauern, bis er Abby nach Alderney holen konnte.

Er stellte die Kaffeetasse auf dem Schreibtisch ab und setzte sich. Der abgewetzte Ledersessel knarrte und quietschte. Eine ruhige Kugel hatte er schieben wollen.

Nun, das war gründlich danebengegangen. Er hatte weder Zeit gefunden, sich um eine passende Uniform zu kümmern, noch, das muffige Büro nach seinen Vorstellungen umzugestalten. Aber schließlich hatte er ja auch nicht allzu lange bleiben wollen.

Gordon hatte den Obduktionsbericht des Coroners ordentlich in einen Pappordner geheftet. Das Weiterleiten einer E-Mail schien ihn zu überfordern. Steve ging jede Wette ein, dass Dave die Datei für ihn ausgedruckt hatte.

Immerhin enthielt der Bericht einige neue Details. Claire Martin war zum Zeitpunkt ihres Todes stark angetrunken gewesen. Es war Mortenson außerdem gelungen, dem winzigen Hautfetzen unter ihren Fingernägeln die DNA zu entlocken. Sie stammte von einem Mann. Auf der Kleidung der Toten hatte der Coroner Stofffasern von Segeltuch sichergestellt, genug, um das passende Stück bestimmen zu können. Interessant war Claires Mageninhalt. Ihre letzte Mahlzeit hatte aus Austern bestanden – nicht gerade der Snack, den man im Imbiss um die Ecke bekam.

Steve las weiter, bis er zum Ergebnis der Blutanalyse von Emily Gray gelangte. Auch in ihrem Blut hatte Mortenson Spuren von Gammahydroxybuttersäure nachgewiesen. Die Zusammensetzung war identisch mit den K.-o.-Tropfen, die man Claire Martin verabreicht hatte, allerdings war die Konzentration höher als bei Claire. Das erklärte vermutlich, warum sie erst am Morgen zu sich gekommen war. Aber wie war sie an den Strand gelangt? Jemand musste sie dort abgelegt haben, denn aufgrund der Menge an Drogen in ihrem

Blut war sie zuvor nicht in der Lage gewesen, einen Fuß vor den anderen zu setzen.

Die Sache wurde immer verzwickter. Wieso hatte der Täter Claire einem brutalen Todesritual unterzogen, während er Emily verschont hatte? War er gestört worden und hatte den zweiten Mord nicht vollenden können?

Steve ließ den Bericht sinken. Die Geschichte, die sie ihm aufgetischt hatte, war zwar in sich schlüssig, aber trotzdem seltsam.

„Mea culpa", flüsterte er.

Er griff zum Telefon und wählte Pennys Nummer.

„Ich habe einen kleinen Auftrag für dich", sagte er, „eigentlich sind's zwei."

„Schieß los."

„Erinnerst du dich an den Lieferwagen, den du am Tatort bemerkt hattest?"

„Den von Dan's Partyservice?"

„Genau den. Ruf mal dort an. Ich will wissen, ob sie am Sonntagabend Baxters Jacht beliefert haben und ob unter den Leckereien Austern waren."

„Okay, wird gemacht. Sonst noch etwas?"

„Ja. Ich möchte mit dem Priester sprechen, der vor zwanzig Jahren Albert Evans zu einem Geständnis überreden wollte."

„Vikar Randall?"

„Ich glaube, so heißt er. Der Hafenmeister behauptet, Randall lebt in einem Pflegeheim hier auf der Insel."

„Da kommt eigentlich nur das Royal Connaught Care Home infrage. Ich rufe mal dort an", sagte Penny.

„Okay. Wenn du ihn gefunden hast, mach mir gleich einen Termin – falls ich einen brauche."

Steve legte auf. Er griff in die Innentasche seiner Jacke, legte das Prepaidhandy auf den Tisch und starrte es eine Weile an.

Ich könnte Matt anrufen, dachte er.

Was sollte er ihm sagen? Hör mal, Matt. Ich kann nicht warten, bis Sorokin beschließt, uns in Ruhe zu lassen. Scheiß auf Abbys Aussage vor Gericht, ich will mit ihr zusammen sein. Setz sie und Ivy in ein Flugzeug nach Alderney.

Er steckte das Handy wieder ein. Zu glauben, Sorokin würde von ihnen ablassen, wenn er aus Mangel an Beweisen freikam, war eine Illusion. Der Russe war ein gewissenloser Verbrecher. Er folgte dem Mafiakodex und hatte einen Ruf zu verlieren. Sorokin hatte sich von einem verdeckten Ermittler der *Met* narren lassen, den er außerdem für den Tod seiner Geliebten verantwortlich machte. Nein, er würde niemals auf seine Rache verzichten.

Wenn Steve Abby und ihre Tochter nach Alderney holte, würden sie keinen Frieden finden. Die Angst vor Entdeckung würde sie wie ein rachsüchtiger Geist verfolgen. Es gab nur einen Ausweg aus diesem Dilemma: Er musste Abby loslassen, jeden Kontakt zu ihr abbrechen und sie vergessen, auch wenn es ihm das Herz brach. Wenn er Glück hatte, konzentrierte sich Sorokin dann auf ihn.

„Mistkerl, verdammter", murmelte er.

Ich hätte ihn in dem Chaos der Razzia im *Red Door* über den Haufen schießen sollen, als ich Gelegenheit dazu hatte, dachte er.

Das Telefon klingelte. Steve nahm ab.

„Vikar Michael Randall ist tatsächlich im Royal Connaught Care Home untergebracht“, sagte Penny. „Du kannst ihn jederzeit besuchen.“

„Danke. Ich fahre gleich hin.“

„Und unsere Partykids?“

„Lass sie warten. Vorfreude ist die schönste Freude.“

24

Steve verließ das Revier und fuhr zum Braye Beach Hotel. Er traf Emily Gray auf der Terrasse beim Frühstück. Sie sah blass und übernächtigt aus.

„Guten Morgen, Emily. Darf ich mich setzen?"

„Bitte. Haben Sie etwas über die Botschaft an der Kellerwand herausgefunden?"

„Noch nicht. Aber ich habe den Vikar ausfindig gemacht, der vor zwanzig Jahren in dem Haus wohnte."

„Er lebt?"

„Ja. Ich möchte mir seine Version der Ereignisse anhören. Wollen Sie mitkommen? Es könnte eine gute Gelegenheit für Sie sein, Licht in Ihre Vergangenheit zu bringen."

Ihr Mundwinkel zuckte nervös. Sie massierte ihre Nasenwurzel, als wollte sie einen beginnenden Kopfschmerz vertreiben.

„Aus diesem Grund sind Sie schließlich nach Alderney gekommen", fügte er hinzu.

Sie griff nach der Kaffeetasse und stieß sie beinahe um. Ihre Hand zitterte.

„Es ist nicht leicht, sich den eigenen Dämonen zu stellen", sagte Steve. „Haben Sie schon mal daran gedacht, die Unterstützung eines erfahrenen Traumatherapeuten in Anspruch zu nehmen?"

Sie schüttelte den Kopf und lachte.

„Oh ja. Ich habe bereits derartige Erfahrungen gemacht, auf die ich gerne verzichtet hätte.“

„Es gehören Mut und die Bereitschaft dazu, etwas
über sich erfahren zu wollen, das einen für immer verändern kann. Ihre Suche kostest sie viel Kraft.“

„Meinen Sie, es lohnt sich?“, fragte sie.

„Das werden Sie erst wissen, wenn es so weit ist. Ich
gebe zu, manchmal ist Weglaufen die bessere Alternative.“

„Sind Sie schon einmal davongelaufen?“, fragte sie.

„Ja, und ich mache es immer noch.“

Weil mir keine andere Wahl bleibt, als mich zu verstecken, fügte er in Gedanken hinzu. Es geht nicht nur
um mich, sondern auch um die beiden Menschen, die
ich liebe. Wenn ich sie schützen will, muss ich sie loslassen. Er musste eine Entscheidung treffen, und zwar
schnell. Hätte er Abby verschwiegen, dass er noch lebte,
wäre es ihm leichter gefallen.

„Ich kann mir nicht vorstellen, dass Sie ein Feigling
sind“, sagte Emily.

„Rückzug hat nicht unbedingt etwas mit Feigheit zu
tun, es kommt auf die Umstände an. Niemand ist nur
für sich selbst verantwortlich. Immer gibt es ein Ge-
flecht aus Beziehungen, Familie und Menschen, die von
den eigenen Entscheidungen betroffen sind. Denken
Sie an die Frau, die Sie für Ihre Mutter gehalten haben.
Indem Sie die Vergangenheit ans Licht holen, verändern Sie Ihr Verhältnis zueinander. Eine Lüge – ganz
gleich aus welchem Grund – kann nicht länger auf-
rechterhalten werden. Die Wahrheit ist eine gefährliche Sache. Ist sie erst einmal befreit, kann nichts und
niemand sie wieder einfangen.“

„Ist es falsch, die Wahrheit zu kennen?“

„Nein. Aber es gibt Ausnahmen.“

„Mum war entsetzt, als ich das Foto entdeckte. Sie sagte, ich solle auf keinen Fall nach Alderney fahren.“

„Sie will Sie schützen. Ich glaube jedoch, dass Sie die Geister der Vergangenheit nur loswerden, wenn Sie sich ihnen stellen.“

„Darf ich Sie etwas Persönliches fragen?“

„Versuchen Sie es. Ich kann Ihnen nicht versprechen, dass Sie eine Antwort bekommen“, sagte Steve.

„Von welchen Geistern werden Sie verfolgt? Hat es etwas mit Ihrer Verletzung zu tun?“

Steve lächelte. „Ja, es gab einen Moment, in dem ich nicht davongelaufen bin. Dafür muss ich einen hohen Preis zahlen.“

Höher, als du ahnst, dachte er.

Emily trank ihren Kaffee aus und schob den Stuhl zurück. „Einverstanden. Ich komme mit.“

Das Royal Connaught Care Home lag im Südosten von Saint Anne. Steve stellte den Streifenwagen auf dem Parkplatz des Seniorenheims ab. Sie gingen zum Empfang und meldeten sich an.

„In welcher Angelegenheit möchten Sie Mr Randall sprechen?“, fragte die Mitarbeiterin des Heims.

„Ist das von Belang?“, fragte Steve.

„Er ist ein herzkranker Mann, der sich nicht aufregen darf. Dass die Polizei ihn aufsucht, könnte ihn beunruhigen.“

„Ich möchte ihm einige Fragen stellen, die mir außer ihm vermutlich niemand auf Alderney beantworten kann. Ich verspreche Ihnen, behutsam vorzugehen.“

Sie wandte sich an Emily.

„Und Sie sind …?“

„Emily Gray. Ich habe meine Kindheit auf Alderney verbracht, Vikar Randall war ein guter Freund von mir. Es wird ihn freuen, mich zu sehen.“

„Er könnte in der Tat ein bisschen Aufmunterung gebrauchen.“

„Wo finden wir ihn?“, fragte Steve.

„In unserem Garten.“

Sie beschrieb ihnen den Weg. Kurz darauf betraten sie ein gepflegtes Gelände, in dem Keulenlilien und Lavendel blühten. Zwischen Rasenflächen und Blumenbeeten gluckerte leise ein Springbrunnen.

Unter einem Sonnensegel saß ein weißhaariger Mann in einem Rollstuhl. Steve schätzte ihn auf etwa achtzig Jahre. Sein Gesicht war von zahllosen Falten und Runzeln durchzogen, was ihm das Aussehen einer verwitterten Statue verlieh.

„Erkennen Sie ihn wieder?“, fragte Steve.

Emily schüttelte den Kopf. „Nein.“ Sie schien plötzlich zu zögern. „Es wird nicht funktionieren.“

„Warten Sie ab, was er zu erzählen hat.“

Sie gingen zu ihm hinüber.

„Mr Randall?“

Der alte Mann blinzelte, als erwache er aus einem Traum.

„Mein Name ist Steve Cole. Ich bin der neue Polizeichef von Alderney.“

„Polizei?“ Seine Augen flackerten unruhig.

„Seien Sie unbesorgt. Ich möchte Ihnen nur jemanden vorstellen.“

Randalls Blick fiel auf Emily. Auch er schien sie nicht wiederzuerkennen – was nicht verwunderlich war, denn er hatte sie zuletzt gesehen, als sie ein Kind von sechs Jahren gewesen war.

Sie streckte die Hand zur Begrüßung aus. „Ich bin Emily. Erinnern Sie sich an mich?"

Die Lippen des Alten zitterten.

„Em ... mily."

Steve beobachtete seine Reaktion. Ein Lächeln huschte über das Gesicht des Vikars, seine Körperhaltung dagegen strafte seinen Blick Lügen. Die knochigen Finger umklammerten die Räder des Rollstuhls, bis die Knöchel weiß hervortraten. Er schob ihn auf Emily zu und kniff die Augen zusammen, um sie besser sehen zu können.

„Emily ... ja, ja, du bist es. Na, so was ... eine hübsche junge Frau ist aus dir geworden."

Seine Freude über das Wiedersehen schien echt zu sein. Emily ergriff seine ausgestreckten Hände.

„Sie war ein wildes Kind", sagte er zu Steve, „hatte kein Interesse an Puppen, sondern kletterte lieber auf Bäume. Sie sammelte Treibgut am Strand – das ganze Pfarrhaus war voll davon –, bunte Glassplitter, Muscheln und magisch geformtes Holz. Es ist lange, lange her."

Emily setzte sich auf den steinernen Brunnenrand.

„Ich kann mich an all das nicht erinnern. Darum bin ich hier."

Die Wiedersehensfreude auf dem Gesicht des Pfarrers wich Besorgnis, gepaart mit einer bösen Ahnung.

Emily erklärte den Grund ihres Besuchs.

„Ich muss wissen, was damals passiert ist."

„Lass die Toten ruhen", antwortete Randall. „Es ist besser für sie ... und für dich."

„Ich weiß nicht, wer ich bin", entgegnete sie. „Woher komme ich? Wer waren meine Eltern? Warum bin ich im Pfarrhaus aufgewachsen?"

Der Vikar griff in die Tasche seiner Weste, holte einen Rosenkranz heraus und befingerte ihn. Seine Lippen bewegten sich in einem stummen Gebet.

Du hättest nicht zurückkommen dürfen", sagte er.

„Bitte erzählen Sie mir, was in jener Nacht geschah. War mein Vater ein Mörder?"

„Weiß Martha, dass du hier bist?", fragte er.

„Meine Mutter wollte nicht, dass ich fahre."

Er nickte. „Sie tat gut daran, dich davon abhalten zu wollen."

„Ist sie Albert Evans' Schwester?", fragte Emily.

Randall zögerte. Seine Blicke wanderten zwischen ihnen hin und her.

„Weiß sie es?", fragte er Steve.

„Nur das, was in den Polizeiakten steht."

Randall schwieg eine Weile, doch dann hatte er offenbar genug Kraft gesammelt, um die Wahrheit zu berichten.

„Nach dem Tod ihres Bruders erklärten Martha Evans und ihr Mann sich bereit, dich aufzunehmen. Es war nicht leicht für sie, denn du warst ein schwieriges Kind – kein Wunder, nach all dem, was du erlebt hattest. Trotzdem taten sie für dich, was sie nur konnten. Denk immer daran, sie lieben dich von ganzem Herzen. Es gibt einen Grund, warum du alles, was vor jener Oktobernacht geschah, vergessen hast. Ich glaube, der Herrgott will dich vor den furchtbaren Dingen beschützen, die du mitansehen musstest."

„Kannten Sie meine Mutter?", fragte Emily.

„Ja. Kate starb, als du noch sehr klein warst. Gott habe sie selig, Albert hat sie sehr geliebt, genau wie dich.“

„Wie ist sie gestorben?“, fragte Steve.

„Es war ein Unglück. Erinnerst du dich an Shadow?“, fragte er Emily.

„Das ist der Name eines Hundes, nicht wahr?“

Randall nickte. „Er war dein Hund. Du und Shadow, ihr wart unzertrennlich und seid zusammen aufgewachsen. Dein Vater arbeitete sechs Tage in der Woche auf den Fähren, dann hatte er einen Tag frei und kam nach Hause. Als du vier Jahre alt warst, erkranktest du an einer schweren Bronchitis. Deine Mutter kümmerte sich um Shadow und ging mit ihm hinaus. Eines Abends kehrte sie von einem Spaziergang nicht zurück. Sie verschwand einfach, niemand hat sie jemals wieder gesehen. Sie suchten die ganze Insel ab, aber ihre Leiche wurde nie gefunden. Man vermutet, dass sie auf den Klippen verunglückte und ertrank.“

Randall legte erschöpft eine Pause ein. Er rang sichtlich um Fassung.

„Dein Vater gab seine Arbeit auf den Fähren auf und schlug sich mit Gelegenheitsjobs durch. Er tat es, um dir nach dem Verlust mehr Zeit widmen zu können und die fehlende Mutter zu ersetzen, so gut er konnte. Ich wollte ihn unterstützen und beschäftigte ihn stundenweise für anfallende Arbeiten in der Pfarrei. Das Pfarrhaus wurde für dich zu einem zweiten Zuhause.“

„Ich vermute, der Schicksalsschlag veränderte Evans?“, fragte Steve.

„Er war nach Kates Tod nicht mehr derselbe, wurde launisch und streitsüchtig, mied den Kontakt zu anderen und zog sich von Freunden zurück. Auch ich drang nicht mehr zu ihm durch. Vier Monate später fand man das erste der drei armen Mädchen. Die Serie begann im September 2002. Die Polizei tappte im Dunkeln, aber es gab einen Augenzeugen, der einen der Morde beobachtet hatte, den an Evelyn Ward."

„Emily", sagte Steve.

„Ja. Sie war ein aufgewecktes Kind, neugierig und nicht aufzuhalten, wenn sie sich etwas in den Kopf gesetzt hatte; ein Wildfang, immer auf der Suche nach Abenteuern." Er wandte sich an Emily. „Du bemerktest es als Erste."

„Was denn?"

„Dein Vater trieb sich nach Einbruch der Dämmerung häufig in der Nähe des alten Bunkers herum. Er hatte dir strengstens untersagt, dort allein hinzugehen. Für ein kleines Mädchen lauerten tausend Gefahren in dem düsteren Labyrinth, aber natürlich hörtest du nicht auf ihn. Die Festungsanlagen zogen dich magisch an. Erst recht, nachdem dein Vater dir verboten hatte, sie zu betreten. Eines Abends folgtest du ihm und wurdest Zeugin seiner furchtbaren Tat."

Randall schloss die Augen und versank in der Vergangenheit. Es dauerte eine Weile, bis er weitersprechen konnte.

„Danach warst du nicht mehr dasselbe Kind. Ich bemerkte die Veränderung an dir und dachte zunächst, sie rühre von der Trauer um deine Mutter her. Du warst stark gewesen, glaubtest, deinen Vater trösten zu müssen, was erstaunlich war für ein sechsjähriges Kind ... aber so warst du eben, Emily."

„Aber es war nicht die Trauer", sagte Steve.

„Nein. Es war der Schock, das Begreifen, dass der eigene Vater den Verstand verloren hatte und zum Mörder geworden war. Eines Tages kam sie zu mir und fragte mich nach einem Schutzzauber gegen das Böse. Ich erklärte ihr, dass sie keine Art von Magie dagegen brauche und nur fest in ihrem Glauben sein müsse. Zunächst hielt ich ihr Ansinnen für ein Zeichen, dass sie begann, sich auf eine kindliche Weise mit Religion und ihrem Verhältnis zu Gott zu beschäftigen. Doch ich spürte bald, dass mehr dahintersteckte, eine tief verwurzelte Furcht. Eines Tages fand ich sie im Altarraum der Kirche. Sie saß im Zentrum eines Kreidekreises. Um sich herum hatte sie die Scherben eines Spiegels aufgestellt und kleine Figuren auf den Boden gemalt, die das Böse abwenden sollten. Ich sprach sie an, doch sie reagierte kaum, war wie in Trance.“

„Ich kann mich nicht daran erinnern“, sagte Emily.

„Entsprang die Vorstellung, auf diese Weise mit dem Trauma umzugehen, ihrer Fantasie?“, fragte Steve.

„Nein. Ich besaß eine Sammlung alter Bücher über Magie und Aberglauben, das Okkulte war mein Steckenpferd. Emily hatte eine Darstellung des Kreises in einem der Bücher entdeckt und nachgeahmt.“

„Was taten Sie?“, fragte Steve.

„Ich verbot ihr, heidnische Handlungen in einer Kirche zu vollziehen und befahl ihr, die Schmierereien fortzuwischen. Sie wusste nicht, was sie tat, suchte lediglich ein Mittel, sich zu schützen, aber das verstand ich damals noch nicht. Ich hielt ihr Verhalten für kindliche Neugier. Ein paar Tage nach dem Vorfall mit dem Kreidekreis stand sie eines Abends nach der Messe in der leeren Kirche. Es war der 13. Oktober 2002, ich entsinne mich genau. Ich löschte gerade die Kerzen auf dem Altar. Sie fragte mich, ob uns außer Gott niemand im Beichtstuhl hören könnte. Sie sagte, sie wolle beichten, was mich sehr erstaunte. Was soll ein sechsjähriges Mädchen schon beichten? Aber ich ahnte, dass ihr seit Wochen etwas schwer auf der Seele lag. Sie suchte meine Nähe, sehnte sich nach Schutz und Geborgenheit – mehr noch als sonst seit dem Tod ihrer Mutter. Ich kam ihrem Wunsch nach und lud sie in den Beichtstuhl ein. Eigentlich hätte Albert an ihrer Stelle dort sitzen müssen, doch es war Emily, die den Stein ins Rollen brachte. Sie berichtete mir, was sie gesehen hatte. Obwohl sie nicht begriff, was ihr Vater der Frau angetan hatte, die er in den Bunker verschleppt hatte, war ihr instinktiv klar, dass etwas Furchtbares geschehen war.“

„Warum sind Sie nicht zur Polizei gegangen?“, fragte Steve.

„Das hatte ich vor. Doch zuvor wollte ich mit Evans sprechen und ihn davon überzeugen, sich zu stellen. Ich hatte ihn als liebenden Ehemann und fürsorglichen Vater kennengelernt, der hart arbeitete, um seine Familie zu ernähren. Wie konnte er da ein solch abscheuliches Verbrechen begehen? Bevor ich ihn der Obrigkeit auslieferte, musste ich wissen, was ihn zum Mörder gemacht hatte. Als ich ihn mit seinen Untaten konfrontierte, sagte er, er höre immerzu die Stimme seiner verschwundenen Frau. Sie flüsterte ihm zu, er müsse der See ein Opfer bringen, dann würde sie ihm Kate zurückgeben. Ihr Tod hatte ihn um den Verstand gebracht.“

„Darum hat er die Frauen der Flut überlassen", sagte Steve.

Randall nickte.

„Warum stand nichts davon in den Ermittlungsakten?", fragte Steve.

„Niemand weiß davon, weil ich es nicht zu Protokoll gab", antwortete Randall. „Ich wollte nicht, dass Evans als Wahnsinniger in Erinnerung bleibt. Er war tot und sollte seinen Frieden finden. Gott möge ihm seine Sünden vergeben."

„Was genau geschah am Abend des 13. Oktober?"

„Albert kam wie gewöhnlich gegen 19:00 Uhr, um Emily abzuholen", fuhr Randall fort. „Ich nutzte die Gelegenheit und stellte ihn zur Rede, versuchte ihn zu überzeugen, sich zu stellen, aber er wollte nichts davon wissen. Als ich ihm versicherte, dass ich die Polizei informieren würde, falls er sich weiter weigerte, geriet er außer sich. Er nahm den eisernen Schürhaken aus dem Gestell vor dem Kamin und griff mich an. Er prügelte auf mich ein und brach mir den linken Unterschenkel. Ich weiß nicht mehr, wie es mir gelang, ihm das Mordwerkzeug zu entreißen. Wir rangen miteinander. Ich stieß ihn von mir, er prallte mit dem Kopf gegen den Kaminsims und brach zusammen. Er stürzte so unglücklich, dass ein brennendes Scheitholz auf den Teppich vor dem Kamin fiel und ihn entzündete. Das Feuer breitete sich schnell aus. Nur knapp entkam ich selbst den Flammen. Ich kroch aus dem Zimmer auf die Diele zu, und da stand Emily. Sie hatte alles mitangesehen. Ich wollte sie aufhalten, aber ich konnte wegen des gebrochenen Schienbeins nicht aufstehen. Sie lief aus dem Haus in die Nacht hinaus, mit Shadow an ihrer

Seite. Es gelang mir, zum Telefon zu kriechen und die Polizei zu alarmieren. Kurz darauf traf die Feuerwehr ein. Sie konnten das Feuer löschen, doch für Evans kam jede Hilfe zu spät."

„Und Emily?", fragte Steve.

„Die Polizei stellte Suchtrupps zusammen. Einer von ihnen fand das Mädchen nach Mitternacht in der alten Bunkeranlage in der Nähe des Pfarrhauses. Sie hatte sich in den labyrinthartigen Gängen verlaufen und war in einen Schacht gestürzt, in den die Flut eindrang. Emily drohte auf tragische Weise Alberts letztes Opfer zu werden. Man rettete sie in allerletzter Sekunde."

Steve warf Emily einen besorgten Blick zu. Sie war kreidebleich geworden.

„Vielleicht sollten wir hier abbrechen", sagte er.

„Nein! Ich will hören, was er zu sagen hat. Alles."

„Sind Sie sicher? Wir könnten später fortfahren."

„Es wird nicht leichter, wenn man mir die Wahrheit in kleinen Häppchen serviert. Was geschah mit Shadow?"

„Er kam bei dem Sturz in den Schacht ums Leben."

„Weckt der Bericht eine Erinnerung bei Ihnen?", fragte Steve.

Emily schüttelte stumm den Kopf. Sie presste krampfhaft die Hände um den steinernen Rand des Brunnens.

„Das wundert mich nicht", fuhr Randall fort. „Als man dich fand, warst du völlig traumatisiert und nicht mehr ansprechbar. Du reagiertest auf keinerlei Reize. Deine Tante Martha kam vom Festland herüber und kümmerte sich um dich. Ich hielt eine Zeit lang Kontakt zu ihr und erkundigte mich nach deinen Fortschritten.

Man brachte dich zu Spezialisten, denen es in monatelanger, geduldiger Arbeit gelang, dich allmählich aus deiner Starre zu holen. Trotzdem sprachst du niemals über die Ereignisse in jener Nacht. Die Ärzte sagten, dein Verstand sei wie ein leeres Blatt, das neu beschrieben werden musste. Martha und Walter nahmen dich zu sich. Sie beschlossen, dass es das Beste war, dich vergessen zu lassen. Als du Jahre später Fragen stelltest, griffen sie zu einer Notlüge."

„Sie sagten, ich wäre im Alter von sechs Jahren an Meningitis erkrankt, die zu einem vollständigen Gedächtnisverlust führte."

„Sie meinten es gut mit dir." Er wandte sich an Steve. „Aber wieso interessiert sich die Polizei für die alte Geschichte? Albert Evans hat für seine Taten einen schrecklichen Preis bezahlt, es besteht kein Zweifel an seiner Schuld. Die Morde hörten nach seinem Tod auf."

„Sie wissen es noch nicht?", fragte Steve.

„Was?"

„Es hat einen neuen Mord gegeben. Wir haben eine junge Frau auf dem Saye Beach gefunden. Sie ist ertrunken, weil jemand sie auf die gleiche Weise gefesselt hat, wie Evans es mit seinen Opfern getan hat."

Der Vikar wurde kalkweiß.

„Das kann nicht sein. Er kommt nicht zurück. Niemand ... kommt zurück", murmelte er.

„Ich gehe im Augenblick nicht davon aus, dass der Tod von Claire Martin mit den alten Verbrechen in Zusammenhang steht", entgegnete Steve. „Aber ich habe die Ermittlungsakten gelesen und hatte das Gefühl, dass eine Menge zwischen den Zeilen zu finden ist. Darum wollte ich Ihre Version der Geschehnisse hören."

Er sah zum Haus hinüber. Die Empfangsmitarbeiterin stand in der offenen Glastür und warf ihm einen warnenden Blick zu. Randall ächzte. Er umklammerte die Räder seines Rollstuhls und bemühte sich, ihn in Bewegung zu setzen, aber er war zu schwach dazu.

„Lassen Sie mich ... ich will nie wieder davon hören“, keuchte er. „Er kommt ... kommt nicht zurück.“

Die Angestellte des Heims verschwand, kurz darauf tauchte ein Pfleger auf und kam auf sie.

„Wir sind im Keller des Pfarrhauses auf eine zugemauerte Tür gestoßen. Können Sie uns sagen, wohin dieser Durchgang führt?“, fragte Steve.

„Da ist nichts ... gar ni... nichts“, stotterte Randall.

„Mea culpa“, sagte Steve. „Das ist Latein und bedeutet: Ich bin schuldig. Nicht wahr?“

Der Vikar schnappte nach Luft. „Ich bin erschöpft ... lassen Sie mich ... ich muss ... mich ausruhen ...“

Der Pfleger hatte sie erreicht.

„Sie haben doch gehört, dass Mr Randall sich nicht aufregen darf. Verlassen Sie bitte unsere Einrichtung.“

Er packte die Griffe des Rollstuhls und schob den Vikar ins Haus.

Sie kehrten zum Empfang zurück.

„Würden Sie sich meine Telefonnummer notieren für den Fall, dass Vikar Randall mich noch einmal sprechen möchte?“, fragte Emily.

Die Angestellte gab die Nummer in ihr Computersystem ein.

„Gestatten Sie mir eine letzte Frage“, sagte Steve.

„Haben Sie noch nicht genug Unheil angerichtet?“

„Es ist mein Job, den Leuten auf die Nerven zu gehen. Randall legte kurz nach dem Ende der Mordserie vor zwanzig Jahren sein Amt nieder, obwohl er die sechzig gerade erst überschritten hatte. Wissen Sie, was zu seinem plötzlichen Entschluss führte?“

„Er gab sich die Schuld am Tod von Albert Evans. Hat er Ihnen das nicht gesagt?“

„Er kam leider nicht mehr dazu. Vielen Dank.“

Sie kehrten zum Streifenwagen zurück.

„Glauben Sie, dass dies der Grund ist, warum er sich so aufregte, als Sie die lateinischen Worte erwähnten?“, fragte Emily.

„Nein. Seine Reaktion war eindeutig“, sagte Steve.

„Sie meinen, er weiß mehr, als er zugibt?“, fragte Emily.

„Ja, ich bin sicher, dass er uns nicht alles erzählt hat. Wie fühlen Sie sich jetzt? Eine Zeit lang machte ich mir Sorgen um sie.“

Sie lächelte gequält. „Nun, ich weiß jetzt, was passiert ist, aber es kommt mir so vor, als hätte es jemand anderes erlebt. Mein Leben erscheint mir nach wie vor wie ein Film, von dem der Anfang fehlt.“

„Es braucht Zeit. Da ist noch etwas ...“

„Ja?“

„Die Rechtsmedizin hat mir das Ergebnis Ihres Drogenscreenings geschickt. Sie wurden tatsächlich betäubt, und zwar mit demselben Wirkstoff, den das Labor in Claire Martins Blut gefunden hat. Das heißt, Sie haben die fehlenden Stunden wahrscheinlich gemeinsam verbracht.“

Sie fuhr sich nervös durch die Haare. „Ich fürchte, ich bin Ihnen keine große Hilfe. Denn auch an diese Zeit fehlt mir jede Erinnerung.“

„Mit dem Unterschied, dass die Ursache für diesen Blackout K.-o.-Tropfen sind. Ich dachte, Sie sollten das wissen. Wenn Sie psychologische Hilfe brauchen ...“

„Nein!“ Die Antwort kam schnell und heftig. „Ich meine ... ich habe nicht das Gefühl, dass ich Opfer einer Vergewaltigung wurde. Nennen Sie es von mir aus Intuition.“

„Was haben Sie nun vor? Werden Sie abreisen?“, fragte Steve.

„Darf ich das denn?“

„Wenn Sie mir eine Telefonnummer geben, unter der ich Sie erreichen kann, falls ich noch Fragen habe, steht Ihrer Heimreise nichts im Weg.“

„Ich habe alles erfahren, was ich wissen wollte. An der Amnesie ändert es nichts. Vielleicht besuche ich noch das Grab meines Vaters und gewöhne mich langsam an die Vorstellung, dass die Menschen, die ich für meine Eltern hielt, mich mein Leben lang angelogen haben.“

„Seien Sie nicht zu streng mit ihnen. Sie hatten einen guten Grund dazu. Und Sie sollten auf jeden Fall Strafanzeige wegen der K.-o.-Tropfen stellen.“

„Was ändert es an dem, was geschehen ist?“

„Sie wollen die Rätsel der Vergangenheit lösen, aber nicht wissen, was vor zwei Nächten mit Ihnen passiert ist?“

Sie sah ihn nachdenklich an. „Ich bin mir bei alldem nicht mehr so sicher. Vielleicht hätte ich nie herkommen dürfen. Was habe ich denn erreicht?“

Steve stieg in den Wagen. „Sie kennen die Wahrheit, und das kann nie schaden. Kommen Sie, ich fahre Sie zum Hotel.“

25

Das Polizeirevier in der Queen Elizabeth II Street platzte aus allen Nähten. Gordon und Penny bemühten sich nach Kräften, Ordnung in das Chaos zu bringen. Es waren nicht nur die Jugendlichen gekommen, die an der Party auf der Abigail teilgenommen hatten, sondern auch einige ihrer Eltern. Zwei der vier Mädchen, die an Bord gefeiert hatten, waren minderjährig. Nur einer fehlte: Gastgeber Kyle Baxter.

Die Kids standen in Gruppen zusammen oder saßen auf den herbeigeschafften Klappbänken im Korridor. Als Steve eintrat, verstummten die Gespräche. Ein Kaleidoskop unterschiedlicher Stimmungen schlug ihm entgegen: Angst und Unsicherheit, Arroganz und offene Feindseligkeit. Die Hälfte der Anwesenden senkte mit schuldbewussten Mienen den Blick, als er an ihnen vorbeiging. Die Eltern bestürmten Steve mit Fragen und Vorwürfen.

„Wie kommen Sie dazu, unsere Kinder zum Verhör vorzuladen? Werden Sie Anklage erheben? Brauchen wir einen Anwalt?"

Eine Stimme übertönte alle anderen: „Sie überschreiten Ihre Kompetenzen, Chief Cole!"

John Baxter füllte den Rahmen der Eingangstür aus. Er war in Begleitung seines Sohnes und eines Mannes, der in Steve Alarm auslöste. Er war etwa fünfzig Jahre alt, silberne Strähnen durchzogen sein dunkles Haar. Das Gesicht war sonnengebräunt und ausdruckslos wie das einer Echse. Er trug einen anthrazitfarbenen Anzug mit blütenweißem Hemd und marineblauer Krawatte und bewegte sich keinen Millimeter mehr, als er musste. Steve hatte solche Typen haufenweise kennengelernt. Wenn sie nicht als Profikiller oder Schuldeneintreiber für Leute wie Sorokin arbeiteten, verkauften sie ihre Seele als Anwalt. Laney hatte erwähnt, dass Baxter beste Beziehungen nach London pflegte. Die Echse war der Beweis dafür.

„Es geht um Mord, da darf ich so ziemlich alles, was Sie sich vorstellen können", antwortete Steve. Er deutete auf den hageren Mann. „Fragen Sie ihn, falls Sie mir nicht glauben."

Der mutmaßliche Anwalt zauberte eine Visitenkarte zwischen seinen Spinnenfingern hervor und reichte sie ihm.

„Ich bin Timothy Haggan, der Rechtsbeistand der Familie Baxter. Wenn Sie so freundlich wären, mir zu erklären, wozu Sie dieses Theater veranstalten, können wir die Angelegenheit rasch zu Ende bringen."

„Gerne. Eine junge Frau ist auf brutale Weise ermordet worden. Mein Job ist es, den Täter zu finden. Je schneller, desto besser."

„Liegt gegen meinen Mandanten etwas vor?"

„Wer ist denn Ihr Mandant? Der Junge oder der Alte?"

Baxter lief rot an.

„Ich habe Sie gewarnt, Cole", polterte er los. „Sie haben die Söhne und Töchter der angesehensten Familien Alderneys zusammentreiben lassen wie Vieh auf der Weide. Wenn Sie dazu keinen verdammt guten Grund haben, können Sie sich schon mal ein Flugticket nach London besorgen."

„Das hat noch Zeit. Wenn ich bitten dürfte, Kyle? Dein *Rechtsbeistand* darf dich gerne begleiten."

John Baxter schob sich an Haggan vorbei, aber Steve verstellte ihm den Weg.

„Ich habe mir sagen lassen, in Pits Café soll's hervorragende Pies geben."

„Sie können mir nicht verwehren, bei dem Verhör anwesend zu sein."

„Kein Verhör, nur eine Befragung. Ihr Sohn ist volljährig und kann für sich selbst sprechen. Stimmt's, Kyle?"

Er ließ Haggan und den Jungen in sein Büro eintreten. Baxter knirschte mit den Zähnen, als wollte er ihn zermalmen, aber er fügte sich. Steve schloss die Tür hinter sich. Er wies auf zwei Stühle vor dem Schreibtisch und setzte sich.

„Nehmen Sie bitte Platz."

Haggans Mundwinkel zuckte, offenbar die einzige Gefühlsregung, zu der er fähig war.

„Neue Besen kehren gut, heißt es", sagte er.

„Hab ich auch gehört", entgegnete Steve.

„Es ist Ihr gutes Recht, als neuer Chief Ihren Laden auf links zu drehen und eine Duftmarke zu setzen, das machen alle so. Aber ich gebe Ihnen einen gut gemeinten Rat: Legen Sie sich nicht mit John Baxter an. Es sei denn, Sie empfinden ein masochistisches Vergnügen daran, sich selbst die Stuhlbeine unter dem Hintern abzusägen."

„Danke. Die Warnung ist angekommen."

„Gut. Kommen wir zur Sache. Was liegt gegen meinen Mandanten vor?“

Kyle saß mit vor der Brust verschränkten Armen breitbeinig auf seinem Stuhl und bearbeitete einen Kaugummi. Er war offensichtlich klug genug, seine große Klappe zu halten, die er sonst unzweifelhaft bei jeder Gelegenheit aufriss. Seine Bemühungen, cool und tough zu wirken, waren allzu deutlich. Er wippte ungeduldig mit der Fußspitze und rutschte auf seinem Stuhl hin und her, als stünde die Sitzfläche unter Strom. Seine sonnengebräunte Haut überdeckte, dass er leichenblass war, die blutleeren Lippen verrieten seine Anspannung. Mit seinen Blicken spießte er jedes Detail im Raum auf, als suchte er panisch nach einem Fluchtweg.

Die gleichen Augen wie der Alte, dachte Steve. Kalt und gierig. Er öffnete betont langsam die Schublade, legte einen Pappordner auf den Tisch und schlug ihn auf.

„Nächtliche Ruhestörung, Sachbeschädigung, Widerstand gegen die Staatsgewalt und ein Stapel Verstöße gegen die Straßenverkehrsordnung“, las er laut.

„Soll das ein Witz sein? Die Sachen sind längst vom Tisch“, entgegnete Hagan.

Steve nickte. „Ich habe mir nur einen Überblick verschafft.“ Er blätterte weiter. „Ups, und drei Anzeigen wegen sexueller Belästigung.“

„Die alle zurückgezogen wurden.“

„Richtig. Sein Vater ist sehr umtriebig, aber das erwähnten Sie ja bereits.“

Er schlug die Akte zu.

„Okay, Kyle. Ist es in Ordnung, wenn wir uns duzen? Das machen alle im Revier."

„Von mir aus."

„Sehr gut, ich bin Steve. Chief Steve." Er grinste.

Kyle lief rot an. Er rutschte nach vorn auf die Kante der Sitzfläche. Steve sah ihm an, dass er am liebsten aufgesprungen wäre, um ihm eine reinzuhauen.

„Dann erzähl mal, wie ist die Party abgelaufen?"

„Das hab ich Ihnen doch schon an Bord gesagt."

„Dann erzählst du's eben noch mal. Mr Haggan wird sich deine Aussage gerne anhören."

„Gegen sechs hab ich die Vorräte auf die Abigail gebracht und bin zum Hafen zurückgefahren. Nach und nach sind dann alle eingetrudelt. Ich musste dreimal mit dem Dingi rausfahren, bis sie an Bord waren. Das muss so gegen sieben gewesen sein."

„Und dann ging die Party los?"

Kyle grinste. „Klar, Mann. Ich lasse nichts anbrennen."

„Gutes Stichwort", sagte Steve. „Wie viele Mädchen waren auf der Abigail?"

Kyle runzelte die Stirn und studierte die Deckenpaneele. „Weiß nicht mehr. Ich glaub vier. Steht alles auf der Gästeliste."

„Hast du eine feste Freundin?"

„Das tut nichts zur Sache", mischte sich Haggan ein.

„War nur 'ne Frage", sagte Steve.

„Nee, hab ich nicht", entgegnete Kyle. „Wär doch schade um all die anderen Gelegenheiten."

„Dann lief was zwischen dir und einem der Mädchen?"

Kyle schüttelte den Kopf. „Es war meine Geburtstagsparty, Mann. Ich war Gastgeber, Barkeeper und Grillmeister in einem. Hatte alle Hände voll zu tun."

Das Telefon klingelte. Steve nahm ab. Es war Penny.

„Ich habe Dan's Partyservice angerufen. Sie haben am Sonntag gegen sechs eine Lieferung für Kyle Baxter am Hafen abgegeben. Die Rechnung beläuft sich auf knapp tausend Pfund."

Steve pfiff durch die Zähne.

„Es gab ein reichhaltiges Büfett", fuhr Penny fort, „nur vom Feinsten. Austern satt."

„Danke. Wie läuft's mit den Befragungen?"

„Dave und Gordon haben gerade erst angefangen."

„Okay. Bleibt dran."

Er legte auf. Kyle rutschte unbehaglich auf seinem Stuhl hin und her.

„Erzähl weiter", sagte Steve.

„Da gibt's nicht viel zu berichten."

„Warum hast du die Abigail gegen halb acht losgemacht und bist in die Bucht rausgefahren?"

„Weil der alte Lewis Stress machte. Die Musik war ihm zu laut."

„Also bist du auf Nummer sicher gegangen. Du bist ja kein unbeschriebenes Blatt."

„Mein Mandant hat sich hier vorbildlich verhalten", sagte Haggan.

„Hat er?" Steve wandte sich an Kyle. „Wohin bist du gefahren?"

„Ich habe in der kleinen Bucht zwischen dem Leuchtturm und Fort Quesnard Anker geworfen."

„Dort habt ihr es richtig krachen lassen."

Kyle grinste. „Klar, Mann."

„Trotzdem war die Party schnell vorbei. Der Hafenmeister hat ausgesagt, dass die Abigail gegen 22:00 Uhr
wieder in die Braye Bay eingelaufen ist. Zu dieser Uhr-
zeit war es fast dunkel."

„Es gab einen bescheuerten Streit zwischen Marc und
Sammy."

„Ging's um ein Mädchen?"

„Kann sein, hat mich nicht interessiert. Die Stimmung war jedenfalls im Eimer. Ich hatte vorgehabt, in
der Bucht zu übernachten, aber die Mädchen fingen an
zu maulen, sie wollten nicht an Bord schlafen. Mir
wurde das Ganze zu dumm, also fuhr ich zum Hafen
zurück und hab an der Boje festgemacht. Als wir dort
ankamen, hatten sich alle einigermaßen beruhigt. Wir
haben einfach weitergefeiert."

„Hattest du keine Angst, der Hafenmeister könnte
euch wieder die Laune verderben?"

„He, wir haben uns einfach an die Regeln gehalten
und es ein bisschen leiser angehen lassen, klar? Um
Mitternacht bin ich dreimal mit dem Dingi hin- und
hergefahren, um alle an Land zu bringen."

„War's das jetzt?", fragte Haggan.

„Einen Moment noch."

Steve verließ sein Büro und suchte Penny. Sie sprach
mit einem der Mädchen.

„Kann ich dich kurz stören?", fragte er.

Sie gingen nach vorn in die Wache. Penny schenkte
Kaffee in zwei Tassen und reichte Steve eine davon.

„Danke. Wie kommt ihr voran?", fragte er.

„Sie erzählen alle mehr oder weniger die gleiche Geschichte."

„Hab ich mir gedacht."

Penny blätterte in ihrem Notizblock. „Ich habe darauf geachtet, ob sie die gleiche Wortwahl benutzen – wie du uns geraten hast."

„Und?"

„Die Zeit von acht bis zehn schildert jeder ein bisschen anders. Aber mir ist aufgefallen, dass die Angaben zum späteren Verlauf der Party sehr genau übereinstimmen. Alle verwenden die gleichen Beschreibungen."

„Als hätten sie's auswendig gelernt", sagte Steve.

„Glaubst du, der alte Baxter hat ihnen die Geschichte eingeimpft?"

„Ich würde die Titanschrauben in meiner Hüfte darauf verwetten."

„Du meinst, es ist anders abgelaufen, als sie uns erzählen."

Er nickte grimmig und schlürfte den heißen Kaffee.

„Habt ihr diesen Patrick Bell ausfindig machen können?"

„Noch nicht."

„Wir brauchen unbedingt seine Aussage. Ich werde das Gefühl nicht los, dass er die Ereignisse an Bord aus einer anderen Sicht schildern wird. Er ist abgetaucht, bis sich die Aufregung gelegt hat. Vermutlich hat ihn der alte Baxter dazu gedrängt."

„Du meinst, es ist Geld geflossen?"

„Es würde mich nicht wundern, wenn er Pat einen kleinen Urlaub spendiert hat, um ihn aus der Schusslinie zu nehmen."

„Baxter hat die Insel eben fest im Griff. Mit ihm legt sich hier keiner an."

„Außer mir", sagte Steve.

„Außer dir“, bestätigte Penny. „Wie kommst du mit Kyle voran?“

„Bis jetzt hab ich ihn ziemlich verhätschelt.“ Er grinste. „Was sich nun ändern dürfte.“

„Eine Sache verstehe ich immer noch nicht“, sagte Penny.

„Und die wäre?“

„Wie passt unsere vergessliche Kofferexpertin in das Bild?“

Steve berichtete ihr von der Begegnung am Abend zuvor und dem Besuch im Altenheim.

„Sie ist nach Alderney gekommen, um etwas über sich selbst und ihre Vergangenheit herauszufinden. Dass sie Claire Martin getroffen hat, war reiner Zufall. Ich bin sicher, dass sie zusammen zu Kyles Geburtstagsparty gegangen sind. Wir müssen es nur beweisen, aber das dürfte schwierig werden. Claire ist tot, und Emily Gray kann sich an nichts erinnern.“

„Und sie ist wirklich Evans’ Tochter?“

„Sieht ganz danach aus.“

„Wie hat sie auf die Neuigkeit reagiert?“

„Ich schätze, sie muss das alles erst einmal verarbeiten. Irgendetwas an ihr ist seltsam, aber ich kann beim besten Willen nicht sagen, was mich stört. Nenn es von mir aus Instinkt.“

„Du glaubst, sie lügt?“

„Nein, aber sie verschweigt uns etwas.“

„Und der Unbekannte, der sie angeblich verfolgt? Könnte der wichtig für unseren Fall sein?“

„Schwer zu sagen, ob er überhaupt existiert. Im Augenblick tippe ich darauf, dass Claire Martins Tod ein Unfall war, der vertuscht werden sollte, um einen

Skandal zu verhindern, der Baxters Wahl gefährdet. Mal schauen, ob ich seinem Sohn genügend Feuer unter dem Hintern machen kann, damit er sich verplappert. Ich werde wohl ein bisschen bluffen müssen."

„Dieser Haggan gefällt mir nicht. Kalt wie ein Eiszapfen. Wenn ich ihn ansehe, kriege ich eine Gänsehaut."

„Geht mir genauso. Mach dir keine Sorgen, mit dem werde ich fertig."

Steve kehrte in sein Büro zurück, stellte die Tasse auf den Schreibtisch und nahm wieder Platz.

Kyle betrachtete scheinbar gelangweilt die Fotos von Steves Vorgängern an der Wand. Haggan befingerte seinen Aktenkoffer und legte eine Visitenkarte auf den Tisch.

„Gut, dann sind wir hier fertig. Schicken Sie mir eine Kopie des Berichts, Chief."

Steve beachtete ihn nicht. Er kippte seinen Stuhl zurück, der bedenklich knarrte, und verschränkte die Hände hinter dem Nacken.

„Du hast mir einen Haufen Scheiße erzählt, Kyle."

Der Junge sprang auf und ballte die Fäuste.

„He, Mann! Wie reden Sie denn mit mir?"

„Hinsetzen."

„Chief, ich muss protestieren", sagte Haggan.

„Beschweren Sie sich bei meinem Vorgesetzten."

„Was soll das werden?"

„Ich gebe Ihrem Mandanten eine letzte Chance, mit der Wahrheit herauszurücken."

„Das hat er bereits getan."

Steve schüttelte den Kopf und versuchte sich in der Art Killerblick, den Haggan aufgesetzt hatte, als er die

Wache betrat. Er war ziemlich gut darin, Leute nachzuahmen. Kyle wurde unsicher.

„Machen Sie doch was! Wofür bezahlt mein Dad Sie?“, rief er.

„Also gut, Chief Cole. Was haben Sie in der Schublade?“

„Eine ganze Menge.“ Er blickte wieder den Jungen an. „Letzte Abzweigung vor der U-Haft, Kyle.“

„Sind Sie noch ganz dicht? Ich hab überhaupt nichts gemacht. Immer wollen die Bullen mir was anhängen, nur weil mein Vater auf Alderney sagt, wie’s läuft.“

Haggan seufzte. „Chief?“

„Okay. Es gibt eine Zeugin, die glaubhaft belegen kann, dass Claire Martin gemeinsam mit ihr in das Dingi der Abigail gestiegen ist.“

„Das ist alles? Hat jemand sie dabei beobachtet, oder stützen Sie sich nur auf die Aussage jener ominösen Zeugin?“

„Der Hafenmeister hat’s bestätigt.“

„Lewis ist über sechzig und halb blind“, sagte Haggan.

Steve blätterte in dem Obduktionsbericht.

„In Claires Blut wurde Gammahydroxybuttersäure nachgewiesen, auch bekannt als K.-o.-Tropfen. Ihre letzte Mahlzeit waren Austern. Uns liegt eine Bestätigung von Dan’s Partyservice vor, dass zu der Lieferung am Sonntagabend Austern gehörten. Die Leiche wurde am Saye Beach gefunden. Die Bucht liegt auf halber Strecke zwischen dem Ankerplatz der Abigail an jenem Abend und dem Hafen. Willst du deine Aussage nicht noch einmal überdenken, Kyle? Was ist auf der Abigail passiert?“

Haggan legte die Hand auf den Unterarm seines Mandanten.

„Will er nicht. Sie spekulieren, Chief, mehr nicht. Selbst wenn Sie beweisen können, dass Claire Martin an Bord war, bedeutet das nicht, dass mein Mandant etwas mit ihrem Tod zu tun hat. Sie haben ja nicht einmal ein Motiv vorzuweisen. Was soll ihn denn dazu bewogen haben, die zwanzig Jahre alten Flutmorde nachzuahmen?“

„Ich erkläre Ihnen mal, wie ich die Sache sehe“, antwortete Steve. „Die Party an Bord lief aus dem Ruder. Die Jungs wollten Sex, die Mädchen nicht. Es gab Streit, vielleicht eine versuchte Vergewaltigung, bei der K.-o.-Tropfen im Spiel waren. Claire fällt ins Wasser, was zunächst niemand bemerkt. Als die anderen sie aus dem Meer ziehen, ist es zu spät, das bewusstlose Mädchen ist ertrunken. Plötzlich liegt da eine Tote auf dem Deck. Es war ein Unfall, keine Absicht. Aber wenn die Polizei Wind davon bekommt, gibt's eine Untersuchung. Die Presse wird sich auf die Sache stürzen, und das könnte John Baxters Wahl gefährden. Die Leiche muss verschwinden. Wohin mit ihr? Zurück ins Meer? Was passiert, wenn sie angespült wird und der Coroner herausfindet, dass Claire betäubt und vergewaltigt wurde? Ihr habt keine Ahnung, ob man das nachweisen kann, aber es ist besser, kein Risiko einzugehen. Die alte Geschichte von den Flutmorden kennt jeder auf der Insel. Warum also nicht die Tote an den Strand bringen und dort so drapieren, als wäre der Killer zurückgekehrt? Von wem stammte die Idee? Von dir, Kyle? Oder hast du deinen Vater angerufen, damit er die Sache für dich regelt, so wie er es immer macht, wenn du in der Scheiße sitzt?"

„Das sind nichts als Spekulationen, Chief", wiederholte Haggan.

Steve kippte den Sessel nach vorn.

„Okay, dann kommen wir zu den Fakten." Er schlug den Obduktionsbericht auf. „Die Rechtsmedizin konnte fremde Hautpartikel unter Claires Fingernägeln sicherstellen – genug für einen Abgleich. Wessen DNA werden wir finden, Kyle? Deine?"

Er antwortete nicht.

„Du bist am Arsch, Kyle. Meine Leute befragen jeden, der an Bord war. Wenn wir mit der ersten Runde fertig sind, hole ich Ian Laney von der Guernsey Police ins Boot. Er hat mir Unterstützung zugesichert, den Mordfall so schnell wie möglich aufzuklären. Dazu wird er Verhörspezialisten vom Festland anfordern. Die werden deine Freunde in die Mangel nehmen, bis einer redet und eure abgesprochene Geschichte in sich zusammenfällt wie ein Kartenhaus. Bist du damit einverstanden, dass wir jetzt einen Abstrich vornehmen?"

Kyle starrte auf den Fußboden. Seine Hände zitterten. Er ist fast so weit, dachte Steve.

„Ich frage dich ein letztes Mal, Junge: Was ist an Bord der Abigail passiert?"

„Mein Mandant äußert sich dazu nicht", sagte Haggan.

„Machen wir eine Pause", schlug Steve vor. „Sie haben eine Stunde Zeit, um ihn davon zu überzeugen, dass er jetzt mit der Wahrheit herausrücken sollte. Und klären Sie ihn darüber auf, dass es sich mildernd auf sein

Strafmaß auswirkt, wenn er zur Aufklärung des Mordfalls beiträgt. Sie können mein Büro benutzen.“

26

Steve ging nach vorn in die Wache. Die Kaffeemaschine gluckerte, Dave schaukelte in seinem Drehstuhl. In seinem linken Ohr steckte ein Minikopfhörer, auf dem Tisch vor ihm lagen mehrere beschriebene Blätter. Offenbar hatte Penny ihn dazu verdonnert, die Befragungsprotokolle nach Übereinstimmungen und Unterschieden abzuhören.

„Wie kommst du voran?", fragte Steve.

Er nahm die Kanne aus der Maschine und schenkte sich einen Kaffee ein.

Dave verzog gequält das Gesicht. „Mühsam ernährt sich das Eichhörnchen."

Steve winkte mit der Kanne. „Willst du auch einen?"

„Immer."

Er füllte eine zweite Tasse und stellte sie auf den Schreibtisch.

„Penny meint, zwei der Jungs sind fast so weit", sagte Dave. „Gordon hat sie ganz schön bearbeitet."

„Hört sich gut an."

Steve nahm den Hörer ab und wählte die Durchwahl von einem der hinteren Räume, in dem Gordon die Befragungen durchführte. Er meldete sich nach dem dritten Klingeln.

„Ja, Chief?"

„Schick deine Kandidaten mal nach vorn."

„Aye, aye, Chief."

Steve lehnte an Daves Schreibtisch, der geschäftig Stichworte auf einen Block kritzelte, und fragte sich, woher Gordons Marotte stammte, alle Anfragen mit „Aye, aye, Chief!" zu beantworten. Er trank einen Schluck Kaffee und überlegte, ob es vielleicht verfrüht gewesen war, allen das Du anzubieten. Mit Dave und Penny kam er bestens aus, Gordon hätte er lieber auf Abstand gehalten.

Alle oder keiner, dachte er.

Zwei junge Männer tauchten in der Wache auf und rissen ihn aus seinen Gedanken.

„Wir sollen uns bei Ihnen melden", sagte der größere der beiden.

Steve nickte. „Ich biete euch eine einmalige Gelegenheit, mit einem blauen Auge aus der Sache rauszukommen."

„Wir haben Claire nichts getan. Sie war nicht mal auf dem Boot", sagte einer der beiden, ein gedrungener Kerl mit wuscheligen roten Haaren.

„Kyle hat was anderes erzählt. Er hat alles gestanden", sagte Steve. „Das solltest ihr auch tun. Es wird sich mildernd auf euer Strafmaß auswirken."

Der blonde Kumpel des Rothaarigen wurde blass.

„Wir sind unschuldig", jammerte er.

Steve ließ den Rest Kaffee in der Tasse kreisen.

„Wie ihr wollt. Constable Bailey, zeigen Sie den Herren unsere Arrestzellen."

„Was?", schrie der Dicke. „Das können Sie nicht machen."

„Kann ich. Beihilfe zu Vergewaltigung und Mord, Vertuschung einer Straftat."

„Ich will einen Anwalt sprechen“, sagte der Rothaarige.

„Wir besorgen euch einen. Wird allerdings ’ne Weile dauern, bis einer aus Guernsey eintrifft. Abführen.“

Dave machte ein verdutztes Gesicht.

„Ist etwas unklar an meiner Dienstanweisung?“, fragte Steve.

„Äh, nein. Mitkommen.“

Dave führte beide durch den Korridor nach hinten. Sie mussten an Steves Büro vorbei und machten einen Heidenlärm, zeterten, drohten und beteuerten ihre Unschuld. Nach einer Weile kam Dave zurück.

„Bist du sicher, dass wir sie festhalten dürfen?“

„In zwei Stunden lassen wir sie wieder laufen. Kyle Baxter hat todsicher die Ohren gespitzt. Er wird glauben, dass die beiden

gestanden haben, also wird sein Anwalt ihm raten, es ebenfalls zu tun.“

Dave nickte stirnrunzelnd. „Verstehe.“

„Ich geh mal frische Luft schnappen.“

Er verließ das Revier durch den Hinterausgang. Das Prepaidhandy war seit gestern stumm geblieben. Es machte ihn verrückt, dass er nicht wusste, wo Abby und Ivy waren und ob es ihnen gut ging. Hatten Sorokins Leute ihren Standort ausfindig gemacht? Lebten die beiden überhaupt noch? Wahrscheinlich, sonst hätte Matt ihn angerufen. Es sei denn, man hatte ihn nicht informiert.

Es war nicht nur die Unwissenheit und die Sehnsucht, die ihn den Schlaf kosteten, ihn quälte sein Gewissen. Schließlich hatte er Abby dazu überredet, Sorokin abzuzocken und hinter Gitter zu bringen.

Er verließ den Hinterhof über die Ausfahrt für die Polizeifahrzeuge und ging zu Fuß zum dreihundert Meter entfernten Telefonladen. Dort kaufte er drei SIM-Karten und steckte eine davon in das Prepaidhandy. Dann rief er Matt an.

„Du sollst dich nur im Notfall bei mir melden, Tom!“, schimpfte der.

„Ich habe den Kontakt zu Abby verloren.“

„Den du gar nicht haben dürftest.“

„Wohin haben sie sie gebracht?“, fragte Steve.

„Ich weiß es nicht.“

„Dann finde es heraus.“

„Das ist nicht so einfach. Warum, glaubst du, heißt dieses Programm Zeugenschutz?“

„Ich will nur wissen, ob sie okay sind.“

Matt seufzte. „Verrate mir lieber, wie es dir geht.“

„Ich würde mich besser fühlen, wenn Abby und ihr Kind bei mir wären. Niemand kann so gut auf sie aufpassen wie ich.“

„Das ist unmöglich, und das weißt du.“

„Dann sprich mit der Innenministerin“, drängte Steve.

„Und was soll ich ihr sagen? Hör mal, Suella, altes Mädchen, kannst du meinem Kumpel Tom einen Gefallen tun? Er hat sich in den Kopf gesetzt, die wichtigste Zeugin, die wir im Prozess gegen Ted Allister und Sorokin haben, im Alleingang vor der Mafia abzuschirmen. Tom, so läuft das nicht.“

„Das Warten macht mich krank.“

„Hab Geduld, der erste Verhandlungstag ist für den 2. Februar angesetzt. Und jetzt erzähl mir etwas über den

Mord auf Alderney. Der Fall hat Wellen bis nach London geschlagen. Ich brauche dir nicht zu sagen, dass das Interesse an einem möglichen Aufleben der Flutmorde ein Risiko für dich darstellt. Halte unter allen Umständen dein Gesicht aus den Medien heraus."

„Vielleicht sollten wir Ian Laney mit ins Boot holen", überlegte Steve. „Ihm könnte mein Verhalten, die Öffentlichkeit zu meiden, sonst merkwürdig vorkommen. Du weißt, wie das läuft. Er fängt an, Fragen zu stellen, Gerüchte machen die Runde, und irgendwann kannst du es nicht mehr kontrollieren."

„Ich denke darüber nach", sagte Matt.

„Was den Mord an Claire Martin angeht", entgegnete Steve, „könnte ich deine Hilfe gebrauchen."

„Ich bin ganz Ohr. Je schneller du den Fall aufklärst, desto besser."

„Ich habe einen Verdächtigen in der Mangel. Könnte aber sein, dass ich den Falschen habe. Ich glaube, er hat das Mädchen vergewaltigt, aber nicht getötet. Vielleicht war es auch ein Unfall, den sie vertuschen wollten. Aber wenn ich mich irre und der Täter vor zwanzig Jahren unbehelligt blieb, wird es nicht bei einem Mord bleiben."

„Wen hast du im Auge?"

„John Baxters Sohn Kyle."

Matt stöhnte. „Du lässt auch kein Fettnäpfchen aus, was?"

„Ich habe mir das nicht ausgesucht, Matt. Kannst du mal überprüfen, ob es nach dem Ende der Flutmorde 2002 ähnliche ungelöste Mordfälle in anderen Landesteilen gab? Ich könnte mich an die Kollegen in

Southampton wenden, aber das Risiko, dass ich an jemanden gerate, mit dem ich mal zusammengearbeitet habe und der mich wiedererkennt, ist zu groß.“

„Ich kümmere mich darum.“

„Sag Abby, dass ich sie liebe, wenn du sie sprechen kannst.“

„Halt die Ohren steif, Tom.“

Matt legte auf. Steve nahm die Karte aus dem Telefon, knickte sie und warf sie in einen Abfalleimer. Dann ging er zum Revier zurück. John Baxter saß breitbeinig auf einem Stuhl in der Wache und telefonierte lautstark. Als Steve den Raum betrat, steckte er sein Handy ein, klatschte sich auf die Schenkel und stand auf.

„Endlich. Haben Sie Ihren Spaziergang genossen, Chief Cole?“

„Hab ich.“

„Was dagegen, wenn ich bei der weiteren Vernehmung anwesend bin?“

Steve grinste. „Nein. Sie dürfen der Hinrichtung beiwohnen.“

Baxter lief rot an, erwiderte aber nichts. Er stapfte aus der Wache und folgte Steve in dessen Büro. Tim Haggan bewahrte sein Pokerface, Kyle hockte sichtlich eingeschüchtert auf seinem Stuhl und kaute an den Fingernägeln. Sein Vater zog es vor zu stehen und lehnte sich gegen die Fensterbank.

„Hast du deine Aussage überdacht?“, fragte Steve. „Willst du etwas ändern oder hinzufügen?“

„Mein Mandant möchte einige Anmerkungen machen“, sagte Haggan.

„Dann mal los.“

Steve zog ein altmodisches Diktiergerät aus der Schublade und schaltete es ein.

„Sie war an Bord“, sagte Kyle, „ich meine Claire Martin.“

„Diese Aussage ist nicht vor Gericht verwertbar“, fuhr Baxter dazwischen. „Sie kommt unter enormem Druck zustande.“

Steve schaltete das Diktiergerät aus.

„Mr Haggan, würden Sie bitte ...?“

Der Anwalt drehte sich zu Baxter um und wechselte leise einige Worte mit ihm.

„Wir können fortfahren“, sagte er dann.

Steve drückte die Aufnahmetaste.

„Claire hatte eine Freundin mitgebracht, ’ne Touristin oder so. Sie kam vom Festland.“

„Emily Gray.“

„Kann sein. Ich hab mir den Namen nicht gemerkt.“

„Und Patrick Bell?“

„Der war nicht gekommen. Er hat sich wirklich mit Claire gestritten. Sie kam trotzdem, aber ohne ihn.“

„Okay. Weiter.“

Kyle zuckte mit den Schultern. „Es war alles so, wie ich gesagt habe. Ich hab die Abigail aus dem Hafen gesteuert, um Ärger mit Lewis aus dem Weg zu gehen. In der Bucht im Osten ging die Party richtig los. Nur Claire war mies drauf, weil sie sich mit Pat gestritten hatte. Ich musste sie ein bisschen bearbeiten. Hab ihr gesagt, sie soll ihm den Laufpass geben.“

„Du wolltest ihm die Freundin ausspannen?“

„So würde ich das nicht nennen. Claire stand auf mich, sie war nur noch nicht ganz sicher, wohin die Reise gehen sollte. Sie wissen, wie die Chicks ticken.“

„Du musstest sie ein bisschen überreden“, sagte Steve, „mit K.-o.-Tropfen.“

Kyle hob abwehrend die Hände. „Ich hab das Zeug nicht besorgt, das war Joey. Dieser Idiot hat’s den Mädchen reihum in die Drinks gekippt. Er sagte: ‚Pass auf, das wird lustig.‘ Ich hab ihn machen lassen, weil ich dachte, es wäre Crack oder so ’n Zeug, das pusht die Mädchen ein bisschen und hebt die Stimmung. Ich wusste nicht, dass es K.-o.-Tropfen waren.“

„Weiter.“

„Nach ’ner Weile grinst mich Joey an und sagt: ‚Claire ist jetzt so weit.‘ Ich geh also unter Deck, und da liegt sie in der Bugkabine, total benommen von dem Zeug. Ich mach mit ihr ein bisschen rum, aber es fühlt sich an, als würde man’s mit ’ner Gummipuppe treiben. Dann kommt sie plötzlich zu sich und fängt an zu schreien. Irgendwie hat das Zeug bei ihr nicht so gewirkt, wie es sollte. Und dann ...“ Kyle fuhr sich über den Mund, er schwitzte, seine Augen wurden riesengroß, als hätte er ein Gespenst gesehen. „... auf einmal war die andere da.“

„Emily“, sagte Steve.

Er nickte krampfhaft. „Mann, die ist total ausgerastet. Alles an ihr war ... echt krass ... ihre Stimme hatte sich verändert und klang gar nicht mehr wie ihre eigene – irgendwie tiefer. Sie war wütend wie ’ne Bulldogge, der man ’nen Arschtritt verpasst hat, und hatte ’ne Mordskraft, die ich ihr gar nicht zugetraut hatte. Sie packte mich und zog mich von Claire weg, als wär ich ein kleiner Junge.“

Kyle hob hilflos die Hände. „Schauen Sie mich an, Chief. Ich wiege zweihundert Pfund und bestehe nur aus Muskeln. Aber ich konnte mich kaum gegen diese

Furie wehren. Die anderen hatten das Geschrei gehört und kamen unter Deck. Sogar zu dritt war die Verrückte kaum zu bändigen. Die hatte Schaum vor dem Mund! Sie hat zwei von uns gebissen und Joey fast den Arm gebrochen."

„Was habt ihr gemacht?", fragte Steve.

„Ich hab 'ne Gelegenheit abgepasst und ihr eine geknallt, das hat sie 'ne Sekunde aufgehalten. Dann sind wir rauf an Deck und haben die Tür hinter uns verriegelt. Ich bin aus der Bucht rausgefahren, wollte zurück zum Hafen. Die ganze Zeit hörte ich, wie die Irre da unten das Boot zerlegte. Nach 'ner Viertelstunde wurde es auf einmal still. Die K.-o.-Tropfen fingen an zu wirken – später als bei den anderen Mädchen, aber sie wirkten. Vielleicht hatte sie weniger von dem Zeug getrunken als die anderen. Ich hab dann vor dem Corblets Beach haltgemacht."

„Warum?"

„Weil ich den Dummkopf dazu gezwungen habe", dröhnte Baxter. „Ich war auf Guernsey. Als ich wiederkam, war die Jacht verschwunden. Ich habe die Feier nur unter der Bedingung erlaubt, dass die Abigail im Hafen bleibt."

„Ich kann mit dem Boot umgehen", gab Kyle giftig zurück.

„Wenn du nüchtern bist. Es hätte noch gefehlt, dass du betrunken auf ein Riff läufst, weil du deine Kumpels beeindrucken willst. Also bin ich mit dem Motorboot raus, um sie zu suchen."

„Der Hafenmeister hat ausgesagt, dass Sie nicht allein waren", sagte Steve. „Wer war der zweite Mann?"

„Chuck Wakeman, mein engster Mitarbeiter. Er kümmert sich um solche kleinen Problemfälle.“

Steve nickte. „Weiter.“

„Ich bin an Bord gegangen und habe die Bescherung gesehen“, sagte Baxter. „Das Boot war verdreckt und vollgekotzt, die Irre hatte die Inneneinrichtung zerlegt. Die Mädchen waren bewusstlos, aber es ging ihnen gut. Wir haben sie mit dem Motorboot an den Strand gebracht, wo sie ihren Rausch ausschlafen sollten. Das ist nicht strafbar. Und eine Vergewaltigung hat’s auch nicht gegeben.“

„Aber einen Mord“, erwiderte Steve.

„Die beiden haben gelebt, als wir sie an Land gebracht haben“, beharrte Baxter. „Wakeman und mein Sohn können das bezeugen.“

Haggan schob seinen Stuhl zurück. „Damit hätten wir den Sachverhalt geklärt. Es liegt keine Straftat vor, darum werde ich meinen Mandanten jetzt mitnehmen.“

„Nicht so hastig“, sagte Steve. „Die Verabreichung von Betäubungsmitteln gegen den Willen des Betroffenen betrachte ich als gefährliche Körperverletzung. Ob eine Vergewaltigung stattgefunden hat oder nicht, wird die gerichtsmedizinische Untersuchung zeigen. Außerdem haben Sie sich der unterlassenen Hilfeleistung schuldig gemacht. Schließlich bleibt noch zu klären, wer Claire Martin gefesselt und der Flut überlassen hat.“ Steve lehnte sich zurück. „Was auf der Jacht geschehen war, muss Sie doch ganz schön nervös gemacht haben, Mr Baxter. Die Präsidentschaftswahlen stehen vor der Tür, da können Sie keinen Skandal gebrauchen. Was liegt da näher, als alle, die Ihnen gefährlich werden könnten, zum Schweigen zu bringen?“

„Sie sind ja verrückt. Ich begehe doch keinen Mord, um in ein Amt gewählt zu werden – und sei es noch so begehrenswert."

„Wirklich nicht? Morde wurden schon aus deutlich geringfügigeren Motiven begangen. Sie kannten die Horrorgeschichten über die Flutmorde wie jeder auf Alderney. War es Ihre Idee, die Verbrechen nachzuahmen? Oder hat Kyle Sie darauf gebracht?"

„Das sind doch pure Spekulationen, Chief Cole", warf Haggan ein. „Sie können nichts von alledem beweisen.

„Warten Sie's ab, Mr Haggan. Vor zwei Stunden konnte ich auch noch nicht beweisen, dass die beiden Mädchen auf der Abigail waren. Claire Martin ist definitiv ertrunken. Die Frage ist, wo und warum?"

„Sie verrennen sich in eine wilde Theorie."

„Tatsächlich? Ich glaube, dass Claire bei einem Badeunfall ums Leben kam. Um einen Skandal zu vertuschen, hat man sie hergerichtet, als wäre sie ein Opfer des zurückgekehrten Killers." Er blickte Kyle an. „Wenn du um eine Mordanklage herumkommen willst, solltest du jetzt mit der ganzen Wahrheit herausrücken."

„Mord? He, das können Sie nicht machen. Ich hab ihr nichts getan. Kann ich gehen?"

„Keine Chance. Du bleibst hier, bis der Haftrichter entscheidet, ob die Beweislage für eine Untersuchungshaft ausreicht."

„Mit welcher Begründung?", fragte Haggan.

„Flucht- und Verdunkelungsgefahr. Die Abigail ist vorerst beschlagnahmt, niemand geht an Bord. Ich werde einen Durchsuchungsbeschluss beantragen.

Wir werden etwas finden, glauben Sie mir, Mr Haggan. Wir finden immer etwas.“

Baxter sprang auf.

„Tun Sie doch was, Sie Versager. Der Kerl ist ja größenwahnsinnig.“

Steve griff zum Telefon. „Sergeant Lyme, würden Sie bitte Kyle in einer bequemen Zelle unterbringen?“ Er legte auf. „Und Sie erwartet eine Strafanzeige wegen unterlassener Hilfeleistung, Mr Baxter.“

Haggan bemühte sich, seinen Boss zu beruhigen.

„Damit kommt er nicht durch. In ein paar Stunden ist Ihr Sohn wieder frei.“

Es klopfte. Gordon trat ein und nahm Kyle mit, der lautstark Verwünschungen ausstieß. Haggan schob Baxter aus dem Zimmer. Pennys Haarschopf tauchte kurz darauf im Türrahmen auf.

„Hast du wirklich genug, um ihn festzunageln?“

„Ich kann ihn vierundzwanzig Stunden einsperren. So lange lassen wir ihn schmoren. Wenn wir Glück haben, ist der Haftrichter auf unserer Seite, wenn nicht … ich habe mehr als einmal erlebt, dass eine Zelle und ein paar Gitter die besonders harten Jungs über Nacht windelweich machen.“

„Wir können ihm nicht mal die Vergewaltigung nachweisen“, sagte Penny. „Es könnte jeder von ihnen gewesen sein. Wenn sie dichthalten, müssen wir sie alle laufen lassen.“

„Warten wir den DNA-Abgleich mit den Hautresten unter den Fingernägeln von Claire ab“, sagte Steve. „Ruf Guernsey an. Wir brauchen die Spurensicherung. Sie sollen jeden Quadratzentimeter von Baxters Jacht unter die Lupe nehmen. Vielleicht bringst du ja auch eins der Mädchen zum Reden."

Penny lachte. „Die stecken die Jungs in die Tasche, was das Dichthalten anbelangt. Die lügen wie gedruckt."

„Obwohl man sie unter Drogen gesetzt hat?"

„Das bleibt an Joey kleben. Sie wollen es sich nicht mit Baxter verderben."

„Wir müssen unbedingt mit Patrick Bell sprechen."

„Seine Mutter hat mir seine Handynummer gegeben. Ich hab ihm auf die Mailbox gesprochen, aber er hat sich noch nicht gemeldet."

„Dann weiß ich auch nicht weiter", sagte Steve.

Er ging ans Fenster und blickte auf die Straße hinaus. Haggan und Baxter stiegen in einen schwarzen SUV. Als der Wagen anfuhr, erhellte die tief stehende Sonne für einen Moment das Gesicht des Fahrers. Steve erstarrte. Der Mann hinter dem Steuer war Juan Cataldo, Sorokins Geldeintreiber und Auftragskiller, der nach der missglückten Razzia im *Red Door* spurlos verschwunden war.

27

Alderney, 21. September

Emily überlegte, ob das Loch groß genug war. Sie versuchte, die Zigarrenkiste hineinzulegen, aber es gelang ihr nicht. Mit einer Gartenkelle vergrößerte sie die Ränder der Grube, bis die Kiste hineinpasste. Nachdenklich betrachtete sie ihr Werk. War es richtig bemessen, um als Grab zu dienen? Sie erinnerte sich an den Tag, an dem ihre Großmutter beerdigt worden war. Emily hatte sich vor dem Friedhof gefürchtet und vor den Toten, die in der Erde ruhten. Der Sarg war langsam in der Tiefe verschwunden, bis sie ihn nicht mehr sehen konnte, ohne ganz nah an den Rand der Grube zu treten.

Sie hob die Zigarrenkiste heraus und stocherte in der schweren, feuchten Erde, bis sie mit dem Ergebnis zufrieden war. Diesmal passte die Kiste in die Grube. Emily sprach eines der wenigen Gebete, die sie kannte. Dann schaufelte sie das Loch zu, bis ein kleiner Hügel darauf thronte, verstreute eine Handvoll Wildblumen darüber und wischte sich die Hände an den Hosennähten ab. Nun war Eliot tot und begraben. Eine Weile stand sie unter der Linde und lauschte auf den Wind, der leise im Blattwerk raschelte. Dann ging sie zum Haus zurück.

Emily erwachte aus Erinnerungen, die einer tiefen Trance glichen. Der Name auf dem Grabstein vor ihr verschwamm, löste sich auf und bildete sich neu.

„Albert Evans 6.5.1954-13.10.2002“, stand in schlichten Messinglettern auf dem polierten Stein, der ein einfaches Wiesengrab auf dem Parish Church Grave Yard kennzeichnete.

Widerstrebend kehrte sie in die Gegenwart zurück. Die Bilder, die sich ihr aufgedrängt hatten, verblassten allmählich wie ein intensiver Traum, aus dem sie erwacht war. Die neu gewonnene Erinnerung blieb. Am 13. Oktober 2007 hatte sie den symbolischen Akt der Trennung von Eliot vollzogen. Emily war gerade elf geworden. Sie entsann sich genau an diesen Tag, weil sie wie jedes Jahr den Geburtstag ihres imaginären Freunds gefeiert hatte. In jenem Herbst gedachte sie seiner zum letzten Mal, denn aus irgendeinem Grund – vielleicht war es das Heranwachsen ihres eigenen Bewusstseins gewesen – spürte sie, dass es Zeit war, sich von ihm zu verabschieden. Sie war nun stark genug, um sich dem Leben und seinen komplizierten Herausforderungen allein zu stellen. Sie brauchte Eliot nicht mehr.

Im Lauf der Jahre hatte sie ihn vergessen. Nun war er wieder da, und mit ihm kehrte die Erinnerung zurück. Was Bob Hill mit der Rückführung in ihre Kindheit nicht vermocht hatte, bewirkte der Anblick der Grabinschrift. Das Todesdatum ihres Vaters war der Trigger, der jenen verhängnisvollen Tag aus dem Dunkel der Vergangenheit wieder aufleben ließ. In ihrem Kopf blitzten einzelne, zusammenhanglose Bilder auf, zwischen denen große Lücken klafften. Aber diese wenigen Erinnerungsfetzen reichten, um Zweifel an Randalls Geschichte zu säen. Sie passte nicht zu der Vision, die allmählich in ihrer verletzten Seele ans Licht drängte.

Ein kalter Windstoß fegte über den Friedhof und brachte den Geruch von Salz und Meer mit sich. Das launische Septemberwetter war umgeschlagen, ein kräftiger Wind jagte tief hängende Regenwolken über den Himmel, Sturm lag in der Luft. Emily schlug den Kragen ihrer Jacke hoch und strebte eilig dem Ausgang zu.

Damals war Eliot ihr Freund gewesen, ein Ratgeber und Helfer, der treu an ihrer Seite stand und ihr nie etwas Böses wollte. Doch er hatte sich verändert, war älter und stärker geworden als ihr eigenes Ich. War er noch derselbe Beschützer, den sie unter der Linde beerdigt hatte, oder hatte er heute ganz andere Absichten? Darüber nachzudenken war verwirrend und angsteinflößend. Wer war dieser Eliot? Nur ein Teil ihrer Persönlichkeit, der zum Leben erwacht war, weil sie es zuließ, oder ein unabhängiger Geist, der sie zeitweise beherrschte? War die Emily Gray, die sie im Spiegel betrachtete, nur eine Illusion, die er ihr vorgaukelte, oder die Realität? Wenn ihre Absichten und Ziele voneinander abwichen, wer von ihnen würde sich dann als mächtiger erweisen?

Zwar war es ihr gelungen, Licht ins Dunkel ihrer Amnesie zu bringen, aber sie empfand inzwischen das seltsame Gefühl, all das sei jemandem passiert, den sie nur flüchtig kannte. Der erste Schock, den Randalls Bericht in ihr ausgelöst hatte, war einer Gleichgültigkeit gewichen, die sie verwirrte und ängstigte. Es kam ihr vor, als wäre sie zufällig Zeugin eines Gesprächs geworden, das sie jedoch in keiner Weise selbst betraf.

Weil es Eliot ist, der all das erlebt hat, dachte sie, nicht ich.

Emily blieb stehen und blickte zum Grab ihres Vaters zurück. Die Frage, die sie am meisten beunruhigte, hatte sie sich noch gar nicht gestellt: Wenn Eliot ein Teil von ihr war, konnte sie ihn dann überhaupt besiegen und ein zweites Mal begraben? Würde er von selbst verschwinden, wenn die Zeit reif dafür war? Es war, als jagte sie sich selbst. Sosehr sie sich auch anstrengte, sie würde sich niemals einholen können.

Zwei weitere Fragen blieben offen: Wer hatte die Kellerwand im Pfarrhaus zugemauert und warum? Und wer war der unbekannte Mann, der Eliot in ihr geweckt hatte? Gab es ihn überhaupt, oder war auch er nur ein Produkt ihrer Einbildungskraft?

Sie schob diesen letzten Gedanken weit von sich, bedeutete er doch, dass sie Vision und Realität nicht mehr auseinanderhalten konnte. Sie war fest davon überzeugt, dass sie ihm in Southampton und später auf der Fähre begegnet war. Er hatte sie durch Saint Anne gejagt und war ihr in finsterer Absicht in den Bunker gefolgt, daran konnte kein Zweifel bestehen. Und schließlich war Claire nicht von einem imaginären Wesen getötet worden, sondern von einem brutalen Killer aus Fleisch und Blut.

Traumwandlerisch legte sie den Weg zum Braye Beach Hotel zurück, ging auf ihr Zimmer und begann zu packen. Mehr würde sie auf Alderney nicht erreichen. Einen Mörder zu jagen war Aufgabe der Polizei.

Als sie im Bad den Reißverschluss ihrer Toilettentasche zuzog, klingelte ihr Handy.

„Mignot Memorial Hospital, Dr. Hopkins am Apparat. Spreche ich mit Miss Emily Gray?"

Sie bejahte.

„Im Royal Connaught Care Home war man so freundlich, mir Ihre Nummer zu geben", sagte Hopkins. „Könnten Sie hierher in die Klinik kommen?"

„Worum geht es denn?"

„Vikar Randall wurde gestern Abend mit dem Verdacht auf Herzinfarkt eingeliefert. Sein Zustand hat sich im Lauf der Nacht verschlechtert. Er weiß, dass er sterben wird, und er möchte Ihnen unbedingt etwas mitteilen, Miss Gray. Es scheint ihm sehr wichtig zu sein."

„Ich komme."

„Bitte beeilen Sie sich. Ich weiß nicht, wie lange er noch ansprechbar sein wird."

Emily legte auf. Chief Coles Vermutung, dass Randall nicht die ganze Wahrheit gesagt hatte, schien sich zu bestätigen. Der alte Mann wollte sein Gewissen erleichtern, bevor er seinem Schöpfer gegenübertrat.

Das Mignot Memorial lag nur einen Kilometer von Braye Beach Hotel entfernt. Emily erreichte die Klinik in wenigen Minuten zu Fuß. Sie meldete sich am Empfang und wurde sofort zu Dr. Hopkins durchgelassen.

„Mir scheint, er klammert sich ans Leben, weil er noch etwas zu erledigen hat", sagte er.

Hopkins' Handy summte. Er deutete den Hauptkorridor der Intensivstation entlang.

„Die dritte Tür auf der linken Seite. Ich muss in die Notaufnahme. Heute ist hier die Hölle los."

Große Glasscheiben flankierten den Gang auf beiden Seiten. Hinter den meisten waren Jalousien herabgelassen. Durch die Ritzen konnte Emily schemenhaft Patienten in Intensivbetten sehen. Irgendwo ertönte ein Alarm. Zwei Pfleger eilten an ihr vorbei, ohne Notiz von ihr zu nehmen.

Die Tür zu Randalls Zimmer war angelehnt. Emily schob sie zögernd auf und stieß einen leisen Schrei aus. Der alte Vikar lag auf dem Rücken und starrte blicklos an die Decke. Neben dem Bett stand der fahlblonde Mann mit den grau-violetten Augen, der ihr nach Alderney gefolgt war. Er hielt ein Kissen in den Händen und blickte sie mit einer Mischung aus Überraschung, Neugier und Mordlust an.

Bevor sie reagieren konnte, stieß er sie zur Seite und stürzte auf den Korridor hinaus. Einen Augenblick war sein Gesicht ganz nahe. Eine elementare Furcht erfüllte Emily. Im Zeitraffer liefen die vergessenen Jahre ihrer frühen Kindheit vor ihren Augen ab, ehe sie in Sekundenschnelle wieder ins Dunkel des Unbewussten hinabtauchten.

Sie prallte mit dem Rücken gegen einen Rollwagen. Nierenschalen, Spritzbestecke und Ampullen fielen zu Boden, der Wagen krachte scheppernd gegen die Wand. Der Lärm löste sie aus ihrer Starre. Sie lief auf den Korridor hinaus. Neben Randalls Zimmertür blinkte ein rotes Warnlicht, eine Krankenschwester streckte alarmiert den Kopf aus dem Stationszimmer. Am anderen Ende des Ganges verschwand ein verwischter Schatten hinter der Biegung.

Für Randall konnte sie nichts mehr tun. Was immer er ihr hatte anvertrauen wollen, nahm er mit ins Grab. Das Gesicht seines Mörders aber kannte sie. Wenn sie ihn der Polizei übergab, würde er nicht nur zur Rechenschaft gezogen werden, sondern musste auch sein Geheimnis preisgeben. Er hatte den Vikar getötet, weil er ebenfalls wusste, was damals wirklich im Pfarrhaus geschehen war, und weil er verhindern wollte, dass Randall redete. Er war der Schlüssel zu ihrem Seelenfrieden und zugleich Eliots Totengräber. Ihr blieb keine Wahl, sie musste ihn verfolgen.

Sie lief den Korridor entlang und achtete nicht auf die Rufe der Pfleger. Ob sie glaubten, dass sie Randall umgebracht hatte? Dr. Hopkins konnte bezeugen, dass sie die Letzte gewesen war, die das Zimmer betreten hatte. Der Mörder hatte sich aus dem Staub gemacht, bevor der Alarm die Pflegekräfte erreichte – ein weiterer Grund, warum Emily ihn um keinen Preis aus den Augen verlieren durfte. Wenn sie nicht beweisen konnte, dass er existierte, hatte sie ein Problem.

Zwei Gänge führten in entgegengesetzte Richtungen. Der linke endete vor einer Tür mit der Aufschrift *Chirurgie*, der rechte mündete in einer Halle mit einem Wartebereich für Patienten und Besucher. Emily drehte sich im Kreis, entdeckte aber keine Spur des Unbekannten.

Sie drückte die Glastür auf und lief ins Freie. Der Wind hatte gedreht und trieb schiefergraue Regenwolken vor sich her. Es regnete in Strömen. Emily blieb unter dem Vordach stehen und sah sich um. Ein Krankenwagen stand in dem Wendekreis vor der Klinik, die gelbe Warnlackierung leuchtete grell in dem unwirklichen Zwielicht, Land und Meer verschwammen zu einem diffusen Grau.

Sie spurtete die Trinity Lane entlang nach Norden und überquerte die Route de Crabby. Die Anhöhe, auf der sich die alte Festung Fort Doyle erhob, trennte die Platte Saline in zwei Teile.

Dann sah sie ihn. Er stand auf der freien Fläche etwa zwanzig Meter vor dem Eingang des Forts. Der Wind zerrte an seiner Jacke, Regen tropfte aus seinem blonden Bart. Sein Mund verzog sich zu einem Lächeln, die Augen jedoch blieben kalt und ausdruckslos. Er drehte sich um und ging auf die Klippen zu. Nach wenigen Schritten blieb er stehen und blickte sich um, als wolle er sichergehen, dass Emily ihm folgte. Dann setzte er seinen Weg zur Festung fort, verschmolz mit den Regenschleiern und verschwand so plötzlich, als sei er nicht real, sondern nur ein Hirngespinst ihrer traumatisierten Seele.

Sie suchte in den Taschen ihrer Jeans nach der Visitenkarte von Steve Cole, fand sie und rief ihn an.

„Police Station Saint Anne. Constable Bailey am Apparat.“

„Emily Gray. Ich muss Chief Cole sprechen, dringend.“

„Worum handelt es sich?“

„Sagen Sie ihm, dass ich den Mann gefunden habe, den wir suchen. Er hat Vikar Randall getötet.“

„Einen Augenblick bitte.“

Es klickte in der Leitung, dann hörte sie die Stimme des Chiefs.

„Wo sind Sie, Emily?“

„Westlich des Hafens, in der Nähe von Fort Doyle. Der Mann, der mich verfolgt hat, ist hier. Er hat Randall ermordet.“

„Bleiben Sie, wo Sie sind, und unternehmen Sie nichts. Gehen Sie kein Risiko ein. Wir kommen.“

„Ich kann ihn nicht mehr sehen. Es ist verschwunden, als hätte er sich in Luft aufgelöst. Beeilen Sie sich.“

Der Chief legte auf. Vom Polizeirevier zum Hafen waren es keine zwei Kilometer. In ein paar Minuten würde Cole hier sein. Sie hielt Ausschau nach dem Mörder. Wenn sie seine Spur verlor, würde sie selbst unter Verdacht geraten, einen Mord begangen zu haben. Sie hatte zwar kein Motiv, Randall zu töten, aber wenn die Polizei sich eingehender mit ihr beschäftigte, würde sie von ihrem Besuch bei Robert Hill erfahren, von den Blackouts und von Eliot. Mit jedem Detail, das Cole über sie erfuhr, würden ihre Aussagen unglaubwürdiger erscheinen.

Emily lief auf die alte Festung zu. Der stürmische Wind peitschte ihr Regenschleier ins Gesicht, bald war sie bis auf die Knochen durchnässt. Rechts von ihr glaubte sie eine hastige Bewegung zu erkennen, einen Schatten, der sie beobachtet hatte und nun schnell in Deckung ging.

Sie lief ein paar Schritte in seine ungefähre Richtung, als plötzlich der Boden unter ihr nachgab. Instinktiv versuchte sie, ihren Fall zu bremsen, und suchte nach Halt. Ein scharfer Schmerz schnitt in ihre linke Hand, dann prallte sie mit dem Hinterkopf gegen die Wand des Grabens und verlor das Bewusstsein.

Die Ohnmacht dauerte nur einen Wimpernschlag. Sie fühlte sich an wie ein Riss in Raum und Zeit, der sich aufgetan und in Gedankenschnelle wieder geschlossen und die Welt, die sie kannte, dahinter zurückgelassen hatte. Emily lag im nassen Gras und blickte in den grauen Himmel, an dem Sturmwolken dahinjagten.

„Hi Emmy", sagte jemand mit einer männlichen Stimme, die ihr vage vertraut vorkam.

„Wir haben uns lange nicht gesehen. Mein kleines Mädchen ist heimgekehrt. Der Kreis schließt sich."

Sie drehte den Kopf, der Stimme entgegen.

„Ich freue mich auch, dich zu sehen", sagte sie. „Lass uns ein bisschen Spaß haben. Ich kann's kaum erwarten, dich ersaufen zu sehen, wenn die Flut kommt."

Der Mann blickte sie irritiert an.

„Ich bin nicht deine kleine Emmy, ich bin Eliot, du Scheißkerl. Und du wirst dir gleich wünschen, mich nie kennengelernt zu haben."

Der Körper, in den sie zurückfiel, fühlte sich gut an. Stark und mächtig und unbesiegbar.

28

„Emily? Können Sie mich hören?"

Steve schob seine Hand unter ihren Hinterkopf. Ihre Augenlider flatterten, sie kam zu sich und blickte verwirrt um sich.

„Wo ... wo bin ich? Was ist passiert?"

„Das würde ich gerne von Ihnen wissen. Ich hatte Sie gewarnt, allein die Verfolgung aufzunehmen."

Ein Wagen näherte sich, Blaulicht blitzte durch den trüben Nachmittag. Auf der Krone des alten Schützengrabens tauchten zwei Sanitäter und ein Notarzt auf. Sie suchten einen Weg hinab und begannen, Emily zu versorgen. Steve sah sich mit routinierten Blicken um. Auf dem sandigen Boden und an einem scharfkantigen, verwitterten Stützpfahl klebte Blut. Die Spuren mussten so schnell wie möglich gesichert werden, bevor der Regen sie vernichtete. Er stieg aus dem Graben und winkte Dave heran.

„Siehst du die Blutspuren?"

Dave nickte und tippte eifrig an seine Dienstmütze.

„Vor vier Monaten habe ich einen Spurensicherungskurs auf Guernsey absolviert. Ich weiß, was zu tun ist. Für so was haben wir einen Notfallkoffer im Revier."

„Tatsächlich? Dann zeig mal, was du gelernt hast."

Die Sanitäter halfen Emily auf die Beine.

„Wir bringen sie ins Mignot Memorial", sagte der Notarzt.

„Ich komme mit."

Steves Handy vibrierte in der Jackentasche. Er zog es heraus und meldete sich.

„Was gibt's, Penny?"

Die Eltern der beiden Jungs, die wir in Arrest genommen haben, stehen mit ihren Anwälten vor der Tür. Sie verlangen ausdrücklich, den Chief zu sprechen."

„Schenk Ihnen einen Kaffee ein, und erklär ihnen, dass ihre missratenen Sprösslinge über Nacht unsere Gäste sind. Lass dich auf keine Diskussion ein. Heißt einer von ihnen mit Vornamen Joey?"

„Joey Harper. Er hatte zu Beginn der Vernehmungen die größte Klappe, ist aber ziemlich kleinlaut geworden, seit er hinter Gittern sitzt."

„Spiel sie gegeneinander aus. Hol seinen Kumpel aus der Zelle, und warte eine halbe Stunde. Dann gehst du zu Joey und behauptest, sein Freund wäre eingeknickt und hätte Kyle Baxters Aussage bestätigt. Sag ihm, wir wüssten jetzt, dass er es war, der den Mädchen die K.-o.-Tropfen in die Drinks gekippt hat."

„Und wenn er nicht darauf reinfällt?"

„Er wird, verlass dich drauf. Wenn er erfährt, dass sein Zellengenosse gehen kann, wird er reden wie ein Wasserfall."

„Okay."

„Gordon soll die Befragungsprotolle für den Haftrichter aufsetzen. Die müssen heute noch raus. Kyle Baxters Aussage habe ich mitgeschnitten. Das Diktiergerät liegt auf meinem Schreibtisch. Die Mädchen können nach Hause. Sie sind Opfer, keine Täter."

Im Hintergrund wurden ärgerliche Stimmen laut.

„Hier ist ganz schön was los. Wann kommst du zurück?", fragte Penny. Ihre Stimme klang unsicher.

„Das wird eine Weile dauern. Scheint so, als hätte jemand Vikar Randall umgebracht."

„Wer ist denn so krank und ermordet einen harmlosen alten Mann?"

„Vielleicht war er nicht so harmlos, wie du denkst. Irgendetwas ist in dem Pfarrhaus damals passiert, von dem wir nichts wissen, und jemand will mit aller Gewalt verhindern, dass wir davon erfahren. Die Flutmorde und der Tod von Claire Martin hängen zusammen. Ich weiß nur noch nicht, wie. Kannst du mir eine Spitzhacke und einen Presslufthammer besorgen?"

„Was willst du denn damit?"

„Ein Geheimnis lüften."

„Ich habe hier alle Hände voll zu tun", stöhnte Penny.

„Okay, ich kümmere mich selbst darum. Ich muss los."

„Steve?"

„Ja?"

„Die Sache wächst uns über den Kopf. Wir sind nur zu viert, und unsere tägliche Routinearbeit müssen wir auch noch stemmen. Können wir nicht Verstärkung aus Guernsey anfordern?"

„Ungern."

Er verschwieg, dass er lieber rund um die Uhr ermitteln würde, als weiteren Staub aufzuwirbeln.

„Du willst nicht, dass Laney annimmt, du wärst auf Alderney überfordert, nicht wahr?", sagte sie.

„So was in der Art", antwortete Steve. „Ich war nicht der einzige Kandidat für die Stelle des Chiefs."

„Er wollte Gordon auf Hendersons Posten sehen, hab ich recht?", sagte Penny.

„Warum ausgerechnet Gordon?"

„Dann weißt du es nicht?"

„Was denn?"

„Er ist Ian Laneys Neffe."

Steve pfiff durch die Zähne. „Danke für den Tipp."

„Du machst deine Sache großartig, Steve. Dave und ich kommen hier klar", sagte sie. „Außerdem haben wir keine Lust, nach Gordons Pfeife zu tanzen."

„Dann schon lieber nach meiner, was?"

Penny lachte. „Wenn schon, denn schon."

„Danke für Unterstützung."

Er legte auf und machte sich auf den Weg zum Krankenhaus.

„Dr. Hopkins hat bereits versucht, Sie zu erreichen", sagte die Empfangsmitarbeiterin. „Sie finden ihn auf der Intensivstation. Durch die Doppeltür und dann den Gang entlang, am Ende links. Sie können es gar nicht verfehlen."

Steve folgte der Wegbeschreibung. Auf dem Korridor der Intensivstation standen drei Pflegekräfte und unterhielten sich aufgeregt. Als sie ihn bemerkten, verstummten sie.

„Hier entlang, Sir."

Der Pfleger deutete auf eine Tür. Steve betrat das Zimmer.

Dr. Hopkins beugte sich über ein Krankenbett, in dem eine reglose Gestalt lag. Er blickte kurz über die Schulter, als Steve eintrat, und fuhr dann fort, Randall zu untersuchen.

„Ah, unser neuer Polizeichef, nehme ich an. Seit Sie den Posten von Henderson übernommen haben, ist ganz schön was los auf der Insel."

Steve nickte zustimmend. „Eigentlich habe ich mich nach Alderney versetzen lassen, um eine ruhige Kugel zu schieben. Daraus wird wohl nichts."

Ohne ihn anzusehen, sagte Hopkins: „Soll ich mir Ihre Hüfte mal anschauen? Ihr Gangbild ist miserabel."

„Sagen Sie das dem Verrückten, der mir eine Handgranate vor die Füße gerollt hat. Sie haben mich in Brighton wieder zusammengeflickt, so gut es ging. Einen Marathon werde ich wohl nicht mehr in Bestzeit laufen, aber ich lebe noch." Er trat neben das Bett. „Können Sie schon etwas sagen?"

„Vikar Randall wurde gestern Abend mit einem Myokardinfarkt eingeliefert. Wir stabilisierten ihn und wollten heute einen Stent setzen, um das betroffene Gefäß zu weiten. Sein schlechter Allgemeinzustand ließ den Eingriff in der vergangenen Nacht nicht zu. Heute Mittag verlangte er, mit jemandem namens Emily Gray zu sprechen. Er war nicht davon abzubringen, obwohl ihn die Vorstellung sichtlich erregte. Ich machte mir große Sorgen um den alten Herrn, also rief ich im Royal Connaught an, die mir die Telefonnummer von Miss Gray gaben. Ich konnte sie erreichen, sie kam sofort. Ich sprach kurz mit ihr über Randalls Wunsch, sie zu sehen, musste dann jedoch in die Notaufnahme. Kurz darauf wurde ich zu ihm gerufen."

„Es war also kein Mord, sondern ein natürlicher Tod?", fragte Steve.

Hopkins hob ein Kissen auf, das neben dem Bett lag, und betrachtete es nachdenklich. Er untersuchte den Toten noch einmal gründlich.

„Ich würde Ihnen raten, den Coroner hinzuzuziehen, Chief Cole. Randall hat Stauungsblutungen in den Augen und eine Zyanose der Schleimhäute. Wenn mich nicht alles täuscht, wurde er erstickt.“

Steve wandte sich an den Krankenpfleger. „Miss Gray behauptet, dass sie einen Mann in Randalls Zimmer angetroffen hat.“

„Als der Alarm losging, lief ich sofort zu ihm“, sagte der Krankenpfleger.

„Wie lange dauerte es, bis Sie bei ihm waren?“

„Keine Minute. Die Stationsleitung liegt schräg gegenüber. Aus Randalls Zimmer kam eine Frau, mit der ich fast zusammenstieß. Sie rannte den Gang hinunter, als wäre der Teufel hinter ihr her. Außer ihr habe ich niemanden gesehen.“

„Nun, wir werden Gelegenheit haben, Miss Gray zu befragen“, sagte Steve. „Sie ist auf dem Weg hierher.“

„Ist sie verletzt?“, fragte Hopkins.

„Wir wissen noch nicht, was passiert ist. Verschließen Sie Randalls Zimmer, bis der Coroner eintrifft.“

Steve kehrte zur Eingangshalle zurück und befragte die Empfangsmitarbeiterin. Sie hatte beobachtet, wie Emily die Klinik verließ.

„Ich wunderte mich, weil sie es so eilig hatte. Sie rannte völlig panisch ins Freie“, erklärte sie.

„Ist Ihnen sonst noch etwas aufgefallen? Könnte sie jemanden verfolgt haben?“

„Da war niemand.“

„Sie waren die ganze Zeit über hinter dem Schalter?“,
fragte Steve.

„Vielleicht war ich mal zwei Minuten auf der Toi-
lette.“

„Vielleicht oder sicher?“

„Ja, ich war mal kurz draußen.“

„Okay, danke.“

Er sammelte Dave ein, der stolz mehrere beschriftete
Blutproben präsentierte, und fuhr mit ihm zum Revier
zurück.

„Soll ich die Sachen gleich nach Guernsey ins Labor
schicken?“

„Lass das Penny machen. Ich habe einen speziellen
Auftrag für dich.“

Dave spitzte die Ohren.

„Ich will wissen, womit Baxter sein Geld verdient“, erklärte Steve.

„Baxter hat seine Finger überall drin“, erklärte Dave,
„hauptsächlich in Immobilien und Grundstücken. Er
betreibt eine Maklerfirma in der Victoria Street.“

„Kannst du das genau herausfinden?“

„Klar. So was ist meine Spezialität. Wenn’s was zu re-
cherchieren gab, hat Bill Henderson mir absolut vertraut.“

Steve grinste zurück. „Tu ich doch auch, Dave.“

„Gibt’s etwas Konkretes, nach dem ich suchen soll?“

„Nach Verbindungen von Baxter zu einem Immobili-
enspekulanten namens Viktor Sorokin. Er sitzt zurzeit
in U-Haft in Pentonville“, sagte Steve. „Das bleibt unter
uns, okay? Kein Wort davon zu Gordon. Und ruf Mortenson an. Er soll mit seiner Truppe ins Mignot Memorial kommen. Ich warte dort auf ihn.“

„Mach ich, Chief. Was wirst *du* jetzt unternehmen?"
„Ich geh was essen."

29

Steve saß im Braye Anchor am Hafen, stocherte lustlos in einem Hummersalat und dachte über seine weiteren Schritte nach. Ob er Dave richtig einschätzte? Seit seinem Dienstbeginn auf Alderney hatte er nur wenig Gelegenheiten gefunden, sich mit den wechselseitigen Beziehungen der drei Cops zu beschäftigen. Penny vertraute er. Sie verstanden sich, ohne viele Worte zu verlieren. Gordon Lyme betrachtete er inzwischen als Konkurrenten. Er zweifelte nicht daran, dass er jeden Fehler, den Steve machte, gegen ihn verwenden würde und seinem Onkel regelmäßig Bericht über alles erstattete, was im Revier passierte. Wenn er nicht ganz falschlag, konnten sich Dave und Gordon nicht ausstehen, was ihm einen zweiten Verbündeten verschaffte. Es stand also drei gegen einen – keine schlechte Ausgangslage. Leicht amüsiert stellte er fest, dass er bereits dachte und handelte, als wolle er hier Wurzeln schlagen – was er niemals vorgehabt hatte.

Er bezahlte das Essen und nahm sich eine Flasche alkoholfreies Bier mit auf den Weg. Der Regen legte eine Pause ein, durch die Wolkenlücken blitzte die Sonne. Steve wanderte den Breakwater-Damm entlang, bis er sicher war, dass niemand unbemerkt ein Telefongespräch mithören konnte. Dann steckte er eine neue SIM-Karte in das Prepaidhandy und wählte Matt

Frazers Nummer. Sein alter Freund meldete sich nach dem dritten Klingeln.

„Warum werde ich das Gefühl nicht los, dass wir zu oft telefonieren?", grollte Matt. „Ich weiß, dass du dich nach Abby sehnst, aber ich bin nicht euer Postillon d'Amour. Ich sag's noch mal: Diese Leitung ist für den absoluten Notfall gedacht."

„Dies ist ein Notfall. Cataldo ist hier."

Matt stieß zischend den Atem aus. „Hast du ihn gesehen?"

„Hab ich. Sorokin unterhält offenbar Verbindungen zu John Baxter, einem der reichsten Männer auf den Kanalinseln. Habt ihr seine Geschäftsbeziehungen nach Alderney nicht geprüft, bevor du deinen glorreichen Plan entwickelt hast?"

„Cataldo war nach der Razzia im *Red Door* wie vom Erdboden verschluckt", sagte Frazer.

„Wahrscheinlich hat er sich bei Baxter einquartiert, um eine Zeit lang von der Bildfläche verschwinden zu können", überlegte Steve. „Ausgerechnet Alderney, Matt! Direkt vor meiner Nase. So etwas darf einfach nicht passieren."

„Du musst sofort verschwinden, Tom. Wenn er dich erkennt, war alles umsonst."

„Daran habe ich auch gedacht, aber ich habe keine Lust mehr, davonzulaufen."

„Dir bleibt keine Wahl."

„Man hat immer eine."

„Was hast du vor?"

„Ich gehe zu Sorokin und sage ihm, dass ich mich von Abby trenne."

„Das ist nicht dein Ernst."

„Ich habe sie und ihre Tochter in Lebensgefahr gebracht, weil ich sie in die Sache reingezogen habe. Sie werden nie mehr sicher sein, solange ich Kontakt zu ihnen halte.“

„Glaubst du wirklich, Sorokin verzichtet auf seine Rache, nur weil du ihr den Laufpass gibst?“

„Ihm geht es um mich, nicht um Abby“, sagte Steve.

„Du vergisst, dass sie es war, die uns die Informationen beschafft hat, aufgrund derer wir Sorokin verhaften konnten. Außerdem kann er dich treffen, wenn er ihr schadet. Überstürze nichts, aufgeben kommt nicht infrage. Wir müssen uns etwas anderes überlegen.“

„Wenn Cataldo erfährt, dass ich lebe, kann ich Abby nicht nach Alderney holen. Es gibt keinen Ort, an dem wir uns verstecken können. Wir werden immer auf der Flucht sein. Das hält keine Beziehung aus, Matt.“

„Gena das ist es, was Sorokin erreichen will. Cataldo steht ganz oben auf der Fahndungsliste von Interpol, Tom. Wozu bist du der Chief von dem Laden? Schick deine Leute zu Baxter. Sie sollen Cataldo verhaften und nach Guernsey bringen.“

„Ich habe nur zwei Constables und einen Sergeant, dem ich nicht über den Weg traue. Das sind Provinzpolizisten, Matt. Keiner von ihnen ist einem Profikiller gewachsen. Ich habe eine bessere Idee. Schick mir zwei Leute, denen du vertraust. Sie sollen sich um Cataldo kümmern.“

„Hast du dir das gut überlegt? Ich kann weitergeben, dass er sich auf Alderney aufhält, aber ich habe keinen Einfluss darauf, wer die Sache in die Hand nimmt. Die

Gefahr, dass die *Met* jemanden schickt, der dich erkennt, ist viel zu groß. Ich schätze, du musst allein klarkommen."

„Es war dein Plan, Matt. Schaff mir diesen Verrückten vom Hals."

„Also gut, ich werde sehen, was ich tun kann."

„Wie geht's Abby?", fragte Steve.

„Sie und das Kind sind in einem Landhaus in Cornwall; in einem kleinen Ort, der sich leicht überwachen lässt. Sorokin hat ihre Spur verloren. Im Augenblick ist alles ruhig."

„Hast du etwas über die Flutmorde in Erfahrung gebracht?"

„Noch nicht. Gib mir ein bisschen Zeit."

„Die Dinge entwickeln sich", sagte Steve. „Heute wurde ein weiterer Mord verübt, wahrscheinlich eine Verdeckungstat. Ich muss unbedingt verhindern, dass die Sache noch mehr Staub aufwirbelt."

„Okay, ich rufe dich an, wenn ich etwas herausgefunden habe."

Matt legte auf. Dave rief an und informierte Steve, dass der Coroner unterwegs war. Inzwischen war es kurz vor sechs. Er ging zum Hafen zurück und setzte sich auf die Steinmauer der Mole. Der Spaziergang zur Spitze des Breakwater-Damms hatte sein Hüftgelenk überfordert. Er trank das Bier aus, stieg in den Streifenwagen und fuhr zum Mignot Memorial. In der Notaufnahme traf er auf Dr. Hopkins.

„Ah, Chief Cole. Vielleicht können Sie die störrische junge Dame überzeugen, eine Nacht zur Beobachtung hierzubleiben."

„Wie geht es ihr?"

„Sie hat eine Gehirnerschütterung, eine Platzwunde an der Stirn und eine Schnittwunde an der linken Hand, die wir nähen mussten. Sie bekommt eine Tetanusauffrischung und Schmerzmittel."

„Ist sie ansprechbar?"

„Und wie. Sie will unbedingt die Klinik verlassen."

„Ich werde mal mit ihr reden", sagte er.

Emily saß auf einer Untersuchungsliege im Schockraum. Sie war blass, wirkte erschöpft und übermüdet. Über ihrer rechten Augenbraue klebte ein Pflaster, ihr Handgelenk war dick bandagiert.

„Wie geht es Ihnen, Miss Gray?", fragte Steve.

„Wie sehe ich denn aus?"

„Als wären Sie mit einem Bus zusammengestoßen. Können Sie sich erinnern, was passiert ist?"

Sie kniff die Augen zusammen. Das grelle Neonlicht schien ihr Schmerzen zu bereiten.

„Nachdem ich Sie angerufen hatte, bin ich dem Mann gefolgt, um ihn nicht aus den Augen zu verlieren. Aber dann stürzte ich in den alten Schützengraben, plötzlich war alles dunkel. Ich muss mit dem Kopf aufgeschlagen sein. Ich war wohl kurze Zeit bewusstlos und weiß nicht, was nach meinem Sturz geschah."

„Sind Sie sicher, dass es derselbe Mann war, der Sie im Bunker verfolgt hat?"

„Ja. Ein Mann mit kurz geschnittenem, blondem Haar, schmalem Vollbart und ungewöhnlichen grauvioletten Augen."

„Sie bleiben also dabei, dass Sie ihn in Randalls Zimmer angetroffen haben?"

Sie zog misstrauisch die Brauen zusammen. „Er stand neben dem Bett und hielt ein Kissen in den Händen. Warum sollte ich an meiner Aussage etwas ändern?"

„Weil ihn außer Ihnen niemand gesehen hat. Es ist ziemlich unwahrscheinlich, dass er die Intensivstation betreten hat, ohne dass es jemand vom Personal bemerkte."

„Wollen Sie behaupten, dass ich lüge?"

„Ich gebe nur wieder, was die Zeugen ausgesagt haben."

„Ist Randall tot? Er hat ihn mit dem Kissen erstickt, nicht wahr?"

„Wir gehen davon aus, dass er ermordet wurde", sagte Steve.

„Sie glauben doch nicht im Ernst, ich hätte den alten Mann getötet? Warum sollte ich?"

„Vielleicht war das, was er Ihnen offenbart hat, nicht das, was Sie hören wollten."

„Er konnte mir nichts mehr mitteilen, weil er schon tot war, als ich die Zimmertür öffnete. Der Mann ..."

„... den niemand gesehen hat", fiel Steve ihr ins Wort.

Sie verschränkte trotzig die Arme vor der Brust. „*Ich* weiß, dass er da war. Er hat Randall ermordet, weil der Vikar wusste, dass mein Vater unschuldig war. Er kannte den wahren Täter. Es ist derselbe, der nach Alderney zurückgekehrt ist und Claire auf dem Gewissen hat. Bin ich verhaftet?"

„Nein. Trotzdem sind Sie im Augenblick meine Hauptverdächtige. Sie waren am Tatort, Sie hatten die Gelegenheit ..."

„... aber kein Motiv. Sie vergessen, dass Dr. Hopkins mich herbat."

„Der Punkt geht an Sie, Miss Gray. Ich muss Sie trotzdem bitten, Alderney vorerst nicht zu verlassen.“

„Suchen Sie den Mann, und Sie haben Claires Mörder und den von Randall.“

Sie schwankte und suchte Halt.

„Sie sollten Dr. Hopkins’ Rat befolgen und eine Nacht in der Klinik bleiben“, sagte Steve. „Sie sind bleich wie der Vollmond.“

„Damit der Kerl mich auch umbringen kann, so wie er den Vikar getötet hat?“

„Wollen Sie freiwillig eine Pritsche in einer unserer Zellen gegen ein bequemes Klinikbett tauschen?“

„Ich habe Angst. Ist das so schwer zu verstehen? Der Kerl hat mich verfolgt und angegriffen, und er hat bewiesen, dass er vor Mord nicht zurückschreckt.“

„Aus welchem Grund sollte er Sie verfolgen?“

„Sie sind der Polizeichef. Finden Sie es heraus.“

„Ich denke nicht, dass Sie hier in Gefahr sind.“

„Können Sie nicht einen Polizisten vor meinem Zimmer postieren?“

„So viele Leute habe ich nicht. Aber ich bitte Dr. Hopkins, dass jede halbe Stunde eine Krankenschwester nach Ihnen sieht. Ich will ja nicht, dass Sie mir davonlaufen.“

„Ein schwacher Trost. Dreißig Minuten sind mehr als genug, um einen Mord zu begehen.“

„Der Haupteingang der Klinik wird um 20:00 Uhr geschlossen. Nur das Personal der Nachtschicht hat dann noch Zugang.“

Emily ließ sich auf einen Hocker sinken und verzog vor Schmerz das Gesicht.

„Ruhen Sie sich aus. Morgen sehen wir weiter", sagte
Steve.

Hopkins betrat die Notaufnahme.

„Der Coroner ist da."

„Ich komme."

Steve folgte dem Arzt zur Intensivstation.

„Seit Sie Henderson abgelöst haben, sterben die Leute
auf Alderney wie die Fliegen", begrüßte ihn Mortenson.
„Wollte man Sie deshalb in London loswerden?"

Steve grinste. „Nein, ich habe einen Coroner verprü-
gelt."

„Sie haben einen sonderbaren Humor, Cole."

„Das hat man mir schon öfter gesagt. Können Sie die
Diagnose von Dr. Hopkins bestätigen?"

Mortenson seufzte. „Geben Sie mir eine Minute,
Chief."

Steve wartete eine halbe Stunde. Der Coroner kam
zum gleichen Schluss wie Hopkins. Vikar Randall war
ermordet worden.

„Wir bringen ihn in die Gerichtsmedizin nach St. Peter Port", sagte er.

„Wie lange braucht man, um einen Menschen mit einem Kissen zu ersticken?", fragte Steve.

„Das kommt darauf an. Wenn es so abgelaufen ist,
wie wir vermuten, hat es etwa zwei Minuten gedauert,
vielleicht auch nur eine, falls der alte Mann vor Aufregung einem zweiten Infarkt erlegen ist. Wir wissen,
dass sein Herz vorgeschädigt war und er sich in einem
kritischen Zustand befand."

Steve trat auf den Gang hinaus und winkte dem Pfleger, der als Erster bei Randall gewesen war.

„Wie viel Zeit verging zwischen dem Auslösen des Alarms und dem Moment, in dem Sie sahen, dass Miss Gray aus dem Zimmer kam?“

„Eine halbe Minute, mehr nicht.“

Mortenson hörte interessiert zu. „Dann kann sie nicht die Täterin sein. Die Zeit reichte nicht aus, um den Vikar zu ersticken.“

„Sind Sie absolut sicher, dass außer ihr im fraglichen Zeitraum keiner die Station betreten hat?“, fragte Steve.

„Ich habe jedenfalls niemanden gesehen. Unmöglich ist es nicht. Wir sind heute unterbesetzt und hetzen von Zimmer zu Zimmer.“

„Vielleicht war der Täter schon länger in der Klinik und hat auf einen günstigen Augenblick gewartet“, sagte Mortenson. „Ist das Stationszimmer dauerhaft besetzt?“

„Nein.“

„Also könnte es sein, dass Sie den Alarm erst nach einigen Minuten bemerkt haben?“

„Möglich wär’s schon“, antwortete der Pfleger.

„Der große Unbekannte“, sagte Mortenson kopfschüttelnd, „mal wieder.“

„Wenn es ihn überhaupt gibt“, seufzte Steve.

Nachdenklich verließ er das Mignot Memorial. Irgendetwas stimmte an dieser Geschichte nicht. Bevor er sich die Sache durch den Kopf gehen ließ, musste er sich in einem Baumarkt eine Spitzhacke besorgen. Möglicherweise fand er die Antwort auf die Fragen, die ihn quälten, hinter der Kellerwand im Pfarrhaus.

30

Steve schulterte die Spitzhacke, nahm die Tasche mit seinen Einkäufen aus dem Kofferraum und verfluchte jede einzelne der schiefen Stufen des Klippenwegs, die zum Pfarrhaus hinabführten. Es waren genau zweiundvierzig. Was er anfangs als sportliche Herausforderung betrachtet hatte, um seine Muskulatur wieder aufzubauen, wurde zunehmend zur Qual. Das Wetter bemühte sich nach Kräften, seine miese Laune weiter zu verschlechtern. Ein böiger Westwind jagte eine Regenfront nach der anderen über die kleine Kanalinsel und peitschte das Meer auf, bis die Gischt über die Spitzen der Klippen spritzte. Steve stieß das Gartentor mit dem Fuß auf und humpelte den Kiesweg entlang.

Kurz darauf hinterließ er eine Pfütze auf dem Holzboden der Diele, stellte die Spitzhacke ab und trug seine Einkäufe in die Küche. Er zog die durchnässte Jacke aus, fuhr sich mit einem Handtuch durch die Haare und setzte Teewasser auf.

In der Zwischenzeit entfachte er ein Feuer im Kamin. Als die Scheite brannten, setzte er sich in den alten Ohrensessel, trank Tee und wartete darauf, dass die Schmerzen in seiner Hüfte abebbten und es langsam warm im Zimmer wurde. Wie schön wäre es, wenn er sich das Haus mit Abby und der kleinen Ivy teilen könnte. Aber ihre Flucht ging weiter. Sie hatte noch gar nicht richtig begonnen. Seufzend wandte er sich wieder der Gegenwart zu. Eine schwere Aufgabe wartete auf ihn, die seinen geschundenen Körper bis an die Grenzen belasten würde.

Er stellte die leere Tasse ab, holte die Hacke aus dem Flur und ging in den Keller hinunter. Die trübe Glühbirne flackerte, als ein Windstoß die Balken des alten Hauses knacken ließ. Prüfend betrachtete er die Rückwand des Kellers und strich über den rauen Zement. Die Ränder des nachträglich verputzten Mauerteils waren deutlich zu erkennen.

„Mea culpa", sagte er.

Seine Stimme hallte unnatürlich laut von den feuchten Wänden wider. Was hatte der ermordete Vikar hinter dieser Mauer versteckt? Welches Geheimnis hatte er im Angesicht des nahenden Todes mit Emily teilen wollen? Steve war sicher, die Antwort hier zu finden. Er packte die Spitzhacke mit beiden Händen und setzte zum ersten Schlag an.

Der Hackenstiel vibrierte mit jedem Hieb unter seinen Händen und schickte Schmerzwellen durch Rücken und Schultern. Nach einer Viertelstunde hatte er erst ein paar Quadratzentimeter des Putzes abgeschlagen, die Steine darunter jedoch kaum angekratzt. Erschöpft hielt er inne. Um diese eisenharte Mauer einzureißen, brauchte er einen elektrischen Schlaghammer.

Aus dem Erdgeschoss drang leise das Klingeln seines Diensthandys. Er lehnte die Hacke gegen die Wand und ging nach oben.

Auf dem Display leuchtete Daves Nummer auf, der den Bereitschaftsdienst übernommen hatte.

„Hallo, Dave. Was gibt's?", fragte Steve.

„Tut mir leid, dass ich stören muss. Mir wurde ein Fall von häuslicher Gewalt gemeldet."

„Um das zu klären, braucht es doch nicht gleich den Chef persönlich. Fahr hin und sieh nach dem Rechten. Nimm notfalls Gordon mit. Oder hängt bei Baxter der Haussegen schief?"

„Die Meldung kam aus der Rue Genet."

„Was ist daran so besonders?"

„Dort wohnt Penny mit ihrem Mann. Der Anruf stammt von ihren Nachbarn."

„Verstehe. Danke, dass du mir Bescheid gesagt hast. Ich kümmere mich darum."

Steve legte auf. Er hatte sich also nicht getäuscht. Der Schrank, gegen den Penny gelaufen war, hatte zwei Fäuste und trug einen Ehering. Er lief in den Regen hinaus, erklomm unter Schmerzen die zweiundvierzig Stufen und fuhr in die Rue Genet.

Das Haus der Saunders entpuppte sich als Bungalow im amerikanischen Cape-Cod-Stil. Die Mauern waren mit Holzschindeln verkleidet, die im Abendlicht silbrig glänzten, im hübsch angelegten Vorgarten wuchsen Heckenrosen und Sanddorn. Ein weißer Staketenzaun umgab das Grundstück. Steve parkte den Streifenwagen rückwärts in der Einfahrt, sodass er die Sicht von der Straße aus blockierte. Dann stieg er aus und öffnete die Beifahrertür, die sich nun unmittelbar vor dem Hauseingang befand.

Zwei Fenster waren hell erleuchtet, das rechte war gekippt. Das Schimpfen und Grölen einer dunklen Männerstimme drang ins Freie, begleitet von zerbrechendem Glas. Im Nachbarhaus wurde die Haustür geöffnet, ein älteres Ehepaar blickte neugierig heraus. Der

Mann winkte Steve. Wahrscheinlich war er es gewesen, der Dave angerufen hatte.

„Gehen Sie bitte ins Haus zurück", sagte Steve.

Das Paar kam seiner Aufforderung erst nach, als er auf die beiden zuging. Er wandte sich um und drückte auf den Klingelknopf. Ein niedlicher kleiner Porzellanhund, der einen Knochen quer im Maul trug, bewachte die Schwelle.

Niemand reagierte auf die Türklingel. Er versuchte es noch einmal und hämmerte gegen die Tür. In der Diele flammte Licht auf, ein Schatten näherte sich. Frank Saunders öffnete die Tür. Er trug eine fleckige graue Jogginghose, ein verschwitztes T-Shirt und Hausschuhe und war fast zwei Meter groß. Steve schätzte ihn auf mindestens hundertzehn Kilo, aber nicht besonders kräftig. Das Shirt spannte sich über einem Bierbauch, seine körperliche Überlegenheit lag einzig in seinem Gewicht. Er hatte ein Mordsfahne und war so betrunken, dass er kaum stehen konnte. Saunders starrte böse auf den Streifenwagen, als wolle er ihn in einem Stück verschlingen.

„Was woll'n Sssie?"

„Ihre Nachbarn haben uns angerufen", sagte Steve freundlich. „Ich möchte Sie bitten, Ihre Frau ein bisschen leiser zu verprügeln."

„Hä?"

Penny tauchte in der Diele auf.

„Es ist alles okay, Steve. Ich komme klar."

„Hast du etwas dagegen, wenn ich mich mit deinem Mann kurz unterhalte?"

„Scheren Sssie sssich ssum Teufel", lallte Saunders.

Steve lächelte zuckersüß. „Ich möchte Ihnen nur etwas zeigen. Es dauert nicht lange."

Er machte eine einladende Geste in Richtung der offenen Beifahrertür. Saunders beugte sich vor und schwankte. Steve packte ihn mit einer schnellen Bewegung am T-Shirt, knallte ihn mit der Stirn gegen den Türholm und stieß ihn auf den Beifahrersitz. Dann schlug er die Tür zu, stieg in den Wagen und fuhr los. Die ganze Aktion hatte keine halbe Minute gedauert. Im Rückspiegel sah er Pennys bleiches Gesicht, das langsam kleiner wurde und seine Konturen verlor.

Saunders hielt sich den schmerzenden Schädel.

„Was soll'n das? Sssind Ssie verrückt?"

„Bin ich."

Er bog nach rechts auf die Fosse aux Chevaliers ab und riss nach dreihundert Metern das Steuer nach links. Das Heck brach aus, die Reifen quietschten protestierend. Steve lenkte den Wagen gekonnt wieder in die Spur und raste nach Norden. Saunders war aschgrau. Er schien schlagartig nüchtern zu werden.

„Hören Sie mit dem Scheiß auf. Wollen Sie uns umbringen?"

„Wäre schon möglich.

Der Wagen fegte die Küstenstraße entlang an der Clonque Bay vorbei und flog in halsbrecherischem Tempo über die kurvige Straße nach Süden. Vor dem alten Konzentrationslager der Deutschen bog Steve rechts ab und trat das Gaspedal durch.

„Die ... die Klippen", stotterte Saunders. „Wir fahren auf die verdammten Klippen zu!"

Er schwitzte und krallte seine Finger in den Sitz.

Steve beschleunigte und stemmte in letzter Sekunde mit aller Kraft den Fuß auf die Bremse. Der Wagen drehte sich um die eigene Achse und blieb zwei Meter vor dem Abgrund stehen. Saunders stieß die Beifahrertür auf, beugte sich hinaus und kotzte sich die Seele aus dem Leib. Steve reichte ihm ein Päckchen Papiertaschentücher. „Geht's wieder?"

Saunders gab ein kieksendes Geräusch von sich.

„Dein Vorname ist Frank, nicht wahr? Ich werde dich Frankie nennen", fuhr Steve fort. „Ist das okay für dich?"

„Was zum Teufel wollen Sie von mir?"

„Du hast eine wunderbare Frau, Frankie. Ist dir das bewusst?"

„Ja", krächzte Saunders.

„Ich habe eine Freundin und ein Kind drüben auf dem Festland", sagte Steve. „Ich würde sie gerne nach Alderney holen, aber das kann ich nicht. Es gibt da jemanden, dem ich auf die Füße getreten habe. Wenn er Abby und ihre kleine Tochter findet, wird er die beiden umbringen. Verstehst du das, Frankie?"

Saunders glotzte ihn aus blutunterlaufenen Augen an.

„Nee."

Steve spielte mit dem Gaspedal. Dicht vor der Motorhaube fielen die Klippen dreißig Meter tief zum Meer hin ab.

„Okay, mal sehen, ob du das verstehst."

Er zog seine Dienstwaffe aus dem Holster und entsicherte sie.

„Wenn der Typ sie abknallt, dreh ich durch."

Frankie blieb stumm. Er schien in den Sitz hineinzukriechen. Steve drückte ihm die Mündung der Pistole an die Schläfe.

„Bevor ich mir ein Loch in den Kopf schieße, räume ich noch auf. Ich nehme so viele Arschlöcher mit auf meine Reise in die Hölle, wie ich erwischen kann. Was hältst du davon, Frankie?"

„Scheiße, Sie sind ja verrückt. Lassen Sie mich aussteigen. Ich hab doch nichts Schlimmes gemacht. Wenn ich trinke, übertreib ich's manchmal ein bisschen. Es tut mir leid. Ich bin dann nicht mehr ich selber, kapieren Sie das?"

„Versteh ich gut. Mein Vater war genauso. Wenn er eine Flasche Scotch intus hatte, prügelte er auf mich ein, bis er den Arm nicht mehr heben konnte. Ich mach dir einen Vorschlag, Frankie. Du lässt die Finger vom Alkohol und behandelst deine Frau wie ein netter, ordentlicher Mann. Wenn Penny noch einmal mit einem Veilchen zum Dienst erscheint, fahren wir beide wieder zu den Klippen. Bevor ich dich runterschmeiße, reiß ich dir die Eier ab. So weit alles klar, Frankie?"

Saunders nickte versteinert. Steve sicherte die Waffe und steckte sie zurück ins Holster.

„Gut. Du darfst jetzt aussteigen und nach Hause gehen."

„Das ... das sind fast vier Kilometer."

„Die frische Luft wird dir helfen, nüchtern zu werden. Und du kannst in aller Ruhe über mein Angebot nachdenken."

Saunders stieg aus dem Wagen. Steve ließ die Seitenscheibe herab.

„Komm noch mal her, Frankie."

Saunders umrundete die Motorhaube und näherte sich zögernd der Fahrertür. Auf seiner Jogginghose breitete sich ein dunkler Fleck aus. Er hatte sich vor Angst eingenässt.

„Was wir besprochen haben, solltest du besser nicht herumerzählen", sagte Steve. „Das wäre schlecht für deine Familienjuwelen."

„Geht klar, Chief. Sie können sich auf mich verlassen."

„Da bin ich ganz sicher, Frankie."

Er fuhr los. Saunders' massige Gestalt schmolz zu einem harmlosen kleinen Männchen zusammen. Steve mochte Penny. Es war nicht so, dass er sich in sie verlieben würde, aber sie funkten auf der gleichen Wellenlänge. Sie könnten gute Freunde werden; und Freunden in Not musste man beistehen. Außerdem brauchte er jemanden, dem er vertrauen konnte. Außer Penny fiel ihm da niemand ein.

Er stellte den Streifenwagen vor dem Bungalow in der Rue Genet ab und klingelte. Penny öffnete ihm. Ihr Augen waren gerötet, er konnte sehen, dass sie geweint hatte.

„Wo ist Frank? Was hast du mit ihm angestellt?", fragte sie.

„Ich habe ihm klargemacht, dass er es bereuen wird, wenn er dich noch mal schlägt. Er ist auf dem Weg nach Hause. Wenn er ankommt, wird er zahm sein wie ein Schoßhund. Wir haben eine Stunde Zeit. Ich muss etwas mit dir besprechen."

„Komm rein."

Steve folgte ihr ins Wohnzimmer. Frankie hatte ganze Arbeit geleistet. Er hatte eine Regalwand und den

Wohnzimmertisch zertrümmert, Glasscherben lagen auf dem Teppich, der Fernseher hatte einen Sprung.

„Entschuldige das Chaos", sagte sie. „Möchtest du etwas trinken?"

Er lächelte gequält. „Mir ist die Lust auf einen Drink vergangen."

Sie setzte sich in einen Sessel und faltete die Hände im Schoß.

„Warum verlässt du das Arschloch nicht?", fragte er.

„Er ist nicht immer so. Wenn er nüchtern ist, kann er ein netter Mann sein."

„Vielleicht schafft er es ja in Zukunft, nichts mehr zu trinken."

Sie zuckte mit den Schultern. „Er hat es versucht, aber er kommt nicht von dem Zeug los."

„Ich schätze, diesmal ist er gut genug motiviert."

„Was hast du mit ihm gemacht?"

Steve grinste. „Einen Schnellentzug. Warten wir ab, ob er funktioniert." Er wurde ernst. „Wenn ich merke, dass es nicht hinhaut, werde ich verdammt sauer."

„Es ist *mein* Problem. *Ich* muss es lösen."

„Du kannst jederzeit mit mir rechnen. Ich mag dich, Penny. Du hast etwas Besseres verdient."

Sie lehnte sich zurück und seufzte. „Haben wir das nicht alle?"

„Touché. Worum ging's denn bei eurem Streit?"

„Frankie will nicht, dass ich so viel arbeite."

„Mmh. Ich kann dich von den Überstunden freistellen."

„Daran liegt es nicht. Er ist seit einem Jahr arbeitslos und fühlt sich schuldig und nutzlos, weil er nur zuhause rumhängt. Auf Alderney gibt es kaum offene Stellen, er findet einfach keinen Job.“

„Was hat er denn gelernt?“, fragte Steve.

„Er ist Elektriker. Die werden auf der Insel kaum gebraucht. Frank kommt nicht damit klar, dass ich das Geld verdiene.“

„Das alte Lied vom verletzten männlichen Stolz.“

Penny nickte. „Es ist schwer für ihn.“

„Trotzdem kein Grund, dich zu verprügeln.“

„Das Veilchen hatte er nicht beabsichtigt. Es ist ... einfach passiert.“

„Okay. Sag mir Bescheid, wenn du Hilfe brauchst.“

„Versprochen. Aber darum bist du nicht zurückgekommen.“

„Nein.“

„Dann schieß mal los.“

Steve begann zu erzählen.

„Ich heiße nicht Steve Cole. Mein Name ist Thomas McCallum. Ich habe als verdeckter Ermittler bei der *Met* gearbeitet, im *Specialist Crime Directorate*. Mein letzter Auftrag lautete, einen Mann namens Viktor Sorokin hinter Gitter zu bringen. Danach musste Thomas McCallum sterben, weil er einen gottverdammten Fehler gemacht und sich mit dem Falschen angelegt hatte.“

„Ich hab mir schon gedacht, dass du kein Provinzbulle bist.“

„Wie hast du's gemerkt?“

Penny lächelte. „Das war nicht schwer zu erraten.“

„Mmh", brummte er. „Mir war nicht klar, dass meine Tarnung so schlecht ist."

„Welchen Fehler hast du gemacht?", fragte sie.

„Ich habe Berufliches und Privates vermischt. In der Londoner City gibt es eine Menge angesagter Lokale und Clubs. Eines der prominentesten ist das *Red Door*. Mein Auftrag lautete, mich dort herumzutreiben und in Sorokins engsten Kreis einzuschleusen. Ich sollte Beweise für einen Auftragsmord und Korruptionsgeschäfte finden, die bis in die höchsten Politikerkreise reichen."

„Wie ich dich kenne, hast du das gut und schnell erledigt", sagte Penny. „Wie hast du's angestellt, sein Vertrauen zu gewinnen?"

Steve lächelte. „Es gab da eine Frau, die an der Bar arbeitete. Nennen wir sie Abby. Eines Abends kommt dieser zugedröhnte Muskelprotz ins *Red Door* und macht eine Riesenszene. Er tönt rum, dass Abby ihm gehört und dass sie sofort mit ihm kommen soll. Sie weigert sich, und er wird handgreiflich."

„Was hast du gemacht? Die Prinzessin gerettet?"

„Typen wie er oder Frankie sind nicht wirklich gefährlich. Weil sie so groß und stark aussehen, rechnen sie nicht damit, dass sich einer mit ihnen anlegt, der einen Kopf kleiner ist. Man muss sie überrumpeln. Ich hab ihm in die Eier getreten und ihn rausgeworfen. Das hat nicht nur Abby beeindruckt, sondern auch Sorokin. Er stellte mich als Leibwächter ein. Bingo!"

„So bekamst du ausgiebig Gelegenheit, herumzuschnüffeln", sagte Penny.

„Das mag ich so an dir. Wir verstehen uns ohne große Worte."

„Ist mir auch schon aufgefallen.“

„Hast du mal von der Legende gehört, dass es für jeden Menschen auf der Welt einen Soulmate gibt?“, fragte Steve. „Jemanden, der genau zu dir passt wie diese Yin-und-Yang-Dinger?“

„Ich bin zu sehr Realistin, um an solch romantische Märchen zu glauben“, erwiderte Penny.

„Ich hab auch nicht dran geglaubt. Bis ich Abby traf. Sie wohnte in einer Zweizimmerwohnung über dem *Red Door*. Tagsüber kümmerte sie sich um ihre kleine Tochter, abends bediente sie an der Bar. Sie hat eine Menge Charme und ein ungewöhnliches Talent, Menschen für sich einzunehmen und zu unterhalten, darum bezahlte Sorokin sie gut. Abby sparte jeden Cent, um dem *Red Door* so schnell wie möglich den Rücken kehren zu können.“

„Ihr habt euch verliebt“, sagte Penny.

„Es passierte einfach. Weder sie noch ich hatte die Absicht, eine Affäre zu beginnen. Es gab ’ne Menge Frauen in meinem Leben vor Abby, aber es wird keine nach ihr geben. Sie hat mich verändert. Ich beschloss, nach diesem Job auszusteigen und mit ihr und der kleinen Ivy irgendwo neu anzufangen.“

„Du hast einen Traum. Erzähl mir davon. Ich mag Träume.“

„Sagtest du nicht, du wärst Realistin?“

„Im Gegensatz zu Märchen können Träume wahr werden.“

„Dein Wort in Gottes Ohr. Abby kam dahinter, dass ich ein Cop bin. Ich befürchtete, sie würde mich zum Teufel jagen, weil sie glaubte, ich hätte mich nur mit ihr eingelassen, um an Sorokin heranzukommen. Aber sie vertraute mir und rückte mit einem Vorschlag heraus."

Sollte er Penny von dem Kryptokonto erzählen? Ihr grandioser Plan war ohnehin geplatzt, auch wenn er sich nicht erklären konnte, wer die Million eingesteckt hatte.

„Ich erzählte ihr, dass der Job als verdeckter Ermittler im *Red Door* mein letzter sein sollte und dass ich aussteigen wollte. Mir spukte schon lange die verrückte Idee im Kopf herum, ein kleines Lokal zu eröffnen, vielleicht in Südfrankreich. Eigentlich war's ein Hirngespinst, aber Abby erkannte die Chance darin. Sie besitzt Erfahrung in der Gastronomie. Zusammen hätten wir etwas auf die Beine stellen können. Heute wünsche ich mir, ich hätte ihr niemals diese hirnrissige Idee in den Kopf gesetzt. Um aus unseren Spinnereien Wirklichkeit werden zu lassen, brauchten wir Startkapital, das keiner von uns hatte."

„Ihr habt Sorokin übers Ohr gehauen", sagte Penny.

„Du bist ein kluges Mädchen. Genau wie Abby."

„Danke für die Blumen. Das war nicht schwer zu erraten. Was habt ihr angestellt?"

„Abby unterhielt die Gäste an der Bar mit verblüffenden kleinen Zaubertricks. Sie ist wirklich gut darin, Dinge verschwinden zu lassen und an einer anderen Stelle wieder hervorzuzaubern. Sagt dir der Name Ted Allister etwas?"

„Ist das nicht der Abgeordnete der Torys, der einen Skandal nach dem anderen produziert? Ich glaube mich zu erinnern, dass er in einem Korruptionsprozess einer der Hauptangeklagten ist."

„Richtig. Er ist bis in royale Kreise bestens vernetzt und entscheidet über die Vergabe von Aufträgen in Milliardenhöhe, die Immobilien und Grundstücke in der City of London betreffen. Sein Vorgänger Ralf McGinley starb unter ungeklärten Umständen bei einem Verkehrsunfall", sagte Steve.

„Wir waren uns ziemlich schnell sicher, dass Sorokin McGinley aus dem Weg räumen ließ, weil er sich nicht kaufen lassen wollte. Allister dagegen ist aus anderem Holz geschnitzt. Seine ethischen Grundsätze sind so biegsam wie ein Bündel Pfundnoten. Und nun kommt Abby ins Spiel. Als sie eines Abends an der Bar bediente, hörte sie ein Gespräch zwischen Ted Allister und Sorokin mit, in dem der Russe einen tödlichen Deal vorschlug. Sorokin versprach, dass McGinley bald kein Problem mehr darstellen würde. Er beauftragte seinen Adoptivsohn, ihn aus dem Weg zu räumen. Dieser Juan Cataldo wird von Interpol wegen zahlreicher Auftragsmorde gesucht. Allister sollte für seine Mithilfe den Private Key für ein anonymes Kryptowährungskonto erhalten. Wenn er nach McGinleys Ableben auf dessen Posten nachrückte, stand einem millionenschweren Immobiliendeal mit Sorokin nichts mehr im Weg."

Abby hatte sich mit Natasha Gradenko angefreundet. Nach einer Weile gestand die ihr unter Tränen, dass sie sich von Sorokin trennen wollte. Er war krankhaft eifersüchtig und ließ sie auf Schritt und Tritt von Cataldo überwachen. Natasha lebte wie ein Paradiesvogel, den man in einen goldenen Käfig gesteckt hatte.

„Von Typen wie Sorokin trennt man sich nicht", sagte Penny.

Steve nickte. „Ich wusste, dass du das sofort verstehen würdest. Natasha hoffte, dass Abby ihr irgendwie helfen könnte. Zuerst war es nur ihre Sehnsucht nach jemandem, mit dem sie reden konnte. Nach und nach erkannten beide, dass sie voneinander profitieren konnten, wenn sie zusammenhielten. Außer Sorokins erdrückendem Besitzanspruch gab es noch einen weiteren Grund, warum Natasha wegwollte, und der heißt Juan Cataldo. Sorokin hatte den damals vierzehnjährigen Jungen bei einem riskanten Deal in Mexico City kennengelernt und war sofort von ihm beeindruckt gewesen. Ohne mit der Wimper zu zucken, ging Cataldo über Leichen, um aus den Slums herauszukommen, und ergriff die Chance, die Gunst des Mafiabosses zu erlangen.“

„Wie hat er sich empfohlen?“, fragte Penny.

„Er hat ein halbes Dutzend Konkurrenten umgelegt und sich in das Sicherheitssystem der mexikanischen Staatsbank gehackt. Er war dabei so erfolgreich, dass die Regierung anschließend strengere Regeln für die Kryptobörsen festlegte.“

„Ein böser Junge. War er wirklich erst vierzehn?“

„Ja. Cataldo ist auf seine Weise genial, aber auch völlig gewissenlos und halb verrückt. Er ist nicht nur ein eiskalter Killer, Töten ist für ihn wie Sex. Unser Flutmörder ist ein braver Ministrant gegen ihn.“

Sorokin adoptierte den Jungen und machte ihn zu seiner rechten Hand. Cataldo revanchierte sich damit, dass er seinem Mentor absolut hörig war.

„Als Sorokin sich in Natasha Gradenko verliebte, war Cataldo nicht begeistert“, fuhr Steve fort.

„Sondern reagierte extrem eifersüchtig", vermutete
Penny.

„Cataldo ist in allem, was er denkt, fühlt und macht,
extrem. Er folgt Sorokin wie ein Hund und führt jeden
Befehl aus, ganz gleich wie abscheulich und brutal er
ist. Trotzdem bleibt er immer der Junge, den der Russe
nach seinen Vorstellungen geformt hat. Nach und nach
muss in ihm das Verlangen gewachsen sein, sich und
seinem Herrn zu beweisen, dass er aus den Schuhen
des Schülers herausgewachsen war. Und das ging
gründlich schief. Natasha entdeckte durch Zufall, dass
Cataldo eine Million Pfund verzockt hatte, die Sorokin
gehörten. Und er wusste, dass sie davon Kenntnis
hatte."

„Er musste befürchten, sie könnte es ihm verraten.
Cataldo wäre erledigt gewesen, Ziehsohn hin oder her",
vermutete Penny.

„Natasha hatte Todesangst. Sie rechnete ständig damit, dass Cataldo sie aus dem Weg räumen würde. Gelegenheiten dazu hatte er genug, schließlich hatte Sorokin ihn selbst damit beauftragt, auf sie aufzupassen.
Wäre Natasha ums Leben gekommen, hätte er niemals
Cataldo dafür verantwortlich gemacht. Darum wollte
sie untertauchen, und sie brauchte Geld dafür. Sie
wusste, dass Sorokin Ted Allister auf seiner Geburtstagsfeier im *Red Door* ein Geschenk überreichen
würde: Schmiergeld für den Auftragsmord an McGinley – eine Million Pfund. Er überreichte dem Tory eine
kleine handliche Schachtel mit einer hübschen
Schleife, in der der Private Key für ein anonymes Kryptokonto lag."

Penny stieß zischend den Atem aus. „Lass mich raten. Die *Met* plante eine Razzia. Bei der Übergabe des Geldes wolltet ihr zuschlagen. Sorokin, Cataldo und Allister würden in den Knast wandern, Natasha wäre frei, und Abby und du … Scheiße, ich weiß, was ihr gemacht habt. Habt ihr den Verstand verloren?"

„Abby servierte an jenem Abend. Wie verabredet, forderte Natasha sie scheinbar spontan auf, eins ihrer kleinen Zauberkunststücke vorzuführen."

„Sie tauschte die Schachtel aus", sagte Penny. „Aber … du sitzt hier auf Alderney fest, während Abby … was ist schiefgelaufen?"

„Zwei Dinge", sagte Steve. „Die Einsatzleitung versaute den Zugriff. Es gelang Cataldo zu entkommen. Er nahm Abby als Geisel. Ich konnte ihn stellen, aber er hatte vorgesorgt – so glaubte er jedenfalls."

Viktor Sorokin hatte ein Faible für alte Waffen. An den Wänden seines Büros hingen antike Musketen, Säbel und malaiische Dolche. Seinen Schreibtisch zierte eine alte Handgranate aus dem Zweiten Weltkrieg, mit der er gerne herumspielte, um seinen Geschäftspartnern klarzumachen, was passieren würde, wenn sie ihn übers Ohr hauten.

„Er hatte mir bei einem Drink verraten, dass die Granate entschärft war und keinerlei Gefahr darstellte. Ich hatte ihn danach gefragt, denn als sein Leibwächter musste ich wissen, womit ich es zu tun hatte. Im Keller des Lokals gab es einen ausgedehnten Wellnessbereich mit Saunen, Massageräumen und einem Pool. Dort konnte ich Cataldo während der Razzia stellen. Er hatte

Abby in seiner Gewalt und bedrohte mich mit der Granate, die er bei seiner Flucht aus Sorokins Büro mitgehen ließ.“

„Es war also nicht die Bombe in Whitechapel, die deine Hüfte pulverisierte.“

„Du hast heimlich meine Personalakte gelesen“, sagte Steve.

„Gordon hat sie sich von seinem Onkel besorgt. Dave und ich konnten es gewissermaßen nicht verhindern, mal hineinzuschauen.“

„Darum hast du mich am Hafen sofort erkannt.“

„Tut mir leid. Wir wollten wissen, wer unser neuer Chief wird.“

„Kann ich gut verstehen. Aber nichts von dem, was in der Akte steht, ist wahr. Die *Met* hat einen kompletten Lebenslauf für mich erfunden, der jeder Überprüfung standhält.“

Steve rieb sich das linke Bein.

„Dann war die alte Handgranate keine Attrappe?“, sagte Penny.

„Nein, aber das wusste niemand, auch Sorokin nicht. Cataldo warf das verdammte Ding nach mir. Ich versuchte instinktiv auszuweichen, rutschte auf den nassen Fliesen aus und stürzte in den Pool. Das hat mir das Leben gerettet.“

„Und Abby?“

„Sie muss einen Schutzengel gehabt haben, Natasha leider nicht. Es war ihr in dem Durcheinander gelungen, sich von Sorokin zu trennen. Sie betrat den Poolbereich im falschen Augenblick, die Explosion riss sie in Stücke. Cataldo konnte fliehen, Abby zog mich halb tot aus dem Wasser.“

„Warum hast du deinen Dienst nicht quittiert? Ihr hattet doch das Geld, um neu anzufangen."

„Abby besitzt zwar den Private Key für das Kryptokonto, aber das Geld wurde von einem Unbekannten auf ein Cyber Wallet übertragen."

„Was ist das?"

„Eine Art externe Festplatte, nicht größer als ein Handy. Du trägst dein persönliches Bankschließfach für Kryptowährungen einfach mit dir herum."

„Wisst ihr, wer das Konto leer geräumt hat?"

„Nein, aber es kann eigentlich nur Cataldo gewesen sein."

„Wie hat Sorokin auf den Tod von Natasha reagiert?", fragte Penny.

„Er hat geschworen, jede Frau zu töten, in die ich mich jemals verlieben werde. Er will, dass ich genauso einsam bin wie er."

„Hat er Abby ...?"

„Nein. Sie ist in einem Zeugenschutzprogramm. Nachdem sie im Prozess gegen ihn ausgesagt hat und Sorokin verurteilt ist, sollen sie und Ivy nach Alderney kommen."

„Ich verstehe. Du hast Angst, er könnte euch hier aufspüren und sich rächen."

Steve schüttelte den Kopf. „Er sucht nicht mehr nach mir, weil ich tot bin. Thomas McCallum ist bei einem Flugzeugabsturz vor Neufundland ums Leben gekommen. Die Innenministerin war hocherfreut, dass ich dafür gesorgt habe, ihren Konkurrenten Ted Allister auszuschalten. Als Dank bekam ich eine neue Identität. Es lebe Steve Cole, der neue Polizeichef von Alderney. Das war der Deal. Wäre ich ganz ausgestiegen, hätte ich keinen Kontakt zu Abby halten können – was auch unter den jetzigen Umständen sehr schwierig ist."

Penny sah auf ihre Armbanduhr. „Okay. Frank wird gleich hier sein. Du hast mir das alles nicht erzählt, um uns die Zeit zu vertreiben. Warum deckst du deine falsche Identität auf?"

„Es sieht so aus, als ob Baxter Geschäftsbeziehungen zu Sorokin unterhält. Juan Cataldo ist bei ihm untergetaucht. Er ist hier auf Alderney. Wenn er mich erkennt, stürzt unser Plan von einem neuen Leben zusammen wie ein Kartenhaus."

„Was ist denn dein Plan?"

„Das weiß ich noch nicht genau, aber es könnte sein, dass ich deine Hilfe brauche. Du bist die Einzige auf Alderney, der ich vertraue. Und jetzt brauche ich einen elektrischen Schlaghammer."

31

Alderney, 23. September

Steve saß auf einer verwitterten Bank vor dem Pfarrhaus, trank Tee und blickte auf das Meer hinab. Die aufgehende Sonne zauberte Lichtreflexe auf die Wellen. Sie glühten auf und verloschen wie Sternschnuppen. Er liebte die kühle Frische des Morgens. Der alte Tag war gegangen, der neue wurde gerade geboren, noch unschuldig und voller Reinheit. Der Himmel war klar und fleckenlos wie ein gebügeltes blaues Tischtuch. Die Luft roch nach Salz und fruchtbarer, feuchter Erde.

Drei Möwen zogen ihre Kreise über den Klippen und stießen schrille Schreie aus, als mahnten sie Steve zur Eile. Er trank den letzten Schluck Tee und kehrte ins Haus zurück. Es wurde Zeit, nach Saint Anne zu fahren.

Er zählte jede einzelne der zweiundvierzig Stufen den Klippenweg hinauf und horchte in seinen Körper hinein. Bildete er es sich ein, oder fiel ihm der anstrengende Marsch heute leichter als gestern? Er nahm es als gutes Zeichen und stieg in den Streifenwagen. Wenige Minuten darauf betrat er das Revier.

Dave war bereits an seinem Platz. Er hatte dunkle Ränder unter den Augen und drohte hinter seinem

Schreibtisch einzuschlafen, aber sein Enthusiasmus hielt ihn wach.

„Bist du schon wieder hier oder noch immer?", fragte Steve.

„Das ist mein erster großer Mordfall. Das lasse ich mir doch nicht nehmen. Mir ging einiges im Kopf herum, da bin ich 'ne Stunde früher gekommen." Er blätterte in einem Stapel mit Computerausdrucken und zog ein einzelnes Blatt heraus. „Ich habe mich ein bisschen umgehört, wie John Baxter es geschafft hat, so reich zu werden."

Steve nahm die Kanne aus der Kaffeemaschine und füllte zwei Tassen. Eine reichte er Dave.

„Und? Hast du was herausgefunden?"

Dave nickte eifrig. Er schlürfte den heißen Kaffee und studierte seine Notizen.

„Seine erste Million hat er mit einem windigen Immobiliendeal gemacht. Baxters Firmengeflecht ist ziemlich undurchsichtig und reicht von London über Guernsey bis zu den Kaimaninseln. Er hält Beteiligungen an Aktienpaketen und Immobilienfonds. Vor acht Monaten wurde gegen ihn wegen des Verdachts der Geldwäsche ermittelt, aber die Nachforschungen verliefen im Sand und wurden schließlich eingestellt. Da scheint jemand in der Hauptstadt schützend seine Hand über ihn zu halten." Er drehte den Ausdruck um. „Vor einem halben Jahr hat er eine Stiftung gegründet. Das Vermögen soll zur Förderung von wirtschaftlichen Kontakten zwischen Russland und Großbritannien eingesetzt werden. Im Kuratorium sitzt eine gewisse Natasha Gradenko. Sagt dir der Name etwas?"

Steve nickte. „Und ob."

„Gradenko ist als Geschäftsführerin zweier Firmen eingetragen, an denen Sorokin und Baxter zu je fünfzig Prozent beteiligt sind. Ich habe im Netz ein paar Fotos und ein Video entdeckt, die beide Männer an Bord seiner Jacht zeigen. Du findest den Link in deinem E-Mail-Eingang."

„Das hast du in der kurzen Zeit alles recherchiert? Gute Arbeit."

Dave strahlte. Seine Müdigkeit schien wie weggeblasen.

„Ich hatte den ganzen Morgen Zeit. Hier war's ruhig." Er runzelte plötzlich besorgt die Stirn. „Wie lief es bei Penny?"

„Ich musste mit ihrem Mann ein ernstes Wort reden, aber dann haben wir uns gut verstanden. Er hat mir versichert, dass es nur ein Ausrutscher war."

„Wenn er nüchtern bleibt, ist Frank kein übler Kerl", sagte Dave. „Er hat's nicht leicht. Auf Alderney Arbeit zu finden, kann eine echte Herausforderung sein."

„Kein Grund, seine Frau zu verprügeln."

„Stimmt, das sollte er lieber nicht machen."

Daves Miene verdüsterte sich. Auf einmal sah er gar nicht mehr aus wie ein rosiges Riesenbaby, sondern wie ein Mann, mit dem man sich besser nicht anlegte.

„Das wird er auch nicht mehr", sagte Steve. „Gibt's sonst noch etwas, das ich wissen sollte? Hat Patrick Bell sich gemeldet?"

„Nein. Ich habe ein Dutzend Mal versucht, ihn zu erreichen. Er ist wie vom Erdboden verschluckt. Keiner hat ihn seit Sonntagabend gesehen. Seine Eltern wissen auch nicht, wo er steckt. Sie machen sich Sorgen."

„Du hast mit ihnen gesprochen?"

„Penny hat sie angerufen. Sie befürchten, dass ihm etwas zugestoßen ist. Er gilt zwar als Einzelgänger, der seine eigenen Wege geht, aber dass er so lange fortbleibt, ist noch nie vorgekommen. Sollen wir nach ihm suchen?“

„Nein. Wir haben ohnehin alle Hände voll zu tun. Gib mir Bescheid, wenn er auftaucht.“

„Mach ich. Glaubst du, seine Aussage ist entscheidend für den Fall?“

„Unbedingt. Ich habe das Gefühl, dass er weiß, was an Bord der Abigail passiert ist.“

„Aber er hat doch gar nicht mitgefeiert.“

„Das behauptet Kyle Baxter. Dass der nicht immer bei der Wahrheit bleibt, wissen wir ja inzwischen.“

„Mir ist da noch etwas aufgefallen“, sagte Dave. „Ich weiß nicht, ob es wichtig ist.“

„Immer raus damit.“

„Na ja, ich hab mir so meine Gedanken gemacht und ...“

„Weißt du, was früher auf Tafeln in den Telefonzellen stand?“, fragte Steve.

Dave sah ihn verständnislos an. „Hat das etwas mit dem Mord zu tun?“

„Fasse dich kurz“, antwortete Steve.

Dave lief rot an. „Oh ja. Also, ich hab mir gedacht, es ist doch seltsam, dass Claire Martin ausgerechnet am 18. September ermordet wurde – dem Datum der Flutmorde.“

„Was ist daran merkwürdig? Wenn wir es mit einem Nachahmungstäter zu tun haben, wird er logischerweise am gleichen Tag zuschlagen.“

„Wenn aber doch Kyle Baxter dahintersteckt und Claire an Bord der Abigail zu Tode kam, dann ist es schon ein unglaublicher Zufall, dass er ausgerechnet am 18. September die Party steigen ließ."

Steve seufzte. „Dave. Wann hat Kyle Baxter Geburtstag?"

„Am 18. September."

„Wann sollte er also seinen Geburtstag feiern, wenn nicht am 18.?"

„Oh."

„Mach dir nichts draus. Jeder haut mal daneben. Ist die Spurensicherung benachrichtigt? Die Durchsuchung der Abigail steht noch an."

„Das Team hat sich für 10:00 Uhr angekündigt", sagte Dave. „Kyles Freunde haben übrigens dichtgehalten. Niemand hat etwas von einer Vergewaltigung gesehen oder gehört. Als wir Joey Harper mit Kyles Aussage konfrontierten, hat er immerhin zugegeben, den Mädchen K.-o.-Tropfen in die Drinks gemixt zu haben."

„Das ist doch schon mal was."

Steve klopfte Dave auf die Schulter und ging in sein Büro. Kaum saß er hinter seinem Schreibtisch, klingelte das Telefon. Er nahm ab.

„Ian Laney ist in der Leitung", sagte Dave.

„Stell ihn durch", sagte er.

Es klickte in der Leitung.

„Guten Morgen, Chief Officer. Was kann ich für Sie tun?"

„Wir hatten vereinbart, dass Sie mir täglich eine Zusammenfassung Ihrer Ermittlungsergebnisse schicken."

„Ich habe nur drei Leute, und die haben alle Hände voll zu tun. Wir ...“

„Sergeant Lyme hat mich über den Mord an Vikar Randall informiert. Was ist da bei euch los auf Alderney? Das sind zwei Kapitalverbrechen innerhalb von drei Tagen!“

Du bist ja bereits bestens im Bilde, dachte Steve grimmig.

„Ob es Mord war, steht erst fest, wenn die Obduktion abgeschlossen ist. Es deutet allerdings einiges darauf hin, dass Randall erstickt wurde.“

„Was ist das für eine Geschichte mit der Tochter von Albert Evans? Könnte sie etwas damit zu tun haben?“

Das hatte Gordon also auch schon ausgeplaudert.

„Sie zählt zum Kreis der Verdächtigen, aber ihr fehlt das Motiv.“

„Und dieser ominöse Unbekannte? Was wissen wir über ihn?“

„Er arbeitet wahrscheinlich auf einer der Fähren. Ich möchte mit Miss Gray nach Guernsey kommen, damit Ihre Spezialisten mit ihrer Hilfe ein Phantombild erstellen. Möglicherweise erkennt ein Mitglied der Crews den Mann wieder.“

„Wahrscheinlich ... möglicherweise ...“

„Tut mir leid, Sir. Mehr Informationen habe ich zum gegenwärtigen Zeitpunkt nicht.“

„Soll ich meine Leute etwa auf die Suche nach einem Phantom ausschwärmen lassen?“, polterte Laney. „Ich brauche auf Guernsey selbst jeden Mann! Oder muss ich Sie daran erinnern, dass Sie mein Spurensicherungsteam und den Coroner ständig in Beschlag nehmen?“

„Wir sollten der Spur auf jeden Fall nachgehen, auch wenn sie im Sand verläuft. Uns soll schließlich niemand nachsagen, wir hätten schlampig gearbeitet. Die Presse wartet nur darauf, uns ein Versäumnis ankreiden zu können.“

„Womit Sie leider recht haben“, brummte Laney.

„Ich brauche nur das Phantombild, den Rest erledigen meine Leute hier auf Alderney.“

„Meinetwegen. Kommen wir zum unangenehmen Teil unseres Gesprächs. Der Haftrichter sieht keine ausreichenden Gründe, um Kyle Baxter in Untersuchungshaft zu nehmen.“

„Ich weiß, dass er sich an Claire Martin vergangen hat.“

„Dann beweisen Sie es. So lange bleibt er auf freiem Fuß. Lassen Sie ihn unverzüglich frei.“

„Was hat die Auswertung der DNA-Spuren ergeben?“

„Der Abgleich läuft noch“, antwortete Laney. „Der alte Baxter macht mir hier die Hölle heiß. Unterschätzen Sie ihn nicht. Sie haben sich einen mächtigen Widersacher geschaffen.“

„Darauf kann ich leider keine Rücksicht nehmen, Sir.“

„Ich gebe Ihnen vierundzwanzig Stunden, Cole. Wenn Sie mir dann nicht zumindest einen dringend Tatverdächtigen präsentieren, werde ich Unterstützung vom Festland anfordern. Wir können uns keine Wiederholung der Flutmorde leisten, ist das klar?“

„Völlig klar, Sir.“

„Gut, wir haben uns verstanden. Ich erwarte Ihren Bericht.“

Laney legte auf. Steve kippte seinen Sessel zurück und blickte aus dem Fenster. Ein stürmischer Wind trieb buntes Herbstlaub vor sich her. Laney tat, was er tun musste. Wäre Steve an seiner Stelle gewesen, hätte er genauso reagiert. Vier Polizisten, von denen nur einer Erfahrung in der Aufklärung von Kapitalverbrechen hatte, waren zu wenig, um in kurzer Zeit Erfolge vorzuweisen. Aber wenn sich ein Team aus Spezialisten auf Alderney einnistete, wuchs die Gefahr, dass ihn jemand erkannte. Er brauchte einen Täter, und zwar so schnell wie möglich.

Doch wie sollte er mit dieser Truppe einen gerissenen Serienkiller überführen? Ein Anfänger, der gerade aus dem Ei geschlüpft war, eine Polizistin, die sich von ihrem Ehemann verprügeln ließ, und ein Schleimer, der nur darauf wartete, seinen Platz einzunehmen. Steve entschuldigte sich stumm bei den ersten beiden Kollegen. Es war unfair, so hart über sie zu urteilen. Sie gaben ihr Bestes. Es war nicht ihre Schuld, dass ihnen die Erfahrung fehlte.

Es klopfte an der Tür, Penny kam herein.

„Wir haben ein Problem, Steve.“

„Noch eins?“

Sie durchquerte den Raum und schob die Gardine einen Spalt zur Seite.

„Sieh's dir selbst an.“

Vor dem Revier hatte sich eine Menschentraube gebildet. Die meisten waren mit Handys, Kameras und Mikrofonen bewaffnet. Ein Wagen der Guernsey Press rollte langsam über die Queen Elizabeth II Street und hielt auf der gegenüberliegenden Straßenseite.

„Die Nachricht von Randalls Tod ist wie ein Lauffeuer über die Insel gerast“, sagte Penny. „Er war eine Institution. Hatte ich vergessen, das zu erwähnen?“

Steve fluchte leise. Er steckte in der Klemme. Wenn er vor diese Meute trat, war sein Bild morgen in allen Zeitungen Südenglands, vielleicht sogar im ganzen Land.

„Darf ich einen Vorschlag machen?“

„Ich bin für alles offen“, sagte er.

„Jemand muss da rausgehen und sie mit ein paar Informationen füttern. Dann ziehen sie ab. Wenn du das machst, bist du erledigt.“

„Darauf bin ich auch schon gekommen.“

„Überlass den Job Gordon. Dann kann er sich ein bisschen wichtigmachen und wird sich gut dabei fühlen.“

„Du vergisst, dass ich diesen Laden leite. Sie wollen den Chief sprechen. Wir müssen übrigens Kyle Baxter laufen lassen. Anweisung von oben.“

Das Telefon klingelte. Wahrscheinlich versuchte Dave die Meute daran zu hindern, das Revier zu stürmen, und brauchte Hilfe. Steve nahm ab.

„Was gibt’s, Dave?“

„Wir haben einen Leichenfund bei den Klippen östlich vom Corblets Beach.“

Steve schloss die Augen und stöhnte. Ein weiterer Mord war das Letzte, was er jetzt gebrauchen konnte.

„Erklär mir bitte nicht, dass wir noch ein Mädchen verloren haben“, sagte er.

„Das nicht, aber so wie’s aussieht, könnte es Patrick Bell sein.“

32

„Du solltest Dave nicht ständig zum Telefondienst einteilen. So lernt er nie dazu", sagte Penny.

„Wenn wir das Phantombild haben, kann er sich im Hafen und auf den Fähren umhören."

Steve stieg aus dem Streifenwagen und schlug den Kragen seiner Jacke hoch. Das Barometer war gefallen, der Wind hatte seit dem Morgen stark zugelegt. Er brachte Salz und Gischt mit, es roch nach Sturm.

Pennys Veilchen war noch immer deutlich zu sehen. Es schimmerte inzwischen in Gelb und Grün.

„Wie macht sich Frank?", fragte Steve.

„Er hat das Wohnzimmer aufgeräumt, den Couchtisch repariert und einen neuen Fernseher gekauft. Außerdem hat er seine Schnapsvorräte in den Ausguss gekippt; sogar die, die er hinter seiner Plattensammlung versteckt hatte. Was hast du mit ihm angestellt?"

„Ich musste ihm nur gut zureden. Hoffentlich schafft er es, seine guten Vorsätze längerfristig einzuhalten."

Ein etwa sechzigjähriger Mann kam auf sie zu und tippte sich mit zwei Fingern an die Schläfe. Er trug Anglerhosen und einen gelben Regenmantel.

„Kennen wir uns nicht?", fragte Steve.

„Mr Trenton hat die Leiche von Claire Martin entdeckt", sagte Penny.

„Richtig, ich erinnere mich. Was haben Sie denn diesmal für uns?"

„Ich könnte gerne darauf verzichten, Chief. Also ... ich geh wie jeden Morgen mit Jappo hier lang." Er tätschelte den zottigen Hund, der ihn auch bei ihrer ersten Begegnung begleitet hatte. „Da steh ich auf den Klippen und halt die Nase in den Wind. Es wird 'nen ordentlichen Sturm geben, denk ich bei mir ... da seh ich, wie die Brandung was gegen die Felsen drückt. Erst dacht ich, es wär'n Stück Treibholz, aber dann wird mir klar, dass da ein Mensch im Wasser liegt."

Steve beugte sich über die Kante des Cliffs. Zehn Meter unter ihm trieben die Wellen ihr Spiel mit einem menschlichen Körper, der sich zwischen den schwarzen Steinen verklemmt hatte.

„Wie kommen wir da runter?", fragte er.

„Ich habe den Hafenmeister angerufen", antwortete Penny.

„Er schickt die *Anne Bailey* und Helfer, um den Toten zu bergen."

„Die *Anne Bailey?* War Dave etwa Pate beim Stapellauf?"

„Das ist unser Polizeiboot, um die Küstengewässer zu überwachen. Der Name Bailey ist auf Alderney ziemlich verbreitet."

Trenton spuckte aus und wischte sich mit dem Handrücken über den Mund.

„Ab und zu verunglücken Touristen auf den Klippen. Ich hab Willi Tate gewarnt, dass es wieder passieren wird. Er sollte für Absperrungen, Zäune und Warnschilder sorgen, aber nichts davon ist geschehen."

Steve wandte sich an Penny. „Wer ist Willi Tate?"

„William Tate ist der amtierende Präsident der States of Alderney – der Mann, den Baxter aus dem Amt drängen will."

„Oh. Verstehe."

Er blickte aufs Meer hinaus. Von Westen näherte sich ein Boot und lief in die Bucht ein. Der Mann am Steuer drosselte den Motor. Penny winkte und deutete auf die Felsen. Er nickte und steuerte langsam auf die Klippen zu. Ein zweiter Mann im Bug bemühte sich, mit einer langen Stange das Boot von den tückischen Riffen fernzuhalten, während ein Dritter mit einem Haken nach dem leblosen Körper angelte. Nach mehreren Versuchen schaffte er es, den Toten zu sich heranzuziehen.

Penny und Steve machten sich auf den Weg zum Strand hinunter. Der Steuermann ließ das Boot langsam in die Bucht einlaufen. Sie warteten, bis sie die Leiche an Land gezogen hatten.

Penny öffnete die Bilddatenbank ihres Smartphones.

„Die Bells haben mir ein Foto von Patrick geschickt", sagte sie.

Steve verglich die Aufnahme mit dem Toten.

„Das ist er", bestätigte er. „Darum hat er sich also nicht gemeldet." Er beugte sich über die Leiche. „Ich schätze, er hat mindestens drei bis vier Tage im Wasser gelegen. Du kannst gleich Mortenson anrufen."

„Das ist der dritte Tote innerhalb einer Woche", sagte Penny. „Das wird weder Laney noch Baxter gefallen."

„Mir gefällt's auch nicht."

„Es ist ja nicht gesagt, dass es Mord war. Vielleicht war's ein Unfall."

„Hilf mir mal, ihn umzudrehen."

Penny verzog das Gesicht, kniete sich dann aber neben die Leiche und packte mit an.

„So viel zu deiner Unfalltheorie", sagte Steve.

Patrick Bell hatte ein faustgroßes Loch im Hinterkopf.

„Sieht nach einem Schlag mit einem Kantholz oder einer Eisenstange aus. Ich glaube nicht, dass die Verletzung nach seinem Tod entstanden ist, aber auch das können wir nicht ausschließen."

„Du meinst, die Brandung hat die Leiche gegen die Felsen geschleudert?", fragte Penny.

„Warten wir die Obduktion ab. Ich gehe jede Wette ein, dass er ermordet wurde."

„Weil er zu viel wusste", sagte Penny.

„Das nehme ich auch an."

Ein Mann der Bootsbesatzung kam auf sie zu.

„Da unten zwischen den Felsen ist noch was, Chief. Ich hab die Ölschlieren bemerkt und es dann gesehen."

„Was denn?"

„Da liegt ein Motorrad im Wasser. Sieht aus wie 'ne Crossmaschine. Mein Junge hat auch so 'n Ding."

„Können sie sie bergen?"

„Wir werden es versuchen."

Steve blickte sich um und kletterte auf die Felsen. In einiger Entfernung entdeckte er eine mannshohe Betonröhre.

„Was ist das?", rief er.

„Der Tunnel zwischen dem Saye Beach und der Arch Bay. Hast du eine Theorie?"

„Hab ich. Ist aber vorerst eben nur eine Theorie."

„Lass mal hören."

„Okay. Claire Martins Leiche wurde nur zweihundert Meter von hier entfernt gefunden“, sagte er. „Man kann den Strand durch den Tunnel schnell erreichen. Wir wissen, dass Pat sich mit ihr gestritten hat. Kyle hat ausgesagt, das wäre ein paar Tage vor der Party am Sonntagabend passiert. Kurz darauf lernt Claire Emily Gray kennen und lädt sie zu der Geburtstagsfete ein, zu der sie mit Pat nicht gehen wollte. Warum hat sie ihre Meinung geändert?“

„Vielleicht ging es bei dem Streit um etwas ganz anderes“, überlegte Penny. „Oder Kyle hat uns wieder mal angelogen, und es war Pat, der sich von ihm lossagen wollte. Claire war sauer und fragte aus Trotz Emily, ob sie mit ihr zur Party geht.“

„John Baxter hat etwas Ähnliches erwähnt. Er meinte, Pat tauge nichts. Claire dagegen sei ehrgeizig und zielstrebig und suche Kontakte in die High Society. Vielleicht hat das Pat nicht gepasst. Das bedeutet, er war an jenem Abend wirklich nicht auf der Abigail.“

„So könnte es gewesen sein“, stimmte Penny ihm zu.

„Nehmen wir an, er bereut die Auseinandersetzung“, überlegte Steve. „Sonntagnacht wird ihm klar, dass Kyle ihm das Mädchen ausspannen wird, wenn Claire ohne ihn zu der Party geht. Er gerät in Panik und fährt mit dem Motorrad los, um die Abigail zu suchen. Im Hafen liegt sie nicht mehr. Pat kennt Kyle; er weiß, wo der mit der Jacht ankern wird, um ungestört feiern zu können. Also sucht er die Buchten ab und findet Claire gefesselt am Strand. Er hält an und läuft hinunter, um sie zu befreien. Der Mörder überrascht ihn dabei, als er versucht, sie loszubinden, und schlägt ihn von hinten nieder. Wir wissen, dass er da war. Er wollte den Tod seines Opfers miterleben, weil es ihn sexuell erregte, ihr beim Ertrinken zuzusehen.“

„Was für ein perverses Schwein“, sagte Penny angewidert.

„Vielleicht ist er ein netter Familienvater, dem niemand zutraut, auch nur einer Fliege etwas zuleide zu tun. Es wäre nicht der erste derartige Fall, in dem ich ermittelt habe. Du würdest dich wundern, welch dunkle Seiten da zum Vorschein kommen.“

„Anschließend wirft er Patricks Leiche von den Klippen und das Motorrad gleich hinterher“, sagte Penny. „Dann sieht's wie ein Unfall aus – ein Junge, der sich Sorgen um seine Freundin macht, fährt durch die Nacht, um sie zu suchen, überschätzt sich und rast über die Klippen.“

„Ich bin ziemlich sicher, dass es so abgelaufen ist“, sagte Steve.

„Dann kann Kyle Baxter nicht der Täter sein.“

„Daran habe ich nie geglaubt. Er nutzte die Gelegenheit und verging sich an Claire, aber er ist kein Mörder.“

„Bleibt die Möglichkeit, dass er mithilfe seines Vaters den Mord vorgetäuscht hat, um einen Unfall zu vertuschen. Vielleicht war die Dosis der K.-o.-Tropfen bei Claire zu hoch. Plötzlich atmet sie nicht mehr, und Kyle gerät in Panik. Dann steht auf einmal sein Vater vor ihm, der nach der Jacht gesucht hat. Natürlich unternimmt er sofort alles, um den Deckel auf der Sache zu halten.“

„Und dann kommt ihnen Patrick Bell in die Quere“, sagte Steve.

„Warum sind sie nicht einfach weiter rausgefahren und haben Claires Leiche ins Meer geworfen? Sie wäre niemals entdeckt worden."

„Zu viele Zeugen", sagte Steve. „Baxter musste damit rechnen, dass einer der Kids redet."

„Traust du ihm wirklich zu, die Flutmorde nachzuahmen?"

Er schüttelte den Kopf. „Nein, eigentlich nicht."

„Wer war es dann?"

„Ja ... wer ist es gewesen?", überlegte Steve.

Es gab einen Mann, dem er einen grausamen Mord zutraute; einen Sadisten, der keinerlei moralische Hemmungen kannte und den das Quälen und Töten geradezu berauschte. Und dieser Mann befand sich auf Alderney: Juan Cataldo. Baxter verbanden geschäftliche Beziehungen mit Sorokin, es hatten bereits Ermittlungen der Steuerfahndung begonnen, die allerdings gestoppt worden waren. Wenn er die Präsidentschaftswahlen gewann, wuchs sein Einfluss enorm. Der Russe würde kaum eine bessere Gelegenheit finden, um sein schmutziges Geld zu waschen. Hatte Baxter ihn um Hilfe gebeten, weil er durch Kyles Dummheit seine Wahl gefährdet sah? Hatte Sorokin umgehend Cataldo geschickt, der ein Verbrechen nach dem Muster der Flutmorde inszenierte? Vielleicht hatte Baxter ihn auf die Idee gebracht. Das würde erklären, warum keiner der Partygäste es wagte, den Mund aufzumachen – auch die Mädchen nicht. Wenn sie Bekanntschaft mit Juan Cataldo gemacht hatten, reichte eine einzige Begegnung aus, um sie zum Schweigen zu bringen.

Penny unterbrach seine düsteren Gedankengänge.

„Hast du schon mal daran gedacht, dass es Emily Gray gewesen sein könnte?“

„Sie war zu dem Zeitpunkt, als Claire starb, bewusstlos.“

„Das behauptet sie, aber war sie es? Kyle sagte, die K.-o.-Tropfen hätten auf sie eine überraschende Wirkung gehabt. Sie sei extrem aggressiv geworden und habe Bärenkräfte entwickelt. Sie sei nicht mehr sie selbst gewesen, sondern ein völlig anderer Mensch. So ähnlich hat er sich ausgedrückt.“

„Sie hatte kein Motiv, Claire zu töten. Außerdem wusste sie nichts über die Details der Flutmorde“, sagte Steve.

„Dann ist es doch der große Unbekannte, der sie verfolgt“, sagte Penny. „Wenn es ihn überhaupt gibt.“

„Ich denke, er existiert. Sie hat mich nicht angelogen. Als ich sie im Bunker beim Pfarrhaus fand, hatte sie Todesangst. Das war nicht gespielt. Und dann ist da ja auch noch Randalls Tod und der Angriff beim Fort.“

„Außer ihr hat ihn keiner gesehen“, sagte Penny, „weder im Bunker noch bei Fort Doyle oder im Mignot Memorial.“

Steve nickte. „Dieser Kerl ist ein echtes Phantom.“

Sein Telefon klingelte. Er meldete sich. Dave war in der Leitung.

„Hier wartet ein komischer Kauz auf dich“, sagte er, „ein ungeduldiges Rumpelstilzchen mit rotem Bart. Er sagt, er wäre Psychiater, und will dich unbedingt wegen Emily Gray sprechen.“

„Ich komme.“

Dave machte ein ungewohnt finsteres Gesicht, als Steve die Wache betrat.

„Was ist los?", fragte Steve. „Hat Gordon deine Donuts gefuttert?"

„Der alte Baxter hat seinen missratenen Sohn abgeholt", sagte er.

„Ist nicht zu ändern."

„Er hat damit gedroht, dich fertigzumachen."

„Hunde, die bellen, beißen nicht."

„Baxter hat scharfe Zähne. Und er benutzt sie ohne Skrupel."

„Er wird sie sich an mir ausbeißen", entgegnete Steve.

Dave druckste herum.

„Ist noch was?", fragte Steve.

„Penny und ich finden es gut, dass wir endlich einen Chief haben, der die Dinge anpackt. Wir wollen nicht, dass Baxter an deinem Stuhl sägt."

„Und was sagt Gordon dazu?"

Dave presste die Lippen zusammen und lief rot an. „Der wartet nur darauf, dass du einen Fehler machst. Wenn Baxter gewinnt, wird Gordon Polizeichef."

„Noch ist es nicht so weit."

Dave schwieg verdrossen und ordnete die Papiere auf seinem Schreibtisch. Er schien nicht überzeugt zu sein.

„Wird Kyle sich wegen Vergewaltigung verantworten müssen?", fragte er.

Steve zuckte mit den Schultern. „Wir können ihm nichts nachweisen, seine Freunde halten dicht. Vielleicht redet eins der Mädchen, die an Bord waren. Aber ich befürchte, Baxter hat sie so sehr eingeschüchtert, dass sie den Mund halten. Bleibt noch das Ergebnis des DNA-Abgleichs abzuwarten."

Dave zerknüllte ein Blatt Papier in seiner Faust.

„Das ist nicht gerecht."

„Nein, ist es nicht. Aber wir müssen uns nun mal an die Regeln halten, sonst können wir nicht verlangen, dass die anderen es tun."

Er nickte schweigend. „Ist der Tote Patrick Bell?"

„Sieht so aus. Penny hat den Coroner informiert."

„War es Mord?"

„Davon gehe ich aus. Obwohl es wie ein Unfall aussehen sollte."

„Noch ein Verbrechen, das ungesühnt bleibt", sagte Dave dumpf.

„Abwarten. Wo steckt denn dieser Psychodoktor?"

„Er sitzt in deinem Büro." Dave zuckte mit den Schultern. „Er hat darauf bestanden ... und er kann irgendwie sehr überzeugend sein."

Steve schenkte sich einen Kaffee ein und trug die Tasse in sein Büro. Die stets gefüllte Kaffeemaschine war etwas, was er auf Alderney zu schätzen gelernt hatte. Wer von ihnen bemerkte, dass die Kanne leer war, kochte neuen – es war eine Sache, bei der Hierarchien, Grabenkämpfe oder Animositäten keine Rolle spielten; eine stillschweigende Übereinkunft, eine Art heiliges Ritual, an das sich jeder hielt.

Vielleicht schweißt es die Truppe ja zusammen, dachte Steve amüsiert. Er öffnete die Milchglastür mit der Aufschrift *Chief* und stellte die Tasse auf seinen Schreibtisch. Eine gedrungene Silhouette dämpfte das Tageslicht. Der Besucher stand vor dem Fenster und wandte ihm den Rücken zu, als sei dies sein Büro und nicht das des Polizeichefs. Er tippte ungeduldig mit der Schuhspitze auf den Boden und schnippte mit den Fingern, die Hände hinter dem Rücken verschränkt.

„Wie kann ich Ihnen helfen, Mr ...?", fragte Steve.

Der Mann drehte sich ruckartig um und kam mit schnellen, präzisen Schritten auf ihn zu. Dabei bewegte er sich energisch und abgehackt wie ein Roboter. Seine Beine waren im Verhältnis zum Rest zu kurz geraten und hatten Mühe, den tonnenförmigen Oberkörper zu tragen. Ein wilder, feuerroter Bart rahmte sein Gesicht ein, aus dem er ruhelose Blicke um sich warf.

„Endlich. Chief Cole, nehme ich an? Ich muss Sie in einer äußerst wichtigen Angelegenheit sprechen."

Er zog sich ungefragt einen Stuhl heran und setzte sich. Steve verkniff sich, nachzuschauen, ob die Beine des Mannes bis zum Boden reichten oder ob er damit schaukelte wie ein Kind.

Er nahm hinter seinem Schreibtisch Platz.

„Sie erlauben?"

Der Besucher ging nicht auf seinen Spott ein. Er schien es auch nicht für nötig zu halten, sich vorzustellen.

„Ich bin auf der Suche nach einer Patientin", dröhnte er. „Da ich sie seit Tagen nicht erreichen kann, habe ich mich entschlossen, selbst nach Alderney zu kommen."

„Ich kann Ihnen nicht ganz folgen", sagte Steve. „Am besten fangen wir damit an, dass Sie mir verraten, wer Sie sind."

Der Mann kniff die Augen zusammen und presste die Hände um die Lehnen seines Stuhls. Er spannte die Muskeln an, als wolle er Steve anspringen wie ein Puma seine Beute.

„Ich dachte, das bedurfte keiner Erklärung. Mein Gesicht sollte eigentlich jedem Polizisten von hier bis London, der jemals in einem verzwickten Fall Hilfe bei einem forensischen Psychiater gesucht hat, bekannt sein. Mein Name ist Professor Doktor Robert Hill."

Steve trank einen Schluck Kaffee. „Tut mir leid, nie von Ihnen gehört."

„Dann sollten Sie diese Bildungslücke schnellstens schließen. Mir kam zu Ohren, dass Sie sich auf Alderney mit einem abscheulichen Verbrechen konfrontiert sehen, das Ähnlichkeiten mit einer alten Mordserie aufweist."

„Und Sie glauben, etwas zur Aufklärung beitragen zu können?"

„Ganz sicher sogar."

„Die Patientin, die Ihnen abhandengekommen ist, hat nicht zufällig etwas damit zu tun?"

Hill lief rot an.

„Sie ist mir nicht *abhandengekommen*. Ich rede hier nicht von einer pathologischen Gewalttäterin, die aus der geschlossenen Psychiatrie entwichen ist", dröhnte er.

„Dann gehe ich davon aus, dass Ihre Patientin Emily Gray heißt."

„Sie gehört demnach zum Kreis der Verdächtigen?", fragte Hill.

„Ich sehe sie eher als Opfer. Es gibt allerdings ein paar ziemlich merkwürdige Aspekte in dem Fall. Dass sie sich in psychiatrischer Behandlung befindet, lässt einiges, für das ich bislang keine Erklärung fand, in einem anderen Licht erscheinen."

„Wenn Sie mich in den Stand Ihrer Ermittlungen einweihen, kann ich behilflich sein. Ich habe viele Jahre als Gerichtsgutachter gearbeitet und ein Dutzend Fachbücher über die unterschiedlichsten Bereiche der komplizierten menschlichen Psyche verfasst."

„Einverstanden."

Steve begann zu berichten: über Emilys Erinnerungslücken, ihre Herkunft und die vermutete Vergewaltigung, ihr zeitweise aggressives Verhalten und über den Mann, der sie angeblich verfolgte.

„Nun wird das Gesamtbild erheblich klarer", sagte Hill nachdenklich. „Wenn sie als Kind zumindest einen der Morde ihres Vaters beobachtet hat, erklärt dies das tiefe Trauma, unter dem sie leidet."

„Könnten Sie etwas deutlicher werden?"

„Ich unterliege der ärztlichen Schweigepflicht, Chief Cole."

„Wenn von ihr eine Gefahr ausgeht, entbindet Sie das von Ihrer Verpflichtung."

Hill nickte widerstrebend. „Nun, ich kann Ihnen zumindest so viel verraten: Möglicherweise müssen wir Emily vor sich selbst schützen; und vor jemandem, dessen Sie niemals habhaft werden können."

„Warum nicht?"

„Weil er kommt und geht, wann er will, und weil er keinen eigenen Körper besitzt."

Der Psychiater berichtete von der Regressionstherapie, die damit geendet hatte, dass Emily ihn niedergeschlagen hatte.

„Sie meinen also, Emily hat den Teil ihrer Persönlichkeit, der den Vater als brutalen Mörder erlebt hat, vollständig abgespalten?"

„Nur so konnte sie weiterleben, als wäre nichts geschehen, denn jetzt war es nicht sie, die das Verbrechen beobachtet hatte, sondern Eliot. Sie müssen sich das als Schutzmechanismus der Seele vorstellen. Zuerst übertrug sie nur die furchtbaren Bilder auf Eliot – hat sie gewissermaßen ausgelagert. Im Lauf der Jahre verwandelte sie ihn in einen imaginären Freund und Beschützer, wie es viele Kinder tun. Als sie erwachsen wurde, brauchte sie ihn nicht mehr. Er hatte seine Schuldigkeit getan und konnte gehen. Bedauerlicherweise gab es ein Ereignis, das ihn erneut geweckt hat. Nun ist er zurück und erfüllt den Zweck, für den er erschaffen wurde: Wenn Emily bedroht wird, übernimmt er das Kommando, um sie zu beschützen. Die Wahl seiner Mittel ist ihm dabei egal. Er ist nicht eigentlich böse. Stellen Sie ihn sich als einen Automaten vor, der nur eine einzige Aufgabe hat. Wie ein Roboter führt er sie aus, ohne über moralische Maßstäbe nachzudenken.“

„Sie sprechen von ihrer Begegnung mit dem Mann im Bus“, sagte Steve.

Hill schüttelte den Kopf. „Ich glaube nicht, dass er existiert. Ein Trigger kann alles Mögliche sein, oft sind es nur Kleinigkeiten, die das Wachbewusstsein gar nicht beachtet. Vielleicht ist sie zufällig einem Fremden begegnet, der Ähnlichkeit mit ihrem Vater hatte, oder es war eine Angewohnheit, an die sie sich erinnerte. Es könnte ein Geruch gewesen sein, eine Geste – praktisch alles Vorstellbare. Das Unbewusste sieht die Welt mit anderen Augen als das wache Ich. Es reagiert anders und folgt eigenen Regeln und Gesetzen.“

„Sie konnte ihn recht gut beschreiben“, sagte Steve. „Ähnlichkeit mit Albert Evans war nicht erkennbar.“

Gemeinsam gingen sie noch einmal das Protokoll der Befragung nach Randalls Tod durch. Tatsächlich hatte niemand den Mann gesehen, der aus dem Zimmer des Vikars kam. Weder die Besatzung der Fähre noch der Kartenverkäufer am Hafen konnte sich daran erinnern, dass Emily verfolgt worden war, als sie in Panik ihre Koffer stehen gelassen hatte. Als Steve Emily im Bunker gefunden hatte, war sie allein gewesen.

„Das hört sich nach einer ziemlich unglaubwürdigen Gruselgeschichte an", sagte er zweifelnd, „Dr. Jekyll und Miss Emily Gray. Es fällt mir schwer zu akzeptieren, dass es so etwas geben kann. Ich meine ... das stellt unsere Vorstellung vom eigenen, selbstbestimmten Ich infrage, nicht wahr? Wie ist es möglich, dass zwei Wesenheiten im selben Kopf existieren?"

„Oh, es gibt mehrere gut dokumentierte Fälle von Persönlichkeitsspaltungen. Der berühmteste ist wohl der von Eve White, deren Gehirn gleich drei voneinander getrennte Personen entwickelte", sagte Hill.

Steve schlug die Akte zu. „Ich muss drei Morde aufklären, und das so schnell wie möglich. Albert Evans kann es nicht gewesen sein, denn er ist tot. Kyle Baxter kann ich wohl auch von der Liste der Verdächtigen streichen, denn zum Zeitpunkt von Randalls Tod saß er in einer unserer Arrestzellen. Wenn der mysteriöse Unbekannte nicht existiert, bleibt nur Emily Gray – oder gewissermaßen Eliot." Er rieb sich irritiert den Nacken. „Meine Güte, da kommt man ganz durcheinander. Trauen Sie diesem Teil von ihr einen Mord zu?"

Hill schürzte die Lippen und strich über seinen Bart.

„Er besitzt genaue Kenntnisse über Evans' Vorgehensweise. Wir wissen, dass Kinder, die traumatische Erfahrungen gemacht haben, dazu neigen, die belastende Situation immer wieder nachzuspielen. Indem sie das Erlebte Stück für Stück verändern, gewinnen sie die Kontrolle darüber. Ihr Blickwinkel verändert sich allmählich, und sie können das Trauma verarbeiten. So etwas kommt gar nicht so selten vor, wie Sie denken, Chief. Man schätzt, dass etwa einer von hundert Menschen in seiner Kindheit ein so schweres Trauma erlebt, dass sich sein Ich nicht richtig ausbilden kann. Um die abgekapselten Erinnerungen herum entsteht eine neue Identität, und das Ego zerfällt in mehrere Persönlichkeiten."

„Sie meinen, Eliot hat Evans' Verbrechen nachgeahmt, um sich von der Qual der Erinnerung zu befreien?"

Hill nickte. „Nicht sich, sondern Emily. Er ist nur das Werkzeug des Unbewussten."

„Und sie weiß nichts davon?"

„Nein. Wenn Eliot die Kontrolle hat, ist ihr Bewusstsein ausgeschaltet. Sie erinnert sich auch nicht daran. Demzufolge könnte ein Richter sie nicht für Eliots Taten verantwortlich machen. Er würde sie in die Psychiatrie einweisen lassen, wo man ihre dissoziative Identitätsstörung behandelt. Emily ist schuldunfähig."

„Was nicht bedeutet, dass sie ... dass Eliot wieder tötet", sagte Steve.

„Ganz im Gegenteil, wir müssen damit rechnen. Wo hält sie sich gegenwärtig auf?"

„Im Mignot Memorial Hospital. Fahren wir hin und bereiten dem Spuk ein Ende."

33

Emily stand auf dem Balkon ihres Hotelzimmers. Das vom Regen durchweichte Haar klebte an ihrer Haut. Sie fröstelte in dem böigen Westwind, der heulend und fauchend um die Dachtraufen und Giebel strich, und klammerte sich so fest an das kalte Metallgeländer, dass ihre Knöchel weiß hervortraten. Eine Minute verging, dann noch eine, bevor sie begriff, wo sie war und was sie tat. Wie sie hierhergekommen war, blieb im Dunkeln. Wieder hatte sie das beängstigende Gefühl, in einem Film festzustecken, den jemand in Stücke geschnitten, durcheinandergewirbelt und wieder zusammengefügt hatte. Er zeigte Szenen ihres Lebens, die ihr vertraut waren, die jedoch jäh endeten, während plötzlich neue Bilder auftauchten, und die Handlung von einem verrückten Regisseur an einer anderen Stelle sinnlos weitergeführt wurde. Der Verband an ihrem linken Handgelenk war durchnässt und löste sich. Darunter pochte ein dumpfer Schmerz. Sie wandte sich um und kehrte ins Zimmer zurück.

Auf dem Teppich vor der Balkontür glänzte ein Wasserfleck. Sie hatte nicht die geringste Vorstellung davon, wie lange sie hier draußen gestanden und auf das Meer gestarrt hatte. Sie konnte sich daran erinnern, dass sie im Mignot Memorial ein Frühstück zu sich genommen und ein kurzes Gespräch mit Dr. Hopkins geführt hatte. Dunkel entsann sie sich, dass er weitere Tests durchführen wollte, weil ihn ihre Erinnerungslücken an den Überfall bei Fort Doyle und das anhaltende Schwindelgefühl beunruhigten. Als er das Zimmer verlassen hatte, stellten sich rasende Kopfschmerzen ein. Sie hatte sich wieder ins Bett gelegt und ...

Emily verfolgte, wie der Sekundenzeiger ihrer Armbanduhr vorrückte. Es war kurz nach Mittag, aber das war genauso unwichtig wie das Gerede von Dr. ... wie hieß er doch gleich?

Kurz darauf stand sie im Badezimmer und betrachtete ihren linken Unterarm. Eine hässliche Risswunde zog sich über die Innenhand, die mit mehreren Stichen genäht worden war. Sie grübelte darüber nach, woher die Verletzung stammte und wer den Schnitt versorgt hatte, aber die Gedanken flogen davon wie die Sturmwolken am Himmel von Alderney.

Emily klebte ein großes Pflaster über die Wunde und öffnete dann den Kleiderschrank, um sich umzuziehen. Er war leer. Ihr Herz begann zu rasen. Von einem Augenblick zum anderen war sie im Hier und Jetzt angekommen. Die Konturen gewannen an Schärfe, das Licht an Intensität.

Mit angsterfüllten Blicken suchte sie das Zimmer ab. Ihre Reisetasche und der Rollkoffer standen neben der Tür. Sie zog den Reißverschluss des Koffers auf und klappte den Deckel auf. Es war alles da. Mehr als das. In der Außentasche steckte ein Fährticket nach Guernsey. Wann hatte sie es gekauft? Wie war sie überhaupt in ihr Zimmer gelangt? Zwischen dem Gespräch mit Dr.

Hopkins und ihrem *Erwachen* auf dem Balkon lagen fast vier Stunden.

Sie sank auf das Bett und blickte auf die Regenschleier, die der Wind gegen das Fenster schleuderte. Es musste aufhören. Eliot musste aus ihrem Leben verschwinden, für immer. Wer konnte sagen, ob er nicht irgendwann vollständig die Kontrolle über sie erlangen würde? Was geschah dann mit Emily Gray? Die Vorstellung, dass ihr Bewusstsein erlöschen könnte, obwohl ihr Körper weiterlebte, erfüllte sie mit Grauen. Sie musste Eliot mit allen Mitteln bekämpfen, aber sie ahnte, dass sie diesem Gegner nicht gewachsen war. Er kannte jeden ihrer Schritte im Voraus, während sie sich seiner Gegenwart nicht einmal bewusst war und ihm ohne Gegenwehr Platz machen musste.

Eine Weile überlegte sie, ob sie seinem Drang, nach Southampton zurückzukehren, nachgeben sollte. Es musste einen wichtigen Grund geben, warum er sie von Alderney hatte fernhalten wollen und immer wieder versuchte, sie zum Verlassen der Insel zu bringen. Wurde ihm der Boden unter den Füßen zu heiß, weil er wusste, dass die Polizei ihm auf den Fersen war? Was tat Eliot, während er das Bewusstsein von Emily Gray ausschaltete und ihren Körper benutzte?

Sie erwog, noch einmal Robert Hill um Hilfe zu bitten – wenn er überhaupt dazu bereit war. Millie behauptete, Emily hätte ihn niedergeschlagen – eine absurde Vorstellung. Vielleicht gelang es ihm, Eliot in einer zweiten Therapiesitzung zu vertreiben.

Und wenn Eliot ahnte, was sie vorhatte? Würde er Vorkehrungen treffen, um zu verhindern, dass sie ihn vernichtete? Er hatte bewiesen, dass er zeitweise Macht über sie besaß und ihr immer größere Teile ihres Lebens stahl. Ihre einzige Chance lag darin, mit der Vergangenheit abzuschließen. Sie zu begraben, wie sie Eliot vor vielen Jahren in einer Zigarrenkiste unter der Linde begraben hatte. Instinktiv spürte sie, dass dies der Weg war, den sie gehen musste. Nach dem Gespräch mit Randall hatte sie geglaubt, am Ziel zu sein. Ihr Vater war ein Serienkiller gewesen, und sie hatte ihn bei seinen Taten beobachtet. Das daraus resultierende Trauma hatte sie auf Eliot übertragen. Aber Eliot gab keine Ruhe. Warum verschwand er nicht einfach?

Die Antwort lag auf der Hand: Der Vikar hatte sie angelogen. Warum sonst hatte er sie im Angesicht des Todes zu sich gerufen, wenn nicht, um ihr im letzten Augenblick seines Lebens die Wahrheit zu sagen und damit seine unsterbliche Seele zu retten? Wenn sie herausfand, was er ihr verschwiegen hatte; wenn sie die Bürde der Vergangenheit selbst trug, würde Eliot seine Macht über sie verlieren.

Sie legte den Koffer auf das Bett, wechselte ihre Kleidung und machte sich auf den Weg zum Pfarrhaus, dem Ort, an dem alles begonnen hatte.

Regen hüllte das alte Haus in graue Schleier. Emily hatte Schutz unter einem überhängenden Felsen gesucht. Trotz der wasserdichten Kapuzenjacke hatte sie kaum einen trockenen Faden am Leib. Sie beobachtete das Haus seit einer halben Stunde. In keinem der Fenster brannte Licht, niemand kam oder ging. Als Polizeichef von Alderney hatte Steve Cole sicher alle Hände voll zu tun. Es war früher Nachmittag, Emily rechnete nicht vor 18:00 Uhr mit seiner Rückkehr.

Als sie sicher war, dass das Haus verlassen war, wagte sie sich aus ihrem Versteck, huschte im Schutz des Regens den Klippenweg hinab und betrat den Vorgarten. Sie dachte an Claires scherzende Worte, dass auf Alderney niemand seine Haustür abschloss, weil es so gut wie keine Verbrechen gab. Sie sollte recht behalten, auch Cole war nachlässig gewesen. Emily schlüpfte in die dämmrige Diele und drückte die Eingangstür hinter sich zu. Sie lauschte mit angehaltenem Atem. Außer dem Ticken einer Standuhr und einem gelegentlichen Ächzen der Balken, die sich unter dem Druck des Windes bewegten, war es totenstill.

Sie ging bis zum Ende des Flurs und erinnerte sich daran, dass dort hinter einer niedrigen Brettertür eine Treppe in den Keller hinabführte. Sie zog den Riegel aus der Halterung, tastete nach dem Lichtschalter und stieg die Stufen hinab. Kurz darauf stand sie vor der geheimnisvollen Wand, in die Randall sein Schuldbekenntnis geritzt hatte. In einer Ecke lehnte eine Spitzhacke, auf dem Boden lagen abgeschlagene Stücke von Putz und Ziegelsteinbrocken. Cole hatte offenbar damit begonnen, die Mauer einzureißen, aber weit war er nicht gekommen.

Emily nahm die Hacke in die Hand. Sofort stellten sich stechende Kopfschmerzen ein, die diesmal so heftig waren, dass sie befürchtete, zu erblinden. Der Keller drehte sich um sie, aus ihren Augenrändern schien schwarze Tinte zu sickern, die Dunkelheit raste heran. Wenn sie das Bewusstsein verlor, würde Eliot die Kontrolle übernehmen. Eine lähmende Angst erfasste sie, dass ihr eigenes Ich für immer verschwinden könnte.

Sie bot alle Kraft auf und begann einen mörderischen Zweikampf mit sich selbst.

„Du willst nicht, dass ich die Wahrheit erfahre, Eliot, aber du wirst mich nicht daran hindern, sie ans Licht zu zerren." Die ersten Worte hatte sie unter Keuchen und Atemnot hervorgepresst, die letzten schrie sie beinahe. „Ich brauche dich nicht mehr, Eliot. Einer von uns beiden wird sterben, und das werde nicht ich sein. Ich werde leben, Eliot. Ich habe dich erschaffen, und ich kann dich wieder vernichten. Du warst mein Freund und mein Beschützer, aber ich werde nicht zulassen, dass du mich beherrschst."

Sie stieß einen wütenden Schrei aus, packte den Stiel der Hacke und ließ die eiserne Spitze auf die Mauer niederfahren. Der Schmerz in ihrer verletzten Hand war so stark, dass ihr schwarz vor Augen wurde. Sie ließ den Stiel los und brach in die Knie. Ein leises, hämisches Lachen schien sich in den Keller zu verirren. Es drang durch die Wand und füllte ihren Kopf aus. Eliot lachte das kleine Mädchen aus, das seine Kräfte maßlos überschätzt hatte.

„Du wirst nicht gewinnen, Eliot", sagte sie mit fester Stimme. „Ich werde es nicht zulassen."

Sie hielt einen Augenblick inne und spürte ihm nach. Das Lachen verstummte. Da war eine Leere in ihr, eine blinde Stelle, die sie zuvor niemals bemerkt hatte und die sich allmählich mit ihrer eigenen Persönlichkeit zu füllen schien. War er wirklich fort? Oder hielt er sie wieder zum Narren?

Der Zorn auf das fremde Wesen in ihrem Kopf, das dennoch ein Teil von ihr war, verrauchte. Mit ihm verschwand auch die bleierne Lähmung, die in den vergangenen Wochen ihren Verstand erfasst hatte. Ihre Sinne schienen geschärft und klar, als hätten sie sich von der dämpfenden Wirkung einer Droge befreit. Geradlinig zu denken und zu planen, fiel ihr plötzlich sehr viel leichter.

Wenn Coles Annahme richtig war, dass sich hinter dieser Wand ein weiterer Kellerraum verbarg, dann musste es einen zweiten Zugang geben. Vielleicht hatte der Raum früher als Schleuse in den Luftschutzraum gedient. Die verrostete Stahltür im Bunker deutete darauf hin.

Cole hatte sich nicht nur eine Hacke besorgt, sondern zusätzlich eine Axt und ein Brecheisen, das sie sowohl als Hebel als auch zur Verteidigung benutzen konnte. Sie wog prüfend die schwere Eisenstange in der Hand und dachte an den blonden Mann, der sie beim Fort angegriffen hatte. Weder im Bus noch auf der Fähre hatte außer ihr jemand Notiz von ihm genommen.

Und wenn er wirklich nur in ihrer Einbildung existierte? War er nur ein Produkt von Eliot, um ihr Angst einzujagen? Aber wenn es so war, welcher Trigger hatte ihn dann geweckt?

Emily presste ihre Hände um den kalten Stahl. Es war okay, Angst zu haben. Menschen fürchteten sich vor den verrücktesten Dingen. Kritisch wurde es, wenn es nicht gelang, die Angst zu überwinden. Noch schlimmer war es, nicht zu wissen, wer man eigentlich war und gegen wen man kämpfte. Würde sie eines Tages aus diesem Albtraum erwachen und erkennen, dass sie sich die ganze Zeit selbst gejagt hatte? Es gab nur einen Weg, es herauszufinden.

Sie verließ den Keller und das Pfarrhaus, stieg die Stufen des Klippenwegs hinauf und überquerte die grasbewachsene Hochebene. Der Bunkereingang lag versteckt zwischen dürren Sträuchern und Schilfgras, das der Regen niederdrückte. Auf dem rissigen Beton des Fundaments der ehemaligen Geschützstellung hatten sich große Pfützen gebildet. Ein schmutziges, im Dämmerlicht wie Blut schimmerndes Rinnsal transportierte den Rost verbogener Betonarmierungen in die Tiefe. Emily tauchte in das Halbdunkel der Katakomben ein und folgte dem Bach aus Regenwasser. Immer tiefer stieg sie in die Eingeweide der Festungsanlage hinab und wurde mit jedem Schritt sicherer. Sie mied die Abzweigung, die zu dem Schacht führte, in dem sie vor zwanzig Jahren beinahe ertrunken wäre. Die Erinnerung daran wollte sich noch immer nicht einstellen, obwohl Randall ihr erklärt hatte, was passiert war. Zweimal verirrte sie sich in dem Labyrinth, bevor sie am Ende des ansteigenden Korridors die Stahltür mit der deutschen Aufschrift *Ausgang II* entdeckte.

Sie klemmte das Handy in eine Nische. Das Licht der Taschenlampe reichte aus, um den Gang zu beleuchten. Rostflocken und Farbreste blätterten ab und rieselten zu Boden, als sie über das Blech der Tür strich. Schließlich setzte sie das Stemmeisen in der Nähe des Schlosses an, zwängte das flache Ende in den Spalt zwischen Rahmen und Tür und bog die Stange vor und zurück. Sie unterstützte ihren rechten Arm mit ihrem Körpergewicht, denn die verletzte linke Hand konnte sie nicht benutzen. Das provisorische Pflaster war bereits wieder durchgeblutet.

Knirschend gab das verrostete Schloss nach. Sie schob die Stange tiefer in den sich vergrößernden Spalt und stemmte die Schulter gegen den Schaft des Brecheisens, bis endlich die Tür aufsprang.

Es gab kein Zurück mehr. Emily betrat den unbekannten, dunklen Raum. Das Licht ihrer Handy-Taschenlampe huschte über weiß gekalkte Wände, die über und über in einer sauberen Handschrift beschrieben worden waren. Immer wieder las sie die Worte „Mea culpa". Deutlich war die andere Seite des zugemauerten Durchgangs zum Keller des Pfarrhauses zu erkennen. Auf dem Boden davor lag eine skelettierte Leiche. Sie trug ein grünes Kleid, dessen vermoderte Fetzen sie wie ein Leichentuch bedeckten.

„Hallo, kleine Emmy!"

Sie fuhr herum und blickte in ein Gesicht, das sie schon einmal gesehen hatte.

„Eliot", flüsterte sie heiser, „hilf mir, Eliot."

Aber Eliot kam nicht. Emily brach unter der Schockwirkung eines Elektrotasers zusammen und starrte hilflos auf das Gesicht über ihr.

34

„Es tut mir leid. Miss Gray hat die Klinik auf eigenen Wunsch verlassen.“

Robert Hill bemühte sich, auf seinen zu kurz geratenen Beinen dem hochgewachsenen Dr. Hopkins zu folgen.

„Wollen Sie damit andeuten, dass sie hier einfach hinausspaziert ist?“, rief er keuchend.

„Dies ist keine geschlossene psychiatrische Abteilung, Professor Hill“, antwortete Hopkins eisig. „Wir sperren niemanden ein. Es wäre korrekt gewesen, wenn Miss Gray sich abgemeldet hätte, aber das tat sie nicht. Die Stationsleitung hat ihre Abwesenheit vor einer Stunde bemerkt, als ein Mitarbeiter sie zum CT abholen wollte.“

„Mit gegenseitigen Anschuldigungen kommen wir nicht weiter“, mischte sich Steve ein. „Wir müssen sie suchen.“ Er wandte sich an Hopkins. „Hat sie eine Andeutung gemacht? Wollte sie abreisen?“

„Nicht dass ich wüsste. Ich riet ihr, ein paar Tage bei uns zu bleiben, weil ich weitere Tests durchführen wollte. Es gab Auffälligkeiten, die mir Sorge bereiteten.“

„Welcher Art?“, polterte Hill.

„Da Sie mit meiner Patientin weder verwandt noch verheiratet sind, bin ich Ihnen gegenüber nicht zur

Auskunft verpflichtet. Das sollten Sie eigentlich wissen, *Herr Kollege.*"

„Miss Gray stellt möglicherweise eine Gefahr für sich und andere dar", sagte Steve. „Sie ist Teil einer polizeilichen Ermittlung. Wir bitten Sie nur, uns zu unterstützen. Ist Ihnen etwas aufgefallen, das uns weiterhelfen könnte?"

„Nun, das ist nicht ganz einfach zu erklären und fällt wohl eher in Ihr Fach, Professor Hill. Miss Gray leidet unter extremen Stimmungsschwankungen. Die Pflegekräfte hatten zuweilen das Gefühl, dass sie sich um zwei Patienten kümmern mussten, die in ihrem Wesen völlig unterschiedlich waren, aber in demselben Körper steckten. Ich wollte sichergehen, dass der Sturz nicht zu Hirnverletzungen geführt hat, die für diese Symptome verantwortlich sein könnten."

„Eliot!", dröhnte Hill. „Das habe ich befürchtet. Sie hätte niemals nach Alderney kommen dürfen; nicht ohne professionelle psychologische Begleitung. Sie hat geglaubt, ihre eigene Persönlichkeit festigen zu können, indem sie herausfindet, wer sie ist und woher sie stammt. Damit hat sie alles nur noch schlimmer gemacht und die Gefahr, dass Eliot irgendwann vollständig die Kontrolle über ihr Wesen übernimmt, drastisch erhöht."

Hopkins sah Steve fragend an. „Wovon redet er?"

Hill schien gerade einige Zentimeter zu wachsen. Er verschränkte die Arme hinter dem Rücken und begann auf und ab zu stolzieren.

„Ich spreche von einer ausgeprägten dissoziativen Identitätsstörung, ausgelöst durch ein verdrängtes Kindheitstrauma. Emily Grays Bewusstsein hat sich in zwei autark handelnde Personen aufgespalten, von denen ich zumindest eine für äußerst gefährlich halte. In meinem Buch *Wer ist ich?* bin ich der Frage nachgegangen, wer wir überh..."

„Uns fehlt die Zeit für wissenschaftliche Vorträge", unterbrach Steve ihn. „Haben Sie eine Idee, was Emily oder dieser Eliot oder wer auch immer in ihrem Kopf herumspukt, als Nächstes tun wird? Was hat er vor?"

Hill stoppte seine Wanderung, offenbar missgelaunt durch die Unterbrechung.

„Nun, wenn meine Theorie stimmt – und ich irre mich gewöhnlich nicht –, dann ist es seine Aufgabe, das Trauma zu verarbeiten. Wie ich schon erwähnte, gewinnen Kinder durch das wiederholte Nachspielen verstörender Geschehnisse allmählich einen anderen Blickwinkel auf das Erlebte. Sie müssen begreifen, dass die Vorstellung, die Sie von Ihrer eigenen Person haben, eine Täuschung ist. Das Ichgefühl soll Ihnen vorgaukeln, dass Sie der Herr im Haus sind, der Boss der Schaltzentrale, die wir Gehirn nennen. Die Realität sieht anders aus. Es gibt mehrere Gehirnareale, die evolutionsgeschichtlich aufeinander aufbauen und sich um unterschiedliche Aufgaben kümmern. Das Stammhirn regelt die Funktionen, auf die wir nur begrenzt Einfluss haben und die ohne unser bewusstes Eingreifen ablaufen: Atmung und Herzschlag zum Beispiel. Im Zwischenhirn befindet sich der Thalamus. In ihm werden die lebenserhaltenden Mechanismen geregelt: Hunger und Durst, Überlebens- und Sexualtrieb. Erst in der Großhirnrinde nähern wir uns Bereichen des Bewusstseins, des logischen Denkens und Planens. Um uns zu einem menschlichen Individuum zu formen, müssen alle diese Teile perfekt zusammenarbeiten. Stellen Sie sich eine Firma vor, in der es keinen Chef gibt, der die einzelnen Abteilungen koordiniert, kontrolliert und anweist. Ein heilloses Chaos wäre die Folge. Das Ichgefühl ist notwendig, um den Laden am Laufen zu halten, verstehen Sie? Patienten, die unter einer extremen Form von Epilepsie leiden, kann manchmal geholfen werden, indem man die beiden Gehirnhälften voneinander trennt, die das Corpus callosum verbindet. In den separaten Hälften entwickeln sich zwei getrennte Persönlichkeiten mit unterschiedlichen Neigungen, Talenten und Fähigkeiten. Man kann sie abwechselnd dazu anregen, die Kontrolle zu übernehmen. In der Regel wissen sie nichts von der Existenz des anderen."

„Das erinnert mich an eine Beobachtung, die ich mir nicht erklären konnte", sagte Dr. Hopkins. „Die Patientin schrieb mal mit der rechten Hand, dann wieder mit der linken. Ich fand das bemerkenswert."

Hill nickte. „Ein Zeichen für die beiden Wesenheiten, die sich herausgebildet haben."

„Das ist eine beängstigende Vorstellung", sagte Steve. „Habe ich das richtig verstanden? Sie behaupten, dass Emily Claire Martin getötet hat, ohne etwas davon zu wissen?"

„Ich halte das für sehr wahrscheinlich."

Das bedeutet im Klartext, es wird einen weiteren Mord geben?"

„Das können wir nicht ausschließen", sagte Hill.

„Und den sie voraussichtlich erst in einem Jahr verüben wird, wenn sie sich an das Muster hält", warf Hopkins ein.

„Wir wissen nicht, ob das Datum von Bedeutung ist oder was die Konfrontation mit der Vergangenheit in Emily ausgelöst hat", erklärte Hill. „Ich muss mehr darüber erfahren, was damals passiert ist."

„Wir haben Randalls Aussage und die Ermittlungsakten", entgegnete Steve. „Wir kennen die Wahrheit."

Hopkins schüttelte den Kopf. „Bill Henderson war nicht davon überzeugt, dass Albert Evans schuldig war."

„Wie meinen Sie das?"

„Wir waren recht gut befreundet. Die Leute behaupten, Bill wäre faul und bequem gewesen, aber das war er nicht. Er hat nächtelang immer wieder Indizien überprüft und Spuren verfolgt, auf der Suche nach einem Hinweis, der ihn weiterbrachte."

„Gab es einen Grund, warum er sich mit den Ermittlungsergebnissen von Laney nicht zufriedengab?", fragte Steve.

„Er kannte Evans seit vielen Jahren, und er konnte nicht glauben, dass er ein wahnsinniger Serienkiller sein sollte. Die Guernsey Police hatte den Fall offiziell abgeschlossen. Bill legte sich sogar mit Laney an, weil der ihm untersagte, weitere Nachforschungen anzustellen. Das Parlament von Alderney übte zusätzlichen Druck aus. Der Tourismus hatte unter der Mordserie stark gelitten. Es sollte endlich Ruhe einkehren – was ja auch geschah."

„Hat Henderson Notizen von seinen Ermittlungen gemacht?"

„Das weiß ich nicht."

„Wichtiger als die Frage der Schuld ist es, Emily zu finden", sagte Hill. „Ich habe gewissermaßen den Geist aus der Flasche gelassen und fühle mich dafür verantwortlich, ihn wieder einzufangen. Entschuldigen Sie mich also bitte, meine Herren. Ich werde sie suchen."

Hopkins widersprach ihm. „Auf sich allein gestellt werden Sie nichts erreichen. Alderney mag überschaubar erscheinen, aber die Insel ist größer, als Sie denken. Es gibt mehr als ein Dutzend alte Bunker und Festungsanlagen, durchzogen von labyrinthartigen Katakomben und Gängen; dazu zahlreiche unübersichtliche Buchten, Klippen und Strände."

„Wir werden das tun, was mein Vorgänger vor zwanzig Jahren getan hat: eine Suchaktion starten", sagte Steve.

„Sie haben nur drei Mitarbeiter, Chief Cole", erinnerte Hopkins ihn.

„Wir bitten die Einwohner um Mithilfe."

„Eine gute Idee", sagte Hill. „Ich werde mich im Hafen erkundigen, ob Emily ein Fährticket gekauft und die Insel eventuell verlassen hat. Auch den Flughafen sollten wir nicht vergessen. Wir brauchen ein Foto von ihr."

„Das haben wir", sagte Steve. „Ich schicke es Ihnen auf Ihr Smartphone."

„Sehr gut. Was werden Sie unternehmen?"

„Ich fahre ins Revier und organisiere die Suche. Dann nehme ich mir den Keller des Pfarrhauses vor." Er berichtete in knappen Worten, was er dort vorgefunden hatte. „Falls wir weitere Botschaften auf Latein finden, könnte ich Ihre Unterstützung gebrauchen. Ich werde Sie anrufen."

Sie tauschten die Handynummern aus. Steve fuhr in die Queen Elizabeth II Street und erklärte allen, was er plante. Penny begann zu telefonieren. Dave fuhr mit einem der drei Streifenwagen los und informierte die Einwohner über Megafon. Er gab eine kurze Beschreibung von Emily durch und warnte davor, sie unter Druck zu setzen oder in die Enge zu treiben, sondern stattdessen umgehend im Revier anzurufen.

Eine halbe Stunde später stand das Telefon in der Wache nicht mehr still, Penny hatte alle Hände voll zu tun, um aus der Vielzahl der Anrufe die wenigen vielversprechenden Spuren herauszufiltern.

Steve durchstöberte sein Büro auf der Suche nach Akten oder Notizen, die Henderson hinterlassen haben könnte, aber er fand nichts.

Als er im Begriff war, Hill anzurufen und zum Pfarrhaus zu fahren, klingelte das Prepaidhandy, das er ständig bei sich trug.

„Abby! Wie geht's dir?"

„Ich vermisse dich."

„Ich dich auch."

„Wo bist du?", fragte er.

„Ich weiß es nicht genau. Sie haben uns nach Cornwall gebracht, so viel konnte ich herausfinden. In einen kleinen Ort am Meer irgendwo zwischen Falmouth und Penzance."

„Ihr seid dort sicher", sagte er mit mehr Zuversicht, als er empfand.

Abby lachte auf. Es war ein Lachen voller Traurigkeit.

„In letzter Zeit denke ich oft, es wäre besser, ein offenes Leben zu führen und die Gefahr zu akzeptieren. Wenigstens wären wir dann frei und ... vereint."

„Sorokin wird das niemals zulassen."

„Und wenn ich meine Aussage zurückziehe?"

„Es würde nichts ändern. Er will mich für den Tod von Natasha bestrafen, und darum bist du sein Ziel. Auge um Auge, Zahn um Zahn. Du musst Geduld haben."

„Ich weiß nicht, wie lange ich dieses Leben noch ertrage, Tom. Es kommt mir vor, als hätten sie mich eingesperrt und nicht Sorokin. Ich habe Angst, dass Ivy Schaden nimmt. Ich will, dass sie wie ein normales Kind zur Schule geht und Freunde gewinnt."

„Das wird sie ganz sicher. Noch ist genug Zeit dafür. Und gewöhn dir an, mich Steve zu nennen. Thomas McCallum lebt nicht mehr."

„Worauf haben wir uns nur eingelassen? Alles ist schiefgelaufen."

„Wir haben das Richtige getan. Wie werden auch ohne Sorokins schmutziges Geld ein neues Leben beginnen."

„Kannst du ihn nicht davon überzeugen, dass Cataldo für Natashas Tod verantwortlich ist?"

„Er wird mir niemals glauben. Du weißt, dass er keine eigenen Kinder hat. Cataldo ist sein Ziehsohn, das Geschöpf, das er nach seinen Vorstellungen geformt hat."

„Er hat ein Monster erschaffen", sagte Abby.

„Ein Monster, das er liebt."

„Vielleicht kann ich beweisen, dass er Sorokin betrogen hat. Das wird ihn zumindest zum Nachdenken bringen."

„Wie willst du das anstellen?"

„Die Bewacher vom Zeugenschutz wechseln sich in drei Schichten ab. Einer von ihnen hat vorgestern seinen Laptop herumliegen lassen. Es war nicht gesichert. Ich habe ein bisschen darin herumgestöbert, weil ich wissen wollte, wohin sie uns gebracht haben. Dabei bin ich auf Unterlagen der Staatsanwaltschaft gestoßen. Natasha hatte recht. Cataldo hat auf eigene Rechnung mit Sorokins Geld spekuliert und über eine Million verzockt. Er muss sich den Key für das Kryptokonto beschafft haben und hat mit dem Geld, das für Allister bestimmt war, seine Verluste ausgeglichen."

Steve atmete hörbar aus. Wenn er Sorokin überzeugen konnte, dass sein Ziehsohn ein Motiv hatte, um Natasha aus dem Weg zu räumen, hatten sie vielleicht eine Chance.

„Kannst du die Daten kopieren oder ausdrucken?"

„Ich brauche einen USB-Stick. Wenn sie mich aus dem Haus lassen, bin ich niemals allein. Nach dem Anschlag beschatten sie uns auf Schritt und Tritt."

„Ich rede mit Matt", sagte Steve. „Er wird dir einen beschaffen."

„Kannst du mir keine Mailadresse schicken?"

„Die Gefahr, dass jemand vom Team merkt, dass du Kontakt zu mir hast, ist zu groß. Niemand darf wissen, dass ich noch lebe."

„Stell dir vor, wir könnten viel schneller zu dir nach Alderney kommen als geplant."

„Cataldo ist hier", sagte Steve.

„Weiß er, dass du lebst?", fragte Abby erschrocken.

„Ich glaube nicht. Sorokin hat Verbindungen zu einem Geschäftsmann, der auf der Insel lebt. Ich schätze, Cataldo ist hier untergetaucht, bis er auf der Fahndungsliste nach unten rutscht und Gras über die Sache wächst."

„Sei vorsichtig, Tom."

„Steve."

Sie lachte. „Ja richtig. Steve."

„Ich melde mich wieder, Abby. Hier ist der Teufel los, ich muss Schluss machen."

„Ich liebe dich", sagte sie.

„Ich dich auch."

Er legte auf. Dass Cataldo bei Baxter untergekrochen war, hatte er aus dem Fokus verloren. Er war nicht dazu gekommen, auch nur eine Minute in Ruhe darüber nachzudenken, wie er den Mexikaner loswerden könnte. Abby hatte ihn ein Monster genannt. Genau das war er: ein Monster. Nein, es wäre unverantwortlich, jemanden aus seiner kleinen Truppe auf ihn loszulassen. Doch unternehmen musste er etwas. Alderney war überschaubar. Das Risiko, dass er ihm zufällig begegnete, war zu groß. Aber was sollte er tun? Er konnte ihn schließlich nicht selbst verhaften und nach Guernsey und weiter aufs Festland bringen.

Es gab nur eine Möglichkeit: Er musste ihn nach Guernsey locken. War er erst einmal in St. Peter Port, fiel die Festnahme in Laneys Zuständigkeitsbereich. Vielleicht war die Sache einfacher, als er zunächst angenommen hatte. Baxter pendelte mit seiner Jacht zwischen den Inseln hin und her. Er verbrachte die Wochenenden meistens auf Alderney, während er seine Geschäfte auf Guernsey oder Jersey abwickelte. Er brauchte nur jemanden abzustellen, der Baxter im Auge behielt – das konnte Penny ohne Gefahr übernehmen. Cataldo hielt sich mit Sicherheit in Baxters Nähe auf und fungierte als eine Art Leibwächter und Troubleshooter, der ihm Hindernisse aus dem Weg räumte wie den Zwischenfall auf der Abigail. Wenn die beiden nach Guernsey fuhren, brauchte er nichts weiter zu tun, als Laney zu informieren.

Steve griff nach dem Prepaidhandy, um die SIM-Karte zu entfernen und eine neue einzulegen. Bevor er dazu kam, klingelte das Telefon erneut. Es war Matt Frazer.

„Wenn man vom Teufel spricht", sagte Steve, „gerade habe ich an dich gedacht."

„Sag mir nicht, dass du Kontakt zu Abby Bonham hattest. Ich will's nicht wissen."

„Wir sind vorsichtig, Matt. Niemand kann die Telefonate zurückverfolgen."

„Ich hoffe, du weißt, was du tust."

„Ich hoffe es auch. Warum rufst du an?"

„Es geht um die alte Mordserie. Ich habe mich ein bisschen umgehört und in den Datenbanken gestöbert. Nach dem Mord an Evelyn Ward am 18. September 2002 auf Alderney hörte der Spuk auf."

„Weil Albert Evans bei dem Brand im Pfarrhaus ums Leben gekommen war."

„Alle hielten ihn für den Täter, was das Ende der Serie zu bestätigen schien. Aber er war's nicht. Zehn Jahre blieb unser Mann unsichtbar, dann schlug er offenbar erneut zu. Am 18. September 2012 gab es einen Mord in Barmouth in Wales. Das Opfer war die zwanzigjährige Elaine Combes. Man fand ihre Leiche an Händen und Füßen gefesselt am Strand. Die Flut hatte sie an Land gespült. Der Mörder fuhr das Mädchen mit einem Boot auf das Meer hinaus und warf es über Bord – so jedenfalls lautet die offizielle Version. Die Vorgehensweise stimmt nicht exakt mit der des Täters auf Alderney überein, aber das Datum ist auffällig: der 18. September.“

„Das ist noch nicht alles, oder?“, fragte Steve.

„Nein. Fünf Jahre später fand man die stark verweste Leiche einer jungen Frau im Süden von Cornwall bei Saint Annes Head. Die Gerichtsmedizin konnte diesmal wegen des schlechten Zustands der Toten keine Fesselspuren an den Handgelenken nachweisen. Im vergangenen Jahr wiederholte sich das Spiel bei Sandy Haven. Auch hier war nicht mehr eindeutig zu klären, ob das Opfer bei einem Badeunfall ums Leben gekommen oder ob es Mord war.“

„Wir können also nicht wissen, ob sie jeweils am 18. September ermordet wurden“, sagte Steve.

„Der Verdacht liegt nahe, denn die Leichen wurden drei bis vierzehn Tage später gefunden. Wenn man die Meeresströmungen in den Gebieten berücksichtigt, deutet alles darauf hin. Hast du dir mal die Vornamen der Opfer angesehen?“

Steve zog die alte Ermittlungsakte von Albert Evans aus einem Ablagefach und blätterte darin.

„Eleanor Daniels. Ellen Taylor. Evelyn Ward“, las er laut. „Sie beginnen alle mit E.“

„Elaine Combes aus Barmouth. Erin Jones aus Hasguard. Alle waren vom gleichen Typ: schlank, dunkelhaarig, braune Augen, Anfang zwanzig.“

Steve stand auf und ging zu der Karte von England, die an der Wand hing.

„Er wandert die Küste hinunter. Wenn man die Abstände zwischen den Morden berücksichtigt, müsste er in diesem Herbst in Southampton angekommen sein.“

„Es zieht ihn zurück nach Alderney; dorthin, wo alles begann.“

„Das bedeutet, Albert Evans war unschuldig. Der Vikar hat gelogen. Er kannte den wahren Täter und wollte ihn schützen. Da kam ihm der überraschende Tod von Evans gerade recht.“

„Es sieht ganz danach aus“, sagte Matt. „Es wundert mich nicht, dass die Ermittler aus Wales und Cornwall den Zusammenhang nicht erkannt haben. Die Morde von Alderney waren aufgeklärt, die Akten geschlossen. Zwischen den Leichenfunden auf dem Festland gab es vermutlich nicht genügend Übereinstimmungen, um darüber zu stolpern. Ich hab's nur entdeckt, weil ich die jeweiligen Daten mit den Flutmorden abgeglichen habe.“

„Wir suchen also einen Mann, der mindestens vierzig Jahre alt ist, einen Hass gegen Frauen hegt, deren Vorname mit E beginnt, und dem es aus einem uns unbekannten Grund wichtig ist, dass die Opfer vor seinen Augen ertrinken.“

„Im Fall von Erin Jones gab es übrigens einen Verdächtigen. Die Polizei in Newport musste ihn allerdings aus Mangel an Beweisen wieder laufen lassen. Ich schicke dir die Akte. Vielleicht kannst du mit dem erkennungsdienstlichen Foto etwas anfangen“, sagte Matt. „An einem 18. September vor 2002 muss sich auf Alderney etwas ereignet haben, das den Killer zu seinem ersten Mord veranlasst hat. Wenn du den Auslöser findest, kannst du den Kreis der Verdächtigen eingrenzen.“

„Es gibt eine Informationsquelle, die ich noch nicht
angezapft habe", antwortete Steve, „den Keller des
Pfarrhauses."

35

Steve zog die SIM-Karte aus dem Prepaidhandy, zerbrach sie und steckte die Stücke ein. Er würde sie unterwegs ins Meer werfen. Abby mochte ihn paranoid nennen, aber er wollte nicht die geringste Spur hinterlassen, auch nicht im Papierkorb des Polizeichefs von Alderney. Er schob eine neue Karte in den Schlitz des Telefons und schickte Abby eine SMS, damit sie ihn unter der gesendeten Nummer anrufen konnte. Dann machte er sich auf den Weg zum Pfarrhaus. Auf dem Korridor kam ihm Penny entgegen.

„Der Coroner hat das Ergebnis des DNA-Abgleichs zwischen den Hautpartikeln unter Claire Martins Fingernägeln und der Speichelprobe von Kyle Baxter gemailt", sagte sie.

„Mach's nichts so spannend."

„Die DNA stimmt überein."

„Hab ich mir gedacht. Ist die Spurensicherung endlich auf der Abigail eingetroffen?"

„Sie sind seit zwei Stunden an Bord. Meinst du, es reicht für einen Haftbefehl?", fragte Penny.

„Hoffen wir's. Sonst noch was?"

„Wir haben auch das Ergebnis der Blutanalyse von den Proben, die Dave bei Fort Doyle genommen hat", sagte sie. „Das Blut stammt von zwei verschiedenen Personen."

„Der mysteriöse Unbekannte existiert also doch. Er hat Emily angegriffen, sie hat sich gewehrt und ihn verletzt. Hill irrt sich.“

Er erläuterte in knappen Worten, was der Professor ihm und Hopkins über Emily berichtet hatte.

„Das erklärt ihr seltsames Verhalten“, sagte Penny.

„Sie ist nicht Täterin, sondern Opfer. Der abgespaltene Teil ihrer Persönlichkeit greift immer dann ein, wenn ihr Gefahr droht – auf der Jacht, im Bunker und auf der Fähre.“

„Und er macht seine Sache verdammt gut.“

„Eliot kann ziemlich unangenehm werden“, bestätigte Steve. „Das Überraschungsmoment liegt dabei jedes Mal auf seiner – oder ihrer – Seite. Denk an Kyle Baxters Erstaunen, als Emily die Kabine der Abigail auseinandergenommen hat. Er sagte, sie habe eine ungewöhnliche Kraft entwickelt, die ihr niemand zugetraut hätte. Ihre Stimme veränderte sich, ihr ganzes Wesen. Eliot wollte Claire und sie nur beschützen. Sie hat die ganze Zeit die Wahrheit gesagt, aber niemand glaubte ihr. Der Mann, den sie beschrieben hat, existiert. Er hat Claire Martin getötet, und nun hat er sich Emily geschnappt.“

„Wir haben noch immer kein Lebenszeichen von ihr. Wohin könnte er sie gebracht haben?“

„Das ist die Eine-Million-Pfund-Frage. Alderney ist zwar klein, aber die Anzahl möglicher Verstecke ist dennoch riesengroß. Wenn wir wüssten, wie er denkt und handelt, könnten wir die Suche eingrenzen.“

„Uns läuft die Zeit davon“, sagte Penny.

„Ich weiß. Dave soll versuchen herauszufinden, was das Datum der Morde so besonders macht. Gab es in

Verbindung mit Alderney vor 2002 ein Ereignis an einem 18. September, das uns auf die Spur des Täters bringt? Wer war daran beteiligt, und was waren die Auswirkungen?"

„Mach ich sofort. Steve?"

„Ja?"

„Ich hab dein Gespräch mit Abby vorhin mitgehört."

„Du bist ein böses Mädchen, Penny."

„Du solltest eben das Fenster schließen, wenn du telefonierst. Ich hab draußen eine Pause eingelegt und eine Zigarette geraucht. Was wirst du wegen Cataldo unternehmen?"

„Ich habe einen Plan."

„Wenn ich dir helfen soll, musst du mich einweihen. Ich dachte, du vertraust mir."

„Das tue ich auch, Penny."

„Dann lass mich dieses Schwein verhaften."

„Nein. Juan Cataldo ist kein kleiner Autodieb. Er ist ein eiskalter Killer, dem ein Leben nichts bedeutet. Er tötet aus reinem Vergnügen. Niemand weiß, wie viele Menschen er auf dem Gewissen hat. Ich werde dich bestimmt nicht allein der Gefahr aussetzen, ihm Handschellen anzulegen."

„Was willst du stattdessen tun?"

„Ich habe einen Auftrag für dich. Wo John Baxter ist, da ist Cataldo nicht weit. Ich möchte, dass du ihn beschattest, sobald wir Emily gefunden und diesen Fall abgeschlossen haben."

„Warum warten? Das Risiko, dass ihr euch begegnet, ist viel zu groß."

„Ich kann im Moment keinen von euch entbehren."

„Ich mag dich, Steve. Ich will nicht, dass dir oder Abby etwas zustößt.“

„Das wird es nicht. Besorg dir Cataldos Foto aus dem Fahndungsaufruf, damit du weißt, wie er aussieht. Wenn du ihm begegnest, ruf mich sofort an. Unternimm nichts auf eigene Faust. Das ist ein dienstlicher Befehl, Constable Saunders. Ist das klar?“

„Verstanden.“

„Gut. Ich muss jetzt los.“

„Warte. Du wolltest doch einen elektrischen Schlagbohrer haben. Dave hat einen von zu Hause mitgebracht. Er hat auch an einen Baustellenstrahler gedacht.“

„Sag ihm, dass ich ihn liebe.“

Penny verzog den Mund. „Das sagst du ihm besser selbst.“

Steve verließ das Revier und rief Robert Hill an. Der Psychiater hatte erfolglos nach Emily im Hafen gesucht.

Er holte Hill im *The Moorings* ab, einer Bar in der Braye Street, die bereits geöffnet hatte. Als Steve dort ankam, genehmigte der Professor sich zum Frühstück einen doppelten Scotch. Er begann allmählich daran zu zweifeln, dass Hill wirklich die Koryphäe war, für die er sich hielt.

„Ich will Ihnen nicht vorschreiben, wie viel Sie trinken sollten“, sagte er, „aber ich brauche Sie bei klarem Verstand. Also verschieben Sie Ihr kleines Vergnügen auf später.“

„Ein Drink am Morgen fördert die Durchblutung meines Gehirns“, grollte Hill. „Ich betrachte es als Stimulanz zur Steigerung meiner geistigen Leistungsfähigkeit.“

„Dann nehmen Sie die Flasche gleich mit. Sie haben sich nämlich gründlich in der Einschätzung von Emily Gray geirrt.“

„Was?“ Hill lief rot an. „Das ist unmöglich.“

„Steigen Sie ein. Ich erklär’s Ihnen unterwegs.“

Sie fuhren los. Der Professor hörte schweigend zu.

„Mag sein, dass Evans die Morde vor zwanzig Jahren nicht begangen hat“, sagte er dann. „Meine Theorie, dass Emilys dunkle Seite Claire Martin umgebracht hat, kann dennoch ebenso gut zutreffen wie die Ihre vom großen Unbekannten.“

„Die DNA-Analysen belegen, dass an der Auseinandersetzung bei Fort Grosnez zwei Personen beteiligt waren. Ich hoffe, das Rätsel bald zu lösen.“

Steve stellte den Streifenwagen am oberen Ende des Klippenwegs ab. Er holte den Schlaghammer und den Halogenstrahler samt Kabel aus dem Kofferraum, dann stiegen sie die zweiundvierzig Stufen zum Haus hinab. Steve begann zu humpeln.

„Ihr Gangbild gleicht dem eines arthritischen Greises“, brummte Hill. „Sie sollten mal einen Orthopäden aufsuchen.“

„Eine nette kleine Granate hat meine Hüfte pulverisiert. Nun wissen Sie auch, was mich nach Alderney verschlagen hat: der Wunsch nach einem ruhigen Schreibtischposten.“

„Ich habe mich schon gefragt, warum ein Mann wie Sie bereit ist, sich auf diesem Eiland zu Tode zu langweilen“, antwortete Hill. „Nun, ich würde sagen, Ihr Plan ist gründlich in die Hose gegangen. Geben Sie schon her. Lassen Sie mich die Sachen tragen.“

Hill schleppte schnaufend das Werkzeug in den Keller. Steve warf stirnrunzelnd einen Blick auf die Spitzhacke. Er hätte schwören können, sie an einer anderen Stelle abgestellt zu haben.

Der Professor rollte das Verlängerungskabel von einer Kabeltrommel und steckte es in eine Steckdose. Steve begann damit, die eisenharten Ziegelsteine mit dem Schlaghammer aus der Mauer zu brechen. Sie wechselten sich mit der anstrengenden Arbeit ab. Nach einer Viertelstunde hatten sie ein kopfgroßes Loch in die Wand gehämmert. Steve leuchtete mit einer Taschenlampe hinein.

„Wie ich’s mir gedacht habe. Dahinter ist ein weiterer Raum.“

Sie arbeiteten schweigend weiter. Bald waren sie rot vom Ziegelstaub. Hill räumte keuchend den Schutt zur Seite, während Steve die Öffnung erweiterte. Sie war nun groß genug, um hindurchsteigen zu können. Hill reichte ihm den Baustellenstrahler und quetschte sich hinter ihm durch das Loch.

Das grelle Licht des Strahlers huschte zitternd über Decke und Wände. Auf der anderen Seite des Kellers befand sich eine verrostete Tür mit der deutschen Aufschrift *Luftschutzbunker.* Emilys Vermutung war zutreffend gewesen. Es hatte einen Zugang vom Pfarrhaus zum Bunker gegeben. Vielleicht hatte einer von

Randalls Vorgängern hier Menschen in Sicherheit gebracht, die auf der Fahndungsliste der Nazis gestanden hatten. Oder es war einfach nur ein Durchgang zum Bunker gewesen. Die Stahltür stand offen und bewegte sich knarrend. Nun, wo die Mauer durchbrochen war, strömte kalte Zugluft herein.

Hill keuchte erschrocken auf und stolperte zurück. Steve senkte den Strahler. Auf dem Steinboden lag eine skelettierte Leiche. Vermoderte Fetzen aus grünem Stoff hüllten das Gerippe ein. An zwei Fingergliedern der linken Hand steckten Ringe, auf der eingesunkenen Brust ruhte eine filigrane Kette mit einem Anhänger in Form eines kleinen Delfins. Steve zog einen Kugelschreiber aus der Hemdtasche und hob die Kette an. Auf der Rückseite des Anhängers war ein Name eingraviert: Eve.

„Ich schätze, wir haben ein weiteres Opfer gefunden", sagte er.

Die Tote war an Händen und Füßen mit Nylonseilen gefesselt worden, wie sie Segler und Fischer benutzten. Die Knoten schienen identisch zu sein mit denen an Claire Martins Leiche. Jemand hatte die Stricke zerschnitten und das tote Mädchen von einem der Strände hierhergebracht, deshalb hatte man es nicht gefunden wie die anderen. Anschließend hatte der Unbekannte die Wand zugemauert und den Keller in eine Gruft verwandelt. Dieser Jemand konnte nur der Bewohner des alten Pfarrhauses gewesen sein: Randall, der Vikar. Sein verzweifelter Wunsch, im Angesicht des eigenen Todes Emily die Wahrheit anzuvertrauen, enthüllte nun auch endgültig sein Motiv. Er hatte den Mörder gekannt und ihn schützen wollen. Aber warum?

„Geben Sie mir den Strahler“, sagte Hill.

Er ließ den Lichtstrahl über die Wände gleiten. Sie waren weiß gekalkt und über und über mit einer roten, gleichmäßigen Schrift bedeckt.

„Ob er sein eigenes Blut als Tinte benutzt hat?“, überlegte Hill. „Oder das seiner Opfer?“

„Ich weiß es nicht.“ Steve entdeckte zwei vertraute Wörter. „Mea culpa“, las er laut.

Das Schuldeingeständnis war in immer gleichen Wiederholungen an die Wände geschrieben worden, als hätte der Verfasser darauf gehofft, durch dieses Ritual Absolution zu erlangen. Er entdeckte einen weiteren langen Text auf Latein.

„Können Sie das übersetzen?“

„Natürlich. Warten Sie, ich versuche den Anfang zu finden.“

Hills Lippen bewegten sich lautlos. Er leuchtete mal hierhin, mal dorthin und ging an den Wänden entlang.

„Es ist tatsächlich eine Art Geständnis“, sagte er, „Vikar Randall war nicht der Mörder, aber er kannte und deckte ihn.“

„Nennt er einen Namen?“

„Nicht direkt. Er bedient sich Bildern und Metaphern aus der Bibel, vor allem aus der Apokalypse des Johannes. Eine sorgfältige Übersetzung anzufertigen, wird Tage dauern ... und zudem äußerst interessant werden. Randall müssen furchtbare Schuldgefühle geplagt haben, so viel kann ich Ihnen schon jetzt verraten. Man kann zwischen den Zeilen lesen, dass er halb wahnsinnig war wegen dem, was er getan hat.“

„Wir haben keine Zeit, die Psyche eines schuldbeladenen Priesters zu analysieren. Geht's auch in der Kurzfassung?"

Hill kniff die Augen zusammen und fuhr mit dem Finger an einer Zeile entlang.

„Nun, es ist verwirrend. Er spricht von den Taten eines Dämons. Mal nennt er ihn einen gefallenen Engel, was mit Satan gleichzusetzen wäre, dann wieder *Filius*. Das ist das lateinische Wort für Sohn. Ob er einen leiblichen Sohn meint oder im übertragenen Sinn Jesus Christus, kann ich unmöglich sagen, bevor ich den Gesamtzusammenhang kenne. Warten Sie ... Ja, das könnte es sein. Hier nennt er den Sohn *Callidus*, damit meint er jemanden, der schlau und verschlagen ist, einen heimtückischen Menschen. Randall hat offenbar wiederholt versucht, diesen *Callidus* von seinen Absichten abzubringen, scheint jedoch gescheitert zu sein. Hier schreibt er: Der 18. September jährt sich. Ich wage mir nicht auszumalen, was geschehen wird. Ich habe darüber nachgedacht, ihn einzusperren, bis der Tag vorüber ist, aber das wird mir kaum gelingen."

Hill leuchtete eine andere Stelle weiter unten aus.

„Er hat es wieder getan", las er laut vor. „Ich hatte so sehr gehofft, er habe eingesehen, wie entsetzlich sein Handeln ist. E. muss die Insel verlassen, es ist die einzige Möglichkeit. All mein Streben war vergeblich."

„Wieder beginnt ein Name mit einem E", sagte Steve. „Was mag das bedeuten?"

„Was ist heller als die Sonne? Und selbst diese verdunkelt sich. Fleisch und Blut können nur Böses ausdenken", las Hill vor. „Das ist ein Zitat aus dem Alten Testament – Jesus Sirach ... ah, hier ist ein Datum – der

1. Oktober 2003. Randall schreibt: Herr, vergib mir, denn ich habe gesündigt. Mir blieb nichts anderes übrig. Ich habe die Spuren seiner Untat beseitigt und ihn fortgeschickt. Möge Gott ihm vergeben."

Steve blickte auf das Skelett hinab.

„Es hat also tatsächlich einen weiteren Mord gegeben", sagte er. „Er blieb unentdeckt, weil Randall die Leiche verschwinden ließ. Wir müssen nach einem Vermisstenfall im September 2003 suchen."

Hill strich sich den Bart glatt.

„Gott allein weiß, wie viele Kuckuckskinder es gibt, die von Geistlichen abstammen."

„Sie meinen, Randall hat den Mörder gedeckt, weil er ein leibliches Kind aus einer Affäre ist?"

„Das wäre eine Erklärung, nicht wahr? Wir sollten das damalige Umfeld von Randall durchleuchten. Mit wem hatte er Kontakt? Gab es jemanden, den er bevorzugte, vielleicht im Kirchenchor oder ...?"

„Das dauert viel zu lange. Wir müssen inzwischen davon ausgehen, dass derselbe Mann, der für die Serienmorde verantwortlich ist, Emily in seiner Gewalt hat."

„Die Insel planlos durchzukämmen, erscheint mir genauso zeitaufwendig", sagte Hill. „Je mehr wir über das Wesen des Täters wissen, desto besser können wir einschätzen, was er mit Emily vorhat. Es muss doch Menschen auf Alderney geben, die Randall gut gekannt haben."

„Ich werde noch einmal Hendersons Büro auf den Kopf stellen. Wenn er wirklich von Evans' Unschuld überzeugt war und weiter ermittelt hatte, dann muss es Aufzeichnungen darüber geben, irgendwie muss er seine Gedanken festgehalten haben."

„Dann werde ich ins Pfarrbüro der anglikanischen Kirche gehen und mich dort umhören", sagte Hill.

„Wir müssen uns beeilen", sagte Steve. „Ich habe das Gefühl, dass uns die Zeit davonläuft."

36

„Shadow!

Hundegebell schallte geisterhaft durch die Nacht. E-mily blinzelte und öffnete schließlich ganz die Augen. Nach und nach lösten sich Konturen und Schemen aus der Dunkelheit: Mit Algen und Moos überwucherte Wände aus Beton und Felsgestein, das turmhoch in den Himmel wuchs und sie zu erdrücken drohte. Verrostete, in den Stein getriebene Steigeisen, die sich über ihr in der Finsternis verloren, unter ihr schwarzes Wasser und unergründliche Tiefe. Ein alter Bootshaken hing an einer der Sprossen, die Tide schaukelte ihn sanft hin und her.

Das Gebell verstummte. Es war nur eine Täuschung gewesen, gehörte der Vergangenheit an und war längst verklungen. Shadow war tot. Er konnte ihr nicht helfen, genauso wenig wie Eliot. Emily fühlte seine Anwesenheit nicht mehr.

Von den ringsum aufragenden Felsen tropfte Wasser, ein kalter Wind spielte mit üppig wuchernden Algen. Die Wände verjüngten sich und schlossen sich zu einem natürlichen Dach. Durch eine Öffnung, die wie ein zahnbewehrtes Maul geformt war, fiel graues Tageslicht.

Sie versuchte aufzustehen, stieß aber auf Widerstand. Jemand hatte ihre Handgelenke mit Stricken an eiserne Ringe geknotet, die fest im Beton verankert waren. Sie saß aufrecht mit dem Rücken zur Felswand auf dem felsigen Grund einer Grotte, die Arme ausgestreckt wie eine Gekreuzigte.

Emily legte den Kopf in den Nacken, konnte die Dunkelheit über ihr jedoch nicht durchdringen. Die Bewegung verursachte einen lähmenden Schmerz. Eine Erinnerung blitzte in ihrem Geiste auf: der Mann mit den grau-violetten Augen, sein hasserfüllter Blick, der Elektroschocker in seiner Hand.

Hilflos blickte sie sich um, kämpfte die Panik nieder und suchte nach einem Ausweg. Sie dachte an Claire und all die anderen unschuldigen Opfer, die sinnlos hatten sterben müssen. Nun drohte ihr das gleiche Schicksal.

An den schwarzen Felsen zog sich eine salzverkrustete Markierung entlang. Emily beobachtete eine Weile den Abstand zum Wasserspiegel und sah ihre schlimmsten Befürchtungen bestätigt. Die Flut drückte das Meer in die Grotte, das Wasser stieg unaufhörlich. Noch lag sie im Trockenen, aber das würde nicht mehr lange so bleiben. Sie zerrte an den Stricken, erreichte damit aber nur, dass sich die Fesseln noch fester um ihre Unterarme schlossen. Die Wunde in ihrer linken Handfläche war aufgebrochen und blutete.

Das Licht einer Taschenlampe huschte über die Felswände. Die Steigeisen erzitterten unter dem Gewicht eines Menschen, der auf den Grund des Schachts herunterstieg. In dem Dämmerlicht schimmerte seine Haut bläulich wie die einer Wasserleiche. Ein schmaler

Bart rahmte sein längliches Gesicht ein, das blonde Haar fiel ihm feucht in die Stirn. Er sprang auf den Boden und kam näher. Vor ihr stand der Fremde, bei dessen Anblick Eliot in ihr erwacht war.

Eliot! Emily schloss die Augen und versuchte vergeblich, den Beschützer aus Kindertagen heraufzubeschwören. Nun, wo sie seine Hilfe am dringendsten brauchte, blieb er stumm und zeigte sich nicht. Seit ihrem Besuch bei Robert Hill war sie davon überzeugt gewesen, dass er böse war – die Verkörperung ihrer unterdrückten dunklen Triebe. Doch sie hatte sich geirrt. Eliot hatte Hill niedergeschlagen und Kyle Baxter in der Nacht, in der Claire starb, angegriffen. Daran erinnerte sie sich jetzt und sah die Bilder klar vor ihren Augen. Aber er war nicht aggressiv, war es niemals gewesen. Er hatte sie beschützen wollen und stets nur eingegriffen, wenn ihr Gefahr drohte. Er war ihr Geschöpf, der Wächter, der sie vor der Vergangenheit behütete. Eliot hatte alles unternommen, um sie von Alderney fernzuhalten. Als sie dennoch auf die Insel gekommen war, hatte er immer wieder versucht, sie zur Abreise zu bewegen. Dass ihre eigene, ihr vertraute Persönlichkeit sich zuletzt als die stärkere erwiesen hatte, bedeutete nun ihr Ende. Eliot konnte sie nicht länger schützen, weil sie auf seine Hilfe verzichtet hatte.

Die Flamme eines Feuerzeugs glühte im Halbdunkel auf. Zigarettenrauch kroch in Emilys Nase.

„Wer bist du?", fragte sie.

„Du erinnerst dich nicht?" Er schüttelte den Kopf. „Das schmerzt mich, Emmy. Und du solltest mir besser keinen Schmerz zufügen. Wir waren einst gute

Freunde, kleine Emmy. Mehr als das, ich war wie ein Bruder für dich."

Nein, sie erinnerte sich nicht; aber sie wusste nun, was Eliot geweckt, was der Trigger im Bus gewesen war. Es war ein Paar kalter, grauer Augen gewesen. Pupillen mit grünen und violetten Sprenkeln wie winzige Tropfen eines tödlichen Pfeilgiftes.

„Was willst du von mir?"

„Ich habe lange nach dir gesucht, Emmy. Sehr lange. Es war vorherbestimmt, dass wir uns wiedersehen, und die Vorsehung hat mich zu dir geführt. Als ich zufällig erfuhr, dass Evans eine Schwester hat, die in Southampton lebt, wusste ich sofort, dass ich dich bei ihr finden würde. Sie haben dich damals fortgebracht. Sie sagten, du wärst verrückt geworden und könntest dich an nichts erinnern. Aber ich weiß, dass du gelogen hast. Du warst böse, kleine Emmy. Sehr böse."

„Ich war ein Kind. Wie kann ich böse gewesen sein?"

„Du hast mich verraten, Emmy. Ich hatte dich beim Seelenheil deiner toten Mutter schwören lassen zu schweigen, doch du konntest dein vorlautes kleines Mäulchen nicht halten und hast unser Geheimnis ausgeplaudert. Deine Mum brät jetzt in der Hölle, weil du dein Gelübde gebrochen hast."

„Das ist nicht wahr. Sie hat niemandem etwas zuleide getan."

„Aber ihre Tochter. Du, Emily. Du hast mein Leben zerstört."

„Ich … ich weiß nicht, was damals passiert ist. Ich weiß es einfach nicht."

„Wirklich nicht? Dann werde ich deinem Gedächtnis ein bisschen nachhelfen. Du warst ein neugieriges Kind und bist mir gefolgt, obwohl ich es dir verboten hatte, und du hast gesehen, was ich mit Evelyn gemacht habe. Ich habe dir versprochen, dass ich mit dir das Gleiche machen werde, wenn du mich verrätst. Und Versprechen muss man halten." Er breitete die Arme aus und drehte sich im Kreis. „Et voilà. Da sind wir."

Wieder blitzten Bilder in ihrem Kopf auf, nebelhafte Fetzen eines windigen Herbsttages auf Alderney. Der Wind, Shadow, das Gras und die weite Ebene, der Bunker und die Dunkelheit. Das Mädchen, die Schreie und das Blut.

„Willst du wirklich noch einen Mord auf dein Gewissen laden?", fragte sie.

„Ich kann nicht aufhören. Weißt du denn nicht, dass ich immer wieder töten muss? Es sind die einzigen Augenblicke, in denen ich glücklich bin. Und ist nicht jeder auf der Suche nach Glück?"

„Lass mich gehen."

Er lachte auf.

„Natürlich. Denn du wirst mich nicht verraten, du kannst schweigen wie ein Grab."

Er packte ihren Kopf mit beiden Händen und stieß ihn gegen die Felswand. Die Grotte drehte sich um sie und kam dann langsam wieder zum Stillstand.

„Warum musstest du deinem Vater verraten, was du gesehen hattest? Du hättest meine Freude teilen können, aber du zogst es vor, alles zu zerstören."

„Mein Vater war unschuldig. Ihr habt ihn umgebracht – du und der verfluchte Priester."

„Niemand ist unschuldig. Dein Vater ging an jenem Abend zu Randall und wollte ihn überreden, mich der

Polizei auszuliefern. Ich sollte mich stellen. Aber Randall hielt zu mir, er war der einzige Mensch, der mich je verstanden hat. Dein Dad war ein aufbrausender Mann, er wurde zornig und bedrängte ihn. Sie gerieten in Streit, und Randall stieß deinen Vater von sich. Er stürzte und prallte mit dem Hinterkopf gegen den Kaminsims. Was für ein schneller und gnädiger Tod."

Er legte seine Hand um ihre Kehle und drückte zu. Die violetten Sprenkel in seinen Augen führten vor ihrem Gesicht einen wahnsinnigen Tanz auf.

„Und wieder musstest du deine Nase in meine Angelegenheiten stecken, du freche, missratene Göre. Du warst deinem Vater nachgelaufen und hast das Pfarrhaus angezündet. Warum? Warum hast du das getan?"

Er ließ sie los. Emily wusste plötzlich, dass er die Wahrheit sagte. Sie sah sich selbst auf Zehenspitzen vor dem Fenster stehen und in das Haus blicken. Sie sah Randall und Dad, die miteinander rangen. Sie sah, wie der Vikar ihren Vater vor die Brust stieß. Er taumelte, stürzte und rührte sich nicht mehr.

Voller Angst, den letzten vertrauten Menschen zu verlieren, war sie in die kleine Kapelle gelaufen, die heute nicht mehr existierte. Vier Tage nach Weihnachten 2002 war ein Blitz in den Dachstuhl gefahren und hatte ihn in Brand gesetzt. Damals hatte Emily geglaubt, es wäre ein Zeichen Gottes gewesen, diesen verfluchten Ort vom Angesicht der Erde zu tilgen, und sie hätte er als Werkzeug auserkoren.

In der Kapelle hatte sie eine der großen Kerzen genommen, die auf dem Altar brannten. Damit war sie zum Pfarrhaus zurückgelaufen und hatte es angezündet.

Der Mann, dessen Name ihr noch immer nicht einfiel, schnippte die Kippe ins Wasser, wo sie zischend verlosch.

„Ich kam gerade noch rechtzeitig, um Randall zu retten", fuhr er fort. „Der Idiot kniete auf dem Fußboden vor Evans' Leiche und betete wie ein Verrückter. ,Mea culpa, mea culpa', immerzu. Ich schleifte ihn nach draußen, sonst wäre er in den Flammen umgekommen. Da wusste ich noch nicht, wer das Feuer gelegt hatte. Ich glaubte zuerst, Randall hätte den Tod deines Vaters vertuschen und sich selbst mit dem Feuertod bestrafen wollen. Zugetraut hätte ich es ihm. Seit ich ihm im Beichtstuhl von meinen kleinen Ausflügen an den Strand erzählt hatte, war er nicht mehr ganz richtig im Kopf. Es machte ihn verrückt, dass er das Beichtgeheimnis nicht brechen durfte."

Er lachte spöttisch. „Der naive Priester kroch auf dem Boden herum und jammerte. Erst als er begriff, dass man ihn wegen Beihilfe zum Mord ins Gefängnis sperren würde, begann er endlich zuzuhören. Es war so lächerlich einfach, Evans zu belasten. Die Polizei schluckte die Geschichte nur allzu gerne, konnte man die Mordserie doch zu den Akten legen." Er runzelte die Stirn. „Henderson bereitete mir eine Zeit lang Sorgen. Er war mir dicht auf den Fersen. Er glaubte nicht an Evans' Schuld, aber dann wurde er von der Guernsey Police zurückgepfiffen."

„Warum hast du aufgehört zu töten?"

„Habe ich das? Im Sommer nach dem Brand im Pfarrhaus erlebte ich noch einmal das kurze Hochgefühl. Eves Anmut konnte ich nicht widerstehen. Ich gebe zu, meine Lust zu töten hätte mich beinahe in ernste

Schwierigkeiten gebracht. Zum Glück war unser braver Vikar so tief in mein Handeln verstrickt, dass er nicht mehr zurückkonnte. Er sorgte dafür, dass niemand das Verschwinden einer französischen Rucksacktouristin mit den Flutmorden in Verbindung bringen konnte."

Emily keuchte erschrocken auf, als die Brandung eine Welle in den Schacht drückte, die ihre Beine umspülte.

„Das Skelett im Keller des Pfarrhauses", sagte sie, „Randall hat die Leiche dort versteckt."

„Bedauerlicherweise siegte danach sein Gewissen über die Angst vor dem Gefängnis. Er zwang mich, Alderney zu verlassen. Ich musste mich fügen, andernfalls wäre ich aufgeflogen."

„Warum hast du ihn nicht auch umgebracht?"

„Das geht dich nichts an, ich hatte meine Gründe. Als ich ihn in der Nacht, in der Evans starb, endlich von meinem Plan überzeugen konnte, sah ich plötzlich den kläffenden Köter und ein kleines Mädchen, das aus einem Fenster kletterte.

Es läuft zum Bunker, um sich zu verstecken, denn es kennt jeden Schlupfwinkel in der Umgegend. Ich habe sie ihm ja selbst gezeigt. Aber bald kommt die Flut. Sie ist meine Verbündete und wird auch dieses kleine Problem für mich beseitigen.

Doch ich hatte nicht bedacht, dass der Feuerschein meilenweit zu sehen war. Die Feuerwehr war schneller beim Pfarrhaus, als ich geglaubt hatte, und der blödsinnige Pater schrie dauernd: ‚Wo ist das Mädchen? Wo ist Emily?'

Die ganze Insel war auf den Beinen, um dich zu suchen. Ich lief zum Bunker, weil ich wusste, dass du dich dort verstecken würdest. Ich hörte dich, konnte deine Angst riechen, aber der verfluchte Köter schnitt mir den Weg ab. Ich musste ihm den Schädel einschlagen und ihn in den alten Schacht werfen, damit die Strömung ihn aufs Meer hinauszog. Und da seh ich die kleine Emmy, die so dämlich war, in das Loch zu plumpsen; seh sie, wie sie um ihr unschuldiges kleines Leben strampelt, aber sie schafft es nicht, die Kräfte verlassen sie, die Flut ist mein Freund.

Doch verdammt, diesmal ist das Meer nicht schnell genug, und nachhelfen kann ich auch nicht. Einer der Suchtrupps hat sich den Bunker vorgenommen. Ich geh ihnen entgegen und rufe: ‚Hier ist sie nicht.‘ Aber sie glauben dem bösen Jungen nicht, dem Außenseiter, dem Sohn eines verrückten Selbstmörders, weil er so slick ist. So haben sie mich genannt: Slick. Weil ich gerissener als sie alle war und immer einen neuen Dreh fand, mich herauszuwinden, wenn sie mir etwas anhängen wollten. Erinnerst du dich noch immer nicht, Emily?“

Sie starrte ihn lange an. Ein Bild begann sich vor ihren Augen zusammenzusetzen.

„Wer bist du?“, fragte sie.

Er beugte sich über sie und küsste sie auf die Stirn.

„Ich bin Eliot. Und nun wirst du für den Verrat an deinem großen Bruder bezahlen, kleine Emmy.“

<h1 style="text-align:center">37</h1>

Steve blickte ratlos auf das Foto des verstorbenen Bill Henderson.

„Wenn du so überzeugt warst, dass der Mörder frei herumläuft, und du nicht aufgehört hast, nach ihm zu suchen, musst du deine Gedanken irgendwie geordnet haben. Wo stecken deine Notizen, Billy?", fragte er laut.

Er hatte Schränke und Schubladen durchwühlt und sogar überprüft, ob keine Akte oder ein Notizbuch hinter Hendersons Ginvorrat gerutscht war. Gefunden hatte er nichts. Ob der alte Chief seine Aufzeichnungen vernichtet hatte? Aber Henderson hatte mit seinem vorzeitigen Tod nicht rechnen können, er hatte gar keine Zeit gehabt, Dateien zu löschen oder Schriftliches zu beseitigen. Wo also waren diese Notizen? Es musste sie geben.

Penny betrat das Büro und blickte tadelnd auf das Chaos, das Steve angerichtet hatte.

„Hast du wenigstens etwas gefunden?", fragte sie.

„Nein."

„Wir haben das Revier auf den Kopf gestellt", sagte sie. „Nichts."

„Könnte es sein, dass er Akten mit nach Hause genommen hat?"

„Bill hat manchmal die halbe Nacht in seinem Büro zugebracht", antwortete Penny. „Wenn er arbeitete,

393

dann hier. Ich schätze, er hatte Eheprobleme. Geredet hat er nie darüber, aber es gab Gerüchte."

„Lebt seine Frau noch?"

„Grace? Klar, die Hendersons wohnen in der Rue Genet 15. Wir sind entfernte Nachbarn."

Steve suchte in dem Durcheinander nach dem Schlüssel des Streifenwagens.

„Ich fahre hin. Einen Versuch ist es wert."

„Kannst du vorher mit Dave sprechen? Er hat etwas über das Datum der Morde herausgefunden."

„Okay. Hat Hill sich gemeldet?"

„Nein. Auch die Suchaktion hat bisher nichts gebracht."

Er sah aus dem Fenster. Am Himmel schoben sich dunkelgraue Regenwolken übereinander wie polierte Schieferplatten. Es würde Sturm geben.

„Wir brauchen eine Gezeitentabelle", sagte er.

Penny zog ihr Smartphone zurate.

„Die Flut hat vor einer Stunde eingesetzt. Ist das wichtig?"

„Ich denke ja. Wenn Emily dem Killer in die Hände gefallen ist, dann wird er mit ihr das Gleiche machen wie mit Claire Martin und den anderen Opfern."

„Das bedeutet, wir haben nur ein paar Stunden Zeit, um sie zu finden."

„Eher weniger."

Er ging nach vorn in die Wache. Dave saß vor seinem Computerbildschirm.

„Penny sagt, du hast etwas für mich?"

Dave nickte eifrig, kaute und schluckte. Neben seiner Tastatur lag ein angebissenes Stück Flipt, einem auf Alderney beliebten Apfelkuchen.

„Am 18. September 1990 kam es vier Seemeilen vor Alderney zu einem Schiffsunglück. Eine der Guernseyfähren kenterte und sank. Dreizehn Passagiere kamen ums Leben.“

„Weiß man, was zu der Katastrophe führte?“

„Die Ladeklappe des Autodecks hatte sich nicht ganz geschlossen, was aber zunächst niemand bemerkte. Man vermutete später einen technischen Defekt, das Schiff fuhr die Route schon etliche Jahre und sollte bald ausgemustert werden. Das Unglück hätte verhindert werden können, wenn die Klappe nach der Abfahrt kontrolliert worden wäre. Und jetzt halt dich fest: Der Verantwortliche, der dies versäumte, war Albert Evans. Zeugen sagten später aus, er wäre betrunken gewesen, bewiesen werden konnte das allerdings nicht. Evans behauptete, seinen Dienst an jenem Tag mit seinem Kollegen George Ridley getauscht zu haben, was dieser jedoch bestritt.

„Welche Konsequenzen hatte das für ihn?“

„Es konnte nicht zweifelsfrei geklärt werden, wer für das Unglück verantwortlich war, weil es widersprüchliche Zeugenaussagen gab. Evans war auf jeden Fall erledigt. Die Reederei entließ ihn fristlos.“

„Kannst du mehr über diesen Ridley herausfinden?“, fragte Steve. „Lebt er noch? Was ist aus ihm geworden? Wir brauchen den vollständigen Namen und die Adresse.“

„Denkst du, er hat etwas mit der Mordserie zu tun?“

„Ich glaube, dass eine Verbindung zwischen dem Unglück, der Schuldfrage und den Flutmorden besteht.“

Dave gab den Namen in die Polizeidatenbank ein.

„Das muss er sein: George Ridley, geboren am 6. Mai 1957. Vorbestraft wegen Körperverletzung und Betrug. Er hat zwei Jahre gesessen. Von 1985 bis 1987 arbeitete er bei Condor Ferries. Er war verheiratet und hatte einen Sohn namens Eliot. Die Ehefrau hat sich 1999 das Leben genommen. Im April 2000 wurde Ridleys Leiche am Cachalière Pier an der Südküste von Alderney gefunden. Es gelang erst nach Tagen, ihn zu identifizieren, weil er in eine Schiffsschraube geraten war. Die Obduktion ergab, dass er zum Zeitpunkt seines Todes stark alkoholisiert gewesen war.“

„Eliot!“

Steve blickte nachdenklich auf den Bildschirm. Ob die Namensgleichheit mit dem dunklen Teil von Emily Grays Persönlichkeit ein Zufall war? Nein, der Name war zu selten.

„Gibt es einen Eintrag zu seinem Sohn Eliot Ridley?“, fragte er.

Daves Finger flogen über die Tastatur.

„Oh Mann.“ Er pfiff durch die Zähne. „Der Apfel fällt nicht weit vom Stamm.“

Eliot Ridley war 1983 auf Alderney geboren worden. Seine Eltern hießen George und Edna Ridley.

Schon wieder ein weiblicher Vorname, der mit E beginnt, dachte Steve. Ob hier der Ursprung der Verbrechen zu finden war?

„Schau dir das an“, sagte Dave, „was für ein sauberes Früchtchen.“

Die Liste seiner Vergehen war lang: Autodiebstahl, Körperverletzung, Vandalismus, Tierquälerei und eine

Anzeige wegen versuchter Vergewaltigung, die allerdings aus Mangel an Beweisen zu keiner Verurteilung führte.

Durch den Unfalltod seines Vaters war Eliot mit sechzehn Jahren zur Vollwaise geworden. Das Jugendamt verfügte, ihn bis zu seiner Volljährigkeit in einem Erziehungsheim unterzubringen. Dazu kam es jedoch nicht, weil sich Vikar Michael Randall für ihn einsetzte. Randall betreute im Auftrag der anglikanischen Kirche in seiner Pfarrei eine Gruppe von schwer erziehbaren Jugendlichen. Eliot Ridley lebte dort bis zum Sommer 2003. Nach dem Brand im Pfarrhaus und dem Tod von Albert Evans wurde die Gruppe aufgelöst, Randalls Arbeit endete. Ridley verließ Alderney und suchte auf dem Festland sein Glück.

„Das ist unser Mann", sagte Steve.

Dave klickte das Foto auf Ridleys Polizeiakte an. Es zeigte einen Achtzehnjährigen mit dichtem, flachsblondem Haar, vorspringenden Wangenknochen und einem ausgeprägten Kinn.

„Kannst du das Bild vergrößern?", fragte Steve.

Dave zoomte in das Foto hinein.

„Sieh dir seine Augen", sagte er, „ganz schön unheimlich. Grau mit grün-violetten Sprenkeln."

Wenn man ihn zwanzig Jahre altern ließ, ähnelte er Emilys Beschreibung des Mannes, der sie verfolgt und angegriffen hatte. Eliot und Emily hatten im selben Zeitraum in der Pfarrei gelebt. Sie mussten sich gekannt haben, auch wenn sie sich aufgrund ihrer Amnesie nicht daran erinnerte. Ridley dagegen hatte diese Zeit vermutlich nie vergessen. Ob er ihr zufällig in Southampton begegnet war? Oder stimmte Matt

Frazers Theorie, nach der der Killer die Küste von Wales und Cornwall entlang nach Osten gewandert war? Hatte Ridley gewusst, wo er Emily finden würde? Es war nicht ihr Vater gewesen, den sie bei einem Mord beobachtet hatte, sondern Eliot Ridley. Wollte er an ihr eine späte Rache verüben, weil sie ihr Wissen ihrem Vater anvertraut und es Ridley damit unmöglich gemacht hatte, auf Alderney zu bleiben? Oder befürchtete er, sie könnte sich irgendwann erinnern und zur Polizei gehen? War die Begegnung der Grund, warum er nach Alderney zurückgekommen war? Welche Beziehung hatte zwischen dem siebzehnjährigen Eliot und der kleinen Emily bestanden?

„Du hattest nach weiteren Todesfällen auf Alderney nach dem Ende der Mordserie 2002 gefragt", sagte Dave.

„Und? Gab es welche?"

„Nur einen Vermisstenfall im Sommer 2003. Eine französische Rucksacktouristin verschwand auf dem Weg von Cherbourg nach Alderney. Zeugen bestätigen, dass sie in Frankreich an Bord einer Fähre ging. Sie muss also hier angekommen sein – es sei denn, sie verschwand unterwegs. Ihr Verbleib konnte nicht geklärt werden, sie ist nie wieder aufgetaucht. Sie hieß Eve Leroc."

„Ich glaube, ich weiß, wo sie ist."

Steve berichtete von dem Skelettfund im Keller des Pfarrhauses. Nun wusste er auch, von wem Randall in seinem Geständnis gesprochen hatte. Aber warum hatte er sich so sehr für Eliot Ridley eingesetzt, dass er selbst zum Mittäter wurde? Ob Hills Vermutung zutraf und Eliot tatsächlich ein leiblicher Sohn des Vikars war?

„Was werden wir jetzt unternehmen?", fragte Dave. „Ridley ist auf Alderney aufgewachsen. Er kennt die Insel sicher wie seine Hosentasche und weiß, wo er sich verstecken kann."

„Wir konzentrieren die Suche auf die Bunkeranlagen."

Dave seufzte. „Das sind Dutzende."

„Eine bessere Spur haben wir nicht. Ich fahre zu Grace Henderson. Vielleicht weiß sie, ob ihr Mann Akten zu Hause aufbewahrt hat. Könnte doch sein, dass er etwas herausgefunden hat, von dem wir nichts wissen."

Grace Henderson war eine attraktive Frau Mitte fünfzig. Ihre Wangen waren mit Sommersprossen übersät, rotblonde Locken rahmten ihr rundes Gesicht ein. Lachfältchen in den Augenwinkeln setzten sich hell von der gebräunten Haut ab. Ihre Bewegungen straften diesen ersten Eindruck allerdings Lügen. Sie bat Steve ins Haus und ging gebeugt voraus wie eine Frau, die eine schwere Last zu tragen hat. Steve sprach ihr sein Beileid aus.

„Nehmen Sie bitte Platz, Chief Cole."

Er teilte sich das Sofa mit einer gefleckten Katze, die ihn arrogant musterte.

„Wissen Sie, Bill wollte seinen Dienst quittieren", begann Grace Henderson. „Er hatte einen Antrag auf vorzeitige Pensionierung gestellt. Gordon Lyme scharrte schon mit den Hufen, um seinen Platz einzunehmen. Sie wissen, dass er Laneys Neffe ist?"

„Ja."

„Für die Polizei gibt es auf Alderney nicht viel zu tun, hier werden keine schweren Straftaten verübt. Bill hatte einen ruhigen Posten. Er sah in sich so etwas wie den gutmütigen Vater der Insel, der nur ab und zu durchgreifen musste, wenn einer der Jugendlichen über die Stränge schlug."

„Sie sprechen von Kyle Baxter."

„Er ist einer von denen, die immer Ärger machen. Bill hatte ihn gut im Griff, nur eine Sache bereitete ihm wirklich Kummer."

„Die Mordserie vor zwanzig Jahren."

Grace Henderson nickte. „Das war eine große Sache damals. Er war gerade zum Chief befördert worden."

„Albert Evans wurde aufgrund der Aussage von Vikar Randall als Täter überführt", sagte Steve.

„Bill glaubte nicht an Evans' Schuld. Sie kannten sich seit einer Ewigkeit. Er hat Al damals unterstützt, als die Reederei ihn wegen des furchtbaren Unglücks entließ. Sie wissen davon?"

„Ich hab's eben erfahren."

„Laney schloss die Akte der Flutmorde, obwohl Bill der Meinung war, es sei noch nicht alles restlos geklärt. Eines der Opfer war ja unsere Nichte, aber das wissen Sie sicher auch. Die Leute begannen zu reden, wir hätten Eheprobleme, weil Bill so manche Nacht im Revier verbrachte. Dabei suchte er nur nach Hinweisen und Spuren. Er konnte es nicht ertragen, dass der Mörder möglicherweise unentdeckt blieb. Ich glaube, am Ende hat es ihn umgebracht, dass Laney ihm verbot, weiter zu ermitteln. Er war damals gerade Chef der Polizei auf Guernsey geworden."

„Bill war auf der richtigen Spur“, sagte Steve. „Evans war ein Bauernopfer. Wir glauben inzwischen zu wissen, wer wirklich für die Morde verantwortlich ist. Er hat ein weiteres Opfer in seiner Gewalt und versteckt sich mit ihm irgendwo auf der Insel. Hat Ihr Mann vielleicht Akten mit nach Hause genommen? Es ist sehr wichtig für uns, Mrs Henderson. Uns läuft die Zeit davon.“

„Da müssten wir in seinem Arbeitszimmer nachschauen.“

Sie führte Steve in einen Raum im Keller, der eher der Werkstatt eines Bastlers glich als einem Büro. Ein Dutzend Segelschiffmodelle standen entlang der Wände in Glasvitrinen.

„Billy liebte die See“, sagte Grace. „Der Schiffsmodellbau war seine große Leidenschaft. Sehen Sie sich ruhig um, Chief. Ich koche uns inzwischen einen Tee.“

Steve zog die Schubladen des alten Schreibtischs auf, die Henderson in eine Werkbank umfunktioniert hatte. Grace blieb in der Tür stehen.

„Wissen Sie, das ist seltsam. Vor zwei Wochen habe ich dem keine Beachtung geschenkt, aber nun ...“

„Was meinen Sie?“

„Einen Tag vor seinem Tod rief Vikar Randall an.“

„Aus dem Pflegeheim?“

„Ja. Er bat um ein Gespräch. Er war furchtbar erregt und sagte, es ginge um Leben und Tod. Billy fuhr ins Royal Connaught Care Home und sprach mit ihm. Er kam erst spät am Abend zurück und war sehr verstört. Er wollte nichts essen und verschwand sofort im Keller. Eine Stunde später verließ er das Haus wieder, um ins Revier zu fahren. Er sagte, er müsse einen Bericht schreiben und an Laney schicken. Es dulde keinen Aufschub. Am nächsten Morgen war er tot. Ich weiß nicht, was ihn so aufgewühlt hat, aber es kann nur mit den grässlichen Flutmorden zu tun gehabt haben."

Sie drehte sich um. Steve hörte, wie sie die Treppe hinaufging. Ihm war nun klar, was geschehen war. Randall hatte von Ridleys Rückkehr erfahren, vielleicht hatte der den alten Mann sogar im Heim besucht. Der Vikar hatte Ridleys Erscheinen zum Anlass genommen, mit der Wahrheit herauszurücken. Er wusste, dass er nicht mehr lange zu leben hatte, und wollte mit reinem Gewissen sterben. Also hatte er Henderson zu sich gebeten und ein Geständnis abgelegt. Der hatte noch in der Nacht einen Bericht an Laney schicken wollen, aber der Tod war ihm zuvorgekommen. Ridley war klar geworden, dass Randall eine Gefahr für ihn darstellte, und hatte ihn umgebracht. Emily hatte ihn im Mignot Memorial überrascht und ihn verfolgt. Bis hierher passte alles zusammen.

Steve durchstöberte die Schubladen und fand schließlich, wonach er suchte: ein abgegriffenes Notizbuch, das von einem Einmachgummi zusammengehalten wurde, daneben einen staubigen Aktendeckel mit dem Vermerk *Eliot Ridley*. Steve blätterte durch die Seiten und sah seinen Verdacht bestätigt. Henderson hatte Randalls Geständnis in groben Zügen mitgeschrieben. Vermutlich hatte er seine Notizen hier zu einem ersten Entwurf zusammengefasst, den er dann im Revier abtippen und nach Guernsey weiterleiten wollte. Doch dazu war er nicht mehr gekommen.

Zwar kannte er nun den Namen des Mörders, aber diese Erkenntnis erklärte nicht dessen Motiv. Er nahm sich noch einmal Hendersons Notizen vor. Irgendwo war der entscheidende Hinweis versteckt, der Ridleys Taten begründete. Er musste ihn finden, und zwar schnell. Seit dem Einsetzen der Flut waren zwei Stunden vergangen. Falls Ridley Emily auf die gleiche Weise ermorden wollte wie die anderen Frauen, lief ihnen die Zeit davon.

Steve überflog Hendersons unleserliche Handschrift, so schnell er konnte. Nach zwanzig Minuten hatte er die Stelle gefunden, nach der er suchte.

Michael Randall war der einzige Mensch, dem Eliot Ridley seine gequälte Seele während eines langen Gesprächs im Beichtstuhl geöffnet hatte. Er war Opfer und Täter zugleich und machte den Vikar zu seinem Komplizen, denn Randall war an das Beichtgeheimnis gebunden.

Wie bei so vielen Serienkillern, war Eliots mörderischer Weg schon in der Kindheit vorgezeichnet worden. Sein Vater George war ein Taugenichts und Trinker gewesen. Seine Schuld an dem Fährunglück hatte er zwar erfolgreich auf Albert Evans abgewälzt, aber sein Gewissen konnte er damit nicht beruhigen.

Immer öfter versuchte er, die ruhelosen Gedanken im Alkohol zu ertränken. Die verlorenen Seelen der Ertrunkenen verfolgten ihn in seinen Träumen und forderten Sühne. George Ridley begann seiner Familie das Leben zur Hölle zu machen. Sein vom Gin und der Schuld vergifteter Verstand fing an, Wahn und Wirklichkeit zu vermischen. Als Eliot zwölf war, beging seine Mutter Selbstmord, nachdem sie sich jahrelang in die Religion geflüchtet hatte. Durch ihre ständigen Besuche und Hilferufe wusste Randall genau, was in der Familie Ridley vor sich ging.

Steve konnte es nicht beweisen, weil alle Beteiligten tot waren, aber er hielt jede Wette, dass das Verhältnis zwischen dem Pfarrer und Edna Ridley nicht platonisch geblieben war. Eliot war vermutlich tatsächlich Randalls Sohn. Darum hatte Edna bei ihm Hilfe gesucht, vielleicht sogar gehofft, sie könne ihren Mann verlassen und im Pfarrhaus neu anfangen – eine trügerische Hoffnung, die niemals eine Chance auf Erfüllung gehabt hatte. Als sie keinen Ausweg mehr sah, setzte sie ihrem Leben selbst ein Ende.

Der Junge, allein dem zunehmend dem Wahnsinn verfallenden Vater ausgeliefert, fiel bald durch aggressives und grausames Verhalten auf: Tierquälerei, Schlägereien und andere Delikte – die klassische Karriere eines Serienmörders begann.

Entsetzt las Steve Randalls Geständnis zu Ende. Eliot hatte ihm unter Tränen im Beichtstuhl erzählt, dass sein Vater ihn hatte ermorden wollen. Um die Stimmen der Ertrunkenen, die ihn quälten, zum Schweigen zu bringen, beschloss er, ihnen seinen Sohn zu opfern. Er schleppte den Jungen an den Corblets Beach, fesselte ihn an Pflöcke, die er in den Sand getrieben hatte, und setzte ihn der Flut aus. In letzter Sekunde schien er einen klaren Moment gehabt zu haben und brachte es nicht über sich, den Jungen zu töten. Dieses furchtbare Spiel wiederholte er innerhalb eines Jahres immer wieder. Der sechzehnjährige Eliot stand Todesängste aus und überlebte nur, weil er seinen Vater eines Nachts erschlug und die Leiche mit dem Boot der Ridleys auf das

Meer hinausfuhr. Vier Wochen später wurde sie an der Südküste der Insel an Land gespült.

Auf Hendersons Frage nach dem Motiv für die Morde hatte Randall geantwortet: „Eliot hasste seine Mutter Edna. Als Zehnjähriger war er der Gewalt seines Vaters schutzlos ausgeliefert. Der einzige Mensch, der sich zwischen ihn und den Alten hätte stellen können, verschloss die Augen vor der Realität und flüchtete sich erst in die Religion und dann in den Freitod. Sie ließ Eliot im Stich, als er sie am meisten brauchte."

Nach ihrem Selbstmord war seine Entschlossenheit zum Widerstand gebrochen, er fügte sich in sein Los. George Ridley verwandelte Eliots Leben in einen Albtraum, aber er blieb zugleich seine wichtigste Bezugsperson, er war noch immer sein Vater. Erst als er älter und stärker wurde, erwachte in Eliot die Hoffnung, dem Wahnsinn entfliehen zu können. Da er nie gelernt hatte, Probleme anders als durch brutale Gewalt zu lösen, griff er zu dem einzigen Mittel, das er kannte: Er brachte den alten Ridley um.

Steve dachte an Hills Erklärung für Emilys Persönlichkeitsspaltung. Ihr Unterbewusstsein hatte den Teil ihrer Erfahrungen, der zu schrecklich war, um sich ihnen zu stellen, auf den imaginären Eliot übertragen. Dieser Eliot hatte ein reales Vorbild: einen Freund, einen großen Bruder, der sie liebte und beschützte. Doch dann war das Undenkbare geschehen: Der geliebte Mensch, an den sich das Kind klammerte, erwies sich als das Monster, das im Kleiderschrank des Schlafzimmers hauste und hervorkroch, wenn es Nacht wurde.

Steve wurde klar, warum die Namen aller Opfer mit E begannen – E wie Edna. Das Motiv für Ridleys Taten war nicht zu übersehen. Er tötete stellvertretend immer wieder die verhasste Mutter, um sie für ihr Wegschauen zu bestrafen. In diesen Augenblicken verspürte er Erlösung, die allerdings genauso schnell verflog, wie sie gekommen war. Eliot musste immer wieder töten, in der Hoffnung auf Frieden, den er doch niemals fand.

Was würde geschehen, wenn ihm das bewusst wurde? Steve ahnte, dass eine Katastrophe bevorstand.

38

Als Steve ins Revier zurückkehrte, wartete Hill auf ihn. Er drückte ihm Hendersons Notizbuch in die Hand.

„Lesen Sie das, und verraten Sie mir, was Ridley vorhat."

Hill zog sich mit einer Kanne Kaffee und einer Tüte Scones in den Frühstücksraum zurück. Penny empfing Steve mit besorgter Miene.

„Gordon koordiniert die Suchaktion. Wir konzentrieren uns auf die Bunker."

Er griff nach der Kaffeekanne und schüttelte sie. Sie war fast leer.

„Gibt es dafür einen zwingenden Grund?"

„Dave hat etwas herausgefunden. Schau's dir an."

Bailey rief ein Programm auf seinem Monitor auf.

„Ich habe eine Software aus dem Netz heruntergeladen, mit der man Gesichter altern lassen kann, und das erkennungsdienstliche Foto, das vor zwanzig Jahren von Ridley gemacht wurde, bearbeitet."

Er rief das Originalbild auf und ließ es im Zeitraffer altern.

„Ich kenne diesen Mann", sagte Penny. „Er kam mir sofort bekannt vor. Die Gemeindeverwaltung hat ihn vor sechs Wochen eingestellt. Er soll die für Touristen zugänglichen Bunker auf Schäden und mögliche Gefährdungen kontrollieren. Sein Name ist Eliot Ridley."

„Emily sagte, er arbeitet auf einer der Fähren.“

„Die Überwachung der Festungsanlagen und Sehenswürdigkeiten ist kein Vollzeitjob“, erklärte Dave. „Er hat ihn angenommen, um ungestört Zutritt zu den Bunkern zu erlangen.“

„Gute Arbeit. Aber es sind noch immer zu viele Verstecke, um sie alle rechtzeitig durchsuchen zu können. In zwei Stunden erreicht die Flut ihren höchsten Stand. Wir müssen den richtigen Bunker finden.“

Die Eingangstür des Reviers quietschte in den Angeln. Jemand trampelte lautstark über den Korridor und stieß die Tür zur Wache auf. Es war Baxter. Er schwitzte und schnaufte, als hätte er gerade einen Marathonlauf absolviert.

„Wir haben ein Problem, Chief“, keuchte er.

„Tatsächlich?“, erwiderte Steve gelassen. „Dann gesellen Sie sich zu uns, wir haben auch eins.“

„Lassen Sie die Witze, Cole. Die Gemeindeverwaltung hat beschlossen, den Eingang der baufälligen alten Geschützstellung in der Nähe des Leuchtturms zu sprengen, weil dort immer wieder unvorsichtige Touristen in Gefahr geraten. Ich arbeite mit Baufirmen und Abrissunternehmen zusammen, darum hat man mich gebeten, den Sprengstoff zu besorgen.“

Baxter wischte sich den Schweiß von der Stirn.

„Weiter“, drängte Steve.

„Wir haben das TNT heute Morgen in einen Lieferwagen verladen und warten auf den Sprengmeister. Wegen des aufziehenden Sturms verzögert sich seine Anreise von Jersey. Jemand hat den verdammten Lieferwagen gestohlen.“

„Sagt Ihnen der Name Eliot Ridley etwas?", fragte Steve.

„Das ist unser Bunkerwart. Er ist über die Aktion informiert. Warum fragen Sie nach ihm?"

Hill tauchte hinter Baxter auf. In seinen roten Bart hatten sich Kuchenkrümel verirrt. Er hatte Baxters Bericht offenbar mitgehört.

„Denken Sie, Ridley hat das TNT an sich gebracht?", fragte Steve ihn.

„Das halte ich für äußerst wahrscheinlich. Wenn er sich der Sinnlosigkeit seines Handelns bewusst geworden ist, könnte Emily sein letztes Opfer sein, bevor er sich selbst tötet."

Baxter fuhr herum. „Wovon reden Sie, Mann?"

„Eliot Ridley hat vor zwanzig Jahren die Flutmorde begangen", erklärte Steve. „Er ist nach Alderney zurückgekehrt und hat Claire Martin, Vikar Randall und Patrick Bell umgebracht. Und nun hat er eine Frau in seiner Gewalt. Wir suchen nach ihm, wissen aber nicht, wo er sich versteckt hält – vermutlich in einer der Bunkeranlagen."

Penny griff zum Telefon. „Gordon soll sofort ein paar Leute zum Leuchtturm schicken."

„Zu gefährlich", sagte Steve. „Sag ihm, er soll warten, bis wir eintreffen." Er wandte sich an Baxter. „Ist der Sprengmeister inzwischen angekommen?"

„Ja. Darum haben wir den Diebstahl ja überhaupt erst bemerkt."

„Holen Sie ihn, und bringen Sie ihn zum Leuchtturm. Wir brauchen sein Fachwissen."

„Dave, hast du Kontakt zu den Suchtrupps?"

„Klar."

„Sie sollen nach dem Lieferwagen Ausschau halten. Mr Baxter gibt dir die Beschreibung und das Kennzeichen. Dann schau nach, was du über Eliot Ridley finden kannst. Ich will vor allem wissen, ob er Kenntnisse im Umgang mit Sprengstoff hat."

Dave rieb sich die Hände. „Mach ich."

Eine Viertelstunde später trafen Steve und Penny am Quesnard Lighthouse ein, dem alten Leuchtturm, dessen Licht bis zum Cap de la Hague zu sehen war. In der unmittelbaren Nähe des Turms befand sich der Eingang zu einer der Geschützstellungen, die die Deutschen im Zweiten Weltkrieg überall auf der Insel gebaut hatten. Sie brauchten nicht lange, um die Anlage zu durchsuchen.

„Fehlanzeige", sagte Penny. „Was machen wir jetzt?"

„Ich weiß es nicht."

Als sie ins Freie traten, hatte sich der Wind, der seit dem Morgen stetig zulegte, fast zur Orkanstärke gesteigert. Er brachte Regen vom Atlantik mit, der in dichten, silbrigen Bahnen vom Himmel fiel.

Ein schwarzer SUV fegte die Straße zum Lighthouse entlang und stoppte vor dem Bunkereingang. Zwei Männer stiegen aus – John Baxter und ein glatzköpfiger Mann in einem leuchtend roten Overall, offenbar der Sprengmeister.

Pennys Handy klingelte. Sie suchte Schutz unter dem vorspringenden Betondach der Geschützstellung. Steve begrüßte den Sprengmeister.

„Von welcher Menge TNT reden wir?", fragte er.

„Genug, um eine Anlage wie diese in einen Haufen Kies zu verwandeln."

„Wenn wir nur wüssten, wo wir suchen sollten“, sagte Baxter.

Penny beendete ihr Gespräch. „Der Lieferwagen wurde am Longis Beach gesehen. Er fährt Richtung Raz Island.“

„Dann ist das alte Fort sein Ziel“, rief Baxter.

Steve blickte Penny fragend an.

„Er meint das Fort Ile de Raz, eine alte Festungsanlage – ziemlich groß, verschachtelt und unübersichtlich.“

„Okay, fahren wir los“, sagte Steve.

Baxter schüttelte den Kopf. „Bei Flut ist die Ile de Raz nur mit einem Boot zu erreichen. Vom Hafen aus müssten wir um die halbe Insel herumfahren. Bei diesem Sturm dauert das mindestens zwei Stunden. Es gibt gefährliche Riffe da draußen, die einen Bootskiel wie Papier aufreißen.“

„Was schlagen Sie vor?“

„Das Dingi der Abigail liegt im Hafen, der Bootsanhänger für meinen Wagen steht in einem gemieteten Schuppen. Das Dingi aufzuladen und zum Longis Beach zu bringen, dauert höchstens eine halbe Stunde.“

Steve nickte. „Das hört sich nach einem brauchbaren Plan an.“

Baxter stieg in den SUV und fuhr los. Über die Hauptverbindungsstraße der Insel würde er in ein paar Minuten in der Braye Bay ankommen.

„Der legt sich ja mächtig ins Zeug“, sagte Penny.

„Vielleicht plagt ihn sein Gewissen, weil Ridley den Sprengstoff vor seiner Nase gestohlen hat.“

„Oder er will einfach nur kein Aufsehen vor der Präsidentschaftswahl.“

„Das wird's wohl sein."

Hill strich sich das klatschnasse Haar zurück. Wasser tropfte aus seinem Bart.

„Lassen Sie mich mit Ridley reden. Ich kann ihn dazu bewegen, aufzugeben."

„Dazu müssen wir ihn erst einmal finden."

Penny und Steve stiegen in den Streifenwagen und warteten auf Baxters Rückkehr.

„Cataldo bleibt in Deckung", sagte Penny. „Keine Spur von ihm."

„Er wird kaum riskieren, die Polizei auf sich aufmerksam zu machen. Schließlich steht er ganz oben auf der Fahndungsliste."

„Hast du etwas von Abby gehört?", fragte sie.

„Nein."

„Was wirst du machen, wenn wir Ridley haben und der Fall abgeschlossen ist?"

„Mein Büro aufräumen und mir einen neuen Schreibtischstuhl besorgen. Der alte quietscht und knarrt zum Erbarmen."

Ihre Miene hellte sich auf.

„Du hast also vor zu bleiben?"

„Mir bleibt nichts anderes übrig. So übel ist es auf Alderney ja nun auch wieder nicht. Wenigstens habe ich etwas Sinnvolles zu tun."

Penny lächelte. Ihre Augen strahlten.

„Würde es dir denn gefallen, wenn ich bleibe?", fragte er.

„Na klar. Oder glaubst du, ich hätte lieber den sauertöpfischen Gordon als Chief?"

Jetzt lachte auch Steve. „Eher nicht, oder?"

„Wir sind ein gutes Team ... finde ich", sagte Penny.

„Sind wir.“

Hill riss die hintere Tür auf und quetschte sich auf die Rückbank.

„Sauwetter“, schimpfte er.

Steve ließ den Motor an und steuerte den Streifenwagen über die Hauptstraße nach Süden.

„Das ist der Raz Causeway“, sagte Penny nach zwei Kilometern. „Hier musst du abbiegen.“

Nach dreihundert Metern stellte Steve den Wagen auf einem Parkplatz für Surfer ab. Er konnte sich der vorgelagerten Insel nicht weiter nähern, die Flut drückte das Meer gegen die sanft ansteigende Küste. Baxters schwarzer SUV tauchte an der Abzweigung auf. Er zog einen Bootsanhänger, auf dem das Beiboot der Abigail festgelascht war – ein Schlauchboot mit einem kräftigen Außenbordmotor.

Steve stieg aus dem Wagen und half ihm, das Dingi startklar zu machen. Sie schleppten es zur halbmondförmigen Bucht von Longis Beach und setzten es auf den Sand. Penny beobachtete mit einem Fernglas das alte Fort am Ende der Landzunge. Sie setzte das Glas ab und wischte sich Regenwasser aus den Augen.

„Der gesuchte Lieferwagen steht vor dem Eingang der Festung“, sagte sie.

Baxter nahm sich das Fernglas. „Dann ist er tatsächlich hier. Was haben Sie jetzt vor, Chief? Wenn wir mit dem Dingi quer über die Bucht fahren, kann er uns abknallen wie die Tontauben.“

„Wir wissen nicht, ob Ridley bewaffnet ist.“

„Und wenn er es ist?“

„Das Risiko muss ich eingehen. Oder haben Sie eine bessere Idee?“

Penny beobachtete skeptisch den Himmel und die aufgewühlte See.

„Er hat recht, Steve. Wir brauchen ein Einsatzteam und einen Helikopter."

„Und wo soll ich den hernehmen? Bis ich Laney erklärt habe, was hier los ist, und er ein Team zusammengestellt und hierhergeflogen hat, ist Emily tot."

Als hätte Ridley seine Worte gehört, bekam Steve umgehend die Antwort. Ein scharfer Knall echote über die Bucht. Auf der Landspitze flogen Steinbrocken in die Luft und prasselten als tödliche Fontäne ins Meer. Baxter stellte den Fernstecher scharf.

„Der Kerl meint es ernst. Er hat den Eingang gesprengt."

„Geben sie her." Hill schnappte sich das Glas. „Wie ich bereits dargelegt habe: Er bricht alle Brücken hinter sich ab und ist zum Äußersten bereit. Niemand soll ihn stören, wenn er den Seelen der Ertrunkenen sein letztes Opfer anbietet: Emily und dann sich selbst. Er hat sich den perfekten Ort für seinen Abtritt von der Bühne ausgesucht."

„Gibt es noch einen zweiten Zugang zur Festung?", fragte Steve.

„Keinen, durch den man so einfach hineinspazieren kann", antwortete Baxter. „Unterhalb des Kaps klafft in den Felsen eine Grotte, die das Meer ausgewaschen hat. Die Deutschen haben sie im Krieg als Schlupfwinkel benutzt. Sie ist groß genug, um ein U-Boot aufzunehmen."

Steve betrachtete abschätzend das Dingi. Penny schüttelte den Kopf. „Denk nicht mal dran. Bei dem Seegang ist das zu gefährlich. Außerdem wird das Motorengeräusch Ridley alarmieren."

„Das Fort ist groß. Wir wissen nicht, wo er sich aufhält", sagte Hill.

„Wenn ich das richtig sehe, hat sich der Kerl dort verschanzt, um das Mädchen auf die gleiche Weise umzubringen wie die anderen Opfer, oder?", sagte Baxter.

Steve nickte. „Weiter."

„Dann muss er sich irgendwo auf Höhe der Wasserlinie aufhalten. Da kommt eigentlich nur die Grotte infrage."

„Ich brauche einen Neoprenanzug. Können Sie mir einen besorgen?"

„Bist du verrückt?", rief Penny. „Die Strömung treibt dich ab, kaum dass du im Wasser bist."

Baxter schlug ihm auf die Schulter.

„Sie haben mir eine Menge Ärger bereitet, Cole. Aber ich mag Männer, die sich nicht unterkriegen lassen und ihren Kopf durchsetzen. Sie werden einen guten Chief abgeben, besser jedenfalls als die Schlafmütze Henderson."

Steve grinste. „Sie werden sehen, wir werden noch richtig dicke Freunde. Es wird mir ein Vergnügen sein, Ihnen auf die Finger zu hauen, wenn Sie erst einmal Präsident sind."

Baxter lachte dröhnend. „Die Herausforderung nehme ich gerne an. Aber Constable Saunders irrt sich. Es gibt eine Möglichkeit, die Grotte unbemerkt schwimmend zu erreichen – trotz des Seegangs. Ich werde Sie mit einem Sub-One ausrüsten. Damit sollten Sie keine Probleme haben, die Richtung einzuhalten.“

„Was ist ein Sub-One?“

„Ein Unterwasser-Scooter, angetrieben von einem 500 Watt starken Doppelmotor. Zwei kleine Turbinen ziehen Sie durch das Wasser wie einen Fisch. Mein Sohn hat so ein Spielzeug.“

„Ein Sub-One ist zu schwach, um gegen die Strömung anzukommen“, sagte Penny.

„Nicht, wenn man ihn vorher modifiziert hat. Kyle hat ’ne Menge Unsinn im Kopf, aber von Motoren versteht er was.“ Baxter wandte sich an Steve. „Die Flut wird Sie unterstützen und in die Grotte treiben wie einen Korken in einen Flaschenhals.“

„Wie schnell können Sie den Sub-One besorgen?“

„Eine Viertelstunde sollte reichen. Der Streifenwagen verschafft uns freie Bahn.“

„Wir haben nur noch eine Stunde bis zur höchsten Tide“, sagte Penny.

„Dann sollten wir uns beeilen.“

Baxter und Penny fuhren los. Hill betrachtete Steve interessiert. Der schüttelte den Kopf. „Versuchen Sie gar nicht erst, mich zu beeinflussen. Ich werde Sie nicht mitnehmen.“

„Das ist nicht meine Absicht, ich bin schließlich nicht lebensmüde. Aber Sie scheinen es zu sein.“

„Ich habe nicht vor, mich umzubringen.“

„Warum gehen Sie dann ein solches Risiko ein? Wie weit, glauben Sie, kommen Sie mit Ihrer lädierten Hüfte?“

„Ich war in einer Spezialeinheit der Army und habe schon Schlimmeres überstanden.“

„Sie waren jünger und unversehrt. Wie lange ist es her, dass Sie den Helden gespielt haben, Cole?"

„Das hat nichts mit Heldentum zu tun. Ich halte das Risiko für vertretbar. Dort drüben schwebt ein Mensch in Lebensgefahr. Ein Mensch, den ich vielleicht retten kann. Wenn ich es nicht versuche, stirbt Emily auf jeden Fall."

„Mmh. Sie sind ein interessanter Charakter, Cole. Sie loten Ihre Grenzen aus und versuchen, sie immer weiter zu verschieben. Solche Typen leben meist nicht lange, weil sie sich heillos überschätzen. Ich bin Psychiater, mich interessieren Menschen und ihre irrationalen Handlungsweisen. Warum riskieren Sie Ihren Hals, Cole? Wem wollen Sie etwas beweisen?"

„Niemandem. Aber um Ihnen eine Freude zu bereiten, werde ich darüber nachdenken. Wenn mir die Antwort einfällt, sind Sie der Erste, der's erfährt."

„Irgendwann werden Sie erkennen, dass Sie einen Punkt überschritten haben, von dem es kein Zurück gibt."

„Kann schon sein. Bis es so weit ist, werde ich noch eine Menge Spaß haben."

„Sie sind ein sturer Hund, Cole."

„Die muss es ja auch geben."

Der Streifenwagen kehrte zurück. Steve zwängte sich in den Neoprenanzug, zu dem auch ein Gürtel mit einem Tauchermesser gehörte. Baxter reichte ihm einen wasserdicht verschließbaren Plastikbeutel, in dem Steve Dienstwaffe und Handy verstaute. An eine Schwimmbrille und Flossen hatte er ebenfalls gedacht. Dann erklärte er Steve die Funktionen des Sub-One.

„Wenn Sie im Wasser sind, schalten Sie hier den Motor ein. Die Strahldüsen ziehen Sie nach vorn. Sie lenken durch Gewichtsverlagerung und die Beinbewegungen. Ich werde Sie mit dem Boot so nahe wie möglich an die Landspitze bringen.“

Penny blickte skeptisch drein.

„Wenn du da draußen ersäufst, ziehe ich dir das Fell über die Ohren, denn dann wird Gordon der neue Chief.“

„Ich werde mich bemühen, diesen Aspekt zu berücksichtigen.“

Baxter schob das Dingi ins Wasser und ließ den Außenborder an. Steve kletterte zu ihm ins Boot, dann fuhren sie los. Die Sicht war schlecht, der Regen fiel in dichten Schleiern aus dem schiefergrauen Himmel.

„Keine Sorge, ich kenne diese Gewässer seit meiner Kindheit“, sagte Baxter.

Er steuerte das Boot in einem weiten Bogen um Raz Island herum und ließ es dann mit der Strömung auf die alte Festungsanlage zutreiben. Hundert Meter vor der Landzunge drosselte er den Motor. Das Dingi schaukelte auf den Wellen.

„Die dumme Geschichte, die Kyle auf der Abigail passiert ist, liegt mir im Magen“, sagte Baxter.

„Er ist alt genug, um zu wissen, dass er sich nicht mit Gewalt nehmen kann, was eine Frau ihm verwehrt.“

„Das Mädchen ist tot. Niemand hat etwas davon, wenn mein Sohn für einen einmaligen Ausrutscher ins Gefängnis geht.“

„Claires Eltern haben ein Recht darauf, dass die Vergewaltigung ihrer Tochter nicht ungesühnt bleibt. Claire hat ein Recht darauf, auch wenn sie nicht mehr lebt. Es ist nicht das erste Mal, dass gegen Kyle wegen sexueller Belästigung ermittelt wird. Ich schätze, es wird Zeit, dass er seine Lektion lernt."

„Er ist kein schlechter Junge. Ein bisschen wild, aber ..."

Steve sah Baxter ins Gesicht. „Alles, was er ist, hat er von Ihnen gelernt."

„Ich kann Sie immer noch fertigmachen, Cole. Wenn ich erst Präsident von Alderney bin, ist das ein Kinderspiel für mich."

Steve benetzte die Schwimmbrille und setzte sie auf.

„Sie werden dieses Amt nicht bekommen."

Baxter stieß ein hämisches Lachen aus.

„Jetzt bin ich aber gespannt, wie Sie das verhindern wollen."

„Ich will Cataldo, dann können wir über alles reden."

Baxter presste die Lippen zusammen, die Farbe wich aus seinen Wangen.

„Ich weiß nicht, wovon Sie sprechen."

„Von dem Typ, der sich als Ihr Chauffeur versucht; und von Ihrem Kumpel Viktor Sorokin."

„Also gut. Wir wollen beide etwas und können uns gegenseitig helfen, es zu erreichen. Was schlagen Sie vor?"

„Morgen früh fahren Sie unter einem Vorwand mit der Abigail nach Guernsey und bitten Cataldo, mitzukommen. Im Hafen wird die Polizei ihn verhaften. Wenn Sie mitspielen, kommen Sie und Kyle mit einem blauen Auge aus der Sache raus. Wenn nicht, sorge ich dafür, dass man Sie einlocht, weil Sie einem gesuchten Auftragskiller Unterschlupf gewähren. Ihr Präsidentenamt können Sie dann abschreiben."

Baxter japste. „Verlangen Sie ernsthaft von mir, dass ich Ihnen Cataldos Kopf auf dem Silbertablett serviere? Das wird Sorokin ...“

„... gar nicht gefallen, ich weiß. Wer sich mit Hunden schlafen legt, wacht mit Flöhen auf.“

„Sie kennen diesen Mann und seine Rachsucht nicht. Er darf niemals erfahren, dass ich ihn hintergehe.“ Baxter flehte jetzt beinahe.

„Denken Sie über mein Angebot nach.“

Steve glitt ins Wasser und spürte sofort den starken Sog, der ihn vom Boot wegriss. Baxter reichte ihm den Sub-One.

„Haben wir einen Deal, Chief?“, fragte er.

„Haben wir.“

„Viel Glück.“

„Danke. Ich kann's gebrauchen.“

39

Der aus Südwest gegen die Insel anrennende Sturm schob hohe Wellen vor sich her und presste sie durch die Öffnung der Grotte. Das Wasser stieg schnell und reichte Emily inzwischen bis zur Brust. Sie versuchte, sich an den Stricken, die ihre Handgelenke an die Betonwand fesselten, nach oben zu ziehen, spürte aber, dass ihre Kräfte schwanden. Das kalte Meerwasser sog die Wärme aus ihrem Körper. In immer kürzeren Abständen schlug die anrollende Brandung über ihrem Kopf zusammen und drückte sie unter Wasser. Sie rang verzweifelt nach Luft. Es würde nicht mehr lange dauern.

Vor einer halben Stunde hatte eine Explosion die Grotte erschüttert. Eliot war seitdem nicht wieder aufgetaucht. Hatte er sich selbst getötet und überließ sie nun der Flut? Wenn er ihrem Tod nicht beiwohnte, wich er zum ersten Mal von seiner Vorgehensweise ab. Sie hatte gehofft, ihn beeinflussen und auf irgendeine Weise umstimmen zu können, denn sie beide verband eine gemeinsame Geschichte und ein besonderes Verhältnis.

Eine neue Welle rauschte in die Grotte und brach über ihr zusammen. Sie schluckte salziges Wasser und zerrte panisch an ihren Fesseln. Einer der Halteringe bewegte sich knirschend in dem spröden Gestein. Sie streckte sich, schloss ihre rechte Hand um den Ring und bog ihn hin und her, bis der Schmerz unerträglich wurde. Schließlich gab sie auf. Sie vergeudete ihre Kraft, der Bolzen steckte zu tief in der Wand, um ihn herausziehen zu können.

Emily hörte Schritte, Eliot kletterte die Steigeisen herunter. Er lebte also noch. Ihr Blick fiel auf den Bootshaken mit der eisernen Spitze, der an einer der Sprossen hing. Er war zu weit entfernt, um ihn erreichen und als Waffe einsetzen zu können. Sie schaffte es nicht einmal, ihre Fesseln zu lösen. Ihre Lage war aussichtslos.

Eliot sprang auf den Boden hinab. Die Flut hatte den schräg ansteigenden Felsen fast gänzlich überspült, nur der höchste Fleck unterhalb der Steigeisen, dort, wo Emily an die Wand gefesselt war, ragte noch aus dem Wasser. Eliot streifte einen Rucksack ab und öffnete ihn. Er begann, Stangen, die wie große Kerzen aussahen, in Ritzen und Spalten der Felswand zu stecken.

„Was machst du da?", fragte Emily.

Es musste ihr irgendwie gelingen, die enge Freundschaft, die zwischen ihn bestanden hatte, erneut in ihm zu wecken.

„Erinnerst du dich an den Sommer, den wir im Pfarrhaus verbrachten?" Sie versuchte zu lächeln. „An die Streiche, die wir dem Vikar gespielt haben?"

Eliot antwortete nicht. Er steckte die metallisch schimmernden Enden von elektrischen Kabeln in die Stangen. Sie dachte an die Explosion, die sie vorhin gehört hatte. Ihr wurde klar, was er plante. Wenn sie Glück hatte, sprengte er sie beide in die Luft, bevor sie ertrank. Sterben würde sie auf jeden Fall. Die Frage war nur, wie lange es dauerte.

„Du warst der große Bruder, den ich mir wünschte; die Familie, die ich verloren hatte", fuhr sie fort. „Ich liebte den Eliot, den ich kannte, bevor er sich in ein Monster verwandelte. Ich liebe ihn noch immer."

„Du liebst mich nicht, sonst hättest du nicht alles zerstört. Ich habe dir ein Geheimnis anvertraut, und du hast dein Versprechen gebrochen, es für dich zu behalten."

„Du bist krank, Eliot. Ich kenne jemanden, der dir helfen kann, wieder der Mensch zu werden, der du einmal warst. Er hat mir geholfen, mich zu erinnern."

„Ich brauche deine Hilfe nicht." Er watete bis zu den Knien ins Wasser hinein und starrte mit weit aufgerissenen Augen in die schäumende Brandung. „Sie warten auf mich. Sie haben meinen Vater gequält, und nun rufen sie mich. Sie wollen, dass ich zu ihnen komme. Sie verlangen nach unseren Seelen, denn sie fürchten sich vor der Dunkelheit und der Einsamkeit. Wir müssen zu ihnen hinabsteigen, nur dann finden sie Frieden ... ich finde Frieden."

Er schloss die Augen. Eine Welle rollte über ihn hinweg. Es sah aus, als stimmten ihm die rachsüchtigen Geister der Ertrunkenen begeistert zu.

„Eliot ..."

„Sei still."

Er stieg aus dem Meer und fuhr damit fort, die Kabel mit einem kleinen Kasten zu verbinden, aus dem eine Kurbel ragte. Etwas schien nicht so zu funktionieren, wie er es geplant hatte. Er fluchte, kletterte die Steigeisen hinauf und verschwand in der Dunkelheit.

Emily lauschte angestrengt. Hinter dem Heulen des Windes und dem Rauschen der Brandung glaubte sie ein leises Motorengeräusch zu hören.

Steve wurde schnell klar, dass er die Gefahr unterschätzt hatte. Hätte Hill ihn nicht provoziert, hätte er sich die Sache vielleicht anders überlegt. Der Professor aus Southampton mochte ein überheblicher Choleriker sein, aber er hatte mühelos Steves wunden Punkt erkannt und darin herumgebohrt.

Warum zum Teufel musste er sich und anderen immer wieder beweisen, dass ihm keine Herausforderung zu groß, kein Berg zu hoch und keine Aufgabe zu schwierig war? Die Klemme, in der er steckte, hatte er sich selbst zuzuschreiben. Durch seinen Alleingang im *Red Door* hatte er Abby in Lebensgefahr gebracht und indirekt Natashas Tod verursacht.

Er hatte Cataldo verfolgt, weil er um Abbys Leben fürchtete, aber da war noch etwas anderes gewesen, was ihn herausgefordert hatte. Cataldo und Steve waren Konkurrenten und standen in einem einvernehmlichen Wettbewerb um Sorokins Gunst, bei dem es darum ging, wer verrückter und waghalsiger war. Keiner von ihnen würde einen Schritt zurückweichen und dem anderen einen Fußbreit Boden überlassen. Sie spielten russisches Roulette und pokerten mit einer scharfen Handgranate. Doch im Gegensatz zu Cataldo hatte Steve nicht nur sein eigenes Leben aufs Spiel gesetzt, sondern auch das von Abby. Und das würde er sich niemals verzeihen. Hills simple Frage hatte ihm seinen schlimmsten Charakterfehler vor Augen geführt: seine eigene übersteigerte Hybris.

Er liebte den Kitzel, wenn die Entscheidung auf des Messers Schneide stand. In diesen Augenblicken fühlte er sich lebendig und lebte ganz im Hier und Jetzt. Eine Zeit lang war er süchtig danach gewesen und hatte immer gefährlichere Sportarten ausprobiert – vom Kitesurfen bis zum Drachenfliegen. Erst als er Abby kennengelernt hatte, war das Verlangen, sich in ausweglose Situationen zu stürzen, erloschen. In ihrer Gegenwart spürte er die innere Ruhe, die ihm sonst nur ein überstandenes Abenteuer verschaffte. Vielleicht kam der Punkt, an dem es für ihn keine Wiederkehr gab, schneller, als Hill ahnte. Gut möglich, dass es jetzt so weit war. Tief verborgen, in einem dunklen Winkel seines Herzens, ruhte die Antwort. Die Stimme, die sie ihm zuflüsterte, hatte er zum Schweigen gebracht.

Etwas beunruhigte ihn. War er so leicht zu durchschauen? Hatte auch Baxter seine Schwäche erkannt und gegen ihn verwendet, indem er ihn hilfsbereit in einen Neoprenanzug steckte, weil er wusste, dass Steve sich überschätzte, dies aber niemals zugeben würde? Wenn er sich verrechnet hatte, bekam Baxter mit Gordon Lyme den Chief, den er haben wollte. Die Vorstellung spornte ihn zu neuer Anstrengung an.

Jeder Schwimmstoß jagte einen stechenden Schmerz durch sein linkes Bein. Die Muskeln verkrampften in dem kalten Wasser und arbeiteten nicht so, wie sie sollten. Der Sub-One half, den Kurs zu halten, aber in dem hohen Wellengang konnte Steve sich kaum orientieren. Der Regen hing wie ein grauer Vorhang über dem Meer und vermischte sich mit der sprühenden Gischt.

Die Dünung wurde spürbar kürzer und kabbeliger, eine Woge rollte über ihn hinweg und begrub ihn unter sich. Steve streckte den Kopf aus dem Wasser und rang nach Luft. Die Küste war plötzlich viel näher als noch vor Sekunden und raste auf ihn zu. Etwa fünfzig Meter rechts von ihm klaffte ein dunkles Loch in den Felsen. Er korrigierte die Richtung, in die der Sub-One ihn zog. Bildete er es sich ein, oder ließ die Leistung des Motors nach? Baxter hatte behauptet, der Akku halte eine halbe Stunde. Wenn Kyle ihn frisiert hatte, verbrauchte er allerdings mehr Strom, als er sollte, und würde nicht mehr lange durchhalten, und Baxter wusste es. Hatte er ihn in eine Falle gelockt, um ihn loszuwerden?

Steve ignorierte die Schmerzen und benutzte die Flossen, um schneller zu schwimmen. Kurz darauf spürte er, wie er von einer riesigen Hand emporgehoben und nach vorn geschoben wurde. Auf dem Rücken einer langen Welle ritt er auf die Öffnung der Grotte zu und schoss hindurch, als hätte ihn das Maul eines Wals verschluckt.

Die Brandung brach sich mit ohrenbetäubendem Lärm an den Felswänden. Steve ließ den Sub-One los, drehte sich auf den Rücken und kämpfte gegen die ablaufende Dünung an. Das Wasser fiel und gab eine menschliche Gestalt frei, die leblos auf den Wellen trieb. Es war Emily. Ridley hatte ihre Handgelenke mit Stricken an eiserne Ringe gefesselt, die in den Felsen verankert waren.

Steve schwamm auf sie zu. Nach zwanzig Metern spürte er festen Grund unter den Füßen und watete durch das hüfthohe Wasser.

„Emily!"

Er beugte sich über sie und tätschelte ihre Wange. Ihre Augenlider flatterten. Sie begann zu husten, spuckte einen Schwall Seewasser aus und sog frischen Sauerstoff in ihre Lungen.

„Chief ... Cole ... wie ... was tun Sie hier?“

„Dreimal dürfen Sie raten.“

Er zog das Tauchermesser aus der Scheide und schnitt die zähen Nylonseile durch. Emilys Augen weiteten sich.

„Rid...!“

Steve drehte sich blitzschnell um, aber der Widerstand des Wassers verlangsamte seine Bewegung. Etwas traf ihn mit voller Wucht an der Schläfe. Er schlug mit dem Hinterkopf gegen die Felsen, bunte Sterne tanzten vor seinen Augen.

Mit einem wütenden Schrei stürzte sich Ridley auf ihn. Steve wehrte den zweiten Hieb ab und setzte zu einem Gegenangriff an. Sein Schlag ging ins Leere. Er tastete nach dem Plastikbeutel mit der Waffe, fand den Verschluss, konnte ihn jedoch nicht schnell genug öffnen. Ridley ging erneut auf ihn los. Steve hob die Fäuste, blockte den Angriff ab und landete einen Treffer. Ridley taumelte und schüttelte sich wie ein nasser Hund, gab aber nicht auf. Er war stark und ausgeruht, während Steve von der langen Schwimmstrecke erschöpft war. Er musste zwei empfindliche Treffer einstecken.

Plötzlich ließ Ridley von ihm ab, wandte sich um und watete auf einen flachen Felsen zu, der aus dem Wasser ragte. Steve bemerkte Dynamitladungen, Kabel und einen Zündmechanismus.

Eine neue Welle schoss in die Grotte und zog ihm den Boden unter den Füßen fort, Ridley wurde auf das Felsplateau gespült. Er stemmte sich verbissen hoch und griff nach dem Hebel des Zünders. Emily watete durch das ablaufende Wasser und stürzte sich auf ihn, aber Ridley schlug ihr ins Gesicht und fegte sie zur Seite.

Jeder Schritt kostete Steve enorme Anstrengung. Er zerrte an dem Reißverschluss des Plastikbeutels. Ridley kurbelte wie ein Verrückter am Auslöser, um Strom für die Zündung zu erzeugen. Steve erlebte zwei Sekunden lang ein furchtbares Déjà-vu. Er stand wieder im *Red Door* und sah die Granate in Cataldos Hand, Abbys in Todesangst aufgerissene Augen und Natasha, die Cataldo die Tür in den Rücken stieß. Die Handgranate entglitt seinen Fingern, fiel zu Boden und rollte auf Steve zu.

Ridley stützte sich mit beiden Händen auf den Zündhebel, aber er kam nicht mehr dazu, die Explosion auszulösen. Aus seiner Brust ragte plötzlich die eiserne Spitze eines Bootshakens.

Mit einem Schrei ließ Emily die Stange los und wich entsetzt zurück. Aus Ridleys Mund schoss ein Blutschwall, dann kippte er zur Seite und starb.

40

„Wenn Sie wieder mal den fachlichen Rat eines erstklassigen forensischen Psychiaters brauchen, rufen Sie mich an. Es hat einen Riesenspaß gemacht, mit Ihnen auf Mörderjagd zu gehen, wenn ich mir die Bemerkung erlauben darf.“

Robert Hill schüttelte Steves Hand wie einen Pumpenschwengel.

„Erstklassig? Ich dachte, Sie wären der Beste.“

Der Professor war so guter Laune, dass er den kleinen Seitenhieb mit einem Lächeln quittierte. Emily stimmte in das zaghafte Lachen mit ein. Seit sie dem Tod nur um Haaresbreite entronnen war, waren drei Tage vergangen. Sie schien sich gut erholt zu haben. Keine halbe Stunde nach Ridleys Tod hatte sie die Seenotrettung in der Grotte abgeholt und die Leiche geborgen. Dave hatte vorsorglich die Küstenwache alarmiert und nach Raz Island geschickt, als er von der waghalsigen Aktion erfahren hatte. Penny hatte recht, sie waren ein gutes Team.

Steve lehnte sich in seinem Schreibtischsessel zurück, der protestierend knarrte.

„Haben Sie in letzter Zeit mal was von Eliot gehört?“, fragte er Emily.

„Nein. Er ist tot, sowohl der echte Eliot als auch derjenige, der nur in meinem Kopf existierte.“

Sie runzelte besorgt die Stirn.

„Es war nicht meine Absicht, ihn zu töten. Alles ging so schnell ... Ich sah den alten Bootshaken und habe kaum nachgedacht. Werde ich Ärger deswegen bekommen?"

„Nein. Ich habe meinen Bericht eindeutig verfasst. Sie handelten in Notwehr. Hätten Sie nicht eingegriffen, wären wir jetzt beide tot."

„Dann ist der Fall abgeschlossen?"

„Ist er. Sie können beruhigt nach Hause fahren."

Emily nahm ihre Reisetasche auf. Hill bot ihr seinen Arm an.

„Auf Wiedersehen, Chief Cole", sagte er.

„Leben Sie wohl. Ich nehme Sie beim Wort, Professor. Wenn ich mal Ihren Rat brauche, melde ich mich."

Sie verließen das Büro. Penny kam herein, stellte eine Tasse Kaffee auf den Schreibtisch und legte die Morgenzeitung daneben.

„Womit habe ich denn so viel Aufmerksamkeit verdient?", fragte Steve.

„Sich ein bisschen beim Chief einzuschleimen, kann nie schaden."

Steve grinste. „Wie macht sich Frank?"

„Zahm wie ein Schoßhund. Du hast mir noch immer nicht verraten, was du mit ihm angestellt hast."

„Werde ich auch nicht."

Er schlug die Zeitung auf. Penny hatte auf der Titelseite einen Artikel markiert. Steve las ihn mit Interesse. Der Autor beschrieb ausschweifend Baxters angeblich führende Rolle bei der Aufklärung der Flutmorde.

„Wow, was für eine Publicity", sagte er. „Damit ist seine Wahl wohl gesichert."

„Jedenfalls lässt er keine Gelegenheit aus, Kapital aus der Sache zu schlagen. Hat sich Laney schon gemeldet?"

„Nein."

Am Morgen hatte Baxter unter Pennys wachsamen Blicken zusammen mit Juan Cataldo Alderney verlassen und war auf der Abigail nach Guernsey gefahren. Steve hatte sofort Ian Laney informiert, der versprach, Cataldo bei seiner Ankunft zu verhaften.

„Die Kleinen hängt man, die Großen lässt man laufen", sagte Penny.

„Wie meinst du das?"

„Wirst du die Anzeige von Claire Martin wegen sexueller Belästigung denn weiterverfolgen?"

„Die Chancen stehen schlecht, dass man Baxter einen Strick daraus drehen kann. Bleibt noch eine mögliche Anklage wegen unterlassener Hilfeleistung, weil er Emily und Claire bewusstlos am Strand abgelegt hat, ohne einen Arzt zu rufen. Ob sich ein Staatsanwalt findet, der sich der Sache annimmt, ist fraglich – gerade jetzt, wo Baxter höheren Ortes so beliebt ist."

„Er kommt davon und heimst auch noch die Lorbeeren ein."

„So läuft es doch meistens, nicht wahr? Wir behalten ihn im Auge. Immerhin ziehen wir Cataldo aus dem Verkehr."

Das Telefon klingelte. Steve nahm ab, meldete sich und hörte schweigend zu. Dann legte er auf.

„Das war Laney", sagte er. „Cataldo war nicht an Bord der Abigail."

„Ich habe gesehen, wie er ins Dingi gestiegen und mit Baxter zum Liegeplatz der Jacht gefahren ist", sagte Penny.

Steve stellte die Tasse ab. Der Kaffee schmeckte plötzlich bitter.

„Er muss unterwegs auf ein anderes Boot umgestiegen sein", überlegte Penny. „Wie kann er gewusst haben, dass in St. Peter Port die Polizei auf ihn wartet?"

Weil ich Esel es Baxter erzählt habe, dachte Steve. Den habe ich unterschätzt, das passiert mir kein zweites Mal.

„Wenigstens hat er dich nicht erkannt", sagte Penny.

„Hoffen wir's."

„Gibt es etwas Neues von Abby?"

„Nein. Ich werde sie heute Abend anrufen."

Penny legte eine SIM-Karte auf den Tisch.

„Für alle Fälle."

Steve steckte sie ein. „Hey, wir sind ein gutes Team."

„Sind wir", sagte Penny und grinste.

ENDE

Nachwort des Autors

Eigentlich bedarf ein Kriminalroman keiner größeren Erläuterungen, doch es drängt mich trotzdem, einige Anmerkungen zu Steve Coles Fällen zu machen.

Da ist zuerst einmal der etwas ungewöhnliche Schauplatz des Romans: die kleine Kanalinsel Alderney. Wie kam es zu meiner Entscheidung, die Geschichten um Steve Cole (ja, er geht in Serie – weitere Bände sind in Planung) auf Alderney anzusiedeln?

Die Wahl des Settings hängt damit zusammen, dass ich einmal gesagt habe, dass ich lieber das Telefonbuch von Wanne-Eickel abschreiben würde, als mich in die schier endlose Zahl jener Autoren einzureihen, die Küstenkrimis schreiben. Bevor mich also jemand darauf hinweist, dass die Genrebezeichnung „Küstenkrimi" auf dem Cover steht: Gemeint sind mit meiner Aussage Nord- und Ostseekrimis. Nichts gegen diese Art von Kriminalromanen, ich kenne und liebe die Ostsee. Es tummeln sich allerdings inzwischen so viele Kommissare und Ermittler an deutschen Küsten, dass ich Ausschau nach einem anderen interessanten Schauplatz hielt. Mir ist klar, dass ich damit mal wieder eigene, dickköpfige Wege gehe, aber wäre es nicht so, hätten Steve, Dave, Penny und Gordon nie das Licht der literarischen Welt erblickt.

Warum also Alderney? Das kam so.

Schon vor Jahren hatte ich die Idee zu einem Umweltthriller, in dem es um illegale Atommülltransporte und verseuchte Küstenregionen gehen sollte. Zunächst erdachte ich die fiktive Ostseeinsel Schelfhorn, die ich auch schon in *Die Brut* als Schauplatz benutzte, aber dann stieß ich bei meinen Recherchen auf die auffallend hohe Rate von Leukämiefällen bei Kindern auf Alderney. Jahrzehntelang wurden Fässer mit radioaktivem Abfall im Ärmelkanal versenkt, besonders in der Meerestiefe Hurd Deep vor Alderney. (Ich werde diese Thematik ganz sicher in einem der Folgeromane aufgreifen.) Der Thriller kam zwar nie zustande, weil andere Ideen vielversprechender waren, aber Alderney beschäftigte mich immer wieder mal, bis ich mich entschloss, die neue Reihe dort spielen zu lassen. Ich suchte nach einer kleinen, überschaubaren Enklave, und Alderney mit seinen Besonderheiten war perfekt.
Einige Worte noch zum Inhalt des ersten Falls für Steve Cole. Wer glaubt, dass die extreme Persönlichkeitsspaltung von Emily Gray auf meiner Fantasie und Vorliebe für Gruselgeschichten à la Dr. Jekyll und Mr Hyde beruht, der irrt. Ich ließ mich vom berühmten Fall der Eve White inspirieren, der auch verfilmt wurde.
Freuen Sie sich also auf viele neue Fälle für Steve Cole und sein Team der Alderney State Police Force. Der zweite Band erscheint im Juni 2024.

Volker Dützer, Januar 2024

Danksagung

Vielen herzlichen Dank an das Team vom dp Verlag, das Steve Cole eine Chance gegeben hat. Mein besonderer Dank gilt Birgit Förster für das Aufspüren von Plotlöchern und ungelenken Wortkonstruktionen; und – last, but not least – natürlich wieder der besten Agentin der Welt: Anna Mechler von der Literaturagentur Lesen & Hören.

Außerdem bedanke ich mich bei meinen Testlesern Dorothea sowie Sonja und Dirk vom 1. inoffiziellen Fanclub. Wir sehen uns bei der nächsten Lesung.